LILY WHITE

VIOLÊNCIA

Traduzido por Daniella Parente Maccachero

1ª Edição

2021

Direção Editorial:	**Arte de Capa:**
Anastacia Cabo	Lori Jackson Design
Gerente Editorial:	**Adaptação de Capa:**
Solange Arten	Bianca Santana
Tradução:	**Fotógrafa:**
Daniella Parente Maccachero	Michelle Lancaster
Revisão Final:	**Diagramação e preparação de texto:**
Equipe The Gift Box	Carol Dias

Copyright © Lily White, 2020
Copyright © The Gift Box, 2021

Todos os direitos reservados.
Nenhuma parte do conteúdo desse livro poderá ser reproduzida em qualquer meio ou forma – impresso, digital, áudio ou visual – sem a expressa autorização da editora sob penas criminais e ações civis.

Esta é uma obra de ficção. Nomes, personagens, lugares e acontecimentos descritos são produtos da imaginação da autora. Qualquer semelhança com nomes, datas ou acontecimentos reais é mera coincidência.

Este livro segue as regras da Nova Ortografia da Língua Portuguesa.

CIP-BRASIL. CATALOGAÇÃO NA PUBLICAÇÃO
SINDICATO NACIONAL DOS EDITORES DE LIVROS, RJ
Camila Donis Hartmann - Bibliotecária - CRB-7/6472

W585v

White, Lily
    Violência / Lily White ; tradução Daniella Maccachero. - 1. ed. - Rio de Janeiro : The Gift Box, 2021.

    396 p. (Antihero inferno ; 3)

    Tradução de: Violence
    ISBN 978-65-5636-114-7

    1. Ficção americana. I. Maccachero, Daniella. II. Título. III. Série.

21-73672   CDD: 813
                        CDU: 82-3(73)

Primeiro círculo (Limbo)
Mason Strom

Segundo círculo (Luxúria)
Jase Kesson

Terceiro círculo (Gula)
Sawyer Black

Quarto círculo (Ganância)
Taylor Marks

Quinto círculo (Ira)
Damon Cross

Sexto círculo (Heresia)
Shane Carter

Sétimo círculo (Violência)
Ezra Cross

Oitavo círculo (Engano)
Gabriel Dane

Nono círculo (Traição)
Tanner Caine

violência

substantivo

Uma força natural desagradável ou destrutiva.

PASSADO

capítulo um

Nosso passado nunca deveria nos definir. Pelo menos, isso é o que tenho ouvido muitas pessoas dizerem, os gurus da autoajuda e *coaches* de vida, as pessoas que nos ensinam a superar os erros do passado para encontrar um futuro melhor.

Mas e se for o seu futuro que te define? E se o destino para o qual você está se movendo for o problema que vai te derrotar?

E se não houver nenhuma maldita coisa que você possa fazer para impedir isso?

Essa é a minha vida.

Meu destino.

Meu fardo para carregar desde antes de eu nascer.

Fui gerada para isso, criada para isso, lembrada disso todos os dias da minha vida.

A única coisa que eu sabia era que um dia me casaria com um homem que não amo. Que eu seria uma esposa de um homem que não me ama. E que eu tinha que aceitar esse acordo, independentemente de eu querer ou não.

Por dezoito anos, acreditei que nunca conheceria o amor, nunca experimentaria um verdadeiro coração partido, nunca teria nada pelo que ansiar, exceto o que nasci para me tornar.

Sra. Mason Strom.

Uma esposa.

Um ornamento.

Uma bugiganga.

Isso foi antes de dois meninos gêmeos entrarem na minha vida. Antes das semanas de liberdade que eles me deram. E antes que eu tivesse que me afastar deles, apesar do que isso fez comigo.

Você acha que conhece a violência?

Eu prometo que você não conhece.

Não como eu, pelo menos.

Não até que você experimente a verdadeira aniquilação.

Ezra e Damon Cross eram lindos quando eram jovens.

Eles foram o meu mundo pelo pouco tempo que passamos juntos.

Eles eram tudo o que importava até o dia em que eu tive que deixá-los.

Agora, eles são homens forjados no fogo e moldados pelas mãos que os espancam.

Lindos.

Marcados.

Fúria fria e caos cegante.

Pensei que eu conhecia a violência.

Mas estava errada.

Porque se Ezra me ensinou alguma coisa na vida, é que o pior tipo de dor não é o que fazemos a nós mesmos, é o que a pessoa a quem seu coração pertence pode fazer quando ela aprendeu a te odiar.

Emily

Passado.

A escola preparatória é uma piada.

Toda a instituição, na verdade.

Todas as séries, do jardim de infância ao último ano.

Nós não somos nada mais do que cópias carbono de nossos pais sendo produzidas. Uma geração mais nova educada, treinada e produzida em massa para assumir o controle quando os nossos pais morrerem.

Ainda estou usando o mesmo uniforme de quando era jovem, obviamente com uma diferença de tamanho, mas o estilo nunca mudou.

Saia pregueada cinza. Blusa de botões branca. Um blazer cinza com a insígnia da escola costurada no bolso da camisa. A única opção que nos é permitida são os nossos sapatos, mas mesmo estes são praticamente iguais, uma vez que eles têm de ser todos pretos com sola lisa e sem cadarços.

Os caras não ficam muito melhores com suas calças cinza, camisas brancas de botões e o mesmo blazer. A maioria dos alunos segue o código de vestimenta restrito, exceto o Inferno, é claro, porque eles podem fazer o que quiserem.

Apoiada contra um armário, espero Ivy pegar os livros de que ela precisa. Ela está se arrastando, como de costume, seus olhos passando rapidamente para o armário de Gabriel Dane repetidamente.

Quando puxa o lábio inferior entre seus dentes, estreito o olhar para a expressão, a suspeita agitando meu intestino porque eu conheço esse olhar.

— O que você fez?

— Hã? — pergunta, com a voz distraída, e seus olhos azuis virando na minha direção. — Nada.

Minha sobrancelha se levanta, porque ela definitivamente está mentindo sobre isso.

— Ele vai te matar, seja o que for.

Seus lábios se curvam nos cantos.

— Se ele conseguir me pegar. O que ele não vai.

À nossa volta, a típica multidão popular espera por nós para terminarmos o que estamos fazendo para que possam nos seguir pelo corredor para terem direito de se gabar.

Ivy, Ava e eu estamos bem no topo da cadeia alimentar, melhores amigas desde o nascimento, mas sempre dispostas a nos misturar com as outras meninas que vêm e vão da escola.

Esmeralda Chase está conversando com Jane Dougherty, e Ellie Maxwell está observando Amanda Stewart de perto. Ao redor delas há outra fileira de fofoqueiras, nenhuma das quais nos conhece bem, embora finjam que sim.

Eventualmente, Ava se aproxima e a multidão de garotas se separa para deixá-la passar, seus lábios se curvando em um sorriso recatado.

— Eu ouvi algo interessante hoje.

Meus olhos travam com os de Ava, preocupação rastejando pela minha espinha, porque há rumores demais nesta escola. Alguns verdadeiros, muitos ridículos.

Ivy ainda está muito preocupada para ter ouvido o que Ava disse, seu pé batendo contra o chão esperando por Gabriel. Não tenho ideia do que ela aprontou, mas deve ser ruim. Ela nem sempre fica por perto para assistir.

Não tenho certeza se quero saber o que Ava ouviu, mas a pergunta sai

da minha língua de qualquer maneira, escorregadia e molhada.
— O que foi?
Seus olhos castanhos brilham ao olhar para mim.
— Acho que você sabe. E, se for verdade, você é uma idiota por ir lá.
Maldição.
Não é surpreendente ouvir que um boato sussurrado já está passando pelos corredores da escola depois da festa no fim de semana passado. Eu sabia que o erro vazaria. Tive certeza disso depois que Mark Kingsley tropeçou no quarto errado com Polly Hanes em seu braço.

Ele resmungou um rápido pedido de desculpas quando viu Ezra e eu, mas seus olhos e os de Polly deram uma boa olhada antes de fugirem ao som do rosnado de advertência dele.

Foi a primeira vez que nos beijamos e eu pretendia que fosse a última, mas os últimos dias jogaram mais erros na pilha, enterrando-me neles cada vez que meu braço é agarrado e sou arrastada para um lugar isolado.

Toda vez, eu prometo que vou terminar isso, mas então a boca dele esfrega na minha, sua mão desliza para lugares proibidos, e não posso deixar de me sentir empolgada por quebrar a promessa que meus pais fizeram por mim antes de eu nascer. Também derreto sob um arrepio de excitação que sinto ao beijá-lo, mesmo sabendo que ele é perigoso.

Ava abaixa sua voz para um sussurro, seu corpo se inclinando para o meu:
— De todos eles, ele é o último com quem você deveria ficar. Você sabe como são os gêmeos.

Ninguém pode distinguir os gêmeos e, para ser honesta, nem eu posso. Não totalmente. Não com certeza suficiente para saber que é sempre o Ezra. Mas é quem ele me diz que é. Não tenho como saber com certeza. Eles são conhecidos por jogarem o jogo de substituir um ao outro.

— Você precisa parar — Ava avisa, mas suas palavras são perdidas quando o cotovelo de Ivy me cutuca, seu queixo se levantando para me dizer para olhar para o corredor.

Ali estão eles.

O Inferno.

Não todos eles, é claro, porque o grupo todo raramente está no mesmo lugar ao mesmo tempo na escola. Somente nas festas. Mas há o suficiente deles para fazer cabeças girarem e as pessoas sussurrarem por trás de suas mãos.

Gabriel e Tanner lideram o grupo, seus blazers faltando e as mangas das camisas enroladas para cima até os cotovelos. Atrás deles, os gêmeos passeiam pelo corredor, Shane de pé entre eles, sua camisa para fora da calça e uma nova tatuagem aparecendo acima do colarinho.

Não tenho ideia de onde o resto deles está, mas realmente não me importo. Meu foco está exclusivamente em Ezra... ou Damon... ou ambos. Eu venho estudando-os há anos e ainda não consigo descobrir as pequenas pistas que uma pessoa pode usar para diferenciá-los.

A maneira como se movem, a maneira como falam, a agressividade em seus olhos âmbar e até mesmo a maneira como vestem suas roupas, é tudo idêntico.

Mas deve haver algum segredo que estou perdendo.

Seus amigos mais próximos — os outros membros do grupo deles — sempre sabem quem é quem.

— Lá vamos nós — Ivy sussurra, empolgação e um toque de prazer diabólico em sua voz.

Tenho certeza de que ela fez alguma coisa agora. Seus olhos só brilham desse jeito quando apronta com Gabriel.

É um pouco surpreendente que essa guerra entre eles tenha durado tanto tempo. Desde que me lembro, eles estiveram na garganta um do outro.

O que também é surpreendente é que nenhum deles tenha percebido ainda que eles estão secretamente afim um do outro. A escola inteira enxerga isso claramente. Mas se você perguntasse a Ivy ou Gabe, eles jurariam que só sentem ódio.

Ivy não é de se esconder, no entanto.

Assim que Gabe se aproxima de seu armário, ela empurra a multidão ao nosso redor para garantir que esteja na frente e no centro para o que quer que está prestes a acontecer. E quando isso acontecer, ela será a pessoa que ele vai procurar, porque ele sempre sabe que é ela.

— Ah, merda. — Ava ri, nós duas passando pela pequena multidão para ficar ao lado de Ivy. — O que ela fez agora?

Rindo de algo que Tanner disse, os olhos verdes de Gabriel deslizam na direção de Ivy por apenas um segundo antes de ele ignorar a visão dela.

Ele deveria estar mais ciente por agora, deveria suspeitar que, se ela está esperando pacientemente por perto, o dia dele está prestes a ficar muito pior.

Ainda assim, não é Gabe que rouba a minha atenção agora.

Já estou lançando olhares secretos para os dois meninos atrás dele, meu olhar deslizando por um dos gêmeos antes de subir pelo outro. Não consigo decifrá-los de jeito nenhum, mas então um par de olhos âmbar me procura, a intensidade desse olhar fazendo meu pulso se acelerar, meu coração um pássaro esvoaçante em meu peito.

Ezra.

Tem que ser ele.

Tão absorvida por ele, perco o que acontece que faz com que todo o corredor caia na gargalhada.

Gabriel está xingando ferozmente, já ameaçando Ivy no momento em que consigo arrastar minha atenção para seu armário para ver alguma coisa brilhante e líquida derramada, a poça tão escorregadia que Gabriel está deslizando nela.

Ele tenta se levantar, mas apenas cai para trás, todo mundo rindo tanto que estão segurando a barriga e vazando lágrimas de seus olhos.

Mesmo Tanner não consegue controlar sua risada. Ainda assim, Ivy permanece solene entre a multidão, seus olhos azuis fixos em Gabe com apenas um leve sorriso debochado curvando seus lábios nos cantos.

— Ela está tão morta por isso — Ava diz ao meu lado. — O que diabos Ivy colocou no armário dele?

— Lubrificante — Kiley Carter fala, às nossas costas. — É por isso que está tão escorregadio.

Na maioria das vezes, eu nem quero saber como Ivy consegue fazer as pegadinhas que ela arma. O que eu sei é que ela gasta uma fortuna com elas. Mas isso não é um problema quando ela tem seu próprio cartão de crédito ilimitado que seu pai paga sem fazer perguntas.

Apesar de quão divertido é assistir a luta de Gabriel, tanto que a única opção é Tanner agarrar a mão dele e deslizá-lo para longe da bagunça, meus olhos ainda dançam de volta para uma pessoa em particular que sorri na minha direção.

Há uma oferta e um aviso na maneira como ele olha para mim agora, sua cabeça inclinada em direção aos banheiros, apenas o suficiente para que ninguém além de mim perceba.

Arqueando a sobrancelha, Ezra sorri novamente antes de sair com o convite silencioso para que eu o siga.

Eu não deveria.

Ele é um problema com P maiúsculo.

Todos os garotos Inferno são, mas especialmente os gêmeos. Não há um dia em que um deles apareça livre dos arranhões e hematomas, orgulhosos marcadores das lutas que sempre começam e *sempre* vencem.

Meus dedos apertam a alça da bolsa, a indecisão cimentando meu corpo no lugar.

Observo sem piscar meus olhos enquanto Ezra caminha pelo corredor para bater uma mão contra a porta do banheiro, seu olhar saltando na minha direção mais uma vez antes de desaparecer lá dentro.

Ao meu redor, todo mundo ainda está focado em Gabriel e Ivy. Nem mesmo Shane ou Damon perceberam que Ezra foi embora, e eu poderia simplesmente deslizar pela multidão e seguir sem que uma única pessoa prestasse atenção.

Minha pulsação bate mais forte enquanto meus dentes mastigam o interior do lábio.

Eu não deveria.

Mas eu me encontro me esgueirando em torno de todas as pessoas ao meu redor de qualquer maneira.

Quieta como um rato de igreja, caminho pelo corredor, minha cabeça inclinada para baixo e meu cabelo vermelho cobrindo o rosto.

Quando chego à porta do banheiro, tenho outro momento de indecisão, apenas alguns segundos onde posso repensar o que estou fazendo e lembrar todos os motivos pelos quais isso é uma má ideia.

Isso é estúpido.

Eu não posso fazer isso.

Não dou nem um passo para longe antes de a porta se abrir e uma mão travar sobre meu bíceps. Sou arrastada para o lado com um puxão forte, a porta se fechando novamente enquanto minhas costas atingem o peito de Ezra.

— Você estava indo para o lado errado.

Tremendo com o sussurro em meu ouvido e a maneira como seus dedos roçam meu pescoço quando ele move meu cabelo para o lado, fecho os olhos e invoco a vontade de ir embora.

— Provavelmente porque estar aqui com você é a coisa mais estúpida que posso fazer.

Ele ri, o som é suave e sombrio, zombando de mim de uma forma que deixa meus nervos à flor da pele enquanto coloca todas as partes femininas dentro de mim em chamas.

— Não foi isso que você disse ontem. Ou no dia anterior.

Sempre há um rosnado distinto na voz dele, uma qualidade áspera como se alguém tivesse passado uma lixa em suas palavras para raspar as pontas.

Ele me gira e abaixa a cabeça para capturar meus olhos com os dele. Ele sempre faz isso... me prende antes que eu possa recuperar meus sentidos o suficiente para fugir.

Com os dedos suaves contra o meu queixo, inclina meu rosto para si. Fico encarando com os olhos arregalados para as manchas verdes em seu olhar âmbar.

O problema é que não tenho ideia de quem estou encarando. Pode ser o Ezra. Pode ser o Damon. Eu poderia fazer parte do jogo típico que eles jogam sem nunca saber disso.

— Quem é você?

É a mesma pergunta que sempre faço.

Ele responde com um sorriso malicioso.

— Isso importa?

Para a maioria das garotas, a resposta a essa pergunta é um sonoro não. Todas elas disputam para estar com um dos Inferno.

Eu sempre achei isso ridículo da parte delas.

Patético, realmente.

Então, embora não importasse para a maioria com qual gêmeo elas ficariam por algumas horas, para mim importa.

— Sim.

A confusão rola por seus olhos por uma fração de segundo, está lá e desaparece com um piscar de olhos.

— Ezra.

— Você jura?

Seus pés se movem lentamente enquanto ele me leva de costas para uma parede, minha bolsa caindo do meu ombro enquanto seu corpo me prende no lugar.

Mergulhando sua cabeça novamente, seus olhos permanecem presos nos meus enquanto seus dentes mordiscam meu lábio inferior, uma faísca elétrica disparando pelo meu corpo com o contato.

— Por que você sequer se importa? Você tem um de nós.

Uma respiração instável rola sobre meus lábios e parece que ele está roubando o ar dos meus pulmões enquanto sua boca se inclina contra a minha, uma rápida lambida de sua língua em meus lábios antes dela mergulhar dentro da minha boca para provar as bordas desgastadas dos meus nervos e o caótico tamborilar do meu pulso.

Eu não deveria ficar com medo.

Nem mais empolgada.

Nem mais excitada.

Mas, ainda assim, meus dedos se enrolam em minhas palmas, as unhas marcando a pele.

Pontas dos dedos fortes arranham a parte externa das minhas coxas. A barra da minha saia pregueada se levanta com a pressão punitiva de seus dedos agressivos.

Tenho que apoiar as palmas das mãos contra o tecido pesado e cinza para segurá-la para baixo.

Um sorriso contra meus lábios, aqueles olhos âmbar se abrindo para prender os meus novamente.

— Algo errado?

— Devo me casar com Mason.

Aí está, a verdade que prende o meu pescoço como uma forca.

Ele pisca, seu corpo ficando tão imóvel que me deixa nervosa por estar parada aqui.

Ezra é um fio desencapado que pode estalar a qualquer momento. Ele é como um cão de ataque que não dá nenhum aviso antes de ir para a garganta. Todo mundo olha para ele e para Damon com cautela, porque nunca se sabe o que pode detoná-los.

Não acho que ele realmente me machucaria, mas depois de vê-lo lutar, é difícil não lembrar quão rápido ele pode ir de tranquilo e despreocupado para de parar o coração em sua violência.

— Você quer se casar com o Mason?

Eu rio disso.

— Não.

Ele sorri.

— Você está casada com ele agora?

Balanço a cabeça em negação, um nó na garganta me impedindo de responder novamente.

— Então qual é o problema?

Não deveria haver um. É injusto que minha vida inteira já tenha sido planejada para mim.

Ser prometida a Mason é como ter uma corrente presa à minha perna. Não consigo pensar no meu futuro sem considerá-lo. Não posso ter uma carreira. Não posso me preocupar com a faculdade ou um diploma, sabendo

LILY WHITE

que nunca os usarei. Não posso me apaixonar sem saber que isso nunca levará a nada.

Meu destino já tinha sido escrito como a esposa de um homem sustentado por um fundo fiduciário.

Eu vou ser uma joia.

Um ornamento.

Um animal de estimação para ser mimado e nada mais.

É o que eu sou.

Não posso ter encontros secretos com homens perigosos. Não posso fantasiar sobre desejos mais sombrios que são escandalosos demais para serem discutidos em uma sociedade educada.

E Ezra é aquele sobre quem as boas garotinhas são alertadas.

— Nós estamos apenas nos divertindo — ele me lembra, seu dedo torcendo uma mecha solta do meu cabelo que fica pendurada perto do meu rosto. — Eu já te disse isso.

Apenas diversão.

Nada sério.

O sinal toca e eu me afasto dele para pegar minha bolsa.

— Tenho que ir.

Ezra entrelaça seus dedos nos meus quando tento me afastar, seus olhos brilhando com humor.

— Você não pode correr para longe. Eu sei que você quer isso.

Arrancando minha mão da dele, abaixo a cabeça e saio do banheiro sem responder.

Porque, como posso responder?

Especialmente quando ele não está errado.

capítulo dois

Emily

Uma batida na porta mal chama minha atenção. É uma batida suave de nós dos dedos que faz pouco para romper o baque do baixo que sacode o chão no meu quarto, uma batida rápida que eu não teria ouvido se não estivesse parada perto da porta quando isso aconteceu.

Soltando uma respiração pesada, porque não consigo encontrar os sapatos que quero na pilha jogada ao acaso de um lado do meu armário, bato a mão na maçaneta, giro e puxo para abri-la.

Os olhos verde-azulados da minha mãe me encaram de volta, seu rosto tão pálido que juro que consigo traçar a linha de pequenas veias sob sua pele. Puxei minha coloração dela. Meu cabelo ruivo, pele de alabastro e olhar turquesa, mas, além disso, nós não somos nada parecidas.

Ela é mansa e branda, sem nunca sair da linha, enquanto eu tenho um temperamento explosivo que ninguém imagina até que eu esteja com raiva o suficiente para explodir.

Como agora.

Tenho lugares para ir e já estou atrasada. Além disso, minha mãe nunca vem para a ala das crianças, exceto para dar uma olhada no meu irmão de oito anos e, mesmo assim, é apenas por alguns minutos até que ela o deixe com as babás novamente para ir fazer tudo e qualquer coisa que o meu pai quiser.

— O quê?

Ela estremece com o estalo na minha voz, mas depois recupera sua compostura, suas mãos tremulando como borboletas, seus lábios se esticando em uma linha fina.

— Preciso falar com você sobre um boato que está se espalhando entre as famílias.

Droga...

Abro mais a porta para deixá-la passar.

Virando-me de costas para ela para continuar procurando as sandálias prateadas que vão combinar com o meu vestido branco estilo grego perfeitamente, gemo ao ouvir o volume do meu aparelho de som mais baixo e o leve rangido das molas do colchão quando ela se senta no lado da minha cama.

— Não acho que eu preciso lembrá-la de que você está prometida a Mason Strom.

A bile dispara pela minha garganta para encharcar a parte de trás da minha língua. Não porque Mason não seja bonito. Acontece que o oposto é verdadeiro. Ele é lindo demais para ser justo.

Todos no Inferno são, na verdade, e eu tenho que me perguntar sobre as chances de que nove meninos que cresceram juntos possam ter uma genética tão abençoada.

Não é o próprio Mason que me deixa doente, é a ideia de que eu não tenho nenhuma escolha no assunto, quando se trata de com quem vou me casar. Nem tenho certeza de por que o casamento é tão importante para a minha família e a dele.

Os Strom têm dinheiro antigo. São mais ricos até que as famílias de Gabriel e Tanner. Mas eles não são tão poderosos. Não são o centro de tudo isso, quando se trata do círculo social em que nasci. Eu muitas vezes penso que meu pai acredita que combinar esta família com os Strom irá de alguma forma gerar mais influência para ele e tirar Warbucks do topo.

Eu me sinto mais como um objeto do que um ser humano toda vez que sou gentilmente *lembrada* a quem pertenço.

Não que Mason também me queira.

Ser forçado a ficar juntos só fez com que nos odiássemos.

— O que isso tem a ver com alguma coisa? — pergunto, o alívio escorrendo pelos meus ombros quando finalmente vejo meus sapatos aparecendo debaixo da cama. Pegando-os, eu me sento para colocá-los.

— Há rumores de que você tem agido de forma inapropriada com os gêmeos Cross.

Minha cabeça torce em sua direção.

— Onde você ouviu isso?

Ela não está errada. Eu brinquei com Ezra por alguns dias, mas depois de fugir dele no banheiro da escola, eu me esquivei. Aquele garoto é a mais decadente das sobremesas, uma que pode ser cortada apenas para que o veneno vaze do centro.

O quanto eu o quero não pode importar. Não sou burra o suficiente para engolir o veneno e simplesmente morrer por dentro quando isso acabar.

Ezra continuou me perseguindo nos dias seguintes após aquele incidente, mas então a escola terminou no fim de semana e, quando ele voltou, seus nós dos dedos estavam arrebentados e seu rosto machucado.

Tanto Damon quanto Ezra pareciam como se tivessem lutado contra uma gangue de motoqueiros inteira, seus temperamentos tão facilmente acionados durante a semana passada que todos tinham os evitado.

Jackson Porter cometeu o erro estúpido de dizer algo sobre isso. Ele deixou a escola com três dentes faltando, algumas costelas quebradas e um tornozelo quebrado.

No que diz respeito à história contada, ele tropeçou e caiu escada abaixo. Mas todos nós sabemos o que realmente aconteceu.

Mesmo que Ezra esteja na festa hoje à noite, não há como eu chegar perto dele. Não depois desse lembrete.

A expressão da minha mãe não muda. É a típica elegância altiva, uma distância necessária entre ela e qualquer coisa real no mundo. Ela tem filhos, mas não os criou. Ela comia comida, mas nunca realmente a provou. Ela enfeita e lustra tudo com uma adesão estrita a uma reputação afetada e adequada.

O mesmo é esperado de mim.

— Não deveria importar de onde recebo a informação, só que eu não aprecio o que é a informação. Você deve permanecer casta, Emily...

— Ah, pare com isso, mãe. Eu tenho sido casta. Não tive um namorado, não fiz sexo, não deixei ninguém me tocar, assim como você exigiu. Embora, eu ache injusto, considerando que Mason anda por aí e faz o que quer com quem ele quer e ninguém fala nada sobre.

Não que eu me importe.

A última coisa que vou sentir por Mason é ciúme.

— Ele é um menino — insiste, sua voz um sussurro porque, até para ela, isso soa errado. — Você sabe como é.

Antes que eu tenha a chance de lembrar a minha mãe de que século estamos, meu telefone vibra na mesa de cabeceira. Uma rápida olhada na tela me diz que é hora de ir.

— Ivy e Ava estão aqui.

Ela não diz nada quando me levanto e atravesso o quarto. Antes que eu possa passar totalmente pela porta, ela fala nas minhas costas:

— Mantenha suas pernas fechadas, Emily.

Meus olhos se reviram com tanta força que posso ver a parte de trás do meu crânio.

— Sim, senhora.

Dez minutos depois e nós estamos na estrada. Ava está dirigindo e Ivy está sentada no banco do passageiro da frente. Não me importo de ter o banco de trás inteiro só para mim. Isso me dá a possibilidade de me concentrar nas árvores passando, em vez da conversa animada delas.

Não é até que Ava diga o meu nome e ela levante os olhos para o espelho retrovisor que eu pisco e saio dos meus pensamentos.

— Você ouviu alguma coisa que nós acabamos de dizer?

Nem uma palavra disso.

Enquanto elas estavam discutindo as últimas fofocas da escola e planejando as rondas que farão na festa esta noite, eu estava imaginando como seria meu futuro como *Sra. Mason Strom*.

Nós não estaremos oficialmente noivos até nos formarmos na faculdade, o que nos dá mais outros dez anos antes de eu ter seu anel em meu dedo. Mas isso só significa que eu tenho que me comportar como uma modesta e *apropriada* futura esposa enquanto ele se torna o playboy.

Novamente, não que eu me importe.

Mason poderia foder cada buraco voluntário do planeta — tanto masculino quanto feminino — e isso não me incomodaria nem um pouco.

Eu simplesmente odeio a ideia de que todo dia é um passo mais perto do *grand finale* da minha vida como Emily Donahue. Não posso nem ficar animada sobre desistir do meu sobrenome, ou escolher não desistir dele, como algumas esposas o fazem.

Nosso noivado será meu funeral e eu decido aqui e agora que vou usar preto naquela noite para lamentar a perda da minha identidade em vez de branco, como tenho certeza de que minha mãe está planejando.

— Ela não estava ouvindo — Ivy responde, quando eu não digo nada.

— O que significa que tenho que me repetir e dizer que um dos gêmeos acabou de ser visto ficando com a Hillary Cornish. Você pode acreditar nessa merda? Ela é uma fábrica ambulante de DST.

Eu sei o que ela está fazendo e não vai funcionar.

Desde que descobriram que eu tive alguns momentos de fraqueza com Ezra, essas duas têm praticamente me amarrado e me deixado na porta dele.

Ava foi contra a ideia no início, mas Ivy veio com a opinião de que ter um caso secreto com ele seria bom para mim.

VIOLÊNCIA

Ivy sabe que não posso me apaixonar. E quando você não pode se apaixonar, seu coração não pode ser partido. Ava também sabe disso, mas ela não se convenceu imediatamente de que eu posso ter alguns poucos meses de diversão sem desenvolver sentimentos.

Olhos azuis encontram os meus.

— Você não gostaria de saber qual era o gêmeo?

— Eu não me importo — minto.

E isso é uma mentira. Só de pensar em Ezra com outra pessoa prende meu estômago em garras cruéis, unhas afiadas rasgando a minha carne.

No mínimo, esse sentimento é apenas uma confirmação de que preciso manter minha distância. Eu apenas beijei Ezra algumas vezes e meu coração já foi arrastado para a mistura.

Talvez seja porque sou casta que me sinto assim. E por casta, quero dizer tão desesperada e incomodada para ser como todas as outras garotas que me sinto ingênua e vulnerável quando se trata de garotos.

Eu não tenho permissão para namorar.

Eu não tenho permissão para conhecer nenhum garoto.

A menos, é claro, que esse garoto seja Mason Strom.

Cada dança em minha vida tem sido com ele, um encontro perpétuo e indesejado para os bailes da nossa juventude, além de cada festa de boas-vindas do ensino médio.

Nós ficamos parados rigidamente um ao lado do outro para todas as fotos, nossas mães comentando como ficamos ótimos juntos, nossos pais bebendo uísque e fumando charutos.

Depois de sermos levados para o local onde o evento está sendo realizado, Mason e eu imediatamente soltamos nossos braços enquanto ele vai até o seu encontro real e eu fico encostada pateticamente contra uma parede distante.

Isso acontece todas as vezes, sem falhas. E talvez essa seja outra veia de pavor que estou sentindo esta noite. A festa de formatura é daqui a algumas semanas e será a mesma história novamente.

Exceto que, se eu deixar essa coisa com Ezra ir mais longe, eu ainda vou ficar encostada em uma parede na festa de formatura, só vou fazer isso enquanto o vejo dançar com outra garota.

Só uma garota estúpida continuaria com isso e aumentaria desnecessariamente sua miséria.

— Chegamos — Ivy grita, com uma nota de entusiasmo em sua voz.

Não tenho ideia do porquê ela está ansiosa por isso. Gabriel ainda não a retribuiu pela façanha do lubrificante sexual na escola, e as festas são sempre seu lugar favorito para atingi-la.

Alguém poderia pensar que, depois da festa de dezesseis anos dela, ela teria aprendido a lição.

Ninguém sabe como Gabriel conseguiu substituir a rede de balões que estava reservada para cair sobre Ivy quando ela entrasse na sala com uma rede cheia de vibradores.

Lá estava Ivy, cercada por todo mundo que era importante, todos os nossos pais aplaudindo quão bonita ela estava em seu vestido de imperatriz e tiara cintilante, apenas para que os aplausos parassem de repente, cada queixo caído no chão, enquanto nós assistíamos ela levar uma pancada na cabeça de cem paus de borracha.

O silêncio de Gabriel durante o incidente foi tão pronunciado que até os adultos na sala olharam com raiva em sua direção, o resto dos garotos Inferno erguido com rostos vermelhos e lábios finos, lágrimas escorrendo de seus olhos por conterem o riso.

Infelizmente, isso foi apenas o começo do que ele fez com ela naquela noite.

Ava para o carro atrás de uma longa fila de convidados adiantados, mas apenas para os nossos padrões. Nós nunca comparecemos a qualquer evento até que ele esteja em pleno andamento por várias horas.

Como de costume, a casa de Kevin Landry está cheia de parede a parede com um frenesi de alunos do ensino médio, todos bebendo ou fumando, dançando ou praticamente transando bem ali, onde qualquer um pode vê-los.

A casa dele não é tão grande quanto a maioria dos pontos quentes típicos, mas seus pais são os que mais estão fora da cidade, o que permite que seja possível ter uma festa lá todo fim de semana.

Ivy agarra minha mão e grita para as pessoas se moverem enquanto caminhamos pela parte principal da casa a caminho do quintal. Eles se separam de cada lado de nós como ondas, um mar de rostos aleatórios sorrindo e gritando para dizer olá enquanto passamos.

Parece que não consigo respirar até chegarmos às portas francesas na parte de trás da casa e escapar para o deque da piscina.

Felizmente, esta área não está tão lotada.

Vários adolescentes estão nadando nus na água, alguns casais se beijando, mas nós navegamos o perímetro para chegar à casa da piscina, uma réplica em miniatura de mil metros quadrados da mansão maior.

VIOLÊNCIA

Apenas aqueles no topo da cadeia alimentar têm permissão para entrar, meu estômago já se revirando com o pensamento de quem eu vou ver.

Não ajuda nada o fato de que, enquanto entramos, Hillary Cornish e duas de suas amigas estão saindo, o cabelo dela bagunçado e o batom borrado.

Ela sorri debochada para mim, a expressão não foi perdida por Ivy e Ava. Ivy espia de esguelha e posso sentir sua energia protetora rolando para fora dela.

Infelizmente, Hillary não conhece Ivy como eu.

Menina burra.

O sorriso malicioso de Hillary se torna mais largo quando fala com suas amigas, mas com uma voz alta o suficiente para eu escutar.

— Ezra disse que eu sou a única garota que ele realmente quis nos últimos meses. O resto ele brincou. Na verdade, a última garota era tão fria...

— É por isso que seu hálito tem cheiro de pau? — Ivy pergunta, enquanto passa por mim para encarar Hillary com desprezo. — Eu estava me perguntando, mas, novamente, sempre cheira assim.

Uma raiva incandescente se espalha pelas bochechas de Hillary.

— Nós acabamos de nos beijar...

— Aham. Eu acredito nisso tanto quanto acredito que Ezra disse alguma dessas merdas. Especialmente porque era com Damon que você estava dando uns amassos. Ou você não sabia disso?

Hillary vacila.

— Não, era o Ez...

— Sério? — Ivy ri. — Tem certeza disso? Você pode me dizer de quem é o pau que você cheira agora? Você sabe? De quem era o púbis que acabou de usar como fio dental? Porque eu sei a resposta para isso. Todo mundo na casa da piscina sabe. Mas a piada é que você não sabe. Então, tem mais alguma coisa a dizer perto da minha amiga? Ou gostaria de voltar para dentro e perguntar aos gêmeos qual deles acabou de brincar com você?

Lágrimas brilham nos olhos de Hillary, que ela pisca para afastar, seu queixo se erguendo mais alto em fingida confiança.

Seus olhos se voltam para mim quando um sorriso de escárnio enrola sua boca, mas em vez de dizer uma palavra em sua defesa, ela sibila:

— Fodam-se todas vocês.

Nós observamos Hillary e seu bando se afastarem, uma sensação perigosa vibrando dentro de mim que eu sei que preciso reprimir.

A esperança, por mais injustificada que seja, é contagiosa. É perniciosa, toda macia e quente, um raio de sol batendo de forma limpa através de um espesso tapete de nuvens escuras.

Eu não deveria ter *esperança* de nada.

Ainda assim, eu tenho.

— Ela estava mesmo beijando o Damon? — pergunto, minha voz mais fraca do que eu gostaria.

Olhos azuis se viram em minha direção, Ivy encolhendo o ombro magro enquanto envolve seu braço com o meu para me levar para a casa atrás de Ava.

— Não faço ideia. Só disse aquilo para irritá-la.

A esperança que sinto tem uma morte trágica, mas eu me recuso a lamentar sua morte. É melhor não ter esperança. Não me importar. Especialmente quando os segredos têm um jeito de se revelar e eu tenho um futuro para proteger, mesmo que eu não o queira.

Uma vez lá dentro, a música alta nos toma, nem Ivy nem Ava se sentindo tão carregadas quanto me sinto. Elas não têm medo de terem seus corações partidos, não estão sobrecarregadas pelo conhecimento de que não têm nenhum controle sobre suas vidas.

Ava vai para Yale quando nos formarmos e Ivy ainda está indecisa, mas pelo menos elas têm opções que eu não tenho.

— Gabriel já está bêbado pra caramba — Ivy sussurra em meu ouvido, o riso revestindo sua voz. — Eu te disse que não tenho nada com que me preocupar esta noite.

Olho para onde a maioria dos caras do Inferno está sentada e reviro os olhos para as garotas em pé ou sentadas ao redor deles, desesperadas por atenção.

Ivy está errada se ela acha que Gabriel não planejou alguma coisa. No segundo em que nós entramos na sala, seu olhar verde-esmeralda se levanta e a procura.

Divertida por como eles dois sempre se procuram sem perceber, cometo o erro de olhar para a esquerda para encontrar outro olhar perigoso cravado em nós, este de uma bela cor âmbar com manchas verdes que você só pode ver de perto.

Meu primeiro pensamento é Ezra, mas a verdade é que pode ser qualquer um deles. Não posso me achar superior à Hillary. Eu nunca sei realmente quem está me puxando para uma sala, de quem são os lábios que tocam os meus, de quem é a voz que sussurra palavras em meu ouvido que me fazem derreter.

— Eu preciso ir — falo, puxando meu braço do aperto de Ivy.

Ela se vira para me impedir, mas sou muito rápida enquanto faço meu caminho por uma multidão de corpos, cortando-os como uma faca quente na manteiga. Não tenho ideia de para onde estou indo, apenas sei que é para longe de Ezra ou Damon, ou de ambos.

Infelizmente, os planos mais bem elaborados e as mais inocentes das intenções têm um costume de darem errado rapidamente.

Percebo isso quando uma mão se prende sobre o meu braço, meu corpo derretendo com o toque, meu cérebro entrando em curto-circuito enquanto sou arrastada para uma sala separada, meus olhos se fechando com força quando uma porta se fecha.

Minhas costas pressionam contra uma parede, a temperatura fria do gesso afundando através do meu vestido para provocar minha pele; o calor de lábios quentes subindo pelo meu pescoço é o contraponto perfeito para uma onda de tremores de frio correndo por mim.

— Você estava indo para o lado errado.

Um sorriso puxa o canto dos meus lábios, feliz e amargo.

— Não acho que longe de você seja o caminho errado.

Pontas de dedos tentam a minha pele enquanto deslizam sobre o meu pescoço para afastarem meu cabelo. Estou tão fora do meu elemento com ele que eu poderia estar flutuando no espaço, minhas pernas chutando e os braços dando um nado de peito, mesmo que não haja água para me impulsionar de volta à Terra.

Sua palma quente desliza pela linha do meu maxilar, seu polegar passando pela minha bochecha.

— É sim.

E então os lábios dele estão nos meus, a ponta de sua língua saindo para provar minha boca. Eu a mantenho fechada, recusando-me a beijá-lo de volta, recusando-me a falar, recusando-me a deixar seu toque me deixar sem sentir meus ossos e estúpida.

Minha recusa não significa nada.

Não com o calor subindo por mim.

Não depois que minha mente perde a capacidade de funcionar.

Não depois que eu paro de me importar por pelo menos uma vez que fui criada apenas para me preocupar com o futuro que meus pais decidiram para mim.

— Quem é você? — pergunto, porque eu sempre pergunto.

Ele sorri contra a minha boca.

— Isso importa?

Instantaneamente, eu lembro o que Ivy disse a Hillary, as lágrimas nos olhos de Hillary, o fato de que ela estava beijando um deles em algum momento antes de eu chegar esta noite.

É uma bênção quando percebo que nada disso importa. Que, independentemente do que eu faça agora, e independentemente de com quem eu faça, ainda vou me casar com alguém que não quero.

— Não — sussurro, meu coração batendo forte contra o meu peito quando seus lábios sorriem contra minha boca.

Segurando meu rosto com as duas mãos, ele mordisca meu lábio inferior, sua voz um grunhido.

— Bom.

Minha boca se abre e sua língua mergulha nela.

Eu o deixo me beijar sem me importar com qual irmão gêmeo é, porque, no final, quando eu estiver casada com um homem que não amo e vivendo uma vida que não quero, nada disso pode importar.

Emily

Eu não sei o que estou fazendo.
Ou porque estou fazendo isso.
Ou mesmo como, por falar nisso.
Eu apenas estou.
Talvez seja para me rebelar contra o meu destino pré-estabelecido. Ou para dar o dedo do meio para os meus pais. Ou para roubar de Mason todas as coisas que ele não quer e que eu não quero dar a ele.
Ele é um menino...
É assim que é...
E a pessoa que está me beijando agora também é. Eu posso ser culpada quando ele está apenas fazendo o que os meninos fazem?
Mil desculpas e explicações passam pela minha cabeça, uma após a outra, um desfile delas completo, com dançarinos e grandes balões flutuantes que as pessoas lutam para controlar em tempo turbulento.
Eu estou com raiva e não sei por que isso importa agora. Estou desesperada, e é por isso que meus dedos se enrolam sobre os ombros mais largos do que os meus. Estou excitada porque estou deixando alguém me tocar quando sei que não deveria.
Damon ou Ezra.
Pode ser qualquer um deles, e não tenho certeza se me importo agora.
Porque isso não é sobre o *cara*. É sobre *mim*, sobre pegar de volta o que o destino e as obrigações familiares roubaram.
Um som baixo vibra em sua garganta quando puxo meus lábios dos dele e inclino a cabeça. É toda a permissão que ele precisa para correr aqueles lábios pela linha do meu pescoço abaixo, para passar sua língua sobre

o tendão tenso. Eu estremeço com a nova sensação, me preocupando mais com a rebelião do que com quem ele é.

Eu deveria me importar com qual gêmeo estou.

Eu quero me importar.

Essa coisa toda começou com Ezra, mas eu realmente não o conheço. Nós não conversamos muito além dos momentos secretos que roubamos, não fizemos mais do que beijar e tocar, suas mãos gananciosas e as minhas recatadas. Eu não deixei seus dedos explorarem lugares que eles não deveriam, ainda não cruzei *essa* linha.

Exceto que agora, quando as mãos dele deslizam pelo lado de fora das minhas coxas e minha saia é puxada mais para cima, minha modéstia volta ao lugar, meu coração batendo forte antes de eu finalmente pará-lo, minha mente gritando o mesmo pensamento repetidamente até que ele voa da minha garganta.

— Pare. Eu me importo.

Olhos âmbar prendem os meus tão rápidos e ferozes que minha respiração fica presa em meus pulmões. Ele abaixa a cabeça daquele jeito feroz que sempre faz, nos trazendo ao nível dos olhos, enquanto de alguma forma ainda está pairando sobre mim.

Eu vejo o canto de sua boca puxar para cima.

— Por quê?

— Eu simplesmente me importo. Quem é você?

Um brilho perverso ilumina seus olhos por apenas um segundo.

— Ezra.

— Você jura?

Ele concorda com a cabeça, as pontas dos dedos traçando linhas pelas minhas coxas, provocando a pele.

Eu não posso evitar. O ciúme ruge através de mim, selvagem e irrestrito, e não tenho ideia de onde isso veio. Não tenho o direito de ficar com ciúmes, mas estou.

Talvez seja porque não tenho experiência com isso. Ou talvez eu esteja dando muita importância a um garoto que me deu o meu primeiro beijo. Eu ouvi que isso acontece. Eu simplesmente nunca entendi isso até agora.

— Você acabou de ficar com a Hillary?

Antes que ele possa responder, a porta se abre, uma linha de luz suave e amarela se infiltrando para quebrar as sombras pesadas em nosso quarto escuro. A cabeça de Ezra vira rapidamente naquela direção, sua mandíbula tensa, seu corpo ficando assustadoramente imóvel.

Não sei quem está na porta, nem me importo quando vejo pela primeira vez o padrão de um hematoma feio no pescoço e no ombro de Ezra, a mancha preto-azulada escura descendo sob a gola de sua camisa.

Sem pensar, pego o tecido e o puxo para baixo para ver a forma de uma impressão de mão, quatro dedos distintos levando à sua clavícula que eu traço com os meus próprios, o toque trazendo sua atenção de volta para mim.

— Quem fez isso com você?

Raiva pisca em seus olhos, isso e outra coisa que não consigo nomear. Ele se afasta de mim, mas dou um passo à frente para puxar sua camisa novamente e ver o dano.

Eu não estou nem pensando, só me sinto tão cheia de fúria que alguém — *qualquer um* — o machucou daquele jeito. É visceral, esse sentimento, como se eu tivesse alguma reinvindicação sobre ele que me desse o direito de ficar louca. Eu mal o conheço e já quero protegê-lo de algum perigo desconhecido. Quero ficar na frente dele e ficar com raiva de quem quer que acreditou que poderia tocá-lo sem a *minha* permissão explícita.

E, de verdade, quão ridículo é isso? Os gêmeos brigam por diversão, mas ainda fico furiosa com a ideia de que uma pessoa acreditou que ela tinha o direito de machucá-lo de volta.

Dizem que ruivos têm temperamento explosivo e, a julgar pelo que estou sentindo agora, eles estão certos.

— Quem? — exijo.

A raiva sangra para fora dele para ser substituída por divertimento, os lábios de Ezra se curvando nos cantos, apesar da forma como as minhas sobrancelhas se juntam e minha boca se estreita em uma linha volátil.

Há uma estranha afinidade entre nós agora, um vínculo forjado no fogo e na ameaça de violência. Ezra reconhece em mim o que ele tem em si mesmo, embora eu não distribua socos e pareça fraca e mimada por fora.

A verdade é muito mais sombria e, julgando pela expressão em seu rosto, ele a vê e gosta.

— Você está brava? — ele pergunta, uma risada suave acompanhando a pergunta.

— Eu estou puta.

Ezra se move para frente e eu dou um passo para trás. Minhas coxas batem em uma barreira, minha bunda caindo para se sentar em um colchão. Antes que eu possa me levantar novamente, Ezra está acima de mim, contra mim, todo ao meu redor.

Feroz.

Não há outra palavra para descrevê-lo.

Seus dentes beliscam minha pele logo acima do decote do vestido e eu não consigo me mover.

Nem um centímetro.

Estou congelada no lugar, parcialmente apavorada porque nunca estive em uma cama com um garoto antes, mas principalmente porque esse garoto é o Ezra, e não tenho ideia do que ele está pensando.

O novo terror afasta a velha raiva, sua expressão mudando ao ver isso.

Com a cabeça inclinando para o lado, ele fica de joelhos, montando em minhas pernas, estica a mão atrás dele e tira sua camisa.

Fico imóvel de novo, exceto que desta vez há um lago de lava se expandindo pelo meu corpo, quente e vingativo, minha mente girando com decisões tão precipitadas e pensamentos caóticos que estou em uma espécie de vácuo, o tempo congelado, minha mão se estica passando a fúria incandescente para traçar a forma de teias de aranha.

— Quem fez isso?

Eles estão por toda parte, como manchas de tinta em um pano bem usado. Um hematoma desaparecendo em outro, escuro no centro antes de se torcer em uma teia de fios, a cor mudando de preto para roxo, para azul e verde.

Em toda parte.

Por toda parte.

— Eles não doem — ele sussurra, enquanto meus dedos traçam um particularmente feio.

Meus olhos se voltam para seu rosto; a raiva voltou, o que só o faz sorrir.

— Quem?

Em vez de me responder, ele segura meu rosto com as duas mãos e me beija, seus lábios forçando os meus a se separarem, sua língua escorregando para dentro para provar a raiva que estou sentindo, como se a minha fúria fosse uma droga que o excita.

Com as mãos hesitantes, corro a palma das mãos por seu peito e sobre seus ombros, gentilmente, de uma forma tão extremamente gentil porque não suporto o pensamento de aumentar as marcas na pele dele.

Tão perdida em minha preocupação por ele, esqueço que estou em um quarto escuro com um menino *em uma cama*, e essa falta de compreensão é o motivo pelo qual ele é capaz de me deitar, de esmagar seu corpo contra o meu.

O pânico não retorna até que seus joelhos prendam minhas pernas juntas, sua mão passando por trás do meu pescoço para me segurar neste beijo escaldante enquanto sua outra mão cai para fazer cócegas na minha pele com dedos curiosos.

Quando sua palma se achata contra o meu peito por cima do vestido, eu congelo novamente, todos os músculos tensos e doloridos.

— Eu não...

É um sussurro contra seus lábios, uma confissão embaraçosa, uma que chama sua atenção e força seus olhos a se abrirem.

Agora eu me sinto estranha deitada aqui com um garoto escarranchado em minhas pernas e a palma da mão no meu peito. Nós estamos olhando um para o outro no quarto sombreado, meus olhos cheios de medo e os dele não me dizendo nada.

— Nunca?

A pergunta sai de seus lábios, meio uma provocação e meio choque honesto. Revirando meus olhos, tento ignorar o constrangimento que sinto, minha súbita tentativa de empurrá-lo para longe um desperdício, já que ele é duas vezes maior que eu.

Mesmo para seu tamanho agora, percebo que Ezra ainda não está totalmente crescido. Ele tem dezoito anos, assim como eu, mas não é um homem. Já vi homens e já vi garotos do ensino médio. Não há comparação. Isso me faz imaginar como Ezra será quando ficar mais velho, quando seu corpo estiver totalmente preenchido e a experiência aguçar sua mente.

Aposto que ele será ainda mais assustador do que é agora.

— Só me deixe ir — eu expiro, meus olhos dançando em qualquer lugar para evitar de olhar para ele. O teto, a parede, a porta do outro lado do quarto que eu posso usar para sair daqui e esquecer que isso aconteceu.

Seus dedos apertam meu seio, apenas um leve estremecimento de sua mão antes que ele a afaste e pressione a palma da mão no colchão perto da minha cabeça.

— Por que não?

— Você sabe o porquê — respondo, ainda me recusando a olhá-lo nos olhos.

Minhas bochechas estão queimando com o sangue correndo para elas, e estremeço quando seus dedos tocam meu queixo. Luto contra ele, virando meu rosto para que eu não tenha escolha a não ser olhar para ele.

— Isso é sobre o Mason? Sobre a porcaria do acordo que seus pais fizeram para você se casar com ele?

Acenando com a cabeça em concordância, deixo a sensação se afundar. O nome de Mason sozinho é um peso me puxando para baixo, uma sombra que paira sobre mim constantemente.

— Ele me disse que vocês não precisam seguir em frente com isso até que vocês tenham trinta anos.

— Quando nós estivermos perto dos trinta — eu o corrijo. — Meus pais querem que isso aconteça imediatamente depois da faculdade.

Ezra pisca, seus cílios escuros cheios onde eles contornam aqueles lindos olhos âmbar.

— O que significa que você tem dez anos, pelo menos, para se divertir. Por que não começar agora?

O aborrecimento goteja em minha cabeça como chuva.

— Porque eu devo me guardar...

— Para o quê? — ele pergunta, interrompendo-me. — Mason não se importa.

Não sei por que o comentário dói, mas dói. Não por causa de Mason. O que ele pensa ou faz não significa nada. É mais porque estou presa em uma espera perpétua por um casamento que eu não quero. Como se a única razão da minha existência fosse ser esposa de alguém.

— Se meus pais descobrirem...

Pressionando a almofada macia de seu polegar nos meus lábios, ele não me deixa terminar o pensamento.

— É apenas diversão. E eles não vão descobrir. Vou me certificar disso.

— Como? — pergunto, o movimento dos meus lábios permitindo que o polegar dele toque a frente dos meus dentes.

Aproveitando, ele o desliza na minha boca, pressiona minha língua com tanta força que estremeço. Essa pequena reação acende fogo em seus olhos, seus lábios ligeiramente se entreabrindo.

Não posso negar o quão estranho isso é, estou praticamente chupando o dedo de outra pessoa, mas parece certo por um milhão de razões que não consigo descobrir.

Mantendo seu polegar no lugar, ele se inclina para baixo para falar no meu ouvido, seu peito encostando suavemente no meu, sua respiração quente contra a minha pele.

— Porque se alguém disser uma palavra sobre isso, eu vou machucá-los.

O olhar em seus olhos me diz que ele quis dizer isso. Mas não apenas isso. De certa maneira, parece que Ezra está arqueando sobre o meu corpo de forma protetora, como se eu fosse de alguma forma vulnerável e ele fosse a única pessoa forte o suficiente para cuidar de mim.

É uma sensação estranha de se ter, mas está lá, apenas nas bordas, um vínculo formado depois que ele me mostrou o segredo de seus hematomas e eu revelei o segredo da minha inexperiência.

Meu olhar desce para a marca em seu ombro novamente, a direção dela como se alguém estivesse o segurando por trás, um aperto punitivo que faz com que meus dentes se trinquem e minha mandíbula fique dolorosamente apertada.

Antes que eu possa mencionar isso, um barulho explode na casa além do nosso quarto, risos, assobios e vozes aumentando. A porta se abre novamente um minuto depois, todo aquele barulho correndo para nós sem ser silenciado.

O corpo de Ezra se contorce para rosnar para quem quer que ousou entrar neste quarto, todos os músculos tensos, como uma besta pronta para rasgar a garganta de qualquer pessoa que ameace o que ele protege.

Ava dá um gritinho e desvia o olhar, mas ela não fecha a porta.

— Temos que ir, Emily. É a Ivy.

Ai, Deus. O que Gabriel fez?

É só então que percebo que o polegar de Ezra ainda está na minha boca, a almofada pressionando contra o músculo de forma que não posso falar imediatamente.

Afastando-me, eu olho para ele.

— Tenho que ir.

Ele não parece se importar, mas rasteja para longe de mim de qualquer maneira, nossos olhos ainda emaranhados enquanto me sento e fico com raiva por não conseguir terminar o que quer que estava acontecendo entre nós.

Estou de pé quando ele agarra minha mão, olhos âmbar fixos nos meus com uma promessa silenciosa que não percebo que nos seguirá até a idade adulta.

— Estou falando sério — ele me lembra. — Vou machucar qualquer um que...

— Vamos, Emily.

A voz de Ava é urgente, o que significa que o que quer que Gabriel fez para Ivy deve ser ruim.

Fechando meus olhos, respiro fundo antes de abri-los novamente.

— Eu não quero você machucando ninguém, Ezra. E não quero ninguém te machucando.

Algo não dito rola por trás de seus olhos, selvagem e sombrio. Ele solta a minha mão, um rápido desembaraçar de nossos dedos para sinalizar que o momento estranho acabou.

Forçando-me a quebrar o nosso olhar, corro para a porta onde Ava está esperando, meu corpo hesitando por apenas um segundo a mais, antes que eu saia correndo de vez, para deixar Ezra e meus segredos para trás.

capítulo quatro

Emily

Ezra não estava mentindo. O que honestamente me surpreendeu. Eu não tinha esperado que ele mantivesse sua palavra.

No sábado à noite, eu o deixei em um quarto escuro com o segredo de seus hematomas e o da minha inexperiência, e pensei que, com esses segredos, eu também estava deixando uma promessa para trás, para permanecer na escuridão antes que ela se esfriasse inteiramente com o tempo e desinteresse.

Aparentemente, Ezra a carregou com ele, segurou-a e seguiu em frente com isso quando surgiu a primeira oportunidade para me mostrar que ele quis dizer o que disse.

Ele nutriu aquelas palavras.

Então, quando Thomas Alexander fez um comentário passageiro sobre eu transar com ambos os gêmeos, Ezra o machucou por isso.

Ele fez dele um exemplo, na verdade, e também exigiu que Thomas espalhasse pela escola uma mensagem com os dois olhos roxos e o nariz sangrando de que qualquer menção a Emily Donahue e a quem ela beija está estritamente fora dos limites.

Eu não estava lá para ver a luta, mas, como tudo que acontece na escola, a história se espalhou como um incêndio.

No começo, eu fiquei no escuro, só percebendo quando os meninos que conheci por toda a minha vida me olhavam como alguma garota nova que era interessante, enquanto as meninas tinham ainda mais inveja em seus olhos do que estou acostumada.

Havia ciúme nos olhos delas também, algo feio e verde, que elas nunca mostraram perto de mim.

Não sou como a Ivy ou a Ava, com a capacidade de namorar quem eu quero ou ter muita liberdade. Eu não posso namorar, a menos que seja o Mason. Não posso ir a bailes, a menos que seja com o Mason. E como Mason e eu não suportamos um ao outro, as garotas da escola não têm motivo para ter ciúmes de mim.

Foi Ivy quem finalmente me disse o que estava se espalhando pela escola, a suspeita arqueando sua sobrancelha, afinal, por que Ezra faria algo assim se tudo o que nós fizemos foi nos beijar?

E isso tudo foi antes de o terceiro sinal tocar esta manhã.

Já passou do quarto período agora.

Como de costume, Ivy saiu da aula de cálculo com cautela em sua expressão. Eu rio e balanço minha cabeça, porque ela odeia matemática mais do que qualquer coisa, mesmo que seja boa pra caramba nisso.

Unindo nossos braços, nós seguimos por outro corredor para pegar Ava em sua classe, nós três levando nosso tempo e deixando nossos livros nos armários antes de irmos para o refeitório.

Nós nunca comemos lá porque preferimos os gramados nos fundos, mas Ava gosta das saladas e sempre faz questão de parar para pegar uma.

— Então... — Ivy fala, olhos azuis olhando para mim de onde ela está do outro lado de Ava.

Não gosto do som dessa palavra, especialmente o estalo dos lábios de Ivy. Parece pesado, com vários ganchos enfiados em sua aparência com perguntas contorcidas penduradas neles. De alguma forma, sei que são perguntas que não quero responder.

— Você quer me contar o que realmente estava acontecendo entre você e Ezra naquele quarto sábado à noite?

— Tanto quanto você quer falar sobre andar até o carro parecendo como a Carrie, a estranha com tinta vermelha te cobrindo — respondo, com um sorriso malicioso em meu rosto, porque seu cabelo loiro branco ainda está manchado de rosa de onde ela não conseguia se livrar de tudo aquilo.

— Aquele filho da puta do Gabriel — ela murmura. — Vou fazer ele me pagar por isso. Mas, claro, vou falar tudo sobre isso quando você terminar de me contar por que Ava disse que Ezra não estava de camisa e vocês dois estavam deitados na cama.

Um gemido rasteja sobre meus lábios, e eu lanço um olhar para Ava, que está pingando de desdém pelo fato de ela ter contado aquilo.

Ela encolhe os ombros.

Não há segredos entre nós, e eu sei que não devo ficar chateada com Ava por ter dito a Ivy o que ela viu.

— Quer me dizer por que ele estava sem camisa?

Eu não posso contar a ela. É o segredo de Ezra e, embora ele nunca tenha me dito para não dizer nada, eu me sinto obrigada a ficar quieta.

Claro, eram hematomas, nada de novo quando se trata dos gêmeos. Mas havia alguma coisa diferente sobre os que eu vi, algo mais escuro e mais doloroso, algo que ainda faz meus dentes se apertarem com raiva.

— Não particularmente. Além disso, pelas regras do Ezra, ninguém tem permissão para falar sobre mim ou sobre quem eu beijo. Você pode querer calar a boca antes que ele bata na sua bunda da próxima vez.

Ivy bufa.

— Aham, ok. De alguma forma, não acho que essa regra se aplica a nós.

É uma boa regra, no entanto. Uma que faz o meu coração se apertar com força no peito, a sensação perniciosa de esperança mais uma vez viva nas asas batendo em meu estômago e nos sussurros em minha cabeça.

Talvez ele não seja tão ruim quanto o resto do Inferno.

Talvez isso seja mais do que diversão.

Talvez...

— Eu nem tenho certeza de por que ele está ameaçando as pessoas por você — Ivy divaga. — Ele convidou Hillary para o baile e Damon está levando a melhor amiga dela, Kelly. Portanto, seja o que for que vocês dois estavam fazendo, não faça de novo. Os gêmeos são tão ruins quanto o resto do grupo deles.

Ou talvez não.

Todas as asas batendo param, e minha esperança desaba em uma ferida nojenta que Ivy abriu, que está cheia e borbulhando de desgosto. Eu deveria saber que aqueles segredos não significavam nada.

— Por que Hillary?

É um acidente fazer a pergunta em voz alta, um pensamento que conseguiu escapar da minha língua antes que eu pudesse impedi-lo.

As duas olham para mim, mas é Ava quem responde:

— Por que isso importa? Os gêmeos ainda estão fazendo suas merdas de costume, e é melhor você descobrir agora do que depois...

Ivy dá uma cotovelada em Ava e lança para ela um olhar penetrante.

— Todas nós deveríamos fazer um pacto para evitar os caras do Inferno — Ivy oferece. — Eu vou ficar longe do Gabriel...

Ava e eu rimos disso, o que só nos retorna um olhar feio.

— E você fique longe dos gêmeos. Parece que a única pessoa com quem nós não precisamos nos preocupar é a Ava. Mas só porque ela é inteligente o suficiente para ficar longe de todos eles.

Ava acena com a cabeça em concordância.

— Claro que sou. Mas então, eu sempre fui a mais inteligente entre nós.

— Diz a garota que está indo para a mesma faculdade que eles — Ivy retruca, em uma voz cantarolante.

— Ah, por favor. O campus é enorme. Eu duvido muito que isso vá ser um problema. Assim que terminar o ensino médio, planejo nunca mais ter nada a ver com eles de novo.

Eu acredito nela. Ava sempre foi popular entre os rapazes e nunca olhou na direção de nenhum dos meninos do Inferno. Além disso, ela é tão dedicada à escola que vai ficar muito ocupada em Yale estudando para se preocupar com a socialização.

Nós viramos uma esquina para o refeitório e é como se eu perdesse todo o meu ar.

Parando de repente no segundo em que vejo os gêmeos do outro lado do grande espaço, o calor percorre minhas bochechas ao ver Hillary e Kelly paradas de pé ao lado deles.

Não deveria parecer como se uma faca estivesse sendo apunhalada no centro da minha espinha para pegar meu coração e despedaçá-lo. No entanto, é exatamente assim que se parece.

Felizmente, ninguém nos notou, e os olhos âmbar não têm a chance de se levantar e olhar na minha direção antes de eu ser arrastada para a fila da salada de Ava.

— Nem mesmo olhe para eles — Ivy sussurra. — Não vale a pena.

— Não estou olhando — minto, meus olhos me traindo quando eles cruzam a sala para ver os gêmeos saindo pela porta dos fundos com Hillary e Kelly seguindo atrás deles como cachorrinhos.

— Aham. Certo. Eu acredito nisso totalmente — ela fala de forma inexpressiva, simpatia em seu olhar. — Eu nunca deveria ter encorajado você a se envolver com eles.

— Por que você fez isso? — pergunto, não de uma maneira acusatória, ou mesmo chateada, mas porque estou curiosa de porque ela sentiu a necessidade de me empurrar na direção deles.

Ela está distraída, seus olhos encontram os meus por apenas um segundo antes de passarem por mim. Não preciso me virar para trás para saber que Gabriel está caminhando pela sala. Apenas uma pessoa tem a habilidade de atrair a Ivy como uma lua orbitando a Terra.

— Eu não sei — ela finalmente expira. — Pensei que poderia ser bom para você. Especialmente com Ava e eu tendo encontros para o baile, e para você vai ser...

— Mais do mesmo — eu termino por ela.

Ela franze a testa.

— Tudo bem. Estou acostumada com isso.

Quando Ava volta com uma salada nas mãos, nós caminhamos pelo refeitório para sair e pegar nosso lugar habitual sob um grande salgueiro que fica majestosamente localizado perto de um reservatório de água que a maioria dos alunos chama de lago.

Não chegamos à metade do gramado amplo e ensolarado quando Paul Rollings corre em nossa direção, com o cabelo castanho despenteado e os olhos azuis brilhando sob o sol do meio-dia.

Ivy e Ava se aproximam, porque deve ser com uma delas com quem ele quer falar. Ele sorri e pede licença para dar a volta e me encarar.

— Ei, você tem um segundo? Eu quero te perguntar uma coisa.

Surpresa, eu pisco para ele.

Paul é o zagueiro do time de futebol americano e, embora a temporada deles tenha acabado, ele ainda carrega esse título e atrai uma grande multidão de admiradoras esperançosas aonde quer que ele vá.

Comparado com os meninos Inferno, ele é regular, mas isso pode ser dito de qualquer um que não esteja no grupo exclusivo deles.

Ainda assim, é estranho que ele queira falar comigo. Nós nos conhecemos há anos e nos falamos na aula ou nos cumprimentamos de passagem, mas nada mais do que isso.

Ivy e Ava estão me encarando por trás dele, expressões estranhas nos rostos delas, uma mistura de surpresa e empolgação, embora eu não tenha certeza do porquê.

Olho para ele novamente, minha voz suave.

— Hm, sim.

Sua mão gentilmente toca meu cotovelo enquanto ele me conduz alguns passos, longe o suficiente para que Ava e Ivy não nos escutem.

Na verdade, é meio fofo como ele muda o peso entre seus pés e estica a mão para esfregar a nuca. Ele está nervoso, mas não tenho ideia do porquê.

— Eu só vou dizer de uma vez. — Seus olhos azuis encontram os meus. — Você iria ao baile comigo?

Ok, isso é inesperado.

Essa droga de sentimento floresce em mim novamente, não tão forte desta vez, nada que agarre meu coração ou palpite em meu estômago. Mas esse tipo de esperança é mais um calor suave que me permite acreditar por apenas um segundo que minha vida é normal, assim como a de todo mundo, e que não estou ligada a um casamento que eu não quero.

Dez anos.

Muito tempo para se divertir.

Mesmo que não seja com o garoto que sugeriu isso primeiro.

Pensamentos temporários flutuam pela minha mente sobre me vestir e esperar que Paul chegue à minha casa. Posso imaginar a sensação estranha de convidá-lo para entrar em casa pela primeira vez e minha mãe querendo fotos, a faixa áspera do *corsage* que ele vai colocar no meu pulso e o alívio de finalmente sair pela porta para ir para o carro que me esperava.

Está tudo bem lá até que a realidade venha destruindo tudo, pois será Mason quem fará essas coisas.

Sempre Mason.

A esperança se foi novamente e eu me odeio por sequer permitir o sentimento.

— Eu... — O fôlego escapa de mim, meus ombros murchando. — Eu tenho que ir com o Mason — explico —, mas se você está bem em me encontrar no baile...

O olhar de Paul passa por mim antes que eu possa terminar o pensamento, os olhos se arregalando enquanto a preocupação se derrama em sua expressão. Ele dá um passo para trás e olha para mim.

— Na verdade, esquece. Está tudo bem. Eu não deveria ter perguntado.

Ele praticamente foge de mim como se eu o tivesse insultado, isso ou o ameaçado, pelo quão rapidamente se move. Machuca que retirou a oferta tão rápido, a confusão me estrangulando enquanto me viro para ver do que Paul está fugindo.

Maldição.

Estou me movendo agora também, porque a última pessoa com quem eu quero lidar é o Ezra... ou Damon... não sei qual deles, para ser honesta. Mas ele está andando direto na minha direção, e eu me recuso a ser pega em suas besteiras de novo.

Eu consigo chegar tão longe quanto Ivy e Ava estão paradas, as duas olhando para cima para ver quem estou tentando evitar.

Felizmente, Ivy entra no modo de *proteger a melhor amiga* e bloqueia o caminho dele, sua boca se abrindo para repreendê-lo quando ele a agarra pelos ombros, a move para o lado sem machucá-la e continua caminhando para mim.

— Nós precisamos conversar.

— Você não tem Hillary ou Kelly para conversar? Tenho certeza de que tem muito planejamento a fazer, já que está indo ao baile com elas.

Não quero parecer com ciúme, mas isso escapou de qualquer maneira e caiu aos seus pés como um peixe pegajoso se debatendo. A boca dele se curva no canto, aqueles olhos âmbar brilhando com algo que não consigo nomear.

— É sobre isso que nós precisamos conversar.

Balançando a cabeça para os lados, cruzo meus braços sobre o peito, a esperança que senti mais cedo completamente morta, brutalizada e assassinada pela raiva que está me dominando agora.

— Não, nós não precisamos. E o que você fez para espantar o Paul?

Como ele ousa pensar que tem o direito de intervir e exigir que eu fale com ele sobre qualquer coisa? Além disso, como ele ousa de alguma forma ameaçar outro garoto que queria falar comigo?

Não, ele não gritou ou rosnou daquele jeito que ele faz, mas fez alguma coisa para espantar Paul por todo o maldito gramado, correndo como se sua vida dependesse disso.

— Você não me possui — eu estalo, não tendo certeza de onde as palavras estão vindo.

E então, aí está, aquele rosnado. Não como um aviso ou uma ameaça, mais pela frustração quando ele perde a paciência e agarra meu cotovelo para me levar para longe, como Paul fez antes.

Exceto que seu toque é muito mais firme, mais possessivo, faíscas explodindo sobre a minha pele e disparando pelo meu braço a partir de onde os nossos corpos estão em contato.

Ignorar a maneira como me sinto quando ele me toca é impossível.

Minhas pernas se movem independentemente do que a minha mente deseja enquanto Ezra ou Damon — de novo, não tenho ideia — me leva para trás de uma espessa cortina de galhos de salgueiro para um local onde ninguém pode nos ver.

É preciso esforço para arrancar meu braço de seu aperto, mas de alguma forma eu consigo. Dou um passo para trás enquanto me viro para encará-lo, a distância não significando coisa nenhuma quando ele dá um passo à frente para roubá-la, suas mãos segurando meu rosto como sempre fazem e a cabeça dele baixando para ficar no nível dos meus olhos.

Eu deveria dizer alguma coisa, mas derreto no instante em que sua boca encosta na minha. Porra, eu derreto quando a língua dele desliza entre os meus lábios e sou guiada para onde minhas costas estão contra o tronco grosso da árvore. Eu *derreto* quando seu perfume paira sob o meu nariz, algo picante e masculino... algo perigoso.

Seu braço desliza em volta da parte inferior das minhas costas quando meus joelhos se tornam de borracha e fica difícil me manter de pé, seus dedos apertando meu quadril quando abro mais minha boca para ele, mesmo que não devesse.

Meu corpo congela no lugar quando sua outra mão cobre minha garganta, não forte ou sufocando, mas a sugestão de uma ameaça sedutora que parece *certa* e *errada* e tudo mais entre isso. Minha mente está em curto-circuito quando outra coisa assume o controle.

Eu estou derretendo.

Apesar de quão patético e fraco isso é.

Apesar de todas as razões para eu odiá-lo.

Apesar de não ter ideia de quem está me beijando.

Ele interrompe o beijo e pressiona sua testa na minha.

Tudo o que eu vejo é âmbar com manchas verdes.

Tudo que eu conheço são as formas e cores de seus hematomas.

Tudo que me importo é com o calor irradiando do corpo dele enquanto a rajada de luz do sol se infiltra entre nós como fogos de artifício contra sua pele cada vez que uma brisa sopra os galhos para o lado para deixar entrar mais dessa luz.

Os dedos sobre a minha garganta flexionam apenas o suficiente para me lembrar de que sua mão ainda está lá, mas, em vez de me sentir assustada, eu levanto o queixo mais para cima para dar a ele melhor acesso.

Não sei por que faço isso. Mas o reflexo está aí, a reação. Como um chip em meu cérebro que sinaliza para eu me render completamente a esse toque particular com essa pessoa em particular.

— Você está brava? — ele sussurra.

— Sim.

Ele sorri.

— Não fique.

Como se eu pudesse evitar. Meu ciúme é generalizado, consumindo tudo, navalhas afiadas cortando minhas veias até que tudo que eu consigo sentir é o filete de sangue quente escorrendo sob a minha pele.

— Por que Hillary?

Aquele sorriso ilegível se estende, curiosidade flutuando por trás de seus olhos.

— Por que não?

Ele levanta uma sobrancelha com essa pergunta, e eu quero dizer a ele porque ele é meu, mas eu realmente não posso dizer isso, posso?

Não tenho nenhum direito a ele, nenhuma reivindicação. Não quando o meu futuro já está traçado para mim. Não quando ele não pode vir à minha casa me buscar para o baile e não quando eu não posso namorar com ele abertamente.

Tudo o que nós temos é isso.

Rajadas de luz solar e quartos sombreados.

Segredos e mais segredos, todos empilhados.

— Tudo bem. Mas por que você espantou o Paul?

Outro rosnado irrompe baixo em seu peito, o som vibrando contra os meus ossos e entre minhas coxas. Exceto que, ao contrário do outro, este é uma ameaça distinta, mas não para mim.

— Ele só quer você porque eu disse que você está fora dos limites.

E agora estou com raiva de novo.

— Isso não é justo.

Antes que eu possa continuar reclamando, ele passa o polegar ao longo da linha da minha mandíbula, sua mão segurando meu queixo suavemente.

Seus olhos encaram a minha boca, tanto calor por trás deles que a cor âmbar se torna uísque, líquido e espesso, algo doce que ainda queima sua garganta quando você engole.

— Você está fora dos limites — é tudo o que ele diz antes de afastar sua mão e dar um passo para trás, um arrepio percorrendo o meu corpo quando seu calor se vai.

Nossos olhos se encontram, a raiva surgindo em mim novamente.

— O caramba que eu estou.

Ele dá uma piscadinha enquanto caminha de costas para trás para colocar mais espaço entre nós.

Quando ele se vira para me deixar parada no lugar, olho para baixo em seu ombro, onde sua camisa está desabotoada e aberta. Eu imediatamente noto algo que só me deixa com mais raiva.

Não era Ezra dessa vez.

Ou talvez não fosse Damon.

Não há como dizer, e isso só me frustra mais.

O que eu sei de fato é que a marca do machucado da mão dele não está lá como estava no sábado, o que significa que os gêmeos realmente estão se revezando para me deixar maluca.

capítulo cinco

Emily

— Eu o odeio.

Ivy ri.

— Quem? Ezra ou Damon?

— Os dois — resmungo, enquanto atravesso meu quarto para pegar meu Converse.

Em vinte minutos, mamãe vai me levar para fazer o cabelo, unhas e maquiagem para o baile de hoje à noite, embora eu prefira ficar em casa e ver televisão com um balde de sorvete do que ir.

Essas festas nunca são divertidas, e eu brevemente me pergunto se posso fingir que estou doente para escapar disso.

Ava e Ivy sempre tentam fazer com que eu me sinta incluída, mas elas têm encontros e eu acabo me sentindo como uma estranha quinta vela.

Sei que estarei vagando pelo baile esta noite, sozinha, enquanto as outras pessoas dançam e se divertem.

Felizmente, todo mundo já tem planos para festas em casa que começam uma hora depois do início do baile, então eu tenho esperança de que Mason não queira ficar muito tempo, e que nós dois possamos ir embora muito antes que acabe.

— Bem, você fez um bom trabalho evitando os dois. Bem do jeito como eles merecem — ela fala, interrompendo meus pensamentos. — Especialmente se eles estiverem fazendo o mesmo jogo de substituir um ao outro.

Evitá-los não foi fácil. Não quando há dois deles ativamente procurando por mim em cada esquina. Depois de perceber sob o salgueiro que os *dois* estavam brincando comigo, eu saí de trás daquela cortina de galhos tão puta da vida que jurei que eles nunca chegariam perto de mim novamente.

LILY WHITE

Os primeiros dias foram difíceis, mas depois o fim de semana veio e passou, Ezra e Damon voltando para a escola na segunda-feira com novos hematomas e cortes, suas atitudes tão agressivas que eles desistiram de mim e aterrorizaram qualquer um que se aproximasse deles.

Eu percebi um padrão nisso. A cada dois fins de semana, *alguma coisa* acontece com eles. Geralmente, leva uma semana para se acalmarem depois do que quer que aconteça que cause aqueles hematomas e, em seguida, eles voltam ao seu normal por mais uma semana.

É um ciclo sem fim, pelo menos desde que estou prestando atenção. E dizer que eu não estava com raiva de ver os novos hematomas seria uma mentira.

Eu estava furiosa.

Lívida.

Queria marchar até eles e exigir respostas sobre o que estava acontecendo. Queria destruir quem estava causando essas contusões.

Mas não fiz isso porque eu ainda estava com raiva deles.

— Você vai sair para arrumar seu cabelo e outras coisas em breve?

Puxando meu sapato, eu gemo.

— Sim. Tenho que encontrar minha mãe daqui a pouco.

Do outro lado da linha de Ivy, escuto outra voz, suave e feminina, uma pergunta sendo feita que não consigo entender.

— Quem é essa?

É a vez de Ivy gemer.

— Eu estou ficando de babá — ela brinca, sua risada suave rolando através da linha quando a pessoa em seu quarto reclama.

— O amigo do meu pai passou por aqui e eles me pediram para ficar com a filha dele, Brinley, por uma hora antes de eu ir embora para arrumar meu cabelo e outras coisas. Ela afirma que ser cinco anos mais nova do que eu não significa que ainda seja uma criança. Permita-me que eu discorde.

As duas discutem, indo e voltando, a risada de Ivy alta antes de ela finalmente falar comigo outra vez.

— Brinley acabou de me dizer que a amiga dela, Everly, tem a nossa idade e não acha que ela é uma criança.

Rindo da maneira como Ivy está gentilmente provocando a garota quando elas imediatamente começam a discutir de novo, minha cabeça se levanta ao escutar uma batida na minha porta.

— Argh. Minha mãe está aqui. Tenho que ir.

— Vá ficar bonita. Te vejo no baile.

Desligando, meus olhos se fecham e eu luto contra a vontade de escapar pela janela e fugir.

Um dia inteiro com minha mãe já é ruim o suficiente, mas saber que Mason vai estar aqui às sete para as fotos estranhas e rígidas que sempre tiramos, seguido pelo silêncio infernal da viagem de limusine que pegaremos para o baile, torna o pesadelo ainda pior.

Eu me levanto e abro a porta mesmo assim, sempre a filha leal.

Como sempre, minha mãe me olha com uma expressão praticada. Não é amor. Não é conforto. Não é afeto. Simplesmente a mesma polidez distante que ela oferece a cada conhecido.

— Nós devemos ir — é tudo o que diz, enquanto se vira para me levar pela ala das crianças e para fora, para o carro que nos espera.

O dia segue conforme o esperado. De vez em quando, enquanto o meu cabelo está sendo enrolado e preso, minhas unhas estão sendo modeladas, polidas e pintadas, e minha maquiagem está sendo aplicada com o que deve ser uma espátula por tão grossa que ela é, minha mãe me lembra de meu papel na vida.

Você está prometida a Mason Strom.

Você deve agir com graça e decoro.

Mason dá as cartas, e você deve seguir alegremente com elas.

E sempre, *sempre*, lembre-se de sorrir.

Até o cabeleireiro, manicure e maquiadora olham para minha mãe como se ela fosse insana. Mas eu sorrio porque um movimento errado vai desencadear a infelicidade da minha mãe.

Não que eu me importe muito com a felicidade dela, especialmente quando estou infeliz, mas quando ela está infeliz, meu pai fica infeliz, o que só me leva a ser colocada de castigo presa dentro de casa.

Eu não posso te dizer quantas vezes fantasiei em mandar todos eles se foderem.

Eu tenho dezoito anos agora.

Tecnicamente, uma adulta.

Por lei, eu posso tomar as minhas próprias decisões.

Essas decisões também carregam consequências e, sem um emprego, um diploma ou qualquer outra coisa que iria me ajudar a me sustentar, puxar o cartão de *adulta* só me deixaria sem teto.

É difícil alegar que você é uma adulta quando não tem meios de fazer todas as coisas normais de um adulto.

Essa é a razão pela qual eu não tenho escolha a não ser *sempre* me lembrar de sorrir.

É também por isso que ainda estou sorrindo quando a campainha toca mais tarde naquela noite.

Minha mãe já me guiou à minha posição de costume para esta tradição horrível:

No terceiro degrau da grande escada em caracol que dá para o saguão, meus braços delicadamente colocados no corrimão, minha coluna reta, ombros alinhados, mas ainda femininos, e minha mente enterrada em tanta infelicidade que acho que posso vomitar.

Aparentemente, eu não sou a única.

Assim que minha mãe abre a porta com seu floreio usual, e depois que nossos pais dão tapinhas nos ombros um do outro antes de apertarem as mãos, Mason entra parecendo tão infeliz quanto eu.

Ele não se preocupa em olhar para cima para onde ele sabe que eu estou parada. Nós fizemos isso mais vezes do que consigo contar, e cada vez parece pior do que a anterior.

Ainda assim, Mason está lindo.

De pé com um metro e noventa de altura, ele não tem os ombros e o peito totalmente preenchidos para combinar com sua altura, mas o físico esguio dele é perfeitamente complementado pelo corte de seu terno, o paletó apenas um pouco mais escuro do que seu cabelo, e o branco da camisa não fazendo nada para esconder sua barriga lisa e tonificada, onde está enfiada em calças que dão pistas para a sua cintura estreita e coxas musculosas.

Tenho certeza de que as nossas mães foram as que coordenaram a gravata dele para combinar com a cor esmeralda do meu vestido.

Depois que nossos pais terminam suas discussões, meu pai toca o ombro de Mason para direcionar sua atenção para mim como uma grande apresentação da mulher que aguarda na escada para ser notada.

A formalidade dessa tradição é insanamente ridícula, mas aqui estamos nós, fazendo isso pela centésima vez.

Os olhos azul-claros de Mason finalmente mudam de direção para olhar para mim, seus lábios se curvando para baixo em uma expressão zangada nos cantos, mas eu sorrio independentemente. Apenas porque a minha mãe me mataria se eu não fizesse isso.

Nós conseguimos passar por outra rodada de fotos rígidas, nossos corpos mal se tocando enquanto ele coloca o *corsage* no meu braço, e eu prendo a flor de lapela em seu lugar, o flash da câmera nos cegando tanto que precisamos ser cuidadosos ao descer as escadas.

— Eles têm idade suficiente? — a mãe de Mason pergunta, sua voz régia e provocadora.

Minha mãe ri em resposta.

— Ah, eu acho que sim.

Tanto Mason quanto eu olhamos horrorizados quando nossas mães dizem em uníssono:

— Vamos tirar uma foto do primeiro beijo de vocês.

Nossos pais riem em seguida, e o pai faz a piada:

— Só um beijinho rápido. Não tenha ideias para mais tarde, Mason. Guarde isso para a noite de núpcias.

Ai, meu Deus.

Alguém me mate agora.

Enquanto minhas bochechas esquentam o suficiente para combinar com o tom vermelho-escuro do meu cabelo, Mason é capaz de esconder seu horror melhor, mas eu ainda não perco o gemido quieto soando baixo em sua garganta.

Nós viramos para encarar um ao outro, nossos olhos se enredando e nossos músculos tensos, nós dois nos inclinando para frente com os dentes cerrados para um beijo que parece uma tortura.

Realmente, é apenas um toque rápido de nossas bocas juntas, menos de um segundo de contato, mas isso ainda é o suficiente para nós dois fazermos uma careta por sermos forçados.

Nossos pais aplaudem enquanto Mason e eu colocamos distância um do outro, eu dando um passo para um lado, ele para o outro.

— É hora de vocês irem, pombinhos — minha mãe gorjeia alegremente, e é a melhor coisa que eu já ouvi esta noite até agora.

Infelizmente, o alívio de sair de casa dura pouco. Assim que estamos enfiados na parte de trás de uma limusine e as portas se fecham, um silêncio constrangedor surge, assim como sempre.

Recusando-nos a olhar um para o outro, eu estou observando os jardins da minha casa ficarem para trás e Mason está olhando pela janela oposta, nossos corpos rígidos no lugar.

Nós mal passamos pelos portões da frente do meu bairro quando Mason se mexe em seu assento, seu movimento um som suave contra o couro.

— Os gêmeos, hein? Eu nunca considerei você do tipo.

Surpresa por ele estar falando comigo, olho por cima do ombro e me viro para encará-lo.

— Que tipo é esse?

O canto de sua boca se curva para cima.

— Eu sei como eles são. Só não pensei que uma puritana seguiria com isso. Acho que é verdade o que eles dizem sobre as quietinhas.

— Eu não sou uma puritana. — Eu o encaro com raiva, com um rolar dos meus olhos. — E não sou do tipo que vai atrás deles. Ter qualquer coisa a ver com os gêmeos foi um erro.

A curiosidade genuína cintila por trás de seus olhos azuis, a cor contornada com cílios pretos e grossos. Isso dá ao rosto dele uma qualidade etérea, tão impressionante que é difícil não se sentir presa em seu olhar.

— Por quê?

Um encolher dos meus ombros.

— Você sabe como eles são. Eles têm o mau hábito de substituir um ao outro e mentir sobre isso. Assim que eu descobri que era Ezra e Damon, decidi parar de falar com eles.

Seus lábios se curvam em um sorriso malicioso.

— Você pode distingui-los? Acho que você descobriu a coisa das sardas.

O quê?

Lanço um olhar em sua direção e não digo nada, em vez disso armazeno esse pedaço de informação para mais tarde. Mason pode não saber que ele acabou de revelar exatamente como distinguir os gêmeos. Só não sei onde está a sarda.

O silêncio cai novamente, mas não por muito tempo.

— Provavelmente é melhor você evitá-los — Mason diz, com uma voz suave, preocupação sangrando através das palavras. — As coisas têm estado ruins para eles ultimamente e...

Ele balança a cabeça e expira pesadamente.

De imediato, minha mente retorna para aquele quarto coberto por sombras na casa da piscina de Kyle.

— É isso que está causando os hematomas?

Ele não responde, mas não perco a raiva que rola por trás de seus olhos.

Ainda assim, não deixo o assunto morrer. Preciso saber o que está acontecendo com eles.

— Eu vi uma marca de mão em um de seus ombros. A porra da marca de uma mão. Essa não é das brigas de costume deles.

O músculo perto de sua mandíbula salta.

— Eu não posso falar sobre isso.

Isso só me deixa mais determinada a descobrir a verdade.

— Eles estão sendo abusados? Quem os está machucando?

— Só deixe isso pra lá — ele estala. — Eu sabia que não deveria ter falado com você. Nós deveríamos voltar a nos ignorar como de costume.

Sei que não vou arrancar mais coisa nenhuma dele quando ele vira o seu corpo para me dar as costas. Eu também me viro, e nós seguimos o resto do caminho em silêncio.

Parando no hotel onde o baile está sendo realizado, Mason e eu esperamos a porta se abrir.

Ele desempenha seu papel típico de me ajudar a ficar de pé e de me oferecer seu braço para que possa me acompanhar para dentro. Mais flashes de câmera ocorrem, os fotógrafos da escola certificando-se de registrar todos os alunos que chegam.

Finalmente lá dentro, estamos livres para nos soltarmos, Mason rapidamente sai fugindo em uma direção enquanto sigo para outra.

Observo enquanto ele atravessa a sala para encontrar seu par de verdade, Milly Ferguson. Ela está linda em um vestido do mesmo tom que o meu, seu cabelo loiro preso com cachos suaves caindo para emoldurar o rosto dela.

Quando Mason e ela chegam a uma mesa onde os outros membros do Inferno se sentam, pego meu lugar de costume perto de uma parede e olho ao redor da sala procurando por Ivy e Ava.

O salão de festas é deslumbrante. Todas as mesas estão drapeadas em branco, as decorações de ouro rosé cintilante acentuadas por peças centrais amarradas com pequenas luzes. Acima de nossas cabeças, balões cintilantes cobrem o teto, as luzes ao redor do espaço dançando enquanto eles balançam e se movem.

Não há um tema definido para o baile, mas a elegância é impressionante, e eu agradeço a escolha do comitê por evitar qualquer coisa clichê ou espalhafatosa.

Quando não vejo minhas duas parceiras no crime, dou uma olhada para a mesa do Inferno novamente, meu coração se apertando com força ao descobrir que os gêmeos tinham chegado com Hillary e Kelly a reboque.

É claro que as duas garotas estão se pavoneando como rainhas, seus egos tão grandes que estou surpresa que elas consigam manter suas cabeças erguidas.

Eu as ignoro e estudo os gêmeos, observo a maneira como as bocas deles estão viradas para baixo nos cantos, os hematomas em seus rostos finalmente desaparecendo.

Caramba. Eles estão lindos, ambos vestidos completamente de preto, em ternos sem gravata ou qualquer toque de cor. Eu me pergunto quais marcas escurecem a pele deles sob essas roupas, me pergunto se Hillary e Kelly as viram ou se elas sequer se importam.

Não escapa da minha atenção que os gêmeos estão com as flores de lapela padrão que todos os outros caras estão usando em falta, seus encontros estão com o *corsage* faltando.

Levantando uma sobrancelha para isso, balanço a cabeça e tento ignorar as razões em meus pensamentos sobre o porquê de eles terem pulado a tradição.

É quase impossível olhar para longe, meu olhar varrendo os dois para admirar a maneira como se movem com uma espreita predatória, suas roupas elegantes não fazendo nada para esconder aquela qualidade selvagem para eles que me chama com um sussurro tentador.

Tenho que afastar meus olhos, porém, porque, quanto mais eu olho, mais consigo sentir a ponta do polegar deles na minha língua, mais eu me lembro do gosto salgado de sua pele ou dos beijos suaves que se tornaram exigentes.

Já estou viciada, mas também sou forte o suficiente para me afastar quando sei que isso é o melhor para mim.

Damon e Ezra não são nada além de uma decepção amorosa personificada.

A admissão de Mason rola em meus pensamentos em seguida, sua recusa em explicar o que está acontecendo com os gêmeos, mas também sua confissão indireta de que alguma coisa está rolando.

Isso só aumenta a minha raiva. Tanto que, quando espio de novo e percebo um par de olhos âmbar virando em minha direção, olho para longe e me movo ao longo da parede para colocar mais distância entre nós.

Felizmente, Ivy e seu par chegam dentro de cinco minutos, e eu os sigo até uma mesa. Ava chega em seguida com seu par, nós cinco sentados conversando por uma hora.

Mais uma vez, sou a vela e sei que elas estão ficando na mesa comigo em vez de dançar porque não querem que eu me sinta sozinha.

VIOLÊNCIA

É por isso que eu dou uma desculpa para sair da mesa, alegando que quero dar uma volta e me misturar para que eles possam dançar e se divertir.

Tanto Ava quanto Ivy argumentam que eu deveria ficar com elas, mas não vou ouvir isso. Estar sozinha nesses eventos não é nada novo para mim, e me recuso a arruinar a diversão delas colocando-as para baixo com as minhas obrigações.

Eventualmente, faço meu caminho para o banheiro para verificar minha maquiagem e cabelo. Não estou tão preocupada assim com a minha aparência, mas é uma desculpa tão boa quanto qualquer outra para deixar o salão de festas.

Caminho pelo longo corredor na parte principal do hotel, uso o banheiro e passo alguns minutos retocando minha maquiagem e cabelo.

Parada de pé perto dos espelhos quando a porta se abre, gemo ao ouvir a voz de Hillary, suas palavras animadas enquanto ela conversa com Kelly.

— Eu não posso esperar até sairmos em alguns minutos. Ezra me disse que a festa hoje à noite é na casa do Gabriel. Você e eu sabemos quantos quartos eles têm naquela casa.

O pequeno grito que sai de sua garganta e ecoa pela grande sala me faz estremecer.

Ignorando isso, coloco uma mecha de cabelo atrás da orelha e me afasto dos espelhos.

Não é até virarem em uma parede que elas me veem, os olhos de Hillary me prendendo no lugar, sua boca se curvando em uma linha de provocação.

— Ah, Emily. Não sabíamos que você estava aqui.

Olhando para ela enquanto passo a caminho da porta, respondo:

— Por que isso importa? Se você soubesse, tenho certeza de que ainda ficaria empolgada em anunciar que é uma vagabunda.

Abro a porta e olho para ela por cima do ombro.

— Divirta-se no quarto esta noite.

— O que isso quer dizer? — estala.

A discussão não vale o meu tempo, então, em vez de mostrar que ouvi a pergunta, eu saio para o corredor. Estou a menos de três metros de distância quando as duas saem furiosamente do banheiro, a voz de Hillary carregando um tom desagradável quando ela grita comigo:

— Pelo menos eu não estou aqui sozinha. Qual é a sensação de saber que ninguém quer você? Nem mesmo a pessoa com quem você supostamente deveria se casar?

Elas riem como se ela tivesse dito algo espirituoso.

Pegando meu ritmo, tenho minha cabeça inclinada para o chão porque eu não suporto olhar para as pessoas nos encarando agora, Hillary ainda causando uma cena, apesar de quão rapidamente estou tentando me afastar.

— Você gostaria de saber o que os gêmeos disseram sobre você? Os dois riram quando nos contaram o quanto você é uma vagabunda. A única razão pela qual eles disseram às pessoas para não falarem sobre você é porque estavam muito envergonhados por terem sequer tocado em você em primeiro lugar.

Eu não acredito nela, mas isso não significa que suas palavras não machuquem.

Os gêmeos tinham as convidado para o baile depois de me beijarem e jogarem um jogo. Eu seria estúpida em pensar que tenho a mínima importância para eles.

Parece que não consigo escapar rápido o suficiente, meus calcanhares doem com a velocidade com que estou andando, minhas mãos agarrando a saia do meu vestido para mantê-lo levantado.

Estou quase no salão de festas quando bato contra um corpo rígido, meu equilíbrio é prejudicado e as pernas ficam instáveis.

Se não fosse pelas mãos que seguram meus dois braços, eu teria caído de bunda no chão.

A primeira coisa que eu noto é a colônia que ele usa, algo escuro e mal-assombrado, uma especiaria masculina que infecta meu sangue até que meu coração está batendo rápido demais.

Olho para cima e vejo um olhar âmbar virado para baixo na minha direção. Não sei se é Ezra ou Damon, mas quem quer que seja, olha para cima e para além do meu ombro, sua expressão se contorcendo de raiva.

A voz de Hillary morre, e há uma tensão distinta no ar da qual quero escapar. No entanto, quando tento puxar meus braços de seu domínio, seus dedos apertam, o corpo dele tão imóvel que parece que estou parada perto de uma bomba-relógio prestes a explodir.

— Ah, ei — Hillary sussurra, pisando ao nosso lado. Os olhos dela se voltam para mim com desgosto antes de sua expressão mudar totalmente para o... sei lá quem. É um dos gêmeos. — Vamos embora logo? Mal posso esperar para ficar sozinha com você.

Ezra... ou Damon... olha para ela com um olhar no rosto que não consigo ler. O que quer que seja, eu não gosto disso. A julgar pela expressão de Hillary, ela também não.

Em vez de responder a ela, ele solta um dos meus braços, mas se recusa a soltar o outro. Sou escoltada de volta ao salão de festas, seu passo predatório tão rápido que mal consigo acompanhar.

Hillary e Kelly estão lutando para nos acompanhar também, os rostos delas preocupados, seus olhos cortando para mim toda vez que viro para trás para elas.

Nós chegamos à mesa do Inferno, e todos os garotos erguem os olhos com expressões entediadas. Damon... ou Ezra... é o único que se levanta.

Ele dá a volta na mesa e fica perto de seu irmão para sussurrar alguma coisa para ele.

Vejo a raiva brilhar em seu rosto também, aqueles olhos âmbar lançando um rápido olhar para Hillary e Kelly antes que ele pegue minha mão livre e não diga nada enquanto me leva para longe da mesa.

Tentar me afastar é inútil, meus sapatos derrapando no chão enquanto ele me puxa para frente.

— Maldição. Pare — exijo, libertando minha mão enquanto ele se vira para me encarar. — O que você está fazendo?

Os lábios dele se contorcem com humor, mas então ele chega mais perto dessa maneira que ele tem de roubar meu espaço pessoal sem qualquer preocupação com o que isso faz comigo. Sua cabeça se abaixa e seus olhos estão no mesmo nível dos meus.

Eu só quero gritar porque não tenho nenhuma ideia do caralho de para quem estou olhando.

— Estou levando você para dançar. — Sua voz é gentil e provocadora, como se o que ele estava planejando deveria ter sido óbvio.

— Por quê? Você não deveria estar dançando com o seu par?

Odeio a maneira como as palavras saem da minha língua com tanto ciúme ardente que estou surpresa que ele não esteja queimado.

Tudo o que ele faz em resposta é arquear uma sobrancelha, agarrar meus ombros e me girar no lugar o suficiente para que eu possa olhar para a mesa.

Eu não tenho ideia do que o outro gêmeo está dizendo a Hillary e Kelly, mas ele está pairando sobre elas daquele jeito ameaçador, suas palavras cortantes e brutais, se as lágrimas escorrendo por suas bochechas têm algo a dizer sobre isso.

Quando tento me virar, ele prende meus ombros para me segurar no lugar, seu peito pressionando contra as minhas costas enquanto vejo seu irmão levar Hillary e Kelly para longe do salão de festas.

Seus lábios pressionam contra a minha orelha.

— Feliz agora?

— Não.

Deixando-me ir para que eu possa me virar de volta para ele, o gêmeo sorri para mim.

— Você vai dançar comigo ou não?

— O que acabou de acontecer? — pergunto, ainda mais frustrada do que eu estava dez segundos atrás.

— Nós nos livramos dos nossos encontros falsos. Por quê?

Há humor em sua resposta, seus olhos brilhantes e calorosos.

— Encontros falsos?

Do que ele está falando? Isso me irrita quando seus ombros tremem com uma risada silenciosa.

— Você achou que nós realmente queríamos vir com elas?

Tenho certeza de que ele pretendia que essa admissão me fizesse sentir melhor, mas isso é apenas mais um exemplo dos jogos que eles jogam.

Em vez de conforto, eu sinto raiva. E em vez de sentir alívio, meus músculos ficam tensos com alerta e suspeita.

— Isso não é legal. Por que você faria isso com elas? Este é o baile delas, e vocês trataram isso como um jogo?

Ezra... ou Damon... estremece, a surpresa honesta cintilando em sua expressão.

Porra, eu nem sei com quem estou falando.

— Quem é você?

— Damon.

Então isso significa que Ezra está acompanhando Hillary e Kelly para fora.

— E era você que estava embaixo do salgueiro? Ou você era aquele no quarto comigo na casa do Kyle?

Uma onda lenta em seus lábios limpa a preocupação em sua expressão.

— Você descobriu isso?

— Claro que descobri — estalo. — E eu não estou feliz com isso! Por que vocês dois estão fazendo isso comigo?

Levantando as mãos em sinal de rendição, ele dá um passo para trás.

— Eu estou apenas levando você para dançar.

Seus olhos passam por mim, um sorriso enigmático rolando sobre seus lábios conforme o calor atinge minhas costas e outro conjunto de mãos fortes agarra meus ombros.

— Eu estou com ela.

— Você não me tem — eu argumento, afastando-me.

Girando para enfrentar Ezra, eu olho para uma expressão em branco.

Na verdade, não totalmente em branco, existe *alguma coisa* rolando por trás desse olhar âmbar.

— Nós deveríamos conversar — é tudo o que ele diz, sua voz calma, mas ainda carregando uma borda perigosa que corre os dedos frios ao longo da minha nuca e pela minha espinha.

— Por que você faria isso com elas?

Isso é fodido, certo?

Hillary e Kelly tem estado constantemente em cima de mim, dizendo e fazendo coisas que me fazem sentir horrível comigo mesma. No entanto, aqui estou eu as defendendo.

Não as ações delas.

Não as palavras delas.

Mas o direito de não serem transformadas em um jogo pelos gêmeos.

Talvez ao defendê-las, eu esteja realmente defendendo a mim mesma. De alguma forma, é mais fácil dessa maneira, mas não tenho certeza do porquê.

Damon deve ter voltado para a mesa, porque somos apenas Ezra e eu agora.

Olhar para ele concentra a minha atenção, o salão de festas desaparecendo, os alunos indo embora. Até mesmo a música não se infiltra mais na minha mente enquanto fico perdida em um olhar âmbar que queima com todos os pensamentos que eu gostaria que ele me contasse.

Não tenho que especificar quem *elas* são. Ele sabe que minha raiva tem tudo a ver com seus encontros falsos.

— Você sabe quem está espalhando os boatos sobre nós na escola? Sabe que foi a Hillary que garantiu que a sua mãe descobrisse?

O canto de seus lábios se curva ao notar a confusão óbvia em meu rosto.

— Você não sabia.

— Como...

— Ela procurou uma professora *preocupada* por você estar perto de mim. Essa professora aparentemente ligou para a sua mãe.

Aquela cadela.

LILY WHITE

Eu me perguntei como mamãe sabia.

Aproximando-se de mim, Ezra abaixa a cabeça para que ele possa sussurrar em meu ouvido. Ele não me toca, porém, apenas rouba o espaço ao meu redor como se isso pertencesse a ele.

— Eu disse a você que machucaria qualquer um que dissesse uma palavra sobre nós. E como eu não bato em mulheres, descobri outro jeito. Ela está machucada, e sabe exatamente o porquê.

É errado sentir um pouco de satisfação pelo que ele fez, e eu deveria me sentir mal. Mas não me sinto. Não se Hillary realmente foi a pessoa que conseguiu alertar minha mãe.

Como ela sequer sabia que tinha que fazer isso, eu não sei. Então, novamente, não é um segredo que a família do Mason e a minha têm esse acordo estranho.

— Mas como isso pode ser verdade, sobre você ter a intenção de machucá-las? Você estava planejando levá-las de volta para a casa de Gabriel esta noite...

— Não, eu não estava. Estava planejando que elas bancassem as cadelas com você no primeiro momento em que elas te vissem, que foi quando eu planejei derrubá-las e mostrar a elas o quão pouco importavam. Por que você acha que eu estava parado lá? Eu vi você sair do salão e as vi decolar atrás de você. Eu sabia que isso iria acontecer. Além disso, agora que Damon e eu aparecemos com elas, ninguém está mais falando sobre você e eu. Isso também pode ter feito parte do meu plano, e ele funcionou.

Eu mal escuto suas últimas palavras porque ainda estou presa em outra coisa que ele disse.

— Você estava me observando?

— A noite inteira — ele admite. — Não consigo parar de olhar para você.

— Isso é um pouco assustador.

Ele ri, o som é sombrio e inquietante.

— Damon disse que você está fora dos limites. Eu já reivindiquei você.

O que me lembra...

O que Ezra e Damon fizeram com Hillary e Kelly ainda não os desculpa por jogarem um jogo contra mim.

— Eu também não gosto que joguem comigo — admito, minha voz tão suave quanto a dele.

Ele vira a cabeça para me ouvir melhor, e nossas bocas estão tão próximas, nossos olhos enredados em um momento que perturba as borboletas em meu estômago, fazendo-as se aglomerarem e se agitarem, uma nuvem móvel de cor que seria linda contra um céu limpo azul-claro.

Quando ele não responde, faço a minha exigência:

— Se você quiser continuar com isso, precisa me contar o segredo para distinguir você e Damon. Não vou mais ser enganada. Não desse jeito.

Ele pisca com isso, o humor dançando por trás de seus olhos.

Por um momento, eu não acho que ele vai responder, mas então aponta para o lado esquerdo de seu pescoço.

— Você está vendo isso?

Estudo a pele para a qual ele aponta, mas está livre de qualquer marca ou defeito. É apenas uma pele lisa com tom de oliva, mais dourada do tempo que passou ao sol.

— Não há nada aqui.

Seu sorriso se curva mais.

— Da próxima vez que você olhar para o Damon, você saberá o que estou apontando.

Uma sarda, eu imagino.

Exatamente como o Mason disse.

Deve ser tão sutil que muitas pessoas não percebem isso.

— Sente-se melhor agora?

Não. Ainda estou brava, mas estou ficando melhor. Aceno com a cabeça em concordância porque é mais fácil do que ficar aqui parada continuando esta discussão.

Sua mão toca a minha.

— Então venha dançar comigo.

Eu quero, mas há professores e outros membros da administração. Eles vão relatar aos meus pais se eu dançar com alguém além de Mason. Especialmente se forem os gêmeos.

Envergonhada, respondo:

— Eu não posso.

— Mas é o seu baile.

— Isso não importa.

A raiva rola por trás de seus olhos, mas ele não discute novamente. Em vez disso, olha acima da minha cabeça de volta para a mesa do Inferno.

— Você tem permissão para ir embora com o Mason?

Minhas sobrancelhas se juntam.

— Sim. Por quê?

O sorriso lento dele está de volta, seus olhos brilhando com uma travessura maliciosa.

— Então nós vamos sair daqui e dançar em outro lugar.

— Mas Mason tem um encontro.

Ele abaixa a cabeça novamente para que fiquemos no nível dos olhos, seus ombros tão largos que ele preenche minha visão.

Ezra me consome de alguma maneira, e eu mal o conheço.

Isso é o que o torna perigoso.

Isso nunca pode levar a algum lugar.

Só pode ser por diversão.

Prendendo meu queixo com a mão, ele esfrega a ponta do seu polegar nos meus lábios. Tudo o que eu quero fazer é abrir minha boca para poder sentir o gosto da pele dele.

O calor explode por trás de seus olhos como se ele soubesse *exatamente* o que estou pensando.

— Deixe-me cuidar disso. Este é o seu baile. E, droga, estou prestes a ter certeza de que você tem um motivo para se lembrar dele.

capítulo seis

Emily

Dizer que é estranho estar na parte de trás desta limusine é um eufemismo épico.

Na verdade, nunca me senti tão nervosa e desconfortável na minha vida, meus dedos batucando lentamente sobre a minha perna, o silêncio ensurdecedor enquanto todos nós nos encaramos sem qualquer habilidade de preencher este vazio tão profundo quanto um desfiladeiro.

De cada lado de mim estão Damon e Ezra. Quatro se encaixam em um assento, então à esquerda de Damon está Shane, e no assento de frente para nós estão Mason, Sawyer, Gabriel e Tanner. Eu sou a única garota na limusine.

A *única*.

Esse fato fica ainda mais evidente pela maneira como cada um dos meninos Inferno me encara (excluindo os gêmeos, é claro, já que eles criaram essa situação).

Quando ficou decidido que era hora de ir embora, Milly Ferguson teve sua própria carona porque ela tinha encontrado Mason no baile, então saiu por conta própria. Os gêmeos insistiram que eu fosse com Mason como se estivéssemos alegremente continuando o nosso encontro.

Shane e Sawyer colocaram suas acompanhantes na limusine que compartilharam para o baile para elas irem para casa, Gabriel e Tanner fazendo a mesma coisa com as deles.

Jase e Taylor por acaso gostaram de seus encontros e saíram com elas na limusine que tinham compartilhado para o baile.

E agora, aqui estou eu, com um nó na garganta e uma pedra no estômago enquanto somos levados para a casa de Gabriel para a pós-festa.

Eu me sentiria melhor se Ivy e Ava estivessem aqui, mas elas tiveram que sair com seus acompanhantes (não que fossem caber neste carro mesmo sem eles).

As duas prometeram me encontrar na festa hoje à noite, depois de correr para casa e trocar de roupa, então pelo menos eu terei alguém em quem confiar aparecendo mais tarde.

Franzindo os lábios, tamborilo os dedos no joelho novamente, meus olhos se voltando para qualquer coisa, exceto os meninos olhando para mim.

Infelizmente, a voz de Gabriel atrai minha atenção para ele quando quebra o silêncio constrangedor com um aviso.

— Você deveria ter dito a Ivy para ficar em casa esta noite. Ela não é bem-vinda na minha casa. E ela não vai gostar do que vai acontecer quando chegar lá.

Não sei por que Gabe acha que sabe o que eu posso ter dito a Ivy, mas isso mostra o quão arrogante ele é ao fazer a suposição de que eu tinha dito alguma coisa.

Ainda assim, nós dois a conhecemos.

Todo mundo nesta limusine a conhece.

Portanto, eu declaro o óbvio.

— Se de fato eu tivesse dito a ela para ficar longe, você realmente acha que ela iria escutar?

O canto da sua boca se contorce, alguma coisa em sua expressão me fazendo pensar sobre a guerra que eles têm. Ambos deixam bem claro que se odeiam, mas também são insanamente fixados um no outro.

Seria fofo se o que eles fazem um ao outro não fosse tão horrível.

— Bom ponto — ele resmunga, antes de se mexer em seu assento. — Que seja. Se ela aparecer, o funeral é dela.

O carro está mergulhado em silêncio novamente, aumentando a forte tensão, embora eu não tenha certeza do porquê.

Um olhar em particular está queimando buracos em meu rosto, porém, um par de olhos verdes-escuros que eu gostaria que virasse em outra direção.

De todos os meninos Inferno, Tanner Caine é o pior. Eu juro, ele nasceu sem um coração e teve sua alma removida cirurgicamente. Por que toda garota na escola praticamente cai a seus pés, está além de mim.

Olhando rapidamente para ele, confirmo que seu olhar está fixado no meu rosto, seus olhos duros com algo que ele quer dizer.

— Por que você está aqui? — finalmente pergunta, desprezo e desdém escorrendo de sua voz. — Não me lembro de ter convidado você.

Meu corpo inteiro enrijece e os cabelos da minha nuca se arrepiam. Quero desviar o olhar dele, mas não consigo.

Apesar do quanto quero dizer a Tanner para ir se foder, também não posso fazer isso. Fui protegida pra caramba na minha vida e, por isso, não sou como a Ivy, ou mesmo Ava. Elas não têm nenhum problema em dizer o que pensam.

Embora, eu realmente não posso culpar Tanner pela pergunta. Como uma das melhores amigas de Ivy, nunca fui bem-vinda em torno desses meninos. Pelo contrário, eu sou uma oponente, então a minha presença aqui é perturbadora para todos nós.

Ezra deve sentir o desconforto emanando de mim. Sua mão se move para me tocar, apenas seu dedo mindinho se entrelaçando com o meu. Aquele olhar âmbar desliza na direção de Tanner, sua voz áspera preenchendo o carro.

— Eu a convidei. Tem algum problema?

Mais tensão me afoga enquanto Tanner olha bravo para Ezra. E embora esse olhar pudesse me destruir onde estou sentada, Ezra não parece nem um pouco incomodado com isso.

Não gostando da expressão no rosto de Tanner, olho para longe, meus olhos colidindo com o azul-claro de Mason, que mantém meu olhar por apenas um segundo antes de cair para onde o dedo mindinho de Ezra envolve o meu.

O canto de sua boca se vira para baixo em uma carranca.

— Na verdade, eu tenho sim um problema com isso — Tanner fala.

— Caralho, que pena — Damon responde. — Eu a convidei também.

Isso faz Tanner rir.

— Vocês dois? Ah, entendi. — Ele ri novamente. — Jesus, Emily. Nunca imaginei que você fosse esse tipo.

Minhas sobrancelhas se juntam quando Mason sorri, debochado, sua cabeça virando para que ele possa olhar pela janela.

Eu também me viro para olhar com raiva para Tanner.

— O que isto quer dizer?

Ele ainda está rindo enquanto passa a mão pelo cabelo e olha pela janela ao lado dele.

— Nada.

Shane interrompe nós dois.

— Não que isso importe. Nós finalmente estamos em casa. Obrigado, porra. Estou de saco cheio de ficar amontoado com todos vocês.

Todos eles bufam com isso, mas eu concordo com o sentimento. A viagem até a casa de Gabriel não foi nem um pouco divertida.

Soltando um suspiro de alívio quando paramos na frente da monstruosidade de mansão dele, espero enquanto o motorista corre para abrir a porta. Tanner, Gabe, Sawyer e Mason saem primeiro.

Shane, impaciente como sempre, sai pela outra porta, e eu fico apenas com os gêmeos, o dedo mindinho de Ezra ainda enrolado com o meu.

Eventualmente, ele desliza para fora, espera na porta para pegar minha mão e me ajudar a ficar de pé, e então nós dois esperamos por Damon.

Surpresa quando os dois agarram minhas mãos para andar um de cada lado de mim, não digo nada enquanto subimos os degraus da grande varanda e entramos na casa.

Ainda não tem muita gente na festa.

Música rola da sala principal para o hall de entrada, e tento andar naquela direção. Ezra me puxa para a esquerda em direção a outro corredor, a mão de Damon liberando a minha, embora ele continue seguindo atrás de nós.

— Onde estamos indo?

O olhar âmbar de Ezra captura o meu, sua boca se curvando em um sorriso malicioso.

— Para o seu baile.

Confusa com isso, eu sigo silenciosamente, não familiarizada o suficiente com a casa de Gabriel para saber para onde estou sendo conduzida.

Depois de algumas voltas, acabamos em um grande solário, o céu noturno cheio de estrelas acima de nossas cabeças, o espaço ao nosso redor esparsamente preenchido com áreas de estar aconchegantes.

Meus saltos batem contra o chão de pedra conforme Ezra me leva para o centro da sala, a música subitamente preenchendo o espaço. Olho por cima do ombro para ver Damon perto de um aparelho de som.

— O que você está fazendo? — pergunto, enquanto volto para Ezra. — Isso não é necessário.

Ele sorri, apenas os cantos de seus lábios ligeiramente se inclinando para cima.

— Eu acho que é.

Com um puxão, ele me traz para ele, minha mão livre se movendo para o seu ombro enquanto inclino a cabeça para cima.

— E se alguém vier para cá?

Ezra começa a me guiar pelos passos de uma música lenta, algo comovente que eu nunca tinha ouvido antes.

— Ninguém é permitido nesta ala da casa. É a regra de Gabe. Então você não tem nada com o que se preocupar.

Surpresa com o quão bem Ezra dança, eu me pego percorrendo os passos com ele, nossos corpos pressionados juntos enquanto ele nos gira pela sala. Sua mão desliza para a parte inferior das minhas costas para aconchegar meu corpo mais apertado contra o dele.

— Por que você está olhando para mim desse jeito? — pergunta, o riso em sua voz.

Minhas bochechas esquentam ao ser flagrada.

— Não achei que você fosse do tipo que dança.

Com os ombros tremendo por mais risadas, ele me gira novamente.

— Eu fui para todos os mesmos bailes que você. Era necessário que aprendêssemos.

Eu não saberia nada sobre isso. Mason sempre sumia imediatamente quando chegávamos a qualquer lugar, e eu passava a noite inteira encostada em uma parede.

Embora eu tenha mesmo assistido as outras pessoas dançarem. Simplesmente nunca me ocorreu que os garotos deveriam aprender assim como as garotas.

— Estou pegando bebidas — Damon grita, de onde está parado perto da porta. — Qual é o veneno de vocês?

— Pegue algumas cervejas para nós — Ezra responde, seus olhos baixando para mim. — A menos que você queira outra coisa.

— Eu não bebo.

Ele me dá aquele sorriso tão torto, apenas um lado se curvando.

— Esta noite você bebe.

Olhando por cima da minha cabeça, ele diz a Damon:

— Misture alguma coisa para ela. Não uma das bebidas de Gabriel.

Damon não responde antes de sair.

— Por que não uma das de Gabriel?

Rindo, Ezra nos gira mais uma vez, mas então segura minha mão para me rodar sozinha e me puxa de volta para ele enquanto a música termina.

Colocando um dedo embaixo do meu queixo, ele inclina meu rosto para cima em direção ao dele.

— Porque você vai morrer se beber isso. Deixe-me dar esse pequeno aviso agora. Nunca, e eu quero dizer *nunca*, aceite uma bebida do Gabriel. Ninguém sabe o que ele coloca nelas, mas são fortes o suficiente para nocautear um grupo inteiro de alcoólatras apenas com o cheiro.

Eu rio disso, mas a expressão em seu rosto é séria. Isso só chama minha atenção para os hematomas e a descoloração, as marcas que eram um roxo raivoso uma semana atrás e agora desbotaram para um verde doentio.

Estendendo a mão, corro o dedo ao longo de um logo abaixo de sua bochecha esquerda. Ezra tenta se afastar do toque, mas eu não vou deixar.

— O que está acontecendo com você?

Ele agarra minha mão para tirá-la de seu rosto, o âmbar brilhante de seus olhos ficando escuro.

— Não se preocupe com isso.

Sua voz afiada só inflama o meu temperamento.

— Mas eu quero saber.

Abaixando seu rosto até nós estarmos no nível dos olhos, ele preenche minha visão. Percebo que toda vez que ele faz isso é para intencionalmente me desequilibrar.

Ezra deve saber como isso me afeta. Seu meio-sorriso eleva o canto de sua boca, seu olhar procurando o meu enquanto me alcança com o polegar para suavizar a ruga da pele entre os meus olhos.

Eu nem sequer sabia que estava fazendo uma carranca.

A expressão de Ezra se altera, uma mistura de confusão e surpresa, sua voz caindo para um sussurro.

— Calma aí, Assassina. Você deveria estar se divertindo esta noite. Por que estragar tudo?

— Por que eu estou descobrindo só agora que a verdadeira festa é no solário? Vocês, filhos da puta, me deixaram lá sozinho com os camponeses.

Virando ao som da voz de Shane, eu observo ele e Damon entrarem na sala.

Damon joga uma cerveja para o irmão ao se aproximar de nós, um copo vermelho em sua outra mão que eu suponho que seja para mim.

Quando estico a mão para pegá-lo, ele o afasta, um sorriso brincalhão puxando seus lábios.

— Não tão rápido. Acho que a próxima dança é minha, e então você pode ter isso.

Os dedos de Ezra apertam com mais força onde ele me toca, possessão contida naquele aperto, mas por fim ele me solta.

— É justo — ele fala, antes de andar para longe e se jogar no sofá ao lado de Shane. Não perco como seu olhar permanece fixo em mim, no entanto.

Depois de colocar a bebida na mesa, Damon me puxa para perto e nós dançamos uma música mais rápida.

Sempre fui uma boa dançarina e tive aulas durante anos. É divertido descobrir que os gêmeos conseguem me acompanhar.

Quem teria adivinhado?

Todo esse tempo, eu tinha pensado que esses dois eram bons apenas para as brigas que eles geralmente se metiam, mas aparentemente seus corpos podem se mover com a música tão graciosamente quanto podem com a pancadaria.

Talvez seja por isso que nunca pareça que eles estão andando, sua espreita é predatória uma dica do quão coordenados eles são de outras maneiras.

Enquanto Damon e eu dançamos, mais dos meninos Inferno entram na sala. Sawyer e Taylor, mais o par de Taylor, Katie, seguido por Mason e Milly.

Olhando para ela, noto que ela trocou seu vestido de baile por jeans e uma camiseta preta simples.

— Ainda está se divertindo?

Quando Damon sussurra em meu ouvido, um arrepio percorre minha espinha. Nossos olhos se encontram, e ele sorri exatamente como Ezra. Esses dois são tão parecidos que é uma loucura. Até seus maneirismos são idênticos.

Isso me lembra o que Ezra me mostrou no baile, e eu olho para baixo para ver a única sarda fraca que marca o lado esquerdo do pescoço de Damon.

Filho da puta.

Todo esse tempo, havia algo diferente sobre eles, mas é tão sutil que eu não estou nem surpresa que poucos tenham notado.

— Sim, mas posso tomar minha bebida agora?

— Suponho que sim — ele diz, com um revirar de olhos dramático que me faz rir.

Deixando-me ir, ele pega o copo da mesa, mas antes de entregá-lo para mim, pega minha mão e me leva até o Ezra.

Praticamente me empurrando para o colo de seu irmão, Damon me dá o copo e pisca.

— Tim-tim — ele fala isso enquanto a mão de Ezra se levanta para segurar possessivamente minha cintura, os dois entrando em um debate que Shane está tendo com Sawyer sobre carros esportivos clássicos *versus* os modernos.

Com zero interesse nesse tópico, tomo a minha bebida e luto para engolir o que quer que isso seja. Presumo que seja puro álcool com um pouco de refrigerante misturado, o líquido queimando a minha garganta enquanto desce.

Decidindo não beber muito, eu me viro para ouvir a conversa, mas meus olhos travam com os de Mason, aquele olhar azul-glacial estreitando-se nos meus por apenas um segundo antes que ele desvie o olhar.

Não entendendo qual diabos é o problema dele, relaxo contra o peito de Ezra e rio quando seus dedos fazem cócegas na minha lateral.

Uma hora se passa enquanto nós sete nos sentamos conversando e brincando uns com os outros. De vez em quando, pego Mason me lançando um olhar estranho, mas escolho ignorar.

A mão de Ezra bate no meu quadril depois de um tempo.

— Levante-se. Eu preciso de outra cerveja.

Eu me levanto e espero que ele passe por mim, mas, em vez disso, ele agarra minha mão para me puxar junto com ele.

É isso ou eu ficar aqui com Mason e os outros, então escolho seguir Ezra para fora do solário e para dentro da casa principal.

A festa está explodindo neste momento, toda a classe sênior enchendo a casa, assim como um bando de juniores.

Há alguns estudantes universitários na mistura que eu reconheço como ex-alunos do último ano que estavam um ano à nossa frente.

Os corredores estão lotados assim que alcançamos a parte principal, e Ezra me puxa para trás dele, me trazendo para perto enquanto ele navega pela multidão.

Não é muito difícil. As pessoas ficam mais do que felizes em sair do caminho quando o veem chegando, algumas garotas tentando chamar sua atenção enquanto passamos antes de olharem bravas para mim quando ele as ignora.

Uma vez que estamos na cozinha, ele pega outra cerveja em uma geladeira e se vira para olhar para mim.

— Quer outra bebida?

Minhas bochechas esquentam quando admito:

— Eu não bebi a primeira.

Sorrindo com isso, ele agarra minha mão novamente e me leva por outro longo corredor, subindo um lance de escadas para o segundo andar e para dentro de um quarto vazio.

Assim que a porta se fecha, a música e o barulho da conversa da festa são silenciados, apenas nós dois olhando um para o outro em um silêncio confortável.

Ezra se aproxima de mim, roubando meu espaço mais uma vez. Não me importo em dar a ele, no entanto. Embora eu não tenha certeza do porquê.

— Você gostou do seu baile?

Nossos olhos travam quando ele faz a pergunta, meu maldito pulso batendo mais forte do que deveria. Tenho que engolir o nó de nervosismo na minha garganta.

— Pela primeira vez, eu posso realmente dizer sim a essa pergunta.

Ele sorri, uma covinha marcando sua bochecha que eu não tinha notado antes.

— Boa.

Tudo o que posso ver são os hematomas de novo. Tenho vontade de contá-los. De dedicá-los à memória e depois descobrir exatamente como pararam lá.

Em vez de dizer qualquer coisa sobre isso, eu suspiro e pergunto outra coisa.

— Por que você está fazendo tudo isso?

— Por diversão.

Ele abre a tampa de sua cerveja usando a lateral de uma mesa perto de mim e leva a garrafa aos lábios. Por alguma razão, isso me fascina.

Se eu não tomar cuidado, vou acabar viciada em Ezra, o que significa que só vai doer mais quando eu tiver que me afastar.

— Nós só temos seis semanas restantes de escola — eu digo, sem ter realmente certeza do porquê.

Outro sorriso malicioso antes de ele terminar a cerveja que está segurando com alguns poucos goles poderosos.

Colocando a garrafa vazia em uma mesa lateral com cuidado exagerado, ele olha para mim, as sombras do quarto disfarçando a descoloração em sua pele que eu sei que está lá.

— Do jeito que eu vejo, isso significa que você tem seis semanas para sair da sua concha e ser tão louca quanto o resto de nós.

— Eu não estou em uma concha.

Exceto que isso não é realmente verdade, não é?

Eu tenho estado em uma concha.

Pelo menos quando se trata de caras e tudo o que isso acarreta.

Muitas vezes eu me sinto como se estivesse em um mar de rostos, todas essas vidas fluindo ao meu redor com suas próprias direções, enquanto estou presa no lugar esperando por um casamento que foi exigido de mim antes que eu tivesse a chance de ter a minha primeira respiração completa.

Esse fato se torna ainda mais claro quando Ezra se aproxima mais, e meu coração bate como um coelho preso, meu pulso tão acelerado que posso sentir em toda parte.

Minha pele parece eletrificada, um zumbido que é tanto um aviso quanto um apelo.

Mas para o quê?

Para ele?

Ou o que ele representa?

Isso não é só sobre o garoto, é sobre mim.

Sobre as minhas escolhas.

Sobre a liberdade que eu desejo para fazer essas escolhas.

E enquanto esses pensamentos se acendem e queimam dentro da minha mente, ele abaixa a cabeça para ocupar toda a minha visão, para ser a única coisa que eu vejo.

Esse cara feroz, carnal e predador que luta tão bem quanto dança, que é tão gentil quanto é cruel, que me desconcerta e me mantém constantemente fora do equilíbrio.

— Você está em uma concha, mesmo que não queira admitir isso. — A voz dele é um sussurro áspero, aqueles olhos encantadores prendendo os meus. — Então, o que você quer fazer sobre isso nas próximas seis semanas?

O zumbido está mais forte agora, como se eu fosse um fio elétrico que caiu e está saltando e estalando no chão. Não ajuda que a energia dele se soma a isso, uma violência selvagem e indomável que me desafia a fazer o que eu quero só por uma vez.

Eu quero ser selvagem e indomável como ele, mesmo que apenas por seis semanas.

— Apenas diversão? — pergunto, de alguma forma conseguindo falar com o nó na minha garganta.

— Qualquer tipo que você quiser.

Nossas bocas estão a uma distância provocante de uma polegada, a respiração suave e misturada.

Fechando os olhos, eu o sinto completamente ao meu redor, essa força cinética e extravagante que rouba minha capacidade de pensar.

O que eu quero?

Ele?

Eles?

Tudo isso e nada disso?

Seis semanas para fingir que não estou presa.

Seis semanas para tomar para mim todas as partes da minha vida que não quero dar ao Mason.

Abro os olhos e fico perdida em um olhar âmbar que sempre representará o caos e a liberdade.

— Ninguém vai saber? — sussurro.

A ponta de sua língua se arrasta pela dobra de seus lábios, e eu observo esse movimento antes de travar meu olhar com o dele novamente.

— Ninguém vai falar sobre isso — ele responde, sua voz mal interrompendo o silêncio da minha indecisão. — Eu vou me certificar que não.

Acho que isso é bom o suficiente para mim.

Maldição.

Toda garota fica louca em algum momento de sua vida, certo?

Estendendo as mãos trêmulas, seguro as laterais do paletó dele e o empurro para fora de seus ombros. O material desliza pelos braços de Ezra enquanto seus olhos seguram os meus, seu corpo se movendo lentamente para me ajudar a tirar seu blazer completamente.

Não tenho ideia do que estou fazendo, mas sei que, se eu pensar demais, vou me convencer a parar. E é por isso que não penso. Apenas sigo em frente.

Ezra me observa enquanto luto para desabotoar sua camisa com dedos desajeitados, um olhar enigmático que não me apressa nem tenta guiar minha decisão.

Ele está me deixando dar as cartas, e acho que, se ele não ficasse parado, eu pararia, só porque estou muito nervosa agora.

Trabalhando meu caminho para baixo, puxo a bainha de sua camisa de onde está enfiada em suas calças e termino de desabotoá-la.

Há outro rápido segundo de hesitação antes de eu pensar *foda-se* e pressionar a palma das minhas mãos contra o calor de seu peito para tirar a camisa de seus ombros também.

Uma vez que ele sacode totalmente a camisa para deixá-la cair no chão, faço uma pausa para ver a extensão dos danos em seu corpo.

Novos hematomas sobre os antigos, de diferentes tamanhos e cores, em diferentes fases de cicatrização e desbotamento.

Meu temperamento aumenta novamente, meus olhos rastejando de um para o outro enquanto uma chama se acende logo abaixo da minha pele.

— O que está acontecendo com você? — murmuro, meus dedos se erguendo para traçar a borda de uma marca que se mistura com a outra.

Agarrando minha mão para afastá-la, ele abaixa a cabeça para pegar meus olhos, seu dedo se inclinando sob o meu queixo para inclinar minha cabeça para cima e para longe da evidência clara de algo horrível.

— Esta noite não é sobre isso — ele me lembra.

— Você vai me contar?

Não consigo evitar a raiva na minha voz, a violência que Ezra desperta dentro de mim.

— Não esta noite.

Com os dedos enroscados nos meus, ele me puxa para mais perto, mas em vez de me beijar, permite que eu abaixe a cabeça para beijar um dos hematomas em seu peito.

Ouço uma respiração passar pelos lábios dele, sinto um arrepio percorrer seu corpo enquanto movo a cabeça para pressionar um beijo suave em outra marca de raiva.

Prendendo meu queixo com os dedos, Ezra inclina minha cabeça para cima novamente, mas perde a capacidade de me deixar liderar esta dança.

Seus lábios são suaves contra os meus no início, suaves e quentes, um movimento lento que se torna mais exigente quando sua língua desliza pela dobra da minha boca.

Assim que separo meus lábios e permito que sua língua deslize contra a minha, um rosnado baixo irrompe em seu peito, suas mãos se movendo para a minha cintura para me puxar para mais perto.

Fora do quarto, a festa continua, risos e música se infiltrando nas sombras onde Ezra e eu estamos escondidos.

Eu não deixo o barulho me distrair, não me preocupo com o que está acontecendo além do calor abrasador do beijo dele e da forma como suas mãos percorrem meu corpo para segurar minhas bochechas e me prender no lugar.

Nossas bocas se abrem mais enquanto ele me guia para trás, seus dentes mordiscando meu lábio inferior de brincadeira, seu olhar âmbar segurando o meu com um calor tão feroz por trás dele que não consigo respirar.

Quando a parte de trás das minhas pernas atinge o que presumo ser uma cama, Ezra para.

Nós ficamos parados pelo que pareceram horas em um momento de indecisão desesperada.

Sei o que essa cama significa.

Ele também sabe.

E com a maneira como ele faz uma pausa agora, eu também sei que está me dando todas as oportunidades para tomar uma decisão diferente.

— Você tem certeza? — pergunta.

Não.

Sim.

Talvez.

O que acontece se ele roubar meu coração enquanto eu roubo minha liberdade?

Acho que isso é o que mais me assusta.

— Apenas diversão? — pergunto. — Apenas seis semanas?

Porque o que eu realmente estou perguntando é se nós dois podemos desapegar quando isso acabar.

— O que você quiser.

Há mais nessa promessa do que isso. Do que o agora.

Do que *apenas* ele.

A única questão é: o quanto do que ele oferece eu estarei disposta a aceitar?

Inspiro fundo e expiro lentamente, tomando uma decisão que pode ser ruim ou pode ser boa.

As consequências não importam tanto para mim, quanto roubar o poder de tomar essa decisão sozinha.

Estou roubando essa parte da minha vida.

Este momento.

Este pequeno capítulo da minha história ao longo da vida.

— Tenho certeza.

O calor rola por trás de um olhar âmbar que sempre me deixará indefesa.

Quando sua mão se move para abaixar o zíper na parte de trás do meu vestido, e quando ele abaixa a cabeça para me beijar enquanto o vestido desliza para fora do meu corpo, fecho os olhos e uma promessa sussurra na minha cabeça:

Apenas seis semanas... e nessas semanas, uma vida inteira de escolhas.

PRESENTE

Emily

As pessoas dizem que o tempo pode passar em um piscar de olhos. Eu nunca entendi a expressão.

O tempo, para mim, pelo menos, passou lentamente. Um rastejamento de uma tartaruga de barriga para baixo em direção ao inevitável. Arrastei meus calcanhares a vida inteira, nunca querendo chegar até lá.

Mas agora, dez anos depois que dois meninos se ligaram a mim de tantas maneiras, o tempo está escapando por entre meus dedos como água.

Não importa o quanto eu deseje que pudesse segurar, ele voa além, e fico com apenas mais alguns anos, dois no máximo, antes que Emily Donahue tenha sua morte final e se torne Emily Strom.

Graças ao que começou como seis semanas de diversão, eu tive os últimos dez anos para viver minha vida como queria.

Por mais mágicos que tenham sido os últimos anos, também foi frustrante.

Eu tive o meu coração partido, algo que nunca pensei que pudesse acontecer.

Mas também aprendi a remendá-lo de volta ao normal.

Eu me tornei mais forte.

Me livrei da concha.

Tenho sido louca, selvagem e despreocupada.

Juntei uma vida inteira nos anos que eu tinha antes desta noite.

E tenho de agradecer a dois meninos por isso, mesmo que eu não tenha falado com eles desde que foram para a faculdade, depois das semanas que passamos juntos.

— Alguém importante já apareceu?

Rindo da pergunta de Ivy, questiono-me se devo dizer a ela que estou assistindo Gabriel Dane sair de uma limusine em frente à mansão de seu pai.

— Você está procurando alguém em particular?

Deve ter sido alguma coisa na minha voz que a alertou.

O olhar de Ivy estala na minha direção de onde ela está aplicando a maquiagem no espelho do banheiro.

Conheço a expressão em seu rosto extremamente bem. É a mesma que ela tem sempre que Gabriel está por perto, embora eu não tenha visto isso desde o ensino médio.

— Ele está aqui?

Ela pragueja baixinho enquanto agarra a saia de seu vestido azul para evitar de tropeçar e corre para a janela.

— Droga. Eu esperava que ele não fosse aparecer.

Isso é besteira e nós duas sabemos, mas não digo nada. Sei com certeza que Ivy não falava com Gabriel desde a última festa após a nossa formatura no ensino médio, mas isso não significa que ela não tenha procurado nos *feeds* de fofocas e círculos de notícias por cada pequeno pedaço de informação que saiu sobre o Inferno.

Eles se tornaram os solteiros mais qualificados após seu retorno de Yale e o estabelecimento do escritório de advocacia deles. Ivy não é a única a vasculhar as informações que existem por aí, para encontrar qualquer pequeno pedaço sobre eles. Eu também faço isso.

Tanner e Gabe estampam a maioria dos artigos e fofocas, mas, de vez em quando, os outros são detectados. Eu seria uma mentirosa se dissesse que meu coração não doeu com as fotos dos gêmeos que encontrei.

— Eu me pergunto quem é a acompanhante dele — ela divaga, pouco antes de suas sobrancelhas se erguem para ver quem sai da limusine atrás dele. — Merda. Ele não trouxe uma.

Não. Aparentemente ele não trouxe. Mas o rosto que eu vejo emergir daquele carro não torna esta noite em particular nem um pouco mais fácil para mim.

Em muitos aspectos, Ezra ainda é o mesmo, exceto que não é mais um garoto de dezoito anos.

Os gêmeos finalmente preencheram suas estruturas e se tornaram os homens que eu sempre soube que eles seriam.

Ezra se estica até sua altura máxima. Ele é um pouco mais alto do que Gabe, seu cabelo escuro penteado para trás e o terno escuro que ele usa perfeitamente ajustado aos ombros largos. Assim como no baile, está vestido completamente de preto e sem gravata, sem nenhuma cor, exceto pelo que eu sei que são os olhos mais lindos do planeta.

VIOLÊNCIA 77

Nos dez anos que passei viajando pelo mundo enquanto todos os outros frequentavam a faculdade, e entre os muitos homens com quem namorei ou me diverti durante o tempo em que estive nos países onde eles viveram, nunca vi outro par de olhos que poderia rivalizar com o encantador olhar âmbar de Ezra ou Damon.

Ivy toca meu queixo e me arrasta para longe do meu fascínio assim que o segundo irmão sai da limusine.

— Seu queixo estava caído. Pensei em te ajudar com isso antes que você babasse por todo o seu lindo vestido.

Meus lábios se curvam, meu olhar deslizando de volta para onde os gêmeos se movem para longe do carro com aquela espreita predatória que nunca vou associar a ninguém mais.

— Eles são lindos. Que mulher não babaria?

— Aquelas que sabem que eles também são psicopatas — Ivy zomba. — Ou você se esqueceu disso?

Ela bate o dedo na parte de trás do meu ombro direito, onde uma cicatriz branca corta minha pele de alabastro.

— Eles deram isso a você, e é melhor se lembrar disso.

Abrindo minha boca para discutir, decido não fazê-lo.

Os gêmeos não me machucaram intencionalmente, todos nós nos envolvemos nos acontecimentos daquela noite. E enquanto eles foram algemados e levados para a prisão, eu fui levada a um hospital para receber pontos.

A expressão de Ivy cai, sem dúvida porque ela se sente parcialmente responsável.

— Eu nunca deveria ter forçado você a continuar falando com eles. Então acho que é minha culpa também.

— Nós devíamos ter mantido o nosso pacto do ensino médio de evitá-los.

Ela ri.

— Aham. Isso acabou tão bem, não foi? Você se machucou. Eu fui mandada para uma faculdade que eu odiava e Ava agora está com o Mason. Quem teria adivinhado alguma coisa dessas, certo?

Gabe e os gêmeos estão parados na grande varanda do lado de fora das portas da frente enquanto outra limusine estaciona.

Assim que os atendentes abrem a porta, Shane, Taylor, Jase e Sawyer aparecem, todos eles parecendo bons o suficiente para comer.

Mason já está aqui com seus pais.

Infelizmente, fui forçada a fazer um *brunch* com a família dele e a minha hoje, então todos nós chegamos na mansão do governador ao mesmo tempo.

Se não fosse por Ivy concordar em aparecer mais cedo e se preparar aqui, eu estaria sentada neste quarto sozinha esperando por um anúncio que temi por anos.

— Caramba. Todo o Inferno está aqui hoje à noite.

— Todos, exceto o Tanner — respondo. — Eu me pergunto onde ele está.

— Provavelmente roubando doces de crianças pequenas e chutando-as quando elas choram.

O riso sacode meus ombros enquanto Ivy caminha de volta para o banheiro, e eu assisto os homens Inferno entrarem na mansão.

— Eu falo sério, Emily. Fique longe deles esta noite o máximo possível. Aqueles caras são apenas problemas.

Ela não está errada.

O Inferno é notório por destruir vidas e se afastar dos problemas que eles causam, sem pensar duas vezes sobre a bagunça que deixaram para trás.

Não que os gêmeos tenham deixado a minha vida uma bagunça. Pelo contrário, eles abriram uma porta para mim que eu nunca teria aberto sozinha.

Não posso dizer que foi a melhor ideia, especialmente considerando os rumores que se espalharam pela escola sobre o que eu estava fazendo com eles. Mas quando a turma do último ano se formou e todos partiram para a faculdade, eu tinha um novo sopro de vida, um reforço de confiança que mantive enquanto viajava pelo mundo.

Havia apenas aquele pequeno pedaço do meu coração que eles levavam com eles que sempre doía, e as poucas vezes que Ezra tentou se aproximar de mim enquanto estava em Yale, eu lutei para não responder, sabendo que era melhor deixar ele e Damon irem, como prometemos que aconteceria depois que o ensino médio tivesse acabado.

As seis semanas acabaram sendo meio que treze, porque nós não tínhamos pensado no verão que eles ainda estariam na cidade antes de partirem.

Infelizmente, toda a experiência foi uma montanha-russa constante entre altos e baixos extremos tão voláteis que ainda tenho pesadelos sobre o que aconteceu.

O problema de segurar a coleira de dois *pit bulls* raivosos é que você nem sempre consegue controlá-los quando seus temperamentos se acendem e eles voltam seus olhos para qualquer um que acreditem que esteja ameaçando você.

Eu sempre me senti segura o suficiente com eles, pelo menos até aqueles últimos dias quando não me senti mais.

— Como estou?

Olhando por cima, sorrio ao ver minha melhor amiga linda como sempre.

— Eu realmente tenho que responder isso? Odiaria que o seu ego explodisse.

— Ah, fala sério. Quando se trata dos egos que estarão andando por esta casa hoje à noite, o meu está jogando na segunda divisão.

Seus olhos me examinam de cima a baixo.

— Você não vai fazer mais do que isso?

Ivy mexe seus dedos para mim como se isso não fosse adequado a uma mulher que está ficando noiva.

Olho para baixo para o meu vestido preto e dou de ombros.

— É o meu funeral. Por que eu deveria ficar incrível para ele? Minha mãe tem sorte de eu não estar usando jeans e uma camiseta esfarrapada pelo tanto que estou animada por estar aqui esta noite.

Revirando os olhos, Ivy marcha até mim com maquiagem em mãos. Ela agarra meu rosto, virando-o de um lado para o outro antes de decidir que apenas uma pequena quantidade de batom é necessária.

— Você ficaria linda de qualquer maneira. Sério, eu alegremente mataria uma pequena família só para ter sua pele.

— Isso não é nem um pouco assustador.

— Cale a boca e faça biquinho para mim. — Depois de espalhar um pouco de cor em meus lábios, ela deixa cair a maquiagem em seu colo e suspira. — Acho que devemos descer antes que meus pais tenham um ataque.

Por que o governador Callahan insistiu que a festa desta noite fosse realizada em sua casa, é um mistério.

Poderia facilmente ter ocorrido na minha casa ou na do Mason. Mas devo admitir, a mansão do governador é a mais luxuosa de todas as opções, sua elegância do velho mundo só rivaliza com a casa de infância de Gabriel.

— Temos que descer?

Rindo da minha reclamação, Ivy coloca a maquiagem de lado e me puxa para ficar de pé enquanto se levanta.

— É uma noite. E então você pode voltar a ser selvagem e louca de novo por quase dois anos antes do casamento real. Você vai sobreviver.

— Tudo bem — eu resmungo e arrasto a bunda atrás dela, porque a última coisa que quero fazer esta noite é me misturar e sorrir como se estivesse realmente feliz com isso.

A voz da minha mãe sussurra em meu ouvido enquanto saímos do antigo quarto de Ivy e descemos o longo corredor.

Você está prometida a Mason Strom.
Você deve agir com graça e decoro.
Mason dá as cartas, e você deve seguir alegremente com elas.
E sempre, sempre, *lembre-se de sorrir.*

Anos dessa merda me levaram a acreditar que os cantos dos meus lábios são sustentados por cordas, aquelas que minha mãe controla e pode colocar em uma expressão adorável sempre que desejar.

Sigo Ivy, descendo a grande escadaria para a parte de trás da mansão, meus ombros erguidos e postura reta, porque uma vez que podemos ser vistas, temos que estar no personagem.

Nossas famílias adorariam nada mais do que Ivy e eu sermos socialites desmioladas como as nossas mães, mas, por trás das nossas máscaras, está a verdade sobre nós.

Ivy, embora educada e muito mais durona do que eu, é uma força a ser reconhecida. E embora eu não seja tão ágil ou diabólica quanto ela, estou perfeitamente feliz por ser uma criança selvagem escondida.

Todos nós temos os nossos segredos, e o meu é que gosto de experimentar as áreas da vida que a maioria das pessoas respeitáveis não discute na sociedade educada.

Acho que é por isso que gostei tanto da Europa. Eles eram muito mais abertos quando se tratava de sexo, seus ombros livres do choque moral exagerado americano e de suas delicadas sensibilidades.

Estamos indo em direção à porta dos fundos quando me lembro de que vou precisar de litros de álcool para passar pela noite, mas antes que eu possa agarrar Ivy para puxá-la para o bar, Paul Rollings se aproxima para iniciar uma conversa com ela.

Ele é a última pessoa com quem quero falar, então aproveito isso como uma deixa para me afastar e ir em busca de algo muito mais forte do que o champanhe sendo passado em bandejas de prata.

Sorrindo ao ver um grupo de amigos dos meus pais, sigo na direção do bar, apenas para ter meu braço agarrado ao passar por uma sala de serviço.

Sou puxada bem antes de poder me virar para ver quem me agarrou, minhas costas batendo em uma parede enquanto sou enjaulada por uma presença que ainda tem a capacidade de enfraquecer meus joelhos.

Olhos âmbar me encaram, aquele olhar feroz ainda mais bonito do que eu lembrava.

— É bom ver você de novo, Assassina. — Os dedos de Ezra alisam suavemente a pele exposta do meu ombro. — Sentiu minha falta?

Como você diz a alguém que ele tem um pedaço do seu coração?

Quais são as melhores palavras para admitir que existe uma parte da sua alma faltando que só pode ser preenchida por ele?

Como você mente e diz a ele que não sentiu nem um pouco de saudade, porque a verdade é dolorosa demais?

— Posso ter pensado em você uma ou duas vezes — digo, com um sorriso, rezando para que ele não ouça a maneira como a minha voz treme para conter o resto dos meus pensamentos.

Assassina.

Esse sempre foi o apelido de Ezra para mim, enquanto Damon preferia me chamar de Ruiva.

Com a minha resposta, um canto da boca de Ezra se curva o suficiente para uma covinha aparecer em sua bochecha, e quando aquele olhar âmbar mergulha em minha boca, perco a capacidade de respirar.

Sua cabeça se inclina apenas ligeiramente para o lado antes de preencher minha visão. Ele sempre se certifica de que tudo o que eu posso ver é ele sempre que está por perto.

— Eu senti sua falta — sussurra. — E você tem me irritado nos últimos dez anos. Acho que você deveria saber disso. Não gosto de ser ignorado.

Ele corre a ponta do nariz ao longo da minha mandíbula, seu cheiro me seduzindo, uma especiaria escura tecida através do almíscar masculino, a própria sensação disso é proibida.

Com a boca contra o meu ouvido, ele fala:

— Nós temos um presente de noivado para você. Mas não podemos te dar ainda. Encontre-nos lá em cima em uma hora.

Eu me pergunto se ele consegue sentir meu pulso acelerado sob minha pele, ou se pode ouvir a indecisão que está gritando na minha cabeça.

Eles sempre fazem isso comigo.

Sempre...

Embora seja Ezra quem mais me chama.

— Você sabe que eu não posso — começo a argumentar, mas ele pressiona seu polegar contra meus lábios em uma lembrança silenciosa do passado.

— Você nos disse há muito tempo que usaria preto esta noite. E nós prometemos a você que tornaríamos tudo melhor.

Olhos âmbar encontram os meus quando ele vira a cabeça.

— Não nos torne mentirosos.

Meu corpo treme em memória ao que estávamos fazendo quando aquela promessa em particular foi feita. Eu me sinto suada e oh, tão deliciosamente suja só de pensar nisso.

— Assim como antes? — pergunto, meu olhar se enredando no dele de uma maneira que é perigosa demais.

Ele concorda com a cabeça.

— Apenas por diversão?

Outro aceno de cabeça.

Droga, eu não deveria estar me tentando com isso.

Meu coração bate uma vez, e depois duas, cada batida dolorosa antes de ele sussurrar o resto de uma piada que dizíamos com frequência no ensino médio.

— Só desta vez.

Não.

Eu deveria dizer não.

Porra! Por que meus lábios não podem formar essa única sílaba simples?

— Só desta vez — repito, minha voz sem fôlego.

Seu sorriso se alarga antes que ele pressione um beijo suave na minha têmpora.

— Essa é a minha garota. Nós te vemos em uma hora.

Ezra dá uma piscadinha e se afasta, e eu observo impotente enquanto ele sai espreitando para virar uma esquina e desaparecer na parte principal da mansão.

Minha cabeça cai para trás contra a parede enquanto libero a respiração que estava prendendo em meus pulmões.

Só desta vez, prometo a mim mesma.

Só pelos velhos tempos.

Ezra

— O que ela disse?

Damon dá um passo para perto de mim quando me aproximo da grande escadaria, suas mãos enfiadas casualmente nos bolsos enquanto subimos os degraus na mesma velocidade.

Ao nosso redor, as pessoas olham rapidamente em nossa direção e para longe novamente, a curiosidade delas e medo saudável dos infames irmãos gêmeos aparentes.

— O que você acha que ela disse? É da Emily que nós estamos falando. — Dou um olhar cortante para ele. — Ou você esqueceu como é com a gente?

Damon sorri, sua passada de pernas compridas em um passo perfeito com o meu, uma vez que chegamos ao segundo andar.

Várias pessoas acenam com a cabeça e saem do nosso caminho enquanto caminhamos para a sala onde nos disseram para esperar pelo Tanner.

— Pensei que ela poderia resistir mais do que isso.

Sorrindo, eu me lembro da forma como Emily luta. Há mais fogo dentro dela do que a maioria das pessoas sabe.

— Ela vai — eu digo, minha mão na maçaneta da porta —, e é por isso que teremos que nos certificar de que ela não terá chance de mudar de ideia.

Virando-me para olhar para o meu irmão, arqueio uma sobrancelha.

— Nós fizemos uma promessa a ela.

Uma risada suave sacode seu peito.

— Como vamos impedi-la de correr?

Memórias me assaltam, noites passadas suadas e de deixar o queixo caído, uma linda garota dançando quando estava em um lugar onde era livre para ser ela mesma.

— Prendendo-a. Assim como nos velhos tempos.

Seu sorriso corresponde ao meu quando abro a porta e entro para encontrar seis cretinos entediados pra caralho esperando por um show de merda que nós sabíamos que estava vindo pela maior parte de nossas vidas.

Estudo Mason primeiro e sorrio debochado com o jeito que ele está caído em uma poltrona, os olhos fechados e as pernas esticadas na frente dele no chão. Uma garrafa de uísque está frouxamente presa em seus dedos, onde ele a balança contra a lateral da cadeira.

Ao lado dele, Jase, Sawyer e Shane estão jogados para trás em um sofá de couro, suas gravatas desfeitas e os colarinhos desabotoados. Apenas Shane olha para cima para mim e inclina o queixo em uma saudação silenciosa.

Mais para frente, Taylor e Gabriel também parecem que têm lugares melhores para estar. Como de costume, Gabriel está parado em um bar improvisado servindo outra bebida.

— Você rouba essas garrafas, ou o quê? — pergunto, rindo.

Gabe olha para mim.

— Era ou isso ou nocautear Mason. O idiota não para de reclamar sobre a Ava.

Meus ombros tremem com uma gargalhada.

— Se você precisar de alguém para nocauteá-lo, estou aqui.

— Vai se foder, Ezra — Mason resmunga de sua cadeira. — Ava não atende o telefone dela. Ela está chateada com este noivado.

Não tenho certeza do porquê. Todos nós sabíamos que isso aconteceria desde que éramos crianças.

Embora, eu não possa exatamente culpar Ava por sua raiva. Não quando o noivado deixou a mim mesmo com vontade de acabar com o mundo para impedi-lo algumas vezes.

Essa coisa com a Emily *nunca* deveria se tornar o que é. Era para ser divertido. Uma piada mais do que qualquer coisa. Algumas semanas vendo o quão profundamente enraizado estava sua atuação de boa menina.

Eu deveria ter adivinhado que uma garota com cabelo vermelho tinha a personalidade para combinar com ele, seu fogo queimando tão malditamente quente que você não pode evitar de ser queimado vivo para vê-lo.

Sabendo uma coisa ou duas sobre esse tipo de fogo, eu fiquei fascinado por ele, como uma criança sacudindo minhas pontas dos dedos através das chamas; chamuscado, mas nunca queimado.

Não vou admitir isso para esses babacas, no entanto. Eles se divertiriam muito esfregando meu nariz nisso.

Largando meu peso em uma cadeira ao lado de Damon, corro a mão pelo cabelo.

— Alguém pode me lembrar por que estamos aqui? Eu tenho coisas melhores que podia estar fazendo.

Mason leva a garrafa de uísque aos lábios, engolindo o líquido com alguns puxões fortes e seu olhar fixo em mim. A bebida espirra na garrafa quando ele a coloca de volta para baixo.

— Para me ajudar a passar por essa merda. Alguém tem que atacar minha bunda e ter certeza de que estou lá fora, fingindo que dou a mínima para Emily Donahue quando deveria estar na casa de Ava...

— Não começa. — Eu rosno, puto com a forma como ele sempre culpa e insulta Emily como se isso fosse algo que ela queria. — Por que caralhos estamos nesta sala?

A voz de Gabe está tão calma e controlada como sempre.

— Tanner está a caminho com Luca agora. Precisamos confrontá-la sobre os registros do pai dela. Depois disso, eu preciso lidar com a Ivy. — Ele olha para mim. — Você armou para afastar Emily de Ivy para que eu pudesse confrontá-la?

Eu odeio essa merda.

Odeio os jogos constantes.

— Sim, eu disse a ela para me encontrar lá em cima em uma hora.

Gabe acena com a cabeça com isso, satisfeito por eu saber o que diabos estou fazendo por enquanto.

— Fácil assim, hein? — Mason bate com a lateral da garrafa de uísque na cadeira. — Vagabunda do caralho.

Na primeira contração do meu corpo avançando para frente, Damon bate a palma de sua mão no meu peito e me atira um olhar. Ele não precisa dizer o que nós dois estamos pensando. Não que tenhamos que falar muito um com o outro. Nós somos imagens espelhadas na maioria das coisas.

Embora Emily nunca tenha sido mais do que diversão para ele, algo para o qual eu o arrastei anos atrás, para mim é...

Porra.

Mais?

Menos?

Eu nem tenho certeza. Mas não consigo pensar nela sem me lembrar da expressão em seus olhos toda vez que ela nos via machucados. Não consigo esquecer suas lágrimas não derramadas e a maneira como ela me abraçou, seu corpo tremendo com a mesma raiva que eu sentia.

Por que ela tinha que se importar tanto?

Nós nunca contamos a ela o que estava acontecendo conosco.

Ninguém sabe.

E se esse jogo que nosso grupo está jogando não fosse destruir meu pai tanto quanto irá destruir os deles, eu me afastaria disso e cuidaria do otário do meu pai sozinho.

Seja um homem...

A voz dele se infiltra em meus pensamentos, a raiva se alinhando para onde ele estava parado assistindo o que acontecia com a gente.

Isso é tudo o que você tem?

Pesadelos após pesadelos.

Que nunca terminavam.

Sempre gritando quando eu vejo vermelho.

Eu te ensinei melhor do que isso...

Damon recebeu isso pior do que eu, sua raiva queimada em cada músculo e gravada em cada osso.

Tenho que me afastar da memória antes de esquecer onde estou e destruir essa porra de quarto.

— Por que você sequer se importa? — pergunto, em vez de acabar com o rosto de Mason por seu insulto sobre a Emily.

— Eu não me importo. Só quero acabar logo com essa merda para que eu possa ir embora.

O filho da puta tem um acerto de contas para fazer quando se trata dela. Caramba, eu sei lá o motivo.

— Tem certeza? Porque você sempre tem algo a dizer sobre isso.

Ele me mostra o dedo do meio e volta a beber a garrafa de uísque.

Cerrando os olhos, esfrego a pele entre eles. Shane está me encarando quando os abro novamente, sua sobrancelha levantada em questão.

Entre todos os Inferno, Shane é o que melhor conhece Damon e eu. Ele tende a ser o terceiro lado do nosso triângulo, um bastardo que adora causar problemas.

Shane deve ter nascido para o caos. É o único lugar onde ele se sente confortável.

— Acalmem-se, crianças. Mais algumas horas e todos nós podemos voltar às nossas vidas.

Gabe se senta e deixa sua cabeça cair para trás, seus dedos movendo-se para girar lentamente em círculos sobre o braço de sua cadeira o copo que ele está segurando.

A sala fica em silêncio, todos nós frustrados e irritados. Meus pensamentos correm de volta para Emily, para o quão bem ela parecia naquele maldito vestido preto.

Vai ser meu funeral... minha mãe pode ir se foder se acha que eu vou usar outra coisa.

Sorrindo com a memória, minha mandíbula se aperta e meus dentes rangem ao lembrar o que aconteceu uma semana depois daquela noite.

Às vezes, eu me pergunto se Damon pode espiar em meus pensamentos. Seu cotovelo cutuca meu lado, sua cabeça rolando sobre o encosto para que nossos olhos se encontrem.

— Eu vi Paul Rollings lá embaixo.

Meus ombros ficam tensos com a menção do nome daquele cretino.

— Evite-o. Aqui não é o lugar para lembrá-lo de que ainda temos contas a acertar.

Não com Emily aqui.

Não onde ela pode ver.

De novo não.

Damon ri.

— O filho da puta enfiou o rabo bem rápido entre as pernas depois de me ver parado lá. Estou surpreso que ele tenha vindo. Ele tinha que saber que nós estaríamos aqui.

Felizmente, Shane já me disse que ele iria tratar de tudo isso se o Paul aparecesse. É apenas mais um jogo entre os muitos.

Neste ponto, estou achando extremamente difícil ficar parado.

Estou puto com Mason.

Com Paul.

Com Tanner, por demorar tanto.

E comigo mesmo, por um erro que cometi dez anos atrás.

Maldição. Emily está ainda mais bonita agora. Ainda selvagem. Ainda tentando esconder isso.

Deixá-la naquela sala de serviço foi quase malditamente impossível.

Finalmente, porra, finalmente, a porta se abre e Tanner entra com Luca. Seus olhos lentamente nos observam, desconfiança e medo rolando por trás deles.

Vê-la agora me lembra da última vez que a vi em Yale. Seus olhos também estavam assustados na época. Mas por um motivo completamente diferente. Tudo que lembro é dela me oferecendo água pouco antes de Tanner arrastar minha bunda escadas acima.

Gabriel se levanta assim que ele a vê, sua voz um ronronar escorregadio quando ele pergunta:

— Luca Bailey, como você tem andado?

Ele entra no personagem imediatamente, o que significa que o resto de nós precisa seguir o exemplo.

Não importam as circunstâncias.

Não importa quem se machuque.

Nós temos um trabalho a fazer, se algum dia vamos destruir as nossas famílias.

O jogo continua assim como sempre.

E é a Emily que estaremos encurralando em seguida.

capítulo nove

Emily

A noite estava se arrastando como de costume até que Tanner chegou com seu encontro a reboque. Era um hábito apontá-lo para Ivy, um retrocesso ao ensino médio, quando sempre avisávamos uma à outra que os lobos estavam espreitando.

A última coisa que eu esperava que ele fizesse era se aproximar e puxá-la para longe do nosso grupo.

Agora meus olhos estão fixos neles, a suspeita gotejando ao longo da minha espinha ao vê-lo se inclinar para sussurrar contra o ouvido dela.

— Linda noite, não é?

Minha cabeça estala para a esquerda para ver que Paul Rollings se aproximou de mim.

A noite toda ele permaneceu entre o grupo, mas esta é a primeira vez que falou comigo diretamente.

— Aham — respondo, minha voz distraída porque prefiro estar tomando conta de Ivy e Tanner. Lanço para ele um sorriso educado. — Está ótima.

Quando me viro de novo para olhar para Ivy, Paul toca o meu braço, e uma onda de náusea me percorre. Meus olhos voltam para ele, e sufoco a vontade de gritar para ele ir se foder.

Eu não o suporto, não depois do que aconteceu no ensino médio.

— Você está animada com o seu noivado? Sei que você e Mason estão esperando há muito tempo por isso.

A bile dispara pela parte detrás da minha garganta. Mas me lembro de sorrir, assim como minha mãe exige.

Tenho certeza de que ela está por aqui em algum lugar me observando e mantendo um registro de todos os meus erros.

— Estou animada. Obrigada por perguntar.

Ele se aproxima, o calor de seu corpo acariciando meu lado. Isso só faz minha pele ter calafrios.

— Na verdade, eu recentemente acabei ficando noivo. Não tenho certeza se você ouviu. Nós mantivemos isso um pouco silencioso.

Ok.

Bom para ele.

Eu me afasto para colocar espaço entre nós, mas ele se move para fechá-lo com a mesma rapidez.

Lutando para não revirar os olhos, dou outro sorriso rápido.

— Tenho certeza de que quem quer que seja a pessoa com quem você vai se casar é adorável.

— É a Hillary, na verdade. Você se lembra dela do ensino médio, certo?

Oh, pelo amor de Deus.

Embora, eu tenha que admitir que eles são perfeitos um para o outro. Ambos são cobras coniventes e traiçoeiras.

Eu não a vi por aí esta noite, então agradeço aos céus por ela não ter aparecido.

— Claro, eu me lembro dela. É uma pena ela não estar aqui esta noite.

Ele sorri.

— Na verdade, ela está apenas atrasada. Deve chegar a qualquer minuto agora.

Perfeito. Como se esta noite não pudesse ficar pior.

Infelizmente, a única coisa que posso esperar é também a pior para mim.

Várias vezes agora, olhei para a casa lamentando o acordo que fiz com Ezra para encontrá-lo no andar de cima.

Quase decidi ficar do lado de fora em vez de seguir em frente. Mas agora que sei que Hillary estará aqui, tenho mais necessidade de aceitar sua oferta do que nunca.

A Emily *boazinha* sabe que ficar do lado de fora é uma escolha respeitável. A escolha inteligente. Mas a Emily *malvada* já está praticamente saltando escadas acima, seu corpo preparado e pronto para qualquer presente que os gêmeos tenham para ela.

— Escuta — Paul fala, trazendo minha atenção de volta para ele —, queria me desculpar por...

Sua voz some quando Ivy retorna.

Agradecendo a Deus por seu *timing* perfeito, envolvo meu braço no dela e não posso deixar de me preocupar.

Ela está tremendo, o que é muito diferente dela. Nada assusta Ivy, não desse jeito.

Aproveito a oportunidade para me desculpar e me afasto alguns passos de Paul.

— O que ele queria? — pergunto a ela, minha voz intencionalmente suave.

Colando seu sorriso falso para que ninguém possa ver o medo que sei que está lá, Ivy balança a cabeça para os lados.

— Nada.

Se nós estivéssemos em qualquer outro lugar, eu exigiria uma resposta. Olho por cima do ombro para ver todo mundo olhando em nossa direção, então mantenho minhas perguntas para mim.

Para que servem as melhores amigas, certo?

Ela precisa permanecer no personagem, então deslizo para o meu também.

Passamos os próximos vinte minutos sorrindo e acenando com a cabeça para a conversa chata pra caramba ao nosso redor, e continuo dando espiadas nas portas dos fundos da mansão do governador.

Elas são mantidas abertas como uma provocação, apenas me implorando para atravessá-las e morder a maçã envenenada.

Eu sei que não devia.

Sei o quanto posso me tornar uma viciada.

Mas também sei que uma pequena amostra do passado será o suficiente para me ajudar a passar por essa noite.

Uma libertação tão poderosa que eu possa me agarrar a ela quando chegar a hora de o nosso noivado ser anunciado.

Apenas por diversão, eu me lembro.

Só desta vez...

Foda-se.

O que uma garota pode fazer quando algo tão absolutamente tentador está apenas esperando lá, implorando para ela estender a mão e pegar?

— Eu tenho que ir.

Os olhos de Ivy disparam para os meus.

— Agora? Mas...

Ela aponta com o queixo em direção à casa, e dou uma olhada de relance para ver Gabriel Dane caminhando em nossa direção.

Que seja. Ela age como se não quisesse vê-lo, mas sei que não é assim. Ivy não consegue se conter quando se trata de Gabe.

Sabendo que ela pode cuidar de si mesma quando se trata dele, eu me afasto.

— Apenas ignore-o. Você vai ficar bem. E eu tenho um encontro lá em cima.

Ela me encara como se eu tivesse perdido a cabeça, mas depois sorri enquanto me afasto.

— Qual deles esta noite?

A risada flutua em meus lábios.

— Por que escolher?

— Os dois? — Seus olhos se arregalam com surpresa. — Ao mesmo tempo?

Não será a primeira vez.

Mas tem que ser a última.

— Eu só tenho um pouco de liberdade restante. É melhor me divertir.

Eu me viro para correr antes que ela possa dizer mais alguma coisa, os olhos de Gabriel me seguindo enquanto passo por ele em direção à casa.

Assim que entro, o ar-condicionado encontra minha pele aquecida, meus olhos se levantando para olhar para cima para a grande escadaria que está me chamando para o desastre.

Não vendo Ezra, minhas sobrancelhas se franzem até que minha atenção é atraída por uma bela morena em um vestido *ombré* descendo rapidamente os degraus em minha direção.

Tanner está seguindo atrás dela, e eu rio ao pensar que seu encontro finalmente descobriu que ele é um babaca e tomou a decisão inteligente de fugir.

Dou o primeiro passo enquanto ela passa por mim, Tanner nem mesmo me lança um olhar enquanto a persegue.

Virando a cabeça para ver os dois se aproximando do bar, eu me viro e olho para cima para ver um homem que me para no meio do caminho.

Lá, bem no topo da escada, está Ezra.

Não preciso mais estar perto o suficiente dos gêmeos para ver a marca que os distingue um do outro.

Meu coração de alguma maneira sabe como diferenciá-los.

Eu me importo com os dois, mas Ezra...

Oh, Deus.

Ezra.

Quantas vezes nos últimos dez anos meu coração se partiu quando me permiti pensar nele?

Simplesmente há algo nele que faz o meu pulso bater um pouco mais rápido. Que torna meus joelhos muito mais fracos. Que me arrasta para sua poderosa órbita até que minha sombra o acaricia como os planetas ao redor do sol.

Em muitos aspectos, ele é a faísca que tinha acendido o meu fogo, o primeiro toque de calor. O oxigênio que inflama a chama dentro de mim até que eu queime tão intensamente quanto ele.

Embora, você não saberia sobre o fogo que existe dentro dele agora.

Não olhando para ele, pelo menos.

Entre os lustres cintilantes e pisos de mármore polido, entre os vestidos de lantejoulas e bandejas de serviços de prata, e entre o glamour e a elegância que nos rodeiam agora, ele se destaca como uma mancha de tinta.

Temperamental.

Ardente.

Predatório.

Feroz.

A cor escura de seu terno combina com a cor de seu cabelo, a absoluta falta de luz aparente onde ele está parado olhando para mim com as mãos cruzadas atrás das costas.

Ele está imóvel no lugar, mas sei que isso não significa nada.

Essa é a coisa com o Ezra: mesmo quando você pensa que ele está tranquilo e subjugado, este homem está sempre no limite da violência.

Isso me enfraquece agora enquanto meus dedos agarram a saia do vestido para levantá-lo para que eu não tropece nas escadas. Minhas pernas estão trêmulas e estou um pouco fora de equilíbrio, mas subo lentamente de qualquer maneira, meus olhos fixos na maneira como seus olhos me mantêm cativa e o canto de sua boca puxa para cima.

Como de costume, pensamentos sussurram dentro da minha cabeça, avisos sobre o que ele faz comigo e lembretes dos problemas que atormentaram nosso passado.

Eu me preocupo com as pessoas que estão por perto, sei que elas vão me ver e se perguntar por que a futura *Sra. Mason Strom* está indo embora com um dos gêmeos.

É o suficiente para me fazer parar quando estou apenas na metade da escada, a sobrancelha de Ezra se arqueando em questão, sua boca se curvando ainda mais.

Ele sabe o que estou pensando.

Que eu vou correr.

Que vou me convencer a não ter nada a ver com ele.

E ele não está errado.

Isso é estúpido.

Tão malditamente errado que eu mudo de ideia antes de alcançá-lo e me viro para correr para baixo.

É quando o meu olhar colide com o de Damon, onde ele está parado ao pé das escadas.

Parece que os meus meninos me prenderam.

Exatamente como faziam no ensino médio.

Os olhos de Damon brilham com humor quando faço uma carranca. Ele sabe que eu não *quero* fugir. Só estou fazendo isso por obrigação.

Tão idiotas, esses dois.

Tão tentadores por conta própria.

Mas insanamente inebriantes quando estão juntos.

Quando me viro para olhar para Ezra, posso ver seus ombros tremerem com uma risada suave. O filho da puta está gostando disso.

É errado que meu coração palpite por estar preso? Que, em vez de odiá-los pelo que estão fazendo, eu quero agradecê-los?

Exalando alto, continuo meu caminho para cima pelas escadas, sabendo que Damon está subindo atrás de mim.

Ezra não se move quando me aproximo para ficar de pé na frente dele, aqueles olhos âmbar pegando os meus com diversão rolando por trás deles.

Nós nos encaramos por vários segundos silenciosos, uma cascata de memórias caindo entre nós.

Ele abaixa a cabeça para preencher minha visão, sua voz uma provocação suave:

— Você estava indo para o lado errado.

Ezra costumava dizer isso para mim sempre que eu tentava escapar dele na escola. Pisco lentamente contra o aperto do meu coração ao ouvir as palavras novamente.

Engolindo o nó de preocupação na minha garganta, respondo:

— Não acho que longe de você é o caminho errado.

Ele sorri, pura arrogância contra um rosto maduro e masculino.

— Venha brincar com a gente, Assassina.

Não quero nada mais do que fazer exatamente isso, mas também me lembro do quão apegados esses meninos já foram. O coração partido com

que todos nós ficamos ao dizer adeus.
— Só desta vez, certo? É desta vez e nunca mais?
Assentindo com a cabeça, seus olhos capturam os meus, me seguram no lugar, se recusam a me soltar.
Minha voz fica baixa quando pergunto:
— E se alguém puder nos ver?
Seu olhar cai para os meus lábios e sobe de volta, o movimento sutil de seus olhos levando meu pulso a bater ainda mais rápido.
Ele abre a boca para responder, mas não diz nada quando outra voz alta preenche a sala.
— *Oh, meu Deus! Sim, Tanner! Mais forte!*
Todas as nossas cabeças se voltam para o som, mas antes que eu possa processar o que diabos acabei de escutar, Ezra agarra meu braço e me puxa para mais perto.
— Eles não vão nos ver agora.
Não. Eu acho que eles não vão.
Todo mundo está muito ocupado olhando para Tanner e seu encontro, nos dando apenas alguns minutos para escaparmos despercebidos.
Rindo enquanto Ezra me apressa pelo corredor com Damon atrás de nós, eu pergunto:
— Você armou com eles para fazerem isso?
Os lábios dele se curvam, mas ele não me responde, nossos pés se movendo rapidamente enquanto passamos por várias salas de estar onde as pessoas se misturam e viramos à esquerda em outro longo corredor.
— Para onde estamos indo, caramba?
Não posso evitar minha risada. É como quando nós éramos adolescentes nos esgueirando pela escola.
Ezra olha em volta e resmunga:
— Não faço nenhuma ideia. — Mas então ele me direciona para um conjunto de portas duplas que estão totalmente fora dos limites.
— Espera, não, nós não podemos entrar aqui.
Tarde demais. Ele abre a porta e me puxa para dentro antes que eu possa dizer a ele que sala é essa.
Damon fecha a porta atrás de nós enquanto Ezra envolve sua mão em volta da parte detrás do meu pescoço e me puxa para frente em um beijo que arranca minha alma do meu corpo, rasgando e remendando tudo ao mesmo tempo.

Faz quanto tempo?

Estou perdida no instante em que nossas bocas se abrem e sua língua entra, minha respiração é roubada e minhas pernas fraquejam. Ele me pega pela cintura para me segurar no momento em que Damon chega atrás de mim para puxar meu cabelo de lado e correr sua boca pela minha nuca.

No instante em que os dentes dele mordem aquele ponto macio do meu ombro, sou derrotada.

Perdidamente *derrotada*.

Meus pensamentos voam para longe como pássaros presos e libertados de suas gaiolas, e a garota secreta dentro de mim assume o controle.

A garota devassa.

Uma sombra de mim que não dá a mínima para maneiras ou decoro, obrigações ou noivados, uma que mostra o dedo do meio ao mundo em vez de sempre se lembrar de sorrir.

Os gêmeos são mestres em arrancá-la de mim, maestros que sabem exatamente como brincar com o meu corpo. Eles são bastardos astutos e sedutores que sabem que não podem me dar tempo para mudar de ideia ou pensar melhor no que estou eu fazendo.

Só uma vez.

Só agora.

Só isso.

Os dedos hábeis de Damon deslizam o zíper na parte de trás do meu vestido para baixo, esta dança para dois perfeitamente coreografada para incluir um terceiro.

Ele pressiona beijos suaves na linha da minha espinha enquanto deixa o material cair pelo meu corpo, caindo de joelhos atrás de mim para levantar um dos meus pés e depois o outro para me libertar totalmente do vestido.

Enquanto Damon morde e beija uma trilha lenta na parte de trás das minhas pernas, suas mãos se esgueirando para cima pela frente das minhas coxas para provocar o lugar onde eu preciso delas, o beijo de Ezra se aprofunda, sua língua dançando com a minha, sua boca tão primorosamente exigindo que eu cedo a ambos sem reclamar.

Meu corpo se lembra exatamente do quão perversos eles são.

Minha calcinha desliza pelas minhas pernas em seguida, um conjunto de dentes marcando a parte de trás da minha coxa enquanto algo dentro de mim aperta em memória do que vem a seguir.

Eu não sou mais uma mulher presa a uma vida que não quero.

Porque só eles podem me libertar.

Por enquanto, pelo menos, eu sou a garota que quer ser má, que ganha vida ao estar errada, que é levada à loucura e imprudência pelos dois belos homens que a ensinaram como é viver a vida como ela deseja.

Se eu, alguma vez, pudesse agradecer aos gêmeos por alguma coisa na vida, é por me darem a chance de ser eu mesma, mesmo que por pouco tempo.

As mãos de Ezra se abaixam para agarrar minhas coxas e me puxar para cima, minhas pernas se envolvendo em sua cintura enquanto ele pega todo o meu peso facilmente.

Damon se levanta para ficar atrás de mim, e estou enroscada em uma gaiola de puro calor, seus dedos deslizando entre minhas pernas para brincar com meu corpo até que ele esteja tremendo.

Meus seios nus estão esmagados contra o peito de Ezra, o tecido de sua camisa me deixando louca. O riso sombrio é uma vibração suave em seus lábios que ele arrasta para o meu ouvido

— Apenas deixe acontecer, Assassina. Você se lembra de como isso funciona.

Deus, como eu me lembro, meu corpo tremendo nos braços de Ezra enquanto os dedos de Damon provocam minha boceta, as pontas rolando em círculos leves sobre o meu clitóris para fazer meus quadris se remexerem por mais.

Ezra rosna conforme as minhas pernas se apertam em torno dele, seus dentes beliscando o lóbulo da minha orelha antes de ele falar em uma exalação de hálito quente.

— Eu senti saudades de você.

A preocupação me encharca com a honestidade dessas palavras, com a forma como meu coração grita de volta que senti saudades dele também.

Deus, como eu senti a falta dele.

Como se um pedaço de mim tivesse ido embora por muito tempo.

Ele está me beijando novamente quando os dedos de Damon deslizam dentro de mim, dois se esticando para três, as pontas correndo ao longo das minhas paredes internas até que ele alcance o ponto que preciso. Sua boca continua pressionando beijos na linha do meu pescoço, por cima do meu ombro, onde seus dentes gentilmente mordem minha pele.

Gemidos e choramingos sobem pela minha garganta, Ezra praticamente engolindo cada um deles.

Quando luto contra o orgasmo que está se construindo lentamente, é como se Ezra soubesse, sua mente tão sintonizada com a minha, mesmo depois de todo o tempo que estivemos separados.

Com uma mão, ele agarra meu rosto, forçando minha mandíbula a se abrir mais para que ele possa levar esse beijo como quer, para que possa me fazer ceder ao orgasmo que a mão de Damon está provocando em mim.

Ezra interrompe o beijo e pressiona sua testa na minha, seu olhar âmbar capturando meus olhos com puro fogo rolando por trás dele.

— Mantenha seus olhos abertos, Em. Deixe-me te ver.

Balanço a cabeça em negação, ou pelo menos tento, mas ele apenas sorri e segura meu rosto no lugar, se recusando a me deixar esconder.

É quando o primeiro orgasmo explode, a violência dele tão forte que todo o meu corpo treme, gemidos caindo sobre meus lábios enquanto ondas de prazer rolam por mim.

Ezra mantém meu olhar o tempo inteiro, faíscas explodindo atrás de seus lindos olhos.

— Aí está ela — ele sussurra asperamente. — Você goza tão docemente quanto me lembro.

Os últimos tremores assaltam meu corpo enquanto ele morde meu lábio inferior de brincadeira antes de falar contra a minha boca.

— Vamos ver se você ainda tem um gosto tão bom.

Damon se afasta assim que Ezra se vira para deitar meu corpo sobre a superfície de uma mesa.

Estou prestes a reclamar de novo sobre onde nós estamos quando ele se inclina sobre mim e espalma meu seio, sua boca indo para o meu ouvido.

— Seja uma boa menina e mostre ao Damon o quanto você sentiu saudades dele.

Ele desliza para baixo pelo meu corpo e agarra a parte interna das minhas coxas para separar minhas pernas, sua boca cobrindo minha boceta, a língua quente mergulhando dentro de mim, assim que Damon dá a volta na minha cabeça e empurra a cadeira de couro para longe.

Minha cabeça cai para trás, meu peito arqueando para cima enquanto Ezra segura meus quadris no lugar.

As mãos de Damon deslizam sobre meus ombros e mais para baixo para segurar possessivamente meus seios. Ele aperta as pontas com força o suficiente para enviar uma faísca elétrica direto para baixo, onde os lábios de Ezra se fecham e chupam meu clitóris inchado.

— Porra...

Mal posso respirar com o ataque brutal deles. Eles estão em todos os lugares ao mesmo tempo, um ataque coordenado que me deixa contorcendo e implorando, incapaz de me afastar ou retardá-los.

E eles sabem o que estão fazendo. Descobriram o que me deixa selvagem no ensino médio e estão explorando esse conhecimento carnal agora.

— Como você está, Ruiva? — Damon ri, quando outro gemido sobe pela minha garganta, minhas bochechas indubitavelmente vermelhas do sangue bombeando em minhas veias. — Você gostou do seu presente?

Eu aceno com a cabeça em concordância, rangendo meus dentes conforme a língua de Ezra lambe minha boceta e ele desliza seus dedos dentro de mim.

Estalando a língua, Damon sorri contra a minha bochecha.

— Ah, isso não vai funcionar. Eu preciso desses lindos lábios separados para receber meu beijo de olá.

Seus dedos agarram meu cabelo antes de envolver o comprimento em torno de sua mão, puxando minha cabeça mais para trás enquanto ele aperta minha mandíbula para forçá-la a se abrir e me beija de cabeça para baixo.

Damon não está me dando a chance de beijá-lo de volta enquanto sua língua mergulha na minha boca com o mesmo ritmo que a de Ezra, esses homens me devorando de ambos os lados até que eu não seja mais um corpo, mas apenas uma sensação, uma vibração frenética de necessidade explodindo até estar flutuando. Um desespero tenso, apertado e tão malditamente prolongado que, quando eu estalar de volta ao lugar, vai ser doloroso.

O segundo orgasmo atinge mais violentamente do que o primeiro, e estou praticamente gritando na boca de Damon enquanto as mãos de Ezra agarram minhas coxas com força suficiente para deixar marcas, minhas pernas separadas enquanto meu corpo arqueia.

Meus braços se estendem para que eu possa correr minhas mãos pelo cabelo de Damon e segurá-lo sem me preocupar se estou o machucando.

Como eu, esses meninos têm uma afinidade com a dor.

O prazer é tão poderoso que dói, tão intenso que tudo o que conheço no momento são os lugares onde eles me tocam e o calor úmido de suas línguas.

Eu não existo mais.

Sou apenas um sentimento.

Uma explosão.

Uma palpitação que diminui e flui, se quebrando em ondas caóticas.

— Sim, Ruiva, assim mesmo — Damon murmura contra a minha boca, sua voz profunda, áspera e reverente. — Porra, você é linda pra caralho.

Ele me beija de novo, lento e sedutor, ambas as bocas provocando os últimos tremores de mim enquanto meus olhos se fecham e meu corpo se acalma.

Sinto o suor brotar em minhas têmporas e ao longo do meu couro cabeludo, sinto o ar varrer minha pele aquecida do ar-condicionado da sala.

Uma vez que o som do sangue correndo para de rolar dentro da minha cabeça como um trovão, abro os olhos e rio suavemente dos olhos brilhantes de Damon olhando para mim, na linha de seu sorriso torto.

— Se sente melhor?

Mais risadas borbulham dos meus lábios com a rapidez com que todos nós caímos de volta nisso.

Aceno com a cabeça em concordância, desejando muito que eu tivesse mais tempo com eles.

Infelizmente, nós não temos mais, esse fato se tornou aparente quando a porta da sala se abriu e uma voz familiar gritou.

— Ah Merda! Porra. Eu não vi nada. No escritório do meu pai? Vocês são loucos?

Eu me ergo em meus cotovelos e olho por cima do ombro de Ezra para ver Ivy de pé na porta, sua mão cobrindo os olhos enquanto se vira de costas.

— Sério, eu não vi nada. E o que eu vi vou limpar com alvejante cerebral, mas você precisa descer, Emily. Tipo, bem nesse momento, porra.

— Saia — Ezra rosna.

Ivy bufa um suspiro.

— Eu vou ficar do lado de fora da porta, mas nós precisamos ir, e todos vocês precisam dar o maldito fora desta sala. *Agora*.

Ela fecha a porta e eu me empurro para uma posição totalmente sentada, meus olhos se prendendo nos de Ezra quando ele se vira para olhar para mim.

Machuca o quão rapidamente meu coração cai no meu estômago, como a realidade volta violentamente.

— Foi divertido enquanto durou, eu acho.

Ele não responde. Em vez disso, ele me agarra pela nuca e me puxa para frente para um beijo longo e lento que me destrói novamente.

Eu posso me provar em seus lábios, em sua língua, meu pulso batendo forte na minha garganta enquanto sua boca se move contra a minha.

Recusando-se a me deixar ir, ele pressiona sua testa na minha, roubando toda a minha visão como de costume.

— Essa não precisa ser a única vez.

Maldito seja.

Eu sabia que ele faria isso.

— Nós dissemos apenas uma vez.

Seus lábios se esticam em um sorriso malicioso.

— Já perdi a conta de quantas vezes nós dissemos apenas uma vez.

— Ezra...

Pressionando seu polegar contra os meus lábios, ele se recusa a me deixar terminar o pensamento. Olhos âmbar procuram os meus pelo que parece uma eternidade, mas na verdade são apenas alguns segundos.

— Você nunca me ligou de volta.

Tento responder e ele pressiona seu polegar com mais força.

— Eu *precisava* de você. Nós — ele especifica para incluir Damon — precisávamos de você.

Fazendo uma pausa, ele deixa a verdade afundar antes de me acertar com o golpe final, com um sorriso debochado nos lábios ao fazer isso.

— Você quebrou sua promessa, Assassina. Mesmo quando nós mantivemos a nossa.

Ezra poderia ter enfiado uma faca no meu peito, e isso teria doído menos, seu lembrete cortando tão profundamente quanto ele pretendia.

Piscando uma vez antes de me soltar, ele se levanta e dá um passo para trás, aquele olhar âmbar me mantendo prisioneira enquanto Damon me entrega meu vestido.

Uma batida na porta quebra o silêncio tenso.

— Emily?

— Estou indo — grito, finalmente piscando para quebrar o olhar de Ezra e deixando meu cabelo cair para frente para proteger meu rosto e impedi-lo de me prender novamente.

A violência dentro dele bem agora está chamando por *mim*. O fogo.

Deslizando para fora da mesa para ficar de pé, eu me apresso para colocar meu vestido, minhas mãos se atrapalhando com o zíper porque estou com muita pressa para ir.

— Deixe-me ajudar.

Damon, eternamente doce. Ele é um homem com um temperamento que se desencadeia facilmente, mas tem um coração de ouro puro.

Ao contrário de seu irmão, que continua me encarando com olhos acusadores, uma centena de promessas girando e colidindo na mensagem singular de que eu era a pessoa que iria quebrá-las.

Damon mal coloca meu vestido no lugar quando corro loucamente para a porta.

Infelizmente, não a alcanço antes de Ezra agarrar meu braço e puxar minhas costas contra seu peito.

Abaixando a cabeça, ele fala contra o meu ouvido:

— Da próxima vez que eu ligar, você deveria atender. Ou esqueceu que estou de volta à cidade?

A respiração escapa de mim, superficial e lenta.

— Você não ligou desde que voltou. — Virando minha cabeça apenas o suficiente para que eu possa vê-lo em minha visão periférica, eu acrescento: — Nem mesmo uma vez.

Seus lábios se curvam com isso.

— Porque você nunca atende.

Assim que seus dedos soltam seu controle sobre o meu braço, corro para frente novamente para sair do escritório e ir para o corredor.

Ivy levanta uma sobrancelha para mim e balança a cabeça para os lados.

— É como se você quisesse ser pega. No escritório do meu pai? O que diabos você estava pensando?

Eu não estava.

O que sempre foi o problema da minha amizade com os gêmeos. Eu esqueço como eles me desequilibram e me ameaçam.

— Desculpa. Eles me arrastaram até lá, mas eu...

Ivy toca meu ombro quando alcançamos as escadas enquanto ignoramos os olhares curiosos das poucas pessoas ao nosso redor.

— Tudo bem. Mas você precisa endireitar seu vestido e pentear o cabelo com os dedos. Você parece que acabou de ser fodida.

Há humor em sua voz, mas não consigo rir com ela. Estou muito ocupada me preocupando com o porquê de estarmos correndo escada abaixo.

Não só por causa do homem que estarei ao lado para o espetáculo de merda dos nossos pais, mas também por causa dos dois que deixei para trás.

Descendo as escadas com pressa, eu me lembro repetidamente por que o que fiz foi estúpido. Esses sussurros não fazem nada para aliviar o vício, no entanto.

Eles não fazem nada para aliviar a dor em meu coração.

Ezra não estava errado em me acusar por não cumprir uma promessa que eu tinha feito a ele dez anos atrás, mas foi a razão pela qual eles *precisaram* de mim que tornou necessário que eu os deixasse ir.

Eu não tive escolha a não ser quebrar minha palavra, se não por outra razão, pelo menos para me agarrar à minha sanidade.

Estamos do lado de fora e Ivy ainda está puxando minhas roupas para o lugar, seus olhos azuis preocupados pegando os meus quando nos aproximamos do pavilhão.

Tomando nossos lugares, fico de frente para ela enquanto ela limpa meu batom borrado, um suspiro escapando dela porque me recompôs da melhor maneira que pode.

Assim que Mason chega ao meu lado, todos os músculos do meu corpo ficam tensos.

Cometo o erro de olhar para ele para encontrar apenas um desprezo amargo em seu olhar azul-glacial.

Tão baixo que ninguém além de mim pode ouvi-lo, ele comenta:

— Vejo que não demorou muito para você voltar aos velhos hábitos.

— Vai se foder — respondo, sem humor para as merdas dele.

Ele sorri com isso, seu braço envolvendo o meu enquanto damos ao público tempo para fotos. Assim que isso é feito, nos afastamos um do outro.

— Posso esperar ter que pagar fiança para tirá-los da prisão novamente por sua causa?

Meu sorriso falso vacila, mas me recuso a deixar Mason ver isso.

— Eu não os verei novamente.

— Claro que você não vai. Faça-me um favor e tente não causar problemas. Eles só estão se recuperando agora do resto da merda que passaram.

As palavras ainda estão sussurrando de seus lábios enquanto meus olhos vão para a casa para assistir Ezra e Damon caminhando para o quintal.

— E que merda foi essa?

Não consigo parar de olhar enquanto os gêmeos tomam seus lugares na fila que se espalha ao lado de Mason, o Inferno no lugar para apoiá-lo.

Mason solta um suspiro, sua atitude suavizando.

— Nós ainda não sabemos. Eles não contam a nenhum de nós. Mesmo depois que isso parou. Eu estava esperando que eles talvez contassem a você.

Esse é o problema que nos atormenta desde o início. Os gêmeos também nunca me disseram. Eu não poderia estar lá para eles quando não sabia como consertar o que estava acontecendo. Independentemente do quanto eles possam ter precisado de mim.

É uma das razões pelas quais quebrei minha promessa.

E o porquê eu não poderia continuar amando-os enquanto permitia que eles despedaçassem o meu coração no processo.

É raro, mas de vez em quando Mason e eu encontramos um terreno em comum. Infelizmente, isso geralmente gira em torno de ser deixado no escuro.

— Eles também nunca me contaram.

Seu olhar glacial desliza em minha direção, uma preocupação honesta por trás dele.

— Se eles contarem...

— Eu vou deixar você saber.

Ele acena com a cabeça na coisa mais próxima de uma trégua que nós alguma vez encontraremos.

Ainda estou olhando para os gêmeos quando o pai de Mason se afasta da multidão com o meu e eles se aproximam para anunciar o nosso noivado.

Saber o que eles estão prestes a dizer faz meu coração despencar aos meus pés e fica difícil recuperar o fôlego.

Ainda assim, encaro a multidão e lembro de sorrir, mesmo quando não tenho nada do que sorrir.

Parece que toda a água escorregou pelas minhas mãos, e o tempo que eu tinha para ser eu mesma está finalmente se esgotando.

Ezra

— Eu gostaria de agradecer a todos por virem esta noite para celebrar o noivado de meu filho, Mason Strom, com a bela e talentosa Emily Donahue.

Uma faísca de raiva desce pela minha espinha com o que estou assistindo. Não é como se estivéssemos surpresos por estar aqui esta noite. Essa farsa de noivado sempre foi um pano de fundo para a vida de Emily, uma sombra que pairava sobre ela desde que nasceu.

Isso a tornou fraca aos olhos de todos que a conheceram enquanto ela crescia.

Dócil.

Tímida.

Merda, até mesmo eu cometi o erro de acreditar que ela poderia ser esmagada por uma palavra cruel ou o peso de qualquer porcaria de problema.

Aprendi rapidamente o quanto era um erro de julgamento acreditar que Emily era fraca.

Sob aquele cabelo ruivo-escuro e pele pálida como a neve, por trás de um par de olhos turquesa que brilham como um mar beijado pelo sol, existe um temperamento ardente que rivaliza com o qual Damon e eu somos conhecidos por ter.

O truque é aprender a arrancar isso dela. Ser astuto o suficiente para derrubar suas paredes e forte o bastante para permanecer no calor escaldante de seu fogo, uma vez que ela te mostra quem ela é.

O que poucas pessoas sabem é que Emily Donahue é uma rainha.

Uma que não é quebrada por obrigação.

Uma mulher que se sacode dos sussurros e opiniões das pessoas ao seu redor.

Um espírito selvagem que permanece erguido, independentemente da merda que a vida joga sobre ela; uma beleza que dança no caos quando pensa que ninguém pode vê-la.

Ela era forte o suficiente para segurar minha coleira no ensino médio, mesmo quando eu não acreditava que tinha uma, mesmo quando ela não sabia que eu estava em suas mãos desde o segundo em que me mostrou quem realmente era.

Aposto que ela acredita que levou seis semanas para desenvolver o vínculo estreito que uma vez ela teve com Damon e eu, quando a triste verdade é que ela precisou apenas de alguns segundos.

Um lampejo de honestidade.

Uma espiada na violência que existe dentro dela.

E nós fomos fisgados.

Ao primeiro lampejo de sua chama, eu caí de joelhos e não tenho vergonha de admitir isso. Não me torna fraco me sentir dessa maneira por ela. Simplesmente significa que sei quando encontrei minha correspondente.

Só me irrita que ela seja tão teimosa para aceitar isso.

Mesmo agora, ela está de pé com os ombros para trás e a coluna ereta como uma vareta, o queixo erguido e seu sorriso falso no lugar.

Está enfrentando um pesadelo e o encara com desafio aberto.

Não o desafio de que ela não vai seguir com o que é esperado dela, mas o desafio de que ela não vai deixar isso quebrá-la.

Enquanto isso, minhas mãos estão cerradas em punhos, e a violência dentro de mim está rangendo os dentes.

Travando meu olhar no pai dela, tenho que me segurar para não correr para frente para quebrar seu pescoço, de arrastar seu corpo sem vida para jogar aos pés dela como prova de que suas correntes se foram.

Essa porra de noivado.

Ninguém entende isso.

Nós apenas sabemos que as famílias de Mason e Emily farão de tudo para garantir que o casamento aconteça.

Quanto ao porquê... Sim, seu palpite é tão bom quanto o meu nessa merda. Nenhum de nós consegue descobrir. Não que não tenhamos tentado.

Ainda assim, Emily permanece de pé como a rainha que é, enquanto eu luto para conter a besta.

Parece que prendi a respiração o tempo todo em que o anúncio foi feito, meus músculos travados no lugar mesmo depois que acabou e estamos todos livres para ir embora.

VIOLÊNCIA

Não consigo tirar meus olhos de Emily, no entanto. Mesmo enquanto ela é devorada pelo grupo de mulheres a rodeando, seus parabéns entusiasmados, sem dúvida, arranhando cada nervo que ela tem.

— Você encontrou alguma coisa?

É preciso esforço para arrastar meu olhar para longe dela para olhar para Jase.

— Nada. A maioria das gavetas da mesa estava trancada e ele manteve a superfície da mesa limpa.

Jase sorri, debochado.

— Tanner e Gabe não ficarão felizes com isso.

— Eles podem ir se foder — eu resmungo. — Ivy e o pai dela são problema do Gabe. Todos nós temos nossas ordens.

A minha foi distrair Emily e encontrar um caminho para dentro do escritório do governador. Gabe deveria estar feliz por eu ter conseguido cumprir ambas.

Olho ao redor para notar que apenas Damon e Taylor ainda estão parados perto de nós.

— Para onde Shane e Sawyer foram?

— Shane disse que precisava cuidar de outro problema. Ele também disse que você saberia o que isso significava.

Meus lábios se curvam com isso. A noite de alguém está prestes a ficar muito pior se Shane estiver caçando.

— Quer me informar sobre o que eles estão fazendo?

— Na verdade, não. Essa informação está um pouco acima do seu nível salarial.

Ele ri.

— Idiota.

Depois de terminar uma conversa com Gabe, Mason caminha até nós, mas estou menos interessado no que ele tem a dizer do que no que Emily está fazendo, batendo sua mão no peito de Gabe à distância, seus olhos azuis estreitados no rosto dele enquanto ela fala.

Cada instinto em mim está gritando para marchar até lá e arrastá-la para longe dele, mas a julgar pela postura de Gabriel e a maneira como sua cabeça vira para seguir para onde Ivy está indo, sei que Emily é simplesmente uma distração momentânea que ele contornará assim que conseguir.

Desviando o olhar deles, travo os olhos com Mason. O pobre coitado parece que passou por maus bocados algumas vezes, a tensão óbvia em sua mandíbula e uma navalha afiada na linha fina de seus lábios.

— Eu preciso de uma bebida — ele se queixa. — Não me importa onde. Não me importa com quem. Mas isso precisa acontecer logo, antes que eu perca a minha cabeça.

Arqueando uma sobrancelha para isso, eu o vejo bambear em seus pés.

— Você não acabou de esvaziar uma garrafa? Você pode se dar por satisfeito por hoje.

Jase deve notar como Mason também está desequilibrado em seus pés. Ele se aproxima perto o suficiente para prender seu ombro contra o dele para impedi-lo de cair.

— Isso é sobre a Emily? — Jase pergunta. — Ou a Ava?

— Ava — Mason rosna em resposta. — Ela sabia que essa merda iria acontecer. Eu avisei a ela, porra. Ela ainda não atendeu o maldito telefone. Tudo o que ela fez foi enviar uma porcaria de mensagem me dizendo que falaria comigo amanhã.

Não estou exatamente com humor para sair com ninguém, mas Mason não pode ser deixado sozinho. Ele vai acabar na casa de Ava, esmurrando sua maldita porta até derrubá-la se não for supervisionado.

— Nós vamos embora em breve.

As palavras mal estão fora da minha boca quando os olhos de Mason cortam pelo meu ombro e se estreitam, seu corpo avançando para frente em um caminhar instável.

Eu me viro quando ele passa por mim, meu fodido estômago apertando de raiva assim que vejo quem ele correu para frente para interceptar.

Com os dentes batendo juntos com a visão do meu pai, olho para trás de mim para o Damon, a mão de Jase pousando no meu ombro ao mesmo tempo.

— Eu fico com ele. Vá lidar com essa merda antes que Mason comece algo.

Jase segue na direção de Damon enquanto eu caminho para frente para agarrar Mason e puxá-lo para longe de meu pai.

Ele tenta se soltar do meu agarre, mas range os dentes e olha para mim quando se lembra de com quem está lidando.

— Eu vou cuidar disso. Vai ajudar o Jase com o Damon.

Não é que esse babaca que criou Damon e eu me afete menos do que afeta o meu irmão, é simplesmente que eu tenho melhor controle sobre como lido com ele. A ira do Damon corre muito mais profundamente, e não confio nele para não agir sobre isso na frente de todo mundo aqui.

— Você precisa de alguma coisa, William?

A ira sangra na expressão dele ao ser chamado pelo seu primeiro nome. Eu não dou a mínima para a falta de respeito que isso mostra. Eu pretendia isso.

Embora nós não tenhamos ouvido falar desse cretino desde a última vez que ele nos arrastou por um fim de semana quando ainda estávamos em Yale, ele ainda tenta aparecer em eventos sociais que frequentamos.

— Só queria ver como os meus filhos estão.

Ele olha rapidamente para o Damon e de volta para mim.

— Parece que vocês dois estão ficando frouxos.

Rindo disso, eu resisto ao desejo de lembrá-lo exatamente o que sua besteira criou.

Empurro meu queixo na direção de Warbucks e Querido Papai.

— Você pode querer voltar para os seus amigos. Damon e eu não temos nada a dizer a você.

Quando ele tenta passar ao meu redor, eu me movo com ele, intencionalmente fechando o espaço entre nós para lembrá-lo de que seus filhos cresceram e ficaram maiores do que ele.

O tempo está enfraquecendo esse filho da puta, mas está deixando seus meninos muito mais fortes.

— Onde você pensa que está indo?

Estou um pouco surpreso que ele sequer esteja tentando fazer essa merda, mas quando sinto o cheiro de álcool saindo de seu hálito, entendo por que pensou que tinha uma chance de se aproximar.

Seu olhar segura o meu, e não perco a tensão sobre os ombros dele.

Esticando as mãos, eu resisto ao desejo de reagir a qualquer coisa mais do que isso à ameaça silenciosa de seu olhar.

— Diga ao seu irmão que entrarei em contato — ele fala.

Eu não respondo. Ele quer uma reação, e não estou disposto a dar isso a ele. Não posso dizer que seria o mesmo caso com Damon. Ele ainda precisa aprender a controlar seu temperamento.

Depois de vê-lo caminhar de volta para onde o resto dos nossos pais estão reunidos, os músculos dos meus ombros relaxam apenas ligeiramente. Memórias ameaçam invadir meus pensamentos, imagens das quais eu nunca vou ser capaz de escapar.

Minha mandíbula aperta uma vez quando me viro para andar de volta para onde Mason e os caras esperam, mas um par de olhos turquesa chama a minha atenção, o olhar de Emily trancado em mim.

Ela lança um rápido olhar para o meu pai e de volta para mim, e mesmo dessa distância, posso ver a suspeita girando por trás daqueles olhos e a primeira faísca de seu fogo.

Porra...

Não há nada que eu possa fazer a não ser ignorar. Se eu der o mais leve indício de que meu pai foi o responsável pelos hematomas que ela costumava odiar, ninguém será capaz de impedir aquela mulher de confrontá-lo.

Não tenho dúvidas de que Emily encontraria maneiras de derrubar paredes de tijolos para chegar ao homem que os causou.

E saber disso não torna nem um pouco mais fácil o que sinto por ela. Pelo contrário, é exatamente por isso que ainda não fui capaz de deixá-la ir.

— O que aquele fodido queria?

O olhar de Mason se prende no meu, mas ao invés de responder a ele, eu estudo meu irmão.

Para todo mundo, parece que Damon está lidando bem com isso, mas eu o conheço melhor do que os outros.

Memórias explodem na cabeça dele tão violentamente quanto na minha, as vozes e imagens de traição forçada que estão acorrentadas a nós com ganchos em nossa pele.

— Nós devíamos ir buscar aquelas bebidas — eu digo, em vez de responder a Mason. — Mas vamos para uma das nossas casas em vez de sair para um bar. Não acho que nenhum de nós esteja em um humor para ser confiável.

Jase ri disso.

— Não tenho certeza sobre vocês, idiotas, mas eu estou completamente bem.

Olho para ele, que dá de ombros.

— O quê? Parece que eu sou o único sem um problema hoje à noite.

— Eu devo mencionar a Everly? — pergunto.

O sorriso em seu rosto desaparece.

— Vá se foder.

Rindo disso, inclino minha cabeça em direção à mansão.

— Todos vocês deveriam esperar nas limusines. Vou ver se consigo encontrar Gabriel e Sawyer para avisá-los que estamos indo embora.

— E quanto ao Shane? — Mason pergunta.

Meus lábios se curvam sabendo o que aquele bastardo está fazendo.

— Ele encontrará seu próprio caminho para casa.

Eles decolam e eu giro lentamente no lugar, procurando os outros dois.

Quando vejo Gabe, ele já está indo na direção do grupo para ir na frente com eles. Mas não há sinal de Sawyer.

Pego meu telefone e envio a ele uma mensagem de texto rápida, uma resposta aparecendo quase imediatamente para me dizer que ele vai nos encontrar lá na frente.

Com esse problema resolvido, corro a mão pelo cabelo e sigo em direção à casa. Estou andando pela lateral da grande escadaria quando meu paletó é agarrado e puxado para o lado. Não muito longe, porque a pessoa que está me puxando tem metade do meu tamanho.

Sorrindo debochado para Emily, eu silenciosamente a sigo por um pequeno corredor muito parecido com o que a arrastei mais cedo.

Ela cruza os braços sobre o peito e me encara, a preocupação sangrando em sua expressão.

— Você está bem?

— Por que eu não estaria?

Ela fica com aquele olhar em seu rosto que sempre me divertiu, aquele que me diz que estou de besteira sem a necessidade de ela dizer uma palavra.

Aparentemente, ela também pode me ler.

— Você tinha aquele olhar em seu rosto. Aquele que eu conheço tão bem, caramba. Aquele mesmo que você sempre tinha quando voltava daqueles fins de semana fodidos.

Comprimindo meus lábios para evitar de sorrir com o estalo na voz dela, endireito meus ombros e cruzo os braços para espelhar sua postura.

— Não tenho certeza se alguma coisa disso ainda é da sua conta. Não quando você desapareceu para mim assim que fui para a faculdade.

O fogo rola por trás do brilho azul-esverdeado, e é preciso uma quantidade absurda de autocontrole para não a puxar para perto, para que eu possa lembrá-la exatamente o que isso faz comigo.

Nós nos encaramos pelo que parecem horas antes de ela se lembrar de como me fazer cair de joelhos.

Estendendo a mão para cima, ela a mantém no lugar, um convite para eu abaixar minha cabeça e aceitar o toque.

Quantas vezes ela fez isso no ensino médio?

Emily sempre exigiu saber o que estava acontecendo com a gente, e quando eu me recusei a contar a ela, ela levantava a mão para segurar meu rosto, uma promessa silenciosa de que ela estava do meu lado.

Ela só esteve lá por três daqueles fins de semana, mas poderia muito bem ter estado lá por todos eles. Foi tão profundo assim que ela gravou seu nome em nossos corações. Foi assim, tão desesperadamente, que nós precisávamos dela.

Mordendo o interior da minha bochecha, eu me recuso a dar o que ela quer. Em vez disso, envolvo meus dedos em torno de seu pulso delicado e coloco sua mão para baixo entre nós.

— Não mais, Assassina. Você perdeu esse direito quando foi embora sem me dizer o porquê. *Você* quebrou a promessa. Não eu.

Lágrimas brilham em seus olhos, não o suficiente para cair, mas o suficiente para eu saber que ainda sou importante para ela.

Se eu ficar aqui por mais tempo, vou perder a capacidade de me afastar.

Sem dizer outra palavra, eu me viro para sair do corredor, a voz dela me parando no lugar.

— Eu vou atender dessa vez. Isto é, se você realmente me ligar.

Ela não tem ideia de quantas horas meu polegar deve ter pairado sobre o nome dela no meu telefone, do quanto foi difícil não o pressionar.

Eu não respondo, apenas vou embora com um peso enorme em meus ombros, e uma fodida memória na minha cabeça que está gritando mais alto do que todas as outras.

Ela fez isso.

Não eu.

É simplesmente uma droga que nós dois tenhamos que sofrer por isso.

capítulo onze

Emily

Ezra tem pesadelos.

Eu acho que a verdade completa é que os dois têm, mas os de Ezra são muito mais violentos. Ele não gosta de reconhecê-los, nem qualquer coisa remotamente perto de admitir que eles acontecem, mas acontecem.

Eu os vi.

Não com frequência, porque nós só passamos a noite no mesmo quarto duas vezes em nossas vidas.

Ambas as vezes, eu acordei e o vi se debatendo contra alguma coisa que só ele podia ver, quaisquer pesadelos que ele lutava ainda estavam escondidos, apesar do fato de que eu estava sentada bem ali para vê-los acontecer.

Não consigo colocar em palavras o quão frustrante isso é, não consigo nem fingir que descrevo com precisão a impotência de saber que alguém com quem eu me importava estava sendo machucado e não havia uma maldita coisa que eu pudesse fazer para ajudar.

Então eu fiz a única coisa que pude naquelas duas vezes. Coloquei minha palma da mão contra sua bochecha da mesma maneira que sempre fazia quando ele voltava para a escola depois daqueles fins de semana.

Mesmo inconsciente, ele aceitou aquele toque, seu grande corpo ficando imóvel enquanto seus pulmões respiravam fundo e forte, uma respiração que me ajudou a respirar junto com ele.

Nunca contei a ele o que vi naquelas duas noites. Não que houvesse muito a contar. Ele não falava durante o sono ou fazia qualquer coisa que me desse uma dica do que estava acontecendo.

Mas eu estava desesperada o suficiente para falar com o Mason sobre. Não que eu me sentisse totalmente confortável o abordando sobre qualquer coisa.

Nós não gostávamos um do outro, e dada a maneira como ele me encarava sempre que me via com os gêmeos, eu sabia que algo o estava irritando. Mas ele era o único membro do Inferno com quem eu tinha alguma coisa a ver, então ele foi a melhor escolha.

A conversa foi agradável no início, nossa primeira trégua real durante os quinze minutos em que ele explicou que nem mesmo o grupo tinha ideia.

Infelizmente, a situação piorou a partir daí, e eu saí com um aviso de que, se eu causasse problemas com os gêmeos, haveria muito a pagar por isso.

No final das contas, eu realmente causei problemas.

Eu só não tinha pagado o preço ainda.

É por isso que eu não deveria ter aceitado o *presente* dos gêmeos na festa de noivado, e é também o porquê estou me escondendo na minha casa por dois dias desde aquilo.

Eu nunca pedi uma maldita coisa ao Inferno, mas isso não significa que não devo nada a eles.

Uma noite que me deixou com cicatrizes, tanto física quanto emocionalmente, também foi uma noite que me colocou em sua lista de merda, uma triste verdade que guardei para mim mesma.

Nem mesmo Ivy ou Ava sabem a história completa do que aconteceu. E talvez se eu me esconder pelo resto da minha vida, eu possa continuar assim.

Eu traí os gêmeos.

Quebrei uma promessa *antes* de eles irem para a faculdade.

Fui a razão pela qual eles foram para a cadeia naquela noite.

E todo o Inferno sabe disso.

É uma pena que meus dias de viagem acabaram, agora que estou noiva. Seria bom me esconder na Alemanha ou na Itália, na Grécia ou mesmo na Romênia, se isso significasse que eu estaria tão distante dessa bagunça quanto o possível.

Não mais, Assassina... Você quebrou a promessa. Não eu.

Soou como um comentário inocente, não é?

Algo tão simples como eu não atender o telefone.

Exceto que havia um aviso nessas palavras que nos levava a dez anos atrás, e você teria que saber qual era a promessa para entender o que ele quis dizer.

Para dizer o mínimo, estou fodida.

Eu sei disso.

O Inferno sabe disso.

VIOLÊNCIA 115

As únicas pessoas que não sabem são as minhas amigas mais próximas. E eu tenho que manter desse jeito, se tenho alguma esperança de protegê-las das consequências.

Não importa o quão ruim as coisas fiquem, tenho que manter minha boca fechada. Não deve ser muito difícil. Tive uma vida inteira de prática fingindo ser perfeitamente feliz em uma vida em que estou aprisionada.

Nós precisamos conversar...

Essas nunca são palavras boas de se ouvir, não importa de onde elas venham.

Eu certamente não esperava por elas.

Quase ignorando a mensagem de texto, encarei meu telefone por vinte minutos, batendo as unhas contra o plástico antes de finalmente disparar uma resposta concordando com aquela conversa.

Já se passaram duas horas desde então, e quando alguém bate na minha porta com três batidas rápidas, fecho meus olhos e me preparo para o que está por vir.

Ficando de pé, atravesso a sala em passos silenciosos, uma respiração instável escapando de mim enquanto agarro a maçaneta e a giro.

A surpresa me paralisa no lugar ao olhar para cima e encontrar um par de olhos âmbar olhando para mim, o sorriso torto de Damon me tirando o equilíbrio.

— Ei, Ruiva.

Com um braço apoiado no batente da porta, Damon estende a mão para colocar seu dedo sob meu queixo e fecha minha boca.

Diversão dança por trás de seus olhos, porque é óbvio que eu não percebi que meu queixo caiu ao vê-lo.

— Não estava me esperando, presumo?

Balanço a cabeça para os lados, tanto em resposta quanto para me livrar da surpresa.

— Não. Desculpa. Como você chegou aqui? O Ezra...

— Ele não sabe que estou aqui e gostaria de manter as coisas assim.

Piscando uma vez com isso, pergunto:

— Tudo bem. Mas como você entrou?

— Seu irmão.

Ugh.

Porra, Dylan.

Ele tem sido o maior babaca comigo nas últimas semanas.

Eu esperava que, uma vez que ele ganhasse seu carro novo, estaria andando por aí e aparecendo pouco em casa, mas isso não aconteceu.

Todas as noites, ele recebe amigos aqui, uma maldita festa nas salas comuns e corredores que eu tenho que evitar.

Quando não digo nada, Damon sorri.

— Você vai me deixar entrar ou nós vamos ficar aqui olhando um para o outro?

— Oh, sim. — Abro mais minha porta e dou um passo para trás. — Desculpa.

Ele ri e passa por mim, minha cabeça se inclinando para cima porque eu sempre esqueço o quão grandes os gêmeos são até que estou parada ao lado deles.

Eles eram altos no ensino médio, mas agora que cresceram, praticamente engolem o espaço ao seu redor.

Meu quarto parece minúsculo com ele de pé ali, e quando ele joga seu peso na minha cama, ele a torna minúscula também.

Empurrando seu corpo para cima contra os meus travesseiros, enfia um braço atrás da cabeça e me encara. Ainda estou de pé perto da porta, tentando engolir um nó na minha garganta.

O pavor envolve minha espinha enquanto a fecho e me sento no lado da cama.

Eu deveria ter pensado melhor antes de chegar perto dele. Por maior que ele seja, Damon também é rápido.

Ele se lança para frente e envolve um braço em volta da minha cintura, me dando tempo suficiente para guinchar antes que eu esteja deitada na cama e ele esteja em cima de mim.

Ambos os seus antebraços estão apoiados em cada lado da minha cabeça, aqueles olhos lindos dele brilhando com humor. Eu seria esmagada se ele não estivesse suportando seu peso, mas sua parte inferior do corpo prende o meu no lugar, seu calor afundando através das minhas roupas para acariciar minha pele.

— Como você tem estado?

Uma coisa que muitas pessoas não imaginariam sobre Damon é que ele é incrivelmente brincalhão. Sim, ele tem um temperamento que rivaliza até com o pior cabeça quente, mas quando não está bravo com alguma coisa, ele é descontraído. Engraçado, até. Não tão sério sobre as coisas quanto o seu irmão.

VIOLÊNCIA

Isso foi o que eu aprendi no tempo que passei com os gêmeos, naquelas semanas em que eles eram meus meninos e de mais ninguém.

Existem muitas diferenças entre eles além da sarda, você só tem que conhecê-los bem o suficiente para perceber.

Enquanto Ezra é mais sombrio em personalidade, mais sério sobre as coisas, Damon é o lado mais leve, sua visão da vida é muito mais tranquila.

Mas isso?

Como estamos posicionados agora?

Isso é mais do que uma brincadeira.

É perigoso.

Plantando minhas mãos contra seu peito, sorrio com o humor em seus olhos, mas também sei o quão frouxo está o gatilho dele. Não quero machucá-lo. Eu me importo com ele mais do que ele jamais saberá.

Ele simplesmente não é o Ezra.

Infelizmente, meus esforços para empurrá-lo são inúteis. Damon é muito mais forte do que eu. Muito maior.

— Eu estou bem, mas estaria melhor sentada — provoco, esperando muito que ele pegue a dica não-tão-sutil.

Algo que não consigo interpretar pisca por trás de seus olhos, rapidamente lá e desaparecendo novamente antes que ele acene com a cabeça e role para fora de mim, permitindo que eu me sente.

Quando sua mão pega a minha, olho para ele.

— Por que você está aqui?

Outro lampejo de *alguma coisa*, e isso é o suficiente para puxar meu coração.

Eu fiz isso.

Eu causei isso.

Ninguém leva a culpa, exceto eu.

— Porque eu pensei que as coisas estavam bem entre nós.

Ele me dá aquele maldito sorriso torto que amo tanto.

— Depois do que aconteceu na festa, pensei que nós três poderíamos tentar de novo.

Nós três.

Esse é o problema.

Nunca era para sermos nós *três* no final.

Só dois.

Essa é a promessa que eu fiz.

O erro que cometi.

Foram um ou dois deslizes, se você pode chamá-los assim. Momentos em que eu deveria ter pensado melhor sobre o que estava fazendo.

Momentos como agora.

Há algo mais sobre os gêmeos que é tão diferente um do outro.

Embora ambos sejam ferozes, selvagens à sua própria maneira, há uma diferença de temperatura distinta na maneira como eles funcionam.

Ezra é muito mais frio do que Damon. Ele é o poder, o controle e a dominação, enquanto Damon é quente, suas ações sempre superando seus pensamentos, seus instintos o conduzindo sem se preocupar com as consequências.

Frio e quente.

Calculador e espontâneo.

Noite e dia.

Incolor e um amplo espectro de prismas arco-íris.

Todo mundo pensa que eles são idênticos.

Mas eles não são.

Não quando você os conhece como eu os conheço.

E foi assim que me meti em problemas.

Eu estava me divertindo. Estava ignorando a obrigação. E estava me enganando ao acreditar que poderíamos proteger nossos corações.

Nós não podíamos.

— Isso não deveria ter acontecido — eu finalmente respondo, enquanto luto para afastar todas as memórias que estão correndo por mim agora.

— Era divertido. — Ele ri, seus dedos se entrelaçando mais apertados nos meus quando tento me afastar. Ele me puxa para baixo de forma que estou praticamente em cima dele, sua mão se esticando para segurar meu queixo.

Com a voz um ronronar suave, Damon procura meus olhos quando pergunta:

— Por que não? Nós não somos mais bons o suficiente para você? Ouvi dizer que você viajou pelo mundo. Quantos homens você encontrou que poderiam competir com a gente?

Nenhum.

Essa é a resposta simples.

Nenhum deles teve o mesmo choque elétrico, a mesma faísca que me causa um curto-circuito sempre que nossos olhos dançam juntos.

Nenhum.

Mas então, não era com o Damon que eu estava os comparando.

E esse é o problema.

Damon se mexe e ele está acima de mim novamente, nossos olhos travados, uma pergunta rolando por sua expressão, que estou silenciosamente implorando para que ele não pergunte.

Eu o amo.

Você tem que saber disso.

Este homem tem um pedaço do meu coração.

Mas eu não estou *apaixonada* por ele. E essa é a distinção que causou a desavença entre todos nós quando as nossas semanas de *apenas diversão* acabaram.

Os dedos dele traçam a linha da minha mandíbula, o toque tão suave que fecho os olhos para senti-lo. Eu tinha dado meu coração a esses dois homens, e eles o rasgaram sem querer.

— Pode ser como nos velhos tempos. As coisas não têm sido as mesmas desde que partimos para a faculdade, o que realmente não faz sentido. Nós só tivemos você por um curto período de tempo, mas...

Sua voz some. Não que ele precise terminar essa declaração. Lembro exatamente o que éramos.

Como a diversão pode se transformar em nossos nomes sendo gravados na alma uns dos outros? Como isso pode deformar e torcer tão facilmente até ficar irreconhecível?

De alguma forma aconteceu.

E estamos todos marcados por causa disso.

— Isso não vai funcionar — eu digo a ele, deixando a frase simples porque o motivo da minha resposta é algo que o machucaria.

Damon fez uma confissão para mim há dez anos que foi totalmente inesperada.

Nem mesmo Ezra sabe a verdade.

Seus lábios se estreitam enquanto seus olhos prendem os meus, velhas feridas reabrindo.

— Nunca fui eu, não foi? Nunca serei eu.

— Damon...

Ele balança a cabeça para os lados e se afasta de mim, um manto de rejeição envolvendo-o, a verdade sempre tão alta e clara.

Damon nunca foi aquele com quem eu queria estar.

Isso não significa que ele parou de lutar por isso.

Parou de querer isso.

Parou de precisar que eu dançasse com ele, nós dois consumidos por seu caos ofuscante.

Antes que eu possa me sentar, ele está de pé e do outro lado da sala, seu olhar segurando o meu enquanto se inclina contra uma parede distante e cruza os braços sobre o peito.

— Não será nenhum de vocês — eu digo. — Não depois de dez anos. Nós não deveríamos ter feito o que fizemos. Foi um erro estúpido, algo que prometemos fazer quando éramos jovens e que nunca deveria ter acontecido. Eu me empolguei, e fiquei tão feliz em ver vocês dois, mas deveria ter sido eu a impedir isso.

— Está tudo bem, Ruiva. Não deixe isso te incomodar.

Exceto que não está tudo bem. A dor que vejo claramente atrás de seus olhos é enxugada quando ele pisca, apenas o canto da boca se curvando para cima. Sei muito bem que não devo cair no papel que ele está encenando, de que isso não o está afetando.

— Não importa — ele finalmente murmura para si mesmo, enquanto passa a mão pelo cabelo. — Essa não é a única razão pela qual estou aqui.

Aqui está.

Eu sei disso.

Posso sentir como se a pergunta estivesse flutuando em minha própria cabeça, implorando para ser feita.

E, infelizmente, por mais que eu queira dar a ele uma resposta honesta, eu não posso.

— Por que você fez isso, Ruiva? Sem dizer uma palavra, porra. É realmente "o que os olhos não veem, o coração não sente" para você?

Ele não tem ideia de que seu punho está em volta do meu coração agora, que ele está esmagando o órgão entre dedos cruéis, espremendo até a última gota de sangue para que fique esmagado e oco.

Damon não tem a menor ideia de como foi difícil ficar longe deles.

E por causa do motivo do *porquê* eu tive que fazer isso, tenho que sentar aqui e fingir que não estou sofrendo tanto quanto ele. Que não estou me quebrando bem na frente dele.

Se eu conseguir fazê-lo acreditar que fui eu quem queria que as coisas acabassem, então posso evitar que os gêmeos culpem — ou odeiem — um ao outro.

— Nossas semanas acabaram. Vocês dois foram embora, e eu sabia que estava deixando o país por um tempo. Nós nunca pretendemos que fosse mais do que isso.

— O que você está dizendo é besteira e você sabe disso.

Expirando pesadamente, finjo estar exasperada em vez de engasgada com o nó de arrependimento na minha garganta.

— Já se passaram dez anos, Damon. Vocês dois seguiram em frente. Nós somos todos adultos agora...

Ele avança para frente e me agarra pelos ombros para me levantar. Estou de joelhos agora, nossas testas pressionadas juntas e seus olhos não escondendo mais aquele temperamento selvagem que ele nunca pode controlar.

Tudo é quente com ele. A ira. O amor. A paixão dele.

A dor dele.

— Eu me recuso a acreditar nisso. Não é você, Em. Eu te conheço melhor do que isso. O que todos nós tínhamos era diferente.

— Foram apenas algumas semanas. Vocês dois nem me conhecem mais. Eu não te conheço — rebato, o tempo todo temendo que o argumento seja besteira.

Damon sorri, seu corpo tenso enquanto tenta se controlar.

— Não. Eu não vou aceitar isso. No segundo em que nós tínhamos você naquela sala, você estava de volta a si mesma. Você pode ser capaz de negar com palavras, mas seu corpo não mente. Você está certa, no entanto. O que nós fizemos foi um erro. Porque me lembrou do que tem estado faltando na porra dos últimos dez anos.

Lágrimas ardem em meus olhos porque ele não está errado.

Seu olhar rastreia uma daquelas lágrimas quando ela rola pela minha bochecha. Pegando-a com a ponta do dedo, ele sorri novamente.

— Vê o que eu quero dizer? Seu corpo diz a verdade.

E então ele me beija. Como um homem que não respira há anos. Como uma alma provando pela primeira e última vez o gosto de tudo de bom neste mundo. Ele me beija com cada grama da paixão selvagem dentro dele que sempre me deixa louca, e eu não posso deixar de beijá-lo de volta.

Porque eu realmente o amo.

Apenas não o suficiente.

Não como eu amo Ezra.

Um zumbido soa de seu bolso e Damon interrompe o beijo, respiração pesada derramando sobre nossos lábios enquanto puxa seu telefone e olha para a tela.

Reconheço o que rola por trás de seus olhos.

E, com toda a maldita certeza, não gosto disso.

— Quem é?

Em vez de responder, ele se afasta de mim e se dirige para a porta.

— Tenho que ir.

— Damon! Quem é?

Parando com a mão na maçaneta, ele fica em silêncio por vários segundos antes de finalmente responder.

— É o meu pai.

Ele olha por cima do ombro e vejo pesadelos em seus olhos, que ele tenta disfarçar com um sorriso extravagante.

— Eu disse a você que seu corpo não mente, Ruiva. E aquele beijo? Era verdade.

— Isso não pode acontecer de novo, Damon.

Rejeição pisca na sua expressão. Ele tenta esconder isso, para disfarçar os pensamentos que poderiam muito bem estar gritando entre nós.

Nunca foi *ele*.

— Veremos.

Ele sai e fecha a porta antes que eu possa dizer outra palavra, e fico sentada no lugar com um coração esmagado no peito e sem nenhuma ideia de como vou consertar isso.

O pior é que aquele olhar que vi em seu rosto quando ele saiu daqui é o mesmo que eu costumava ver no ensino médio.

O mesmo que Ezra tinha na festa de noivado depois de falar com seu pai.

O mesmo que eles dois tinham quando voltavam daqueles fins de semana que eu tanto odiava.

Os fins de semana que os deixavam machucados.

Que os deixou com cicatrizes.

Que os deixou quebrados.

capítulo doze

Ezra

Duas semanas antes da última vez que vi Emily, nós fizemos uma viagem para uma casa de praia que minha família possuía.

Era um trajeto de três horas para chegar lá, mas a propriedade era extensa e você podia fazer o que diabos quisesse por lá sem se preocupar de que alguém o encontrasse.

Queria que fôssemos apenas eu e Em, mas nós não poderíamos partir sem o Damon, e então Shane veio junto porque estava sendo um pouco chato e não queria ser deixado para trás.

Não era um problema ter Shane por perto. Ele costumava festejar com a gente e sabia o que nós estávamos fazendo com a Emily. Ele não era do tipo que se importava com isso ou que dizia uma palavra.

Não que eu me importasse se alguém soubesse, mas Emily tinha que manter as aparências. Se seus pais alguma vez soubessem o que ela estava fazendo, eles a trancariam até o dia em que ela marchasse pelo corredor para se casar com Mason.

A viagem nada mais era do que uma oportunidade para fugir e ficarmos sozinhos. Eu não esperava muito mais do que o normal.

Emily iria ser ela mesma por um tempo, Shane provavelmente beberia como um idiota, e Damon e eu teríamos a noite inteira com uma garota que de alguma forma conseguiu gravar seu nome em nossos ossos com uma facilidade que deixou a nós dois impressionados.

Talvez fosse algo tão simples como reconhecer um semelhante, mas seis semanas com ela de alguma maneira se tornaram uma vida inteira… e uma tábua de salvação.

Para mim, pelo menos.

Damon gostava de estar perto dela. Ela o acalmou tanto quanto a mim. Mas era a minha coleira que ficava constante e confortavelmente em sua mão, mesmo quando ela não sabia disso.

Depois de uma semana com ela, eu teria feito qualquer coisa que ela pedisse, e é por isso que entrei em pânico à medida que o tempo se esgotava. Nossas seis semanas de diversão sem amarras foram rapidamente presas por correntes que eu sabia que nunca quebraria.

Eu não poderia deixá-la ir.

Eu sabia disso.

No entanto, o tempo estava se esgotando para eu fazer qualquer coisa sobre isso.

Mais tarde naquela noite, nós tínhamos construído uma fogueira na praia. Shane e Damon tinham ido um pouco longe demais com ela, e as chamas eram altas o suficiente para incendiar as estrelas, o fogo tão quente que estava derretendo a areia.

Emily riu ao ver isso, seu rosto pálido inclinado para cima para ver as chamas lamberem o céu.

Uma música de que ela gostava começou a tocar, e ela já tinha bebido alguns drinques, então se levantou de onde estava sentada ao meu lado para dançar ao redor do fogo.

Eu assisti com um fascínio inquebrável.

Ela não era nada mais do que uma silhueta escura contra o fogo, seu cabelo vermelho voando ao redor de seus ombros e seu corpo se movendo em uma provocação.

Emily, nesses raros momentos, se revelava uma rainha.

Uma forte o suficiente para me segurar no lugar.

Uma destemida o suficiente para não se preocupar com a besta que se ajoelhou a seus pés.

De todas as garotas da escola, nenhuma delas — nem mesmo uma delas — poderia aguentar a pressão que Emily aguentava e ainda conseguir rir e dançar.

Ela era livre, sem pesos por obrigação, livre da besteira da sua reputação de boa garota, tão selvagem que percebi, enquanto a observava, que não era apenas amizade que eu queria dela.

Eu tinha me apaixonado.

Eu também sabia que não poderia deixá-la ir. Não depois que as seis semanas tivessem acabado e não depois que eu saísse para a faculdade.

Quem diabos sabe onde Shane e Damon tinham ido naquele momento? Muito provavelmente de volta para a casa para pegar mais bebida. Mas eu fiquei sozinho com ela pelo que pareceu uma eternidade enquanto ela dançava, dançava e dançava.

Consegui me mexer depois de um tempo, incapaz de ficar parado enquanto ela tecia sua magia em volta de mim sem a menor ideia do que estava fazendo.

Acho que foi isso que a tornou ainda mais irresistível.

Emily não tentou me atrair.

Ela simplesmente o fez.

Movendo-me para frente quando ela chegou perto o suficiente para agarrar, sorri com o gritinho em seus lábios enquanto eu a puxava para baixo, meu corpo a prendendo na areia antes que ela pudesse se chacoalhar para escapar.

Seu cabelo vermelho cobriu o rosto dela, e eu o afastei para encontrar grandes olhos turquesa virados para mim, redondos e suaves. Seus lábios se esticaram em um sorriso que ficou gravado na minha memória.

Não fazia sentido dançar em torno do que eu queria.

— Preciso que você me prometa uma coisa.

A risada revestiu sua voz.

— Ok. Se eu puder.

As palavras dela me iluminaram por dentro.

— Não se trata se você pode. Apenas me diga que vai me dar o que eu quero.

O revirar de seus olhos me fez sorrir.

— Tudo bem. O que você quer?

— Prometa que ainda vai ser minha depois que eu sair para a faculdade. Só minha. Só eu e você.

As sobrancelhas dela se juntaram e eu sabia que uma discussão estava por vir. No segundo em que sua boca se moveu, eu a calei, pressionando meu polegar em seus lábios. Esse toque significava muito mais entre nós do que qualquer um poderia perceber.

— Não discuta comigo. Sei que você deveria se casar com Mason. Sei que deveríamos fazer isso apenas por algumas semanas. Sei que temos todas as barreiras do mundo entre nós, mas não me importo. Se eu conseguir descobrir como contornar tudo isso, você me promete que seremos apenas nós quando as aulas acabarem e eu for embora? Não posso deixar você ir, Em. Eu me recuso, porra. Então, se eu conseguir resolver isso, você vai me fazer essa promessa?

Nós encaramos um ao outro pelo que poderiam ter sido horas. Pelo menos, foi assim que pareceu, o silêncio tão tenso que minha mandíbula doía de cerrar meus dentes, meu polegar pressionando seus lábios com mais força.

Eventualmente, Emily fez a única coisa que sempre me quebrou.

Ela segurou minha bochecha com a mão, um gesto silencioso que de alguma forma eu sabia que significava que ela estava bem ali, ao meu lado.

Não importa o quê.

A tensão desapareceu instantaneamente, todos os músculos do meu corpo relaxando enquanto inclinei o rosto para aquele toque como um cachorro espancado que estava experimentando a gentileza pela primeira vez.

Ela me possuía com aquele toque.

Lentamente, afastei meu polegar de sua boca para enxugar uma lágrima que escorregou do canto externo de seu olho.

— *Diga isso* — *exigi.*

Tristeza revestiu sua expressão, mas ela não me decepcionou. Eu sabia que ela se importava com Damon, mas havia uma conexão mais profunda comigo. Você podia notar na maneira como ela olhava para mim. Na forma como seu corpo derretia cada vez que eu a tocava.

Emily conseguia respirar com mais facilidade cada vez que eu estava por perto.

— *Eu prometo* — *ela finalmente respondeu, um sorriso puxando seus lábios para cima que tentou esconder.*

Eu não a deixaria.

— *Diga de novo.*

Seus lábios se esticaram em um sorriso completo.

— *Eu prometo.*

Pressionei meu polegar na boca dela mais uma vez e levantei uma sobrancelha. Quando seus dentes pegaram a ponta e morderam, aquela pequena quantidade de dor passou por mim como um raio.

— *Essa é a minha garota.*

A promessa dela era tudo o que eu precisava.

É uma pena que ela a quebrou assim que fizemos as malas e partimos para a faculdade algumas semanas depois.

Eu nunca mais tive notícias dela.

Entendi que isso significava que ela não acreditava em mim, que ela não podia confiar que eu era forte o suficiente — ou *determinado* o suficiente — para derrubar todas as barreiras que existiam entre nós.

A rainha não sabia que sua besta destruiria o mundo, se isso fosse o necessário para tê-la.

Toda vez que pensamentos sobre a Emily passavam pela minha cabeça depois daquela noite, eu a via perto da fogueira. Eu a observava dançar. Ouvia sua voz falar duas palavras que estavam gravadas na minha alma.

Eu sempre sonhei com ela dançando.

Como agora.

Infelizmente, o sonho se estilhaça assim que algum babaca me dá um tapa na cabeça, uma voz profunda me arrancando daquela praia, meus dentes rangendo e meu braço balançando para bater em quem quer que esteja me incomodando.

— Nossa, Ezra. Tente não atirar no mensageiro. Você precisa se levantar.

Meus olhos se abrem para ver Sawyer parado ao pé da minha cama.

Se isso não for ruim o suficiente, ele está vestido para o trabalho, seu terno costurado imaculado em desacordo com o comprimento de seu cabelo.

Ao contrário de Tanner, Gabe, Taylor e Mason, o restante de nós nunca parece pertencer aos nossos empregos.

Provavelmente porque não pertencemos.

Nós fomos todos forçados a ir para a faculdade de Direito, todos inteligentes o suficiente para passar por isso sem problemas. Mas apenas alguns de nós realmente se importam em interpretar o papel.

Eu olho para a janela para ver que ainda está escuro lá fora, e depois para o relógio para ver que só dormi por algumas horas, depois de passar uma noite jogando pôquer na casa do Tanner.

— Me conte por que eu não deveria matar você por me acordar tão cedo.

— Damon e Shane estão na prisão.

Porra...

— Novamente?

— Você não estava atendendo seu telefone, então Gabe me pediu para parar no meu caminho para a casa do Tanner e te acordar.

Maldição. O que diabos há de errado com aqueles dois? Esta é a terceira vez neste ano.

Eu deveria ter pensado melhor antes de deixá-los ir sem mim. Damon está com um péssimo humor, por qual fodida razão eu não sei, e Shane não pode evitar instigar essa merda.

Esfregando a mão no rosto, eu me empurro para cima da cama e viro para abaixar meus pés no chão.

— Me dá um minuto para eu me vestir. Nós iremos até a casa de Tanner juntos.

Um pouco menos de uma hora depois, todos os sete de nós estamos entrando na prisão, Tanner e Gabe assumindo a liderança sobre como convencê-los a retirar as acusações.

Nós pedimos alguns favores no caminho para pegar Damon e Shane, e depois de mais trinta minutos de telefonemas e negociações secundárias desonestas, dois idiotas saem cambaleando de sua cela, espancados e cheirando como eles tivessem jogado cada garrafa de bebida em cima de si mesmos antes de conseguirem ser algemados.

Meus olhos travam em Damon, minha raiva crescendo enquanto ele sorri como se a coisa toda fosse engraçada.

Alguns anos atrás? Sim, isso teria sido engraçado e eu estaria tropeçando bem ao lado dele, mas nós estamos ficando velhos para essa porcaria.

Vou direto para ele, Sawyer me ajudando, enquanto Jase e Taylor vão para Shane.

Nós estamos todos dentro dos carros de novo em mais dez minutos, voltando para a casa de Tanner para resolver isso.

Damon não disse uma palavra para mim durante todo o trajeto, embora Shane esteja mais do que feliz em nos deixar saber da história.

Meu irmão está meio adormecido quando chegamos aos portões do bairro de Tanner.

Aproveito a oportunidade para tirar o telefone do bolso dele, digitar seu código e ver a porra de um número que não deveria estar lá.

Não me pergunte como Tanner sabe que minha raiva disparou nas alturas, mas ele se vira para me olhar do banco da frente e eu atiro o telefone em sua direção.

Tanner é muito melhor em esconder o que está pensando. Com um aceno de cabeça, joga o telefone para trás, um músculo em sua mandíbula salta uma vez antes de ele se virar para olhar para frente novamente.

Trazê-los para dentro é menos complicado, ambos brincando sobre a luta com palavras arrastadas e pés tropeços.

A pobre Luca está sentada na cozinha com Ava, sua expressão preocupada nos seguindo enquanto passamos por ela em nosso caminho escadas acima.

Aquela mulher só esteve em torno de nós algumas vezes, tanto em Yale quanto nos últimos dias, e ela está sempre tendo uma visão da primeira fila do pior que temos a oferecer.

Quando coloco Damon em um quarto de hóspedes, deixo-o cair na cama para dormir até o álcool desaparecer, mas ele agarra meu pulso antes que eu possa ir embora, o inchaço em seu rosto me lembrando dos fins de semana que prefiro esquecer.

— Eu vi a Emily.

Minha sobrancelha se ergue com isso.

— No bar?

Ele ri, o som áspero enquanto esfrega a mão no rosto e olha para mim com olhos inchados e injetados de sangue.

— Não. Eu fui para a casa dela hoje mais cedo.

— Por que caralhos você faria isso?

— Eu precisava saber — ele solta. — É como se ela estivesse lá em um segundo e desaparecesse no próximo. Mas então, depois de vê-la na festa do noivado, depois...

Seus lábios se fecham antes que ele termine o pensamento. Não é como se ele precisasse dizer isso. Eu sei exatamente o que ele está pensando.

— De qualquer forma, perguntei por que ela nos abandonou, e ela deu uma resposta de merda.

Não posso evitar minha curiosidade sobre isso.

— O que ela disse?

Ele balança a cabeça.

— Ela estava mentindo pra caralho, então não vale a pena repetir. Eu a beijei e soube que nós ainda estávamos em sua cabeça.

Minha mão se fecha em punho. Não que eu fosse machucar Damon por causa disso, mas apenas saber que ele esteve tão perto assim dela cria uma reação visceral em mim.

Emily Donahue é um problema.

Para nós dois.

Um que eu preciso eliminar antes que nós dois estejamos aos pés dela novamente... ou na garganta um do outro.

Mudo de assunto antes que eu perca a cabeça.

— Você falou com ele?

— Quem? — pergunta, seus olhos se fechando enquanto cobre os olhos com o braço e se acomoda contra os travesseiros.

— Quem você acha? Eu vi que ele ligou para você.

Quando ele não responde imediatamente, eu me sento no lado da cama e tiro o braço de seu rosto.

Você não tem ideia de quantas vezes eu quis estrangular Damon na minha vida. Ele é frustrante pra caramba, e tão rápido em ficar com raiva. No entanto, não posso culpá-lo, porra. Não depois do que nós passamos.

— Você falou com ele?

— Não — ele responde, seus olhos encontrando os meus. — Ele ligou quando eu estava na casa da Ruiva. Não atendi.

Ignorando a veia de raiva — e de ciúme — que se desenrola dentro de mim ao saber que ele viu Emily, eu me concentro no problema mais imediato.

130   LILY WHITE

— Essa merda acabou. Ele não vai nos arrastar para lá de novo.

— Aham, então me fala isso enquanto não consigo fechar os olhos sem ver aquilo. Não consigo dormir sem ouvi-los. Acho que é por isso que fui ver a Ruiva. Ela era a única pessoa que conseguia...

Ele balança a cabeça e interrompe aquele pensamento também.

Que conseguia silenciar as vozes, penso por ele. *Que conseguia de alguma forma acalmar a raiva que latejava sob a nossa pele constantemente.*

Emily não tem ideia do que fazia com a gente.

Tanto por simplesmente estar em nossas vidas, quanto por desaparecer.

Apenas alguns dias.

Isso foi tudo o que foi preciso para ela se tornar uma pessoa de que nós precisávamos.

Não consigo imaginar como os últimos dez anos teriam sido diferentes para nós se ela tivesse ficado por perto em vez de ir embora.

Agarro Damon pela nuca e pressiono nossas testas juntas. No início, ele se recusa a abrir os olhos, mas apenas continuo encarando.

Depois de alguns segundos, ele encontra meu olhar, os pesadelos em sua cabeça tão ruins quanto os meus.

— Acabou. Tudo aquilo. Acabou. Nós vamos superar o resto da merda eventualmente, mas você precisa parar de agir como um idiota.

Por mais que eu queira chutar a bunda dele por essas merdas estúpidas, não há outro vínculo que eu tenha tão forte quanto com o meu irmão. Eu faria qualquer coisa por ele. Assassinaria milhares de pessoas. Queimaria cidades inteiras. Arrasaria a porra do mundo, se isso significasse que ele ficaria bem depois.

— O cara mereceu.

Sorrio com isso.

— Eles sempre merecem. Mas isso não significa que você pode continuar fazendo essa merda.

Soltando-o, eu me levanto da cama e o lembro a quem ele deve escutar.

— Eu sou o irmão mais velho aqui. Você precisa fazer o que eu digo e respeitar os mais velhos.

— Foda-se — ele fala, enquanto agarra um travesseiro e o taca em mim. — Você é quinze minutos mais velho. Dá um tempo, porra.

Jogo o travesseiro de volta.

— Aprendi muito nesses quinze minutos, principalmente como era bom quando você ainda não tinha nascido.

VIOLÊNCIA 131

— Tanto faz, imbecil. Você não pode viver sem mim.

Ele está certo sobre isso.

Estou a alguns passos de distância quando ele me chama de novo, suas palavras arrastadas e a voz meio adormecida.

— Eu sinto falta dela. Não percebi o quanto até que a vimos novamente.

Sim, irmãozinho. Eu também.

— Vai dormir, Damon. Voltarei mais tarde.

Depois de sair do quarto dele, peço a Sawyer para me levar para casa. Passo o resto do dia andando de moto pela cidade, principalmente gastando energia, mas também descobrindo o que pode ser feito sobre o meu pai e sobre certa ruiva que conseguiu nos infectar novamente em apenas uma hora.

Descobrir que Damon foi vê-la não foi uma surpresa. Ele tende a ter muito pouco controle sobre suas ações. Eu deveria ter previsto isso, mas estava muito envolvido em minha própria cabeça para pensar nele.

A festa de noivado foi um erro. Era necessário para o que o Inferno precisava, mas ainda um pesadelo esperando para acontecer.

Meus pneus derrapam no concreto quando paro em uma garagem na qual não tenho nada que estar, meus dedos apertando os guidões antes de eu soltá-los, tirar meu capacete e me sentar para olhar para uma casa em que eu nunca realmente estive.

Ao meu lado está um Porsche 911 Carrera novinho em folha. Facilmente um carro de cem mil dólares, e eu sei que ele não pertence a Emily. Sua família deu a ela o suficiente para que eles não ficassem mal, mas nunca foram de extrapolar por ela.

O que significa que deve pertencer ao Dylan.

Balanço a cabeça para os lados ao pensar que o merdinha é o filho mimado.

Depois de descer da moto, caminho até a porta da frente da ala da casa de Emily e bato um punho contra a madeira.

Dylan atende um minuto depois. Ele é quase tão alto quanto eu agora, mas nem de longe tão grande.

— Já está aqui para a segunda rodada? — pergunta, enquanto abre mais a porta e anda mais para dentro para que eu o siga.

— Onde está a Emily?

— No quarto dela — ele responde, enquanto se afasta para virar a esquina de um corredor, sem dar a mínima que estou alguns passos atrás dele.

— E onde fica isso?

Olhando para mim com fendas vermelhas no lugar dos olhos, ele acena com a mão pelo corredor.

— No mesmo lugar que estava ontem, Damon.

— Eu sou o Ezra.

Ele ri, não alto, mas o suficiente para que seus ombros tremam.

— Jesus. Ela está transando com vocês dois? Mason deve adorar isso.

É preciso esforço para não arrancar sua cabeça. Aparentemente, Dylan cresceu para ser um babaca falador.

— O quarto dela — eu o lembro, com cuidado para manter minha voz controlada.

Apontando o polegar por cima de seu ombro, ele diz:

— Último quarto no final. Se você continuar andando em linha reta, vai dar de cara com ele.

Eu sigo em frente e bato na porta dela. Assim que ela abre, sua cabeça se inclina para cima, aqueles olhos turquesa se arregalando.

Sua garganta se move para engolir e meu olhar é atraído para o movimento. Quando retorno o olhar para o seu rosto, ela neutraliza sua expressão, seus olhos normais e sua boca uma linha suave.

— Você quer me dizer por que achou uma boa ideia ferrar com o Damon de novo ontem?

O calor percorre suas bochechas. Não porque ela foi pega e não porque ela fez alguma coisa errada.

É principalmente por minha causa.

Por causa do efeito que nós sempre causamos um no outro.

Há fogo nesta mulher, e eu sou a pessoa que extrai isso dela.

— Por que está aqui, Ezra? Você deixou claro na festa que você e eu terminamos.

Se ela acha que eu poderia ficar longe agora que estive perto dela novamente, então ela não deve se lembrar de quem eu sou.

— Isso não é sobre nós — digo, com um sorriso torto. — É sobre tentar descobrir por que o Damon foi preso de novo.

Sua expressão cai com o que eu disse, e tudo que vejo é culpa.

— Droga — ela murmura.

capítulo treze

Emily

De novo não, penso enquanto dou um passo para trás para deixar Ezra entrar no meu quarto, toda essa situação parecendo um disco quebrado, uma repetição de ontem, exceto que esse é o gêmeo frio desta vez, em vez do quente.

— Ele está bem?

Ezra não responde imediatamente. Em vez disso, ele fecha a porta com cuidado demais, seus movimentos controlados a tal ponto que sei que ele está se segurando de alguma coisa.

Mais uma vez, meu quarto parece minúsculo com ele dentro. Mas noto uma nova diferença sobre os gêmeos que nunca tinha percebido antes.

A energia deles não está apenas na temperatura, cor ou atitude. Também está na maneira como invadem seu espaço.

Enquanto Damon é o caos, selvagem e livre, Ezra é um controle rigoroso, um vácuo que congela você no lugar e rouba sua capacidade de respirar.

Ezra absorve o espaço ao seu redor, atraindo tudo para dentro dele como um buraco sem fim que absorve toda a luz, enquanto Damon tem uma energia radiante que se expande com um pulso frenético, girando, girando e girando constantemente até que você não consegue evitar se sentir tonto.

Ele finalmente se vira para olhar para mim, casualmente se encostando na porta antes de cruzar os braços sobre o peito.

Não posso deixar de admirar como seus ombros se tornaram largos. Como ele está bem preenchido em seu tórax e braços. Como seu corpo se afunila em uma cintura estreita antes de se alargar novamente com coxas musculosas.

Vestido em jeans e uma camiseta preta lisa, ele de alguma maneira ainda parece perfeitamente arrumado, mesmo com a poeira leve que cobre seus braços e as pontas surradas e arranhadas de suas botas pretas.

Novas cicatrizes marcam sua pele bronzeada. Pequenas e brancas, elas não diminuem sua beleza. Em vez disso, apenas a aumentam.

Ezra não é bonito no sentido convencional, é mais no de um guerreiro. Não há nada suave ou domesticado sobre ele, seu poder usado como um aviso de morte, suas cicatrizes e olhar letal e focado são um aviso.

Seu sorriso é zombeteiro quando ele me pega o estudando, mas eu apenas reviro meus olhos.

É claro que estou olhando.

Não há uma mulher lá fora que não olharia.

Ainda assim, ele não consegue esconder a satisfação masculina, o conhecimento de que apenas sua presença me chama, uma isca carnal me atraindo.

De repente, estou me sentindo muito constrangida de que estou em uma camisa e shorts de pijama. Embora, talvez eu não devesse, não com a forma como seu olhar âmbar percorre um caminho lento de apreciação pelo meu corpo abaixo, e para cima novamente.

— Eu não estava esperando companhia — admito rapidamente, nem mesmo me preocupando em tentar me cobrir.

Isso apenas estende aquele sorriso dele ainda mais.

— Não estou reclamando.

Ok. Essa conversa precisa se distanciar bastante do jeito que estamos praticamente fodendo um ao outro com os olhos para algo razoavelmente seguro.

— Por que o Damon foi preso?

Sua sobrancelha se arqueia, o olhar é tão arrogante que não consigo evitar a vibração em meu coração.

Este homem tira algo de mim que não é seguro. Algo que não posso controlar. Ele atrai para fora com um dobrar de dedo, com tanta facilidade que quero odiá-lo por me afetar dessa forma.

— Você acha que por qual motivo?

— Brigar — eu adivinho corretamente, porque não há outra resposta quando se trata dos gêmeos. — Ele disse o porquê? Está machucado?

Memórias rolam por seus olhos, provavelmente de todas as vezes que exigi inspecionar os ferimentos deles quando voltavam para a escola cortados e machucados.

— Tenho certeza de que os outros sete caras parecem piores — ele resmunga, enquanto passa a mão pelo cabelo.

Sete? Sempre soube que Damon era louco, mas...

— Todos por conta própria?

Outro resmungo, suas narinas se dilatando com uma exalação profunda.

— Shane estava com ele.

Ah, bem.

Infelizmente, isso explica muita coisa.

— E tudo o que ele me disse foi que beijou você depois de vir aqui para descobrir por que você nos deixou. — Correndo seu polegar sobre o lábio inferior, Ezra aponta aqueles olhos âmbar na minha direção. — Achei isso incrivelmente interessante. Especialmente depois do que aconteceu há muito tempo. Talvez Mason esteja certo de que você está praticando seus velhos truques.

Oh, caramba, não.

Ele pode ir se foder com essa merda.

Não fui eu quem começou isso.

Meu temperamento se inflama subitamente, e não consigo evitar de gritar.

— Você pode dar o maldito fora da minha casa se estiver aqui apenas para jogar essa porcaria na minha cara. Nós fizemos um acordo há muito tempo, se você se lembra. E o que aconteceu recentemente também foi iniciado por você. Não por mim. Eu me lembro de dizer que era uma ideia realmente estúpida.

Dou um passo à frente, mas realmente não tenho ideia do porquê. Ele tem o dobro do meu tamanho, então eu lamentavelmente não tenho esperança nenhuma de intimidá-lo.

Ele deve perceber que estou presa no lugar, sem nenhuma maneira de mostrar a ele quão irritada estou, porque seu sorriso se alarga novamente, uma covinha aparecendo em sua bochecha.

— Calma aí, Assassina. Eu não vim aqui para brigar. — Ele olha para as minhas mãos e ri. — Você pode colocar seus pequenos punhos de lado.

Olho para as minhas mãos e relaxo os dedos. Eles estavam enrolados com tanta força que minhas unhas tinham entalhado meias-luas na minha pele.

Mas isso não é minha culpa.

Ele faz isso comigo.

As pessoas pensam que sua violência é apenas as brigas em que ele entra, a selvageria física que deixa todo mundo machucado e sangrando. Mas o que a maioria não percebe é a violência — a *destruição* absoluta — que ele pode arrancar de todos ao seu redor. As batalhas internas que ele provoca que te destroçam até que você seja deixado em uma pilha estilhaçada.

Eu poderia engolir lâminas de barbear e cacos de vidro e o dano não seria nem próximo, comparado ao que Ezra pode fazer comigo com apenas um olhar, um toque, um lembrete do que nós costumávamos ser e do que *deveríamos* ter sido, se as circunstâncias tivessem sido diferentes.

Essa é a verdade de sua violência.

Esse é o dano que ele causa sem nenhum esforço.

E isso só me deixa com mais raiva.

— Então por que diabos você está aqui? Eu não fiz nada para o Damon, exceto dizer a ele a verdade que nós três não temos mais nada. O que você queria que eu fizesse? Mentisse para ele?

Ezra se move em minha direção, abaixando a cabeça daquele jeito feroz dele, roubando toda a minha visão para que ele seja a única coisa que eu vejo.

Isso faz meu coração disparar assim como quando éramos jovens, meu pulso batendo tão forte que tenho certeza de que ele pode vê-lo vibrar no meu pescoço. Mas ainda não vou recuar ou dar um passo para longe. Não vou dar a ele essa satisfação.

— Estou mais preocupado com você o beijando. Ou era essa a verdade que você estava contando a ele também?

Meus olhos se estreitam sobre os dele.

— Ele me beijou.

— Você diz isso como se houvesse uma diferença. É tudo língua e saliva, independentemente de quem começou, Em. Faça-me um favor e não minta para mim também.

Minhas mãos se fecham em punhos novamente. O movimento apenas chama sua atenção e o faz rir.

— Se você precisa me bater, eu vou te dar uma oportunidade. Onde você quiser.

Não.

Eu nunca o machucaria.

Não depois...

Relaxo as mãos e ele sorri ao ver isso.

— Se você veio aqui para fazer eu me sentir uma merda, então você conseguiu. Não tenho planos de ver você ou o Damon novamente, então você pode ir embora agora. Problema resolvido.

Ele prende meu queixo com os dedos, seu polegar esfregando meus lábios em uma provocação do que nós costumávamos ser.

— Infelizmente, isso não vai funcionar. E não é exatamente o que estou pensando.

Puxo meu rosto para longe dele e finalmente cedo terreno. Mas não estou recuando porque ele ganhou essa luta, estou fazendo isso porque não consigo estar tão perto dele e pensar com clareza.

Isso dói demais.

E é tão malditamente tentador.

Eventualmente, Ezra dá um passo para trás também para se encostar na minha porta. Não perco o fato de que ele está bloqueando a única saída, silenciosamente me segurando aqui como se não fosse intencional.

— Passei o dia todo andando de moto por aí decidindo exatamente como queria te afastar.

Eu rio disso.

— Bem, é simples, realmente. Você vira a sua bunda, abre a minha porta, segue pelo corredor, sai pela porta da frente, sobe em sua moto e, em seguida, sai pilotando seu caminho para fora daqui.

Lançando-me outro sorriso, ele diz:

— Isso é fácil demais. E fugir sem dizer uma palavra é mais o seu estilo, não o meu. Acho que você sabe que deve algo a todos nós, e eu odiaria deixar isso pra lá.

Maldição.

— Eu nunca pedi um favor a nenhum de vocês, idiotas, então eu...

— Isso não é um preço. Mas você ainda nos deve. A mim, especialmente. — Ele faz uma pausa por um segundo, sua voz mais suave. — E ao Damon.

Meu coração bate dolorosamente. Mas não posso afirmar que estou surpresa. Eu sabia há alguns dias que chegaria a esse ponto.

Mesmo assim, tento bancar a estúpida.

— Pelo quê?

A única resposta que ele me dá é o arquear de sua sobrancelha.

Jogando minhas mãos para o alto, desisto dessa tática e me viro para me afastar.

Estou de costas para ele quando pergunto:

— O que você quer de mim, Ezra?

A princípio eu acho que ele não vai responder, o silêncio se arrastando por tanto tempo que preciso lutar para não olhar para ele. Em vez disso, envolvo os braços em volta do meu corpo, fecho os olhos e me lembro de respirar.

— Seis semanas.

As palavras me atingem como um trem desgovernado, um *flashback* do ensino médio brilhando claro demais no final de um túnel escuro. Estou sendo atropelada pela memória de um quarto cheio de sombras e um acordo que levou ao desastre.

— Seis semanas de quê?

Posso ouvir seus passos se aproximando de mim, mas eu me recuso a me virar, me recuso a encontrar um olhar encantador que sei que vai me prender no lugar enquanto rouba minha capacidade de pensar.

Quando ele traça a cicatriz no meu ombro com a ponta do dedo, meus olhos se fecham enquanto um arrepio percorre a minha pele.

Ele não torna isso nem um pouco mais fácil quando beija a cicatriz, seus lábios macios como uma marca contra a minha carne, quente e abrasadora.

Afasto meu ombro, mas ele agarra minha cintura para me segurar no lugar, seus lábios percorrendo toda a extensão da cicatriz para beijar cada centímetro dela, a ponta de sua língua saindo para provocar meu corpo.

Ele para, mas posso sentir sua respiração em meu ombro.

— Seis semanas de amizade apenas. Você, Damon e eu. Seis semanas que o Damon precisa para não se sentir mais tão vazio.

Lágrimas ardem em meus olhos, mas eu me recuso a deixá-las cair.

— Me beijar não é amizade.

Sua voz é profunda, um ronronar que é tão assustador quanto é sedutor.

— Você costumava beijar as minhas feridas há muito tempo. Só parece justo eu retribuir o favor. Especialmente porque sou a razão de você ter essa cicatriz.

Nesse caso, ele precisa me cortar e continuar. Ele deixou uma ferida no meu coração e uma centena de cicatrizes na minha alma, todas por causa dele.

Se ele beijasse todas elas, ficaria preso aqui durante horas, até que cada uma delas fosse encontrada.

— Não é uma boa ideia — eu o advirto, assim como alertei sobre o presente deles. — Vocês dois estão de volta há três anos. Por que, agora, isso é um problema?

Segundos se passam, silenciosos e impregnados de todas as respostas possíveis que ele poderia dar. É típico dele escolher uma que me machuca mais do que todas as outras.

— Porque nós estávamos perto de você novamente. Lembramos o que costumava ser. Mesmo que você não lembrasse.

Giro para encará-lo.

— Você me disse que nós terminamos. Você disse que eu quebrei a minha promessa e...

Ele pressiona um dedo contra os meus lábios para me calar e abaixa a cabeça para que fiquemos no mesmo nível.

Juro por Deus, aquele olhar âmbar dele vai me matar um dia desses. Simplesmente me partir bem no meio para me deixar vazia e quebrada.

— Isto não é para mim. É para o Damon. No que me diz respeito, você pode continuar fugindo sem dizer uma maldita palavra. Pode continuar fingindo que não se importa. Achei que o Damon estava falando merda essa manhã quando disse que nós ainda estamos na sua cabeça, mas isso não é verdade, é? Não que isso importe para mim. Estou fazendo isso por ele. Eu faria *qualquer coisa* por ele.

Foda-se, Ezra, penso. Ele diz que isso é apenas para o irmão dele, mas eu o conheço melhor do que isso.

O amor não se desvanece com a dor e a distância. Pelo contrário, isso apenas torna a emoção mais forte.

Em vez de responder, *mostro* a ele a verdade disso, mantendo meus olhos fixos nos dele enquanto mordo a ponta de seu dedo.

Assim como eu pensei, faíscas explodem por trás de seus olhos até que há fogo, a cor âmbar agora derretida conforme suas pupilas se dilatam, e seus lábios se abrem ligeiramente.

Não tenho que tocá-lo para saber quão tensos seus músculos estão, quão quieto seu corpo está enquanto luta para não tomar o que nós dois sabemos que ele quer.

Com esforço, ele puxa sua mão para longe, sua voz áspera como uma lixa quando fala:

— Não mais, Em. Você nos quebrou quando foi embora.

Ele me quebra todos os dias apenas por existir. Mas não digo isso a ele.

Merda, não apenas todos os dias.

Toda hora.

Todo minuto.

Todo segundo.

— Seis semanas — ele me lembra suavemente. — É isso.

Quero dizer não a ele. Quero explicar, discutir e gritar sobre como isso não é uma boa ideia. Que isso só pode levar a mais dor.

Mas tenho um trabalho a fazer. Outro acordo que fiz e tenho que cumprir. O que Ezra está sugerindo apenas tornará tudo mais fácil.

— Tudo bem. Mas você não pode ser a única pessoa a fazer exigências. Eu também tenho uma.

Um lampejo de sorriso enquanto seus olhos dançam com os meus.

— Qual é a sua demanda?

Exalando lentamente, tento me equilibrar, acalmar meus pensamentos e fazer meu coração parar de disparar.

— Para cada semana de amizade que eu der a você e Damon, você vai me dar o que eu sempre quis.

Seus ombros ficam tensos, mas a curiosidade rola por trás de um par de olhos que me observam constantemente de todos os lugares sombrios em minha mente.

— E o que é isso?

— A verdade — eu respondo. — Seis partes dela, pelo menos. Eu quero saber o que foi feito com você e com o Damon naqueles fins de semana em que estavam fora.

Instantaneamente na defensiva, ele se eriça e me encara, mas me recuso a recuar.

— Seis partes. Seis pistas. Não estou pedindo a história completa. Mas apenas o suficiente para que eu não me sinta mais no escuro. Uma por semana, Ezra. Como parte da nossa *amizade*.

Ele não responde, então empurro meu argumento um pouco mais longe e jogo suas palavras de volta para ele.

— Pelo Damon — eu digo. — Isto é, se for verdade que você fará *qualquer coisa* por ele.

— Não é só minha história para contar — ele rosna, seus olhos se estreitando em mim enquanto se aproxima.

Cruzo os braços sobre o peito e inclino o queixo em recusa a desviar o olhar de seu olhar zangado.

— Então me diga suas partes e não as dele. Esse é o acordo que estou disposta a fazer com você.

Fúria pisca em sua expressão. Se Ezra odeia alguma coisa, é ser encurralado. Mas ele me surpreende quando ri baixinho e balança a cabeça para os lados.

— Ainda uma rainha, pelo que vejo. Uma que não tem nenhuma preocupação com os perigos que surgem aos seus pés.

Não tenho absolutamente nenhuma ideia do que isso significa, mas vou com o fluxo.

— Você tem a minha oferta. É pegar ou largar.

Recusando-me a tremer com a expressão em seu rosto, minhas coxas se apertam, uma onda de calor passando por mim porque conheço esse olhar muito bem.

Este homem não consegue decidir se arranca minha cabeça ou me joga no chão para me foder, e essa é uma maneira ruim de começar essa amizade.

A energia em torno dele me afeta da mesma forma, minha boca ficando seca enquanto o calor úmido floresce entre minhas pernas.

Como vou sobreviver seis semanas estando tão perto assim dele sem perder a sanidade?

Dou um passo para trás para colocar distância entre nós, porque não posso confiar em mim mesma para não estender a mão e tocá-lo.

Um toque.

Isso é tudo o que seria necessário para nós dois perdermos esta batalha para ficarmos separados.

Seis semanas de *amizade*.

Eu rio da mentira.

Pelo contrário, serão seis semanas de tortura dilacerante.

— Tudo bem — ele concorda —, eu vou te contar as partes que posso.

Virando-se, Ezra marcha para a minha porta, irritadamente a abre e está na metade do corredor quando faz uma pausa para olhar para mim.

— Vejo você nesta sexta-feira.

Pisco os olhos.

— Não me lembro de ter feito planos com você para sexta-feira.

— Você acabou de fazer — ele diz com um sorriso. — É tão bom sermos amigos de novo.

— Maravilhoso — estalo, meu olhar lutando contra o dele.

Ele não diz mais nada, apenas caminha pelo corredor e vira uma esquina. Escuto a porta da frente bater à distância enquanto ele sai de casa.

Meu corpo desiste quase imediatamente, e eu me deito na minha cama e me enrolo em uma bola.

Seis semanas me machucando.

Seis semanas mentindo.

E, nesse tempo, enquanto eu não estiver com eles, estarei fazendo um jogo diferente que nenhum dos gêmeos pode ficar sabendo.

capítulo catorze

Ezra

É um cheiro familiar de óleo e suor na loja do Priest, o guincho agudo de uma chave de impacto raspando meus tímpanos enquanto entro pela porta dos fundos e olho para uma confusão de metal esmagado.

Assobiando alto para ser ouvido acima da chave inglesa, inclino-me contra uma parede e vejo Priest rolar debaixo de outro carro em um elevador, seu queixo cutucando em minha direção antes de se sentar na trepadeira.

A garagem é muito maior do que a maioria das pessoas imagina, facilmente acomodando dez carros. Cada vaga e elevador estão cheios enquanto os caras do Priest se preparam para um espetáculo que o Shane me contou algumas semanas atrás.

Priest se levanta e caminha até mim. Depois de apertar minha mão, ele puxa o capacete de soldagem que está usando da cabeça e o joga em uma grande mesa de aço ao nosso lado.

Inclino a cabeça em direção ao carro mais próximo de nós, que já viu dias muito melhores.

— O que diabos aconteceu ali?

Priest gargalha, seu cabelo na altura dos ombros puxado para trás em sua nuca, a camisa branca manchada de sujeira e óleo.

— Foi me dito para ter certeza de que o carro não poderia ser dirigido. Parece que não vai a lugar nenhum tão cedo para mim.

Uma risada sacode o meu peito.

— Um pouco de eufemismo, não acha? O único lugar para onde esse carro alguma vez vai parar é em um ferro-velho.

Também percebo de quem é este carro. Não posso acreditar na merda que Tanner está fazendo com a Luca. A pobre garota deveria ter corrido no instante em que colocou os olhos nele. Quer dizer, eu entendo o *porquê* ele está fazendo isso, mas a mulher está passando por um desafio como nada que eu já vi antes.

Tanner está jogando um jogo longo, e se ela alguma vez me pedir para ajudá-la a chutar a bunda dele por isso, eu ficarei feliz em ajudar. Ele e Gabe são dois dos maiores cretinos conhecidos pelo homem.

— Caramba, sim. — Priest ri, orgulhoso de seu trabalho. — Você deveria ter visto a maneira como eu o destruí. O maldito carro estava quicando em tudo que estava à vista, mas eu ainda saí sem um arranhão. Me lembrou de toda a diversão que eu costumava ter, fazendo essa merda anos atrás. Senti pena da garota que era dona, mas não consigo parar de rir pra caralho do olhar no rosto do Tanner.

Não estou surpreso que tenha sido Priest quem o destruiu. Ele trabalhou como motorista de dublê por vários anos e sabia exatamente como destruir um carro sem se matar no processo. Depois de ganhar o suficiente para comprar sua loja, ele abandonou o negócio para construir motos personalizadas e restaurar carros antigos.

Priest aponta o polegar por cima do ombro.

— Peguei tudo isso no *feed* de segurança. Quer assistir? Shane e eu continuamos parando bem quando Tanner se aproxima, porque você não consegue parar de rir quando o vê.

Na verdade...

— Aham. Parece divertido. Shane está por aí?

Priest sorri e coloca dois dedos completamente tatuados nos lábios para soltar um assobio estridente.

— Shane! Sua namorada está aqui! Largue a porra desse carro por um minuto.

O guincho da chave de impacto para, e Shane aparece do outro lado de um Chevelle 1970 totalmente restaurado. Ele balança o queixo em um olá antes de se abaixar por alguns segundos e dar a volta na frente do carro.

— Eu estava me perguntando quando você iria aparecer — ele fala, ao se aproximar de nós. — Aposto que está puto da vida com a outra noite.

É exatamente por isso que estou aqui. Depois do drama de ontem com o apartamento de Luca sendo saqueado e Tanner perdendo a cabeça, não tive uma chance de conversar com Shane sobre o que aconteceu no bar. Damon ficou de boca fechada sobre isso, mas ele está em um lugar ruim depois da ligação não atendida do nosso pai.

— Sim, você pode dizer isso.

Seus lábios se esticam em um sorriso de merda.

— Você não vai ficar depois que eu explicar o que aconteceu.

— Há tempo suficiente para vocês, vadias, falarem sobre isso mais tarde. Por enquanto, vamos mostrar a ele a porra da genialidade da merda que nós fizemos com o Tanner.

O sorriso de Shane se estende ainda mais quando ele me dá um tapinha no ombro.

— Você tem que ver isso. Eu juro, Tanner parece que está prestes a ter um derrame. O Priest vai imprimir as melhores fotos de seu rosto para que eu possa transformá-las em pôsteres para dar a todos os caras no Natal deste ano.

Priest e Shane não estão errados.

Depois de assistir a um acidente de carro que teria enviado qualquer pessoa normal a um hospital e o vídeo de Tanner andando com os olhos saltando para fora de sua cabeça, uma veia latejando em sua têmpora e seu pescoço tão tenso que você pode ver os dois tendões, estou tendo dificuldade para recuperar o fôlego de tanto rir.

— Espera, esta é a melhor parte. — Priest bufa. — Ele me perguntou o que aconteceu e eu disse que os freios não funcionaram.

Nós três caímos na gargalhada ao ver o rosto de Tanner ficar em um tom de vermelho brilhante no momento em que Luca vem correndo atrás dele.

Shane enxuga uma lágrima de seus olhos.

— É culpa dele ser um idiota tão arrogante que não sabia quem você era.

Com um balançar de cabeça, Priest interrompe o vídeo.

— Talvez isso o ensine a tirar aquele pau da bunda e prestar atenção nas pessoas. Teria evitado muitos problemas para ele.

Eu não posso discutir com ele lá. Tanner pode ser um cara legal com as pessoas certas, mas, para a maioria, ele vive à altura de ser chamado de Traição.

— Beleza, bem, vocês dois se divirtam fofocando como um bando de adolescentes. Eu tenho uma moto para terminar para o show na sexta-feira.

Acenando com a cabeça para Shane e eu, Priest deixa o pequeno escritório, e cruzo meus braços sobre o peito antes de fixar meu olhar em Shane.

— Desembucha.

Ele passa a mão pelo cabelo e sorri.

— Não há muito para contar. Eu cuidei de um problema que nós dois vimos na festa de noivado do Mason. Infelizmente, isso ficou um pouco fora de controle.

Eu deveria ter adivinhado que Shane levaria esse problema ao extremo. Juro que esse cara não está certo da cabeça. Talvez sua mãe o tenha deixado cair quando bebê, ou talvez tenha mais a ver com ter sido criado em nossas famílias fodidas, mas Shane não apenas dança em seu próprio ritmo, ele tem sua própria banda marcial.

— O que você fez com o Paul?

Estou quase com medo de ouvir a resposta de Shane. Não que Paul não mereça o que recebeu. Se não fosse por ele, Emily não teria aquela cicatriz no ombro, e eu não teria sido o monstro que a colocou lá.

Há um brilho perverso nos olhos de Shane, o lado de sua boca se curvando para cima em um sorriso malicioso.

— Eu posso ter dormido com a noiva dele.

Ai, caralho...

— E?

Porque eu o conheço e sei que é melhor não deixar por isso mesmo.

— A reviravolta é que foi um jogo justo, Ezra. Eu também posso ter enviado a ele um vídeo com ela gritando meu nome. Mas não devo levar o crédito pela ideia. Eu estava apenas jogando suas besteiras de volta para eles.

Suspirando ao ouvir isso, levanto uma sobrancelha.

— Por favor, me diga que você não quebrou nenhuma lei fazendo essa merda.

— Nenhuma — ele fala, orgulho óbvio em sua expressão. — Ela sabia que eu a estava gravando. Se você se lembra da Hillary, ela sempre implorou para acabar com um de nós. É só uma merda para ela que isso nunca vai terminar desse jeito depois da merda que ela aprontou. Bem, isso, e ela é uma cadela furiosa e psicótica.

Minhas sobrancelhas se franzem. Isso é que é se sacrificar pelo time.

— Hillary? Do ensino médio?

A risada sacode seus ombros.

— A própria. Ela e Paul ficaram noivos alguns meses atrás, e eu não poderia recusar a oportunidade de ferrar com os dois. Principalmente depois da merda que eles fizeram com a Emily no final do ano. Depois que Paul viu o vídeo, ele me ligou, ameaçando chutar minha bunda por isso. Eu disse a ele onde estávamos, mas não achei que ele realmente apareceria. Damon e eu ficamos surpresos quando Paul entrou com seis de seus amigos.

Eu não posso ficar bravo com Shane por isso, não com o quanto eu odeio Hillary e Paul. Se não fosse por eles, Damon e eu não teríamos sido presos naquela noite, e Emily não teria aquela cicatriz no ombro.

— Basta dizer que está resolvido neste ponto. Tenho coisas maiores com que me preocupar do que com eles.

Ele acena com a cabeça em concordância, sua voz perdendo cada grama de humor.

— Não teria nada a ver com o seu pai subitamente ressurgindo e entrando em contato com o Damon, teria?

Embora Shane não saiba o que aconteceu com Damon e eu — algo que ninguém sabe, porque Damon e eu juramos nunca falar sobre isso — ele sabe mais do que a Emily.

Ele estava lá quando papai aparecia para nos levar a cada dois fins de semana, e estava lá quando éramos carregados de volta para a casa em Yale, mal conseguindo andar por conta própria.

Não me preocupo em responder porque não precisa ser dito.

Shane pragueja baixinho.

— Alguém precisa cuidar de William. Especialmente se ele vai começar a merda dele de novo.

Eu não posso discutir com ele nisso.

— Esse não é o único problema.

— Emily? — Mais uma vez, ele diz com precisão.

— Sim.

Inclino a cabeça contra a parede, meus olhos se fechando por alguns segundos enquanto tento entender o que estou fazendo.

Tê-la em nossas vidas é perigoso. Mas se eu tentar ignorar o problema, ele só vai piorar.

Posso ser capaz de me controlar o suficiente para ficar longe, mas isso não vai impedir Damon. Ele está muito envolvido com ela, o que me preocupa que eu tenha interpretado mal seus sentimentos há muito tempo.

— Damon foi ver Emily na casa dela na segunda de manhã — conto ao Shane. — E quando nós arrastamos vocês dois para casa da prisão, ela foi a primeira coisa que ele mencionou.

Shane exala uma respiração pesada, a ponta de sua bota batendo no chão enquanto ele olha para mim.

— Vocês dois deveriam ter deixado isso em paz.

— Gabe precisava dela longe de Ivy.

Ele ri.

— Isso não significa que vocês precisavam transar com ela de novo.

— Nós não transamos.

Ele ergue uma sobrancelha, me repreendendo por essa besteira.

— Eu vi o jeito que ela parecia quando saiu daquela casa, e os sorrisos arrogantes que vocês dois estavam quando finalmente apareceram.

— Nós não transamos.

Não é uma mentira... não inteiramente.

— Certo. Vamos seguir com essa história, se você quiser. A questão é que vocês dois precisam ficar longe dela antes que tenhamos uma repetição do ensino médio. Vocês dois demoraram mais de um ano para superar essa merda. Todos no nosso grupo têm contas a acertar com a Emily. Especialmente depois do que ela fez com vocês.

Ele não está errado, mas, ao mesmo tempo, Emily não é inteiramente culpada.

Se alguém começou isso, é o Mason.

Como se seguindo meus pensamentos, Shane balança a cabeça para os lados e alterna seu peso entre os pés.

— Nós nunca deveríamos ter deixado vocês fazerem aquela aposta. Mas então, como poderíamos saber que vocês dois se apaixonariam por ela?

Minha mandíbula pulsa com a lembrança de porque me aproximei de Emily em primeiro lugar.

Foi uma merda estúpida de crianças. Um desafio para ver quão puritana ela realmente era. Como eu deveria saber que havia fogo escondido sob o comportamento tímido dela?

Por fora, ela era tímida e mansa, mas o que encontrei por dentro foi uma garota que era forte o suficiente para arrancar meu coração do peito e pisar nele quando fosse embora.

Foi um jogo. Algo pelo qual Damon e eu éramos conhecidos.

Infelizmente, Emily rapidamente virou o tabuleiro e espalhou as peças quando ela sempre exigia saber com qual de nós estava.

Ninguém havia perguntado isso antes.

Ninguém se importou.

Se isso não fosse ruim o suficiente, ela sacudiu a base sob meus pés com a raiva que eu vi em seu rosto na primeira vez que viu meus hematomas.

Ela foi a primeira garota a se importar, a primeira que não acreditava que eu era o culpado pelas brigas constantes. Ela os beijou em vez de acreditar que eram algo de que se orgulhar.

Foi quando ela me prendeu na palma da sua mão.

— Damon não se apaixonou por ela — argumento.

— Você tem certeza disso? Porque, pelo que eu vi, ele estava tão apaixonado por ela quanto você. Nós tivemos sorte de ela não ter ficado perto tempo suficiente para vocês dois brigarem por ela. Não com o resto da porcaria que vocês estavam passando.

A culpa me inunda em um instante. Raiva rolando por trás disso porque nós de fato lutamos por ela uma vez.

Passando minha língua em meus dentes superiores, eu suspiro.

— Então acho que exigir que ela passasse as próximas seis semanas sendo nossa amiga foi uma má ideia.

Ele revira os olhos e balança a cabeça para os lados.

— Filho da puta. Você está falando sério? É como se você quisesse causar problemas. Apenas se afaste, Ezra. Fique longe. Vá foder cem outras mulheres para preencher seu tempo, mas evite a Emily. A menos que você queira ficar uma bagunça novamente.

É muito tarde para isso.

Afastando-me da parede, dou alguns passos em direção à porta antes de parar no lugar.

Não viro minha cabeça para olhar para Shane.

— Estou fazendo isso pelo Damon. Se eu não fizer isso, ele vai acabar a perseguindo sozinho. Pelo menos, desse jeito, eu posso ficar de olho nele.

Rindo suavemente com isso, Shane responde:

— Aham. Ok. Continue dizendo isso a si mesmo. E por que você quer ficar de olho nele quando se trata dela? É realmente por causa dele? Ou é por você? — Ele faz uma pausa para deixar isso afundar antes de dizer: — Estou te dizendo agora que é uma má ideia, mas acho que você precisa seguir com isso para perceber.

Novamente, ele não adiciona, mas a palavra permanece lá de qualquer maneira.

Como o terceiro lado do nosso triângulo fodido, Shane nos conhece melhor do que qualquer um. Ele teve um assento na primeira fila para o que aconteceu no ensino médio e para as consequências que ocorreram quando saímos para a faculdade.

Nada disso importa, no entanto.

Já me decidi.

— Eu acho que sim — resmungo, antes de sair do escritório para deixar seu aviso para trás.

capítulo quinze

Emily

— Dylan!

Pelo amor de Deus, juro que meu irmão está tentando me deixar maluca.

Já estou quinze minutos atrasada para encontrar Ivy e Ava, e o carro ridiculamente caro de Dylan está bloqueando o meu.

Depois de várias tentativas fracassadas de chegar para trás sem ter que pedir a ele para movê-lo, desisti e marchei de volta para a casa.

Imagine minha surpresa quando viro um corredor e encontro meu pai parado na porta do quarto de Dylan, sua expressão zangada, os olhos castanhos virados em minha direção assim que ouve minha voz.

Eu acho que, nos vinte e sete anos que morei aqui, essa é a primeira vez que vejo meu pai na ala das crianças. Ele nunca veio me visitar ou falar comigo, e tento ignorar a pontada de ciúme que sinto ao perceber isso.

Não que eu devesse ficar com ciúmes. A julgar pela expressão no rosto do pai, Dylan deve ter majestosamente ferrado tudo. Talvez tenha algo a ver com os dez adolescentes desmaiados na sala de estar por terem festejado a noite inteira.

— E onde diabos você pensa que está indo?

Estremecendo com a censura na voz do meu pai, estico os ombros e endireito a postura.

— Fazer compras com Ava e Ivy. Eu estava só voltando aqui para pedir a Dylan para tirar o carro.

Ele sorri, debochado, descrença óbvia em seus olhos castanhos. Vestido com roupas casuais de negócios que consistem em uma camisa de botão branca e calças escuras, meu pai dá um passo em minha direção antes de cruzar os braços.

— Para um vestido de noiva, eu espero. Ou você esqueceu que é uma mulher noiva agora? Você não deveria estar passando seu tempo com a organizadora do casamento, fazendo os preparativos para aquele que será o dia mais importante da sua vida?

Pelo contrário, eu deveria me encontrar com um agente funerário para o que será o *fim* da minha vida, mas não digo isso. A última coisa de que preciso é de problemas com os meus pais, especialmente com tudo o mais que está acontecendo.

Em vez de responder ou mostrar que ouvi o que ele disse, eu não digo nada.

Não que ele se importe com uma resposta, de qualquer maneira.

Para a minha família, eu não sou nada mais do que uma filha a ser trocada pelo que quer que eles estejam procurando.

Mason dá as cartas quando se trata deste casamento e, felizmente, ele está se arrastando o máximo possível. Nós temos até os trinta, pelo que me foi me dito. Ou, pelo menos, Mason tem. O que me dá mais dois anos de liberdade.

Em vez de abandonar o assunto, meu pai se aproxima de mim e fixa seus olhos nos meus.

— Ouvi dizer que você esteve perto dos gêmeos Cross novamente. Ou, acho que devo dizer, eu vi. Principalmente depois daquela cena que você aprontou na festa de noivado. O que acontecerá se Mason decidir que está cansado dessa merda e escolher não se casar com uma prostituta?

Estremecendo com isso, é preciso esforço para não perder a paciência e dizer o que eu quero. Nunca ouvi uma palavra gentil do meu pai na minha vida. A única vez que ele finge gostar de mim é quando estamos perto da família de Mason e podemos ser julgados.

O que quero dizer a ele é que Mason está com a Ava. O que quero dizer é que Mason não pode decidir *não* se casar comigo porque, se ele fizer isso, perderá o dinheiro da família dele.

Não que ele precise mais disso.

Não com o sucesso do escritório de advocacia deles.

Por que Mason ainda está concordando em seguir com isso é um mistério, mas o Inferno ainda está brincando de bons filhos com suas famílias. Por qual motivo, não tenho certeza.

Infelizmente, não posso dizer nenhuma dessas coisas porque tenho muitas outras acontecendo no momento. Brigar com a minha família só complicaria tudo.

Nojo rola em sua expressão com o meu silêncio.

— Mantenha suas malditas pernas fechadas, Emily. Não vou te dizer de novo. — Ele olha por cima do ombro para gritar: — Tire o maldito carro, Dylan.

Fico perfeitamente imóvel enquanto meu pai marcha em minha direção, me contorna pela esquerda e segue em frente.

É impossível me mover novamente até que ouço uma porta bater à distância quando ele sai da ala.

Dylan sai tropeçando de seu quarto com as chaves na mão, os olhos injetados de sangue se estreitando em mim. O silêncio entre nós é ensurdecedor no início. Alguma coisa tem incomodado meu irmão ultimamente, e ele está descontando em mim.

Passando por mim com passos irritados, ele chega ao final do corredor antes de se virar.

— Você tem sorte de eu não ter dito a ele que os dois gêmeos estiveram aqui esta semana se revezando para ficarem com você.

É realmente surpreendente que ele não tenha feito isso.

— Os gêmeos e eu somos apenas amigos.

Ele bufa.

— Certo. Eu acredito nisso. Você ainda é a porra de uma lenda na escola por ser uma vagabunda. De vez em quando, o vídeo aparece novamente, e eu ouço merda por causa disso durante alguns dias depois.

Meus dentes batem juntos com tanta força que vibra na minha mandíbula.

Dez anos e aqueles idiotas ainda estão focados nisso? É patético.

Eles devem estar fazendo isso para mexer com o Dylan. Não há outra razão para a geração atual da minha antiga escola preparatória se importar com o que eu fiz.

Não deve ser fácil ser irmão de uma ex-aluna com uma sex tape. O que também pode explicar por que ele tem estado tão bravo comigo ultimamente.

— Tanto faz — ele murmura, antes de sair para tirar o carro.

Chego ao shopping vinte minutos depois e mando uma mensagem de texto do estacionamento. Ivy responde, me dizendo para encontrá-las na praça de alimentação.

Vir aqui hoje não era uma prioridade para mim, não com o que eu tenho que fazer mais tarde, mas é tão raro que Ava tenha tempo para sair com a gente que eu não queria perder a oportunidade.

Quando crianças, Ava, Ivy e eu éramos como unha e carne, mas depois que elas foram para a faculdade e Ava acabou ficando com o Mason, as coisas mudaram.

Ivy e eu ainda nos vemos quase todos os dias, mas Ava passa a maior parte de seu tempo livre com ele agora.

O que, honestamente, eu não entendo. Ele sempre foi tão babaca comigo. Pelo que Ava diz, aquele homem se curva por ela, então eu estou feliz por eles.

Encontrando-as assim que alcanço o topo da escada rolante, forço um sorriso no rosto e finjo que não tenho o peso do mundo apoiado desconfortavelmente nos meus ombros.

É a mesma velha pressão de sempre.

O casamento.

Os gêmeos.

Um mundo de dor que eu sei que está vindo para todo mundo no dia em que eu finalmente disser *aceito*.

Tentando não pensar sobre isso, ou no que mais estou fazendo hoje, corro até a mesa e abraço as duas.

— Mulher, já estava na hora, caramba — Ivy fala, com os olhos azuis brilhando. — Por que demorou tanto? Quase desistimos de você.

— Dylan me bloqueou com seu Porsche extravagante. Tive que acordar sua bunda preguiçosa para tirá-lo do lugar, mas então encontrei com o meu pai, que me deu um sermão.

Ava levanta uma sobrancelha em questão, mas Ivy apenas sorri.

— Provavelmente tem alguma coisa a ver com você transando com os gêmeos no fim de semana passado, certo? Garota, você é corajosa. É tudo o que tenho a dizer sobre isso.

— De novo? — Ava pergunta, verdadeira surpresa em seu rosto. — Pensei que você tinha parado depois do ensino médio.

Antes que eu possa responder, Ivy pergunta:

— Quer dizer, você pode culpá-la? Quem não gostaria de enfrentar esses dois? Eles eram bonitos de se olhar no ensino médio, mas cresceram e se tornaram algo mais.

Ava balança a cabeça.

— Eles me assustam pra caramba.

— Isso é parte da diversão — Ivy diz, o riso revestindo sua voz.

Tenho que cortar isso antes que vá longe demais. A última coisa da qual eu quero falar é sobre os gêmeos. Especialmente com essas seis semanas de merda de amizade que estou enfrentando.

— Primeiro, eu não transei com eles.

— No escritório do meu pai — Ivy interrompe, olhando para Ava. — É como se ela estivesse tentando ser pega.

— Ok, aquilo não foi planejado — argumento. — E você não tem nenhum direito de falar sobre depois de dar ao Gabriel seu número de telefone.

— Ah, por favor — Ivy fala, ignorando-me. — Gabe é uma brincadeira de criança. Eu tenho controle sobre ele.

Ela sempre pensa que o tem sob controle. E embora eu concorde que Ivy pode cuidar de si mesma, Gabriel Dane nunca foi bom para ela.

Ava também não parece convencida.

Ela parece preocupada.

— Acho que vocês duas deveriam evitar todos os caras do Inferno neste momento. Eles não jogam limpo.

— Diz a garota que está namorando o Mason. E me conte uma ocasião em que eles jogaram limpo — Ivy contrapõe.

— Sim, mas agora é diferente.

Ava suspira, a culpa rolando por trás de seus olhos castanhos quando olha para mim.

— Mason me disse algo alguns anos atrás que você provavelmente deveria saber. Não achei que isso importasse, porque você não estava mais perto de Damon e Ezra, então eu não disse nada. Mas se você realmente está começando alguma coisa com eles de novo, deve saber a história completa.

Isso não parece bom. Levanto as sobrancelhas, esperando que ela continue.

Ela suspira novamente e passa os dedos pelo comprimento de seu cabelo loiro.

— Quero dizer, era o ensino médio, então duvido que isso realmente importe mais, porém quando os gêmeos começaram a mexer com você... — Ela faz uma pausa, obviamente não querendo contar. — Eles fizeram isso porque Mason apostou que não conseguiriam te levar para a cama. Ele disse que você era fria e chata, então a coisa toda...

A voz dela some novamente, mas tudo bem. Não é como se eu pudesse ouvi-la sobre o estilhaçar do meu coração ou a onda de fúria na minha cabeça.

— Presumo que os gêmeos ganharam a aposta?

Eu não tinha a intenção do estalo na minha voz que a faz estremecer. Não é culpa da Ava.

Com a voz mais suave, ela encontra meus olhos quando diz:

— Acho que todos sabemos como isso acabou. Aqueles dois se importavam com você. Só me preocupo que eles ainda estejam bravos por você tê-los deixado e estejam jogando de novo.

Levando alguns minutos para organizar meus pensamentos, eu entendo por que Ava me contou sobre a aposta, mas não acredito que os gêmeos estejam jogando. Não com a dor que vi nos olhos de Damon ou com a raiva fria nos olhos de Ezra.

Os corações deles ainda estão bastante envolvidos, mas isso não significa que estou feliz em saber como tudo isso começou.

Para ser honesta, isso só me deixa irritada com Mason. Talvez seja por isso que ele sempre olhou para mim com ódio por trás de seus olhos quando me via com eles. Talvez tenha perdido muito dinheiro.

— Quanto eu valia? — pergunto.

O rosto de Ava empalidece.

— Não importa.

— Quanto?

Ela toma um gole de seu café com leite gelado antes de responder:

— Cinco dólares.

Oh, Deus. Isso só torna as coisas piores. A faca já apunhalada em meu coração agora está torcendo para retalhar o músculo. E isso também significa que a raiva de Mason comigo não teve nada a ver com perder a aposta.

— Você tem razão. Não importa — eu finalmente digo, fingindo que não me importo. — Isso foi há anos, e só estou me divertindo agora. Não estou preocupada com isso.

Minhas amigas me encaram com preocupação em suas expressões, mas Ivy coloca o assunto de lado quando diz:

— Vamos experimentar roupas em vez de falar sobre merdas antigas que não significam nada. Tenho certeza de que Emily é inteligente o suficiente para usar aqueles garotos apenas para sexo e não se preocupar com nada sério, certo?

Forçando um sorriso, eu aceno com a cabeça em concordância.

— Aham. Apenas diversão.

— Embora eu ache que você deva escolher apenas um — ela acrescenta.

É um assunto que ela não abandona nas próximas horas. E toda vez que toca no assunto, lanço Gabe na cara dela como um contra-argumento.

Quero contar a verdade para Ivy, de que não tenho intenção de dormir com eles novamente, e quero dizer a ela que estou sendo forçada a ser amiga dos dois. Também quero contar a ela sobre as outras coisas que estou sendo forçada a fazer, mas não posso mencionar nada disso.

Em vez disso, finjo que estou dormindo com eles, que não é grande coisa e que não estou presa entre a cruz e a espada.

Estou mentindo para as minhas amigas, porque quero evitar que elas tenham a dor de cabeça de se preocupar com o que estou passando.

Cada vez que Ivy menciona os gêmeos, dou a ela uma besteira de resposta e evito o assunto trazendo Gabriel. Dizer que estou nervosa por ela é um eufemismo.

É como uma maldita partida de tênis entre nós, enquanto circulamos uma à outra com avisos e acusações.

A pobre Ava está presa nos ouvindo brigar em um tom que não é tão de brincadeira o tempo todo que estamos fazendo compras, pelo menos até que a gente cometa o erro de mencionar Mason e o noivado.

Ela se afasta para experimentar um vestido verde que entreguei a ela, fazendo um trabalho de merda em esconder quão chateada está com isso.

— Alguma de vocês está com fome? Eu quero sair daqui.

Meu estômago está amarrado em nós no momento por causa de outra obrigação que tenho hoje. Não conseguiria comer mesmo se eu tentasse.

Verificando meu telefone, gemo ao ver a hora.

— Eu não. Tenho um lugar que preciso estar.

As duas sorriem maliciosamente antes de olharem uma para a outra e de volta para mim. É Ava quem expressa o que as duas estão pensando:

— Diga a Damon e Ezra que eu disse oi.

Eu gostaria que fosse tão simples assim. Atualmente, nada com os gêmeos é *simples*.

— Não é para onde eu estou indo. Aproveitem, no entanto.

Elas me encaram enquanto me afasto, e é difícil não olhar de volta para elas e implorar para que me impeçam de ir embora.

Cada passo pelo shopping até o estacionamento é carregado de nervosismo e medo.

Não posso acreditar que estou fazendo isso, não posso acreditar que vou mentir para todo mundo ao meu redor só porque quero que tudo fique bem.

Tem que ficar tudo bem, certo?

Apesar de tudo, toda essa situação tem que acabar do jeito que eu quero no final, ou então a minha vida realmente não valerá nada mais do que uma rotina repetitiva, dia após dia, presa em um casamento sem amor.

Não consigo parar de pensar em Damon e Ezra enquanto faço meu caminho para o meu carro. Não consigo parar de ver seus cortes e hematomas. Não consigo parar de sentir o calor da pele de Ezra de quando corri meus lábios sobre aquelas marcas, desejando que elas sarassem mais rápido.

Mas por baixo de tudo isso está uma veia de raiva pelo que colocou aqueles hematomas lá em primeiro lugar. É como um flamejar de fogo rasgando através de mim, as chamas alcançando o alto para lamber meus pensamentos.

Depois da festa de noivado, e depois de ver a maneira como os dois reagiram à lembrança do pai, coloquei uma peça no quebra-cabeça do que foi feito com eles.

Vendo tudo vermelho enquanto entro em um bairro fechado que fica bem ao lado do meu, faço uma careta.

As casas são tão grandes e ostentosas quanto as do meu loteamento, uma demonstração de riqueza que faz com que os proprietários se sintam muito mais importantes e poderosos.

Eu odeio estar neste lugar, odeio parar nesta garagem, odeio caminhar até esta porta em particular. Mas faço isso de qualquer maneira, odiando o motivo.

Exalando alto, levanto meu braço e toco a campainha antes de olhar para cima para a câmera de segurança.

Um mordomo atende a porta e me leva a uma sala de estar ao lado do saguão.

Eu me sento em uma poltrona e cruzo as mãos recatadamente no colo. Não perco o flash de luz no meu anel de noivado, aquela pequena centelha fazendo meu estômago se revirar novamente enquanto fecho meus olhos, respiro e os abro novamente.

Foi idiota da minha parte me sentar, em primeiro lugar, especialmente quando eu me levanto assim que William Cross entra na sala, seus olhos escuros me encarando com interesse e curiosidade.

William é um homem alto, seus ombros tão largos quanto os dos seus filhos. Mas, embora os gêmeos estejam esculpidos em todos os lugares certos, os anos apenas acrescentaram peso no pai deles.

Ele parece macio em comparação com eles. Mas não deixo que isso me engane, fazendo-me acreditar que ele é nada menos do que um monstro.

Também me surpreende ver o rosto de William cortado e machucado. Alguém recentemente brigou com esse homem, a evidência disso me lembrando como Ezra e Damon pareciam voltando daqueles fins de semana horríveis.

Não estou chateada por ver William espancado. Ele merece isso. Mas luto contra o que quero fazer com ele depois de relembrar as marcas sempre deixadas nos gêmeos por causa dele.

Forçando um sorriso falso no rosto, respiro fundo e jogo o jogo.

— Que surpresa agradável ver você, Emily.

Estendendo a mão, ele pega a minha e a puxa até os lábios para beijar o topo. Náusea rola por mim com o contato.

Um sorriso viscoso estica seus lábios quando ele solta minha mão e encontra meu olhar.

— Por que não nos sentamos? Tenho que admitir que estou extremamente interessado em descobrir por que você está aqui hoje. Estou esperando ansioso desde que você ligou.

capítulo dezesseis

Ezra

Chegando a uma pequena lanchonete perto da cidade, eu paro em uma vaga de estacionamento e desligo o carro. Tanto Damon quanto eu nos recostamos em nossos assentos e olhamos para as grandes janelas de vidro na frente.

As estrelas brilham no alto porque eu nunca coloquei as portas ou a capota do Jeep CJ7 de 1977 que Shane e Priest restauraram para mim vários anos atrás.

Há um frio no ar, mas não é isso que está causando arrepios na minha pele ou fazendo meus músculos estarem contraídos sobre meus ombros.

Não. Esses arrepios e essa tensão pertencem a certa ruiva que eu sei que está esperando na lanchonete para jantar com nós dois.

Damon está mais empolgado do que qualquer coisa, sua cabeça virando na minha direção enquanto um sorriso estica seus lábios.

— Alguma razão em particular para ela exigir nos encontrar em público?

Sim.

Eu exigi isso.

Não que eu vá dizer isso a ele.

— Ela provavelmente está preocupada que você tente contornar essa coisa de "apenas amigos".

Na verdade, eu estou preocupado.

Ele zomba:

— Que seja. Vou aceitá-la da maneira que eu conseguir tê-la. Vamos.

Exceto que eu conheço meu irmão quando se trata da Emily. Ele não vai ser capaz de evitar tocá-la. Não que eu possa culpá-lo. Nós três passamos muito tempo fazendo coisas que não deveríamos, mesmo depois de prometer que seria apenas uma vez.

VIOLÊNCIA 159

É difícil pra caramba deixar essas memórias sumirem.

Damon pula para fora do seu lado do jipe, e eu pulo depois dele, nós dois com passos largos que diminuem o caminho, que estão em um ritmo perfeito conforme nos aproximamos das portas da frente.

Nós passamos a vida inteira fazendo as pessoas acreditarem que somos exatamente iguais, então é comum nos movermos da mesma maneira e caminharmos na mesma velocidade quando estamos juntos.

Até onde a maior parte do mundo sabe, nós somos imagens em um reflexo. É apenas o Inferno... e a Emily... que conseguem nos distinguir, mesmo à distância.

Uma vez lá dentro, Damon e eu procuramos por ela, e quando ele sai rapidamente para a direita, presumo que a encontrou.

O bastardo quase derruba uma garçonete em seu caminho para a mesa de Emily, sua cabeça balançando para os lados enquanto diz alguma coisa para ela e dá um passo para trás.

Ela sorri, a expressão nervosa enquanto seus olhos cortam na minha direção e ela se levanta da cabine.

Damon imediatamente envolve os braços em volta dela e a levanta, fazendo um show sobre isso. Eu não ficaria surpreso em vê-lo girá-la, mas, por sorte, não há espaço suficiente para tal.

Emily ri enquanto coloca as mãos em seus ombros, seu corpo deslizando contra o dele enquanto a coloca de pé.

Minha mandíbula pulsa ao assistir a demonstração de afeto, especialmente porque ela não vai receber o mesmo de mim.

Eu me recuso a pensar que aquela pulsação incômoda no meu interior é ciúme de assistir qualquer outra pessoa tocar nela.

Porra.

Esta foi uma péssima ideia.

É quase como se ela pudesse ouvir meus pensamentos do outro lado da sala. Seu sorriso desaparece assim que olha na minha direção novamente, sua carranca irritada fazendo coisas com o meu corpo que não deveriam.

Mordendo o interior da bochecha para não rosnar, ando na direção dela e me sento no lado oposto da cabine de Emily e Damon.

Olhos turquesa fixam-se nos meus, aborrecimento cintilando em seu rosto quando não reajo à raiva óbvia que ela lançou para mim mais cedo.

Eu me sinto mal por obrigá-la a fazer isso?

Porra, de jeito nenhum.

Eu deveria?

Provavelmente.

— Então, tenho um favor para pedir a vocês dois. — Seus olhos se voltam para mim. — Pela nossa *amizade*, é claro.

Rolo os olhos com o estalo em sua voz, e Damon planta um dedo em seu queixo para virar seu rosto para ele.

— O que você está disposta a nos dar por isso?

E lá vai ele. Nem mesmo cinco minutos perto dela, e Damon já está ultrapassando os limites.

Felizmente, Emily é rápida em oferecer a Damon algo que ele não será capaz de recusar.

— Uma chance de ajudar a fazer uma pegadinha com Gabriel.

Não é tão bom quanto sexo, mas definitivamente é algo que ambos vamos adorar.

Nós somos unidos como um grupo.

Como irmãos.

O que significa que estamos sempre sacaneando um com o outro.

— Eu estou dentro — diz Damon, o riso já em sua voz. — O que está acontecendo?

Emily sorri. Ela sabe como todos nós somos e muito provavelmente não tinha dúvidas de que estaríamos participando.

— Eu tenho que ligar para Ivy às nove. Depois disso, vamos encontrá-la no Bishop Park para ajudá-la a amarrar e marcar Gabe.

Seus olhos se voltam para mim novamente, aquele sorriso adorável pra caralho que ela continua dando a ele desaparecendo assim que seus olhos encontram os meus. Ela olha de volta para Damon, e eu balanço minha cabeça para os lados.

Então é assim que vai ser?

Tudo bem.

Eu mereço.

Também vou fazê-la pagar por isso. Nem que seja por nenhum outro motivo além da minha diversão.

Nada me excita mais do que Emily sendo rebelde e teimosa. Exceto, talvez, quando ela está irritada.

— Nós vamos precisar de uma maneira de transportá-lo — ela diz, lançando um rápido olhar para mim novamente.

Damon passa a mão pelo cabelo e olha na minha direção.

— Nós poderíamos usar a van do Priest.

Minhas sobrancelhas se levantam com isso, e eu me sento no meu assento.

— Ligue para Shane e deixe-o saber. Ele e o Priest estão em um show de motocicletas, mas tenho certeza de que ele tem um conjunto de chaves sobressalentes por aí.

— Obrigada por isso. Eu sabia que podia contar com vocês dois.

Damon se inclina em direção a Em e segura seu rosto com as mãos, sua testa pressionando contra a dela enquanto prende seus olhos com um olhar predatório.

Um rosnado baixo soa na minha garganta antes que eu possa detê-lo. Se o filho da puta tentar beijá-la, posso me lançar sobre esta mesa.

Eu não machucaria permanentemente meu irmão, mas não me oponho a bater na cabeça dele de cinquenta a cem vezes.

Mas só porque ele está quebrando a regra da amizade, digo a mim mesmo. *Não porque estou me sentindo tão malditamente possessivo nesse momento que quero lamber cada centímetro da pele de Emily para reivindicar meu direito.*

— Qualquer coisa por você — ele diz a ela, mas deixa por isso mesmo antes de soltá-la quando uma garçonete se aproxima da mesa.

Depois de fazer os pedidos a ela, Damon sai da mesa para ligar para Shane, e eu olho bravo para Em, minha mandíbula apertada e minha voz um aviso áspero.

— Seria bom se você parasse de dar tanta corda para ele. Por que não se jogar no colo dele? Isso nos pouparia bastante tempo.

Seu olhar se estreita e o queixo cai. Eu sorrio com a forma como a pele enruga entre seus olhos, puro fogo por trás daquele olhar.

Não vou nem tentar mentir e dizer que é fácil ficar do meu lado da mesa e não estender a mão para arrastá-la para mim.

— Você pode ir se foder. Você é quem queria isso, não eu. Não estou dando corda a ninguém. Nós estamos apenas sendo amigos. E talvez você devesse fazer algumas anotações de merda observando o Damon, para que você possa aprender como ser um cara decente pelo menos uma vez, em vez de ser um idiota tão arrogante o tempo todo.

Minhas sobrancelhas disparam para cima com isso, mas recupero o controle da minha expressão e sorrio debochado. Isso só a irrita mais.

— Mesmos truques, Assassina. Seduzindo caras pela porra da diversão que isso traz. Aparentemente, nós não estamos apenas na sua cabeça ainda, você também nos quer enterrados bem no fundo do seu corpo.

Seus olhos raivosos se incendeiam, e foda-se se isso não me faz querer forçar sua mandíbula a abrir para que eu possa beijá-la de uma forma que a lembre exatamente a quem ela pertence.

Batendo seus antebraços contra a mesa, ela se inclina na minha direção, seus lábios uma linha fina e sua camisa caindo mais baixo, então estou tendo uma bela visão de seus peitos.

Quando meus olhos caem e voltam a subir, o canto de sua boca se curva.

— Gostou do que está vendo?

— Na verdade, sim.

— Então dê uma boa e longa olhada, Ezra. Porque isso é tudo que você vai fazer, já que nunca vou deixar você me tocar novamente.

Eu me inclino para frente para espelhar a postura dela, nossos rostos a apenas alguns centímetros de distância.

— Essa é uma bela mentira que você está dizendo a si mesma. É uma pena que eu não acredito nisso.

Ela se inclina para mais perto de mim.

— Essa é uma boa fantasia que você tem, mas você pode querer acordar e perceber que não sou mais sua para você ficar dando ordens por aí.

Porra!

Isso não está funcionando.

Como diabos nós passamos de calmos e cordiais para ficarmos um na garganta do outro em menos de dois segundos em que estamos sozinhos?

Isso é o que fazemos um ao outro. Eu trago seu fogo para fora, e ela me leva tão longe que eu quero acabar com o maldito lugar apenas para evitar de tocá-la.

— Eu nunca te dei ordens.

Ela ri, o som é tudo menos engraçado.

— Você com toda a maldita certeza tentou.

E ela não me deixava cada vez que eu tentava. O que é uma das razões pelas quais ela é perfeita. E é também uma das razões pelas quais ela é um pé no saco gigante.

— Tudo certo?

Perfeitamente em sincronia, Emily e eu viramos nossas cabeças para olhar para Damon, e então nos sentamos em nossos assentos para agir casualmente.

— Está tudo bem —, ela fala.

— Aham. Ótimo — eu acrescento.

Damon olha entre nós.

— Têm certeza? Porque isso pareceu uma discussão bem acalorada.

Emily sorri quando Damon desliza para a cabine ao lado dela.

— Temos certeza. Nós estávamos apenas conversando sobre o passado.

Um sorriso estica os lábios dele, seus olhos fixos nela com interesse demais por trás deles.

— Oh, sim? E o que sobre o passado?

Depois de olhar rapidamente para mim, Emily responde.

— Eu estava apenas lembrando Ezra que ele é um idiota arrogante.

As sobrancelhas de Damon disparam para cima, mas ele ri.

— Não posso discutir sobre.

— Sim — eu interrompo, chamando a atenção de ambos para mim.

— E eu estava apenas lembrando Emily de como ela é um pé no saco gigante.

Olhos turquesa se fixam nos meus.

— Você nunca disse isso.

— Eu não disse? — Esfregando o polegar em meu lábio, eu sorrio. — Estranho. Devo ter apenas pensado nisso.

Nós ficamos em silêncio, nosso olhar um choque de espadas sobre a mesa. A carranca dela se aprofunda quando sorrio, debochado.

— Ok — Damon diz cautelosamente, seus olhos dançando entre nós novamente. — Bem, Shane disse que a van é toda nossa. Só precisamos passar na casa dele para pegar as chaves.

Forço meu olhar para longe de um pesadelo ruivo sentado do outro lado da mesa.

— Perfeito. Vamos pegar o jipe depois de terminar de comer e buscar a van.

— Eu posso seguir no meu carro — Em sugere.

— Você vai com a gente — digo, sem me preocupar em olhar para ela.

— Eu vou fazer o que diabos eu quiser.

Meus olhos deslizam para ela então, todos os músculos do meu corpo tensos.

Estou a cerca de uma palavra furiosa de arrastá-la pela mesa e calar sua boca com meu pau ou minha língua.

Ela deve reconhecer a expressão em meu rosto, porque o calor pinta suas bochechas pálidas de um rosa-choque, seus lábios carnudos se suavizando e seus olhos tão malditamente líquidos que estou encarando um mar sem fim.

— Apenas vá com a gente, Ruiva. Nós podemos te trazer de volta ao seu carro quando terminarmos.

Em que ponto meu irmão cabeça quente se tornou a porra da voz da razão? Isso está me irritando.

Emily é quem interrompe nosso olhar desta vez, seus lábios se curvando em um sorriso doce quando se vira para Damon.

— Tudo bem.

Ah, claro.

Discuta comigo, mas então o escute.

Essa amizade é uma besteira.

A comida chega, e até comer se torna uma guerra silenciosa entre Em e eu.

Mordo meu hambúrguer como se estivesse mordendo sua bunda, e ela bate os dentes da frente em suas batatas fritas como costumava fazer com o meu polegar toda vez que eu abria aquela boca rebelde para pegar o que eu queria.

Os vinte minutos inteiros são gastos comigo olhando pra ela pra caralho e ela me lançando pequenos olhares irritados antes de virar aqueles olhos azuis-esverdeados de volta para o Damon parecendo um maldito anjo.

Não tenho certeza se vou sobreviver a seis semanas dessa porcaria, e eu percebo que regras básicas precisarão ser estabelecidas entre nós antes que saia do controle.

Honestamente, não consigo entender por que estou com tanta raiva. Tudo que sei é que quanto mais tempo fico perto dela, mais furioso fico.

Talvez eu esteja com raiva de mim mesmo, por pensar que nós poderíamos fazer isso. Ou estou com raiva de Damon, por precisar dela tanto quanto eu preciso. Ou talvez eu esteja puto da vida que ela foi embora para longe de mim enquanto quebrava promessas, e por causa disso, eu não consigo perdoá-la.

Seja qual for o motivo, ou a combinação de todos eles, eu sou uma besta andando de um lado para o outro em sua jaula, meus olhos fixos em Emily com toda a intenção de atacar. E a única coisa que está me impedindo é meu irmão.

Emily verifica seu telefone quando terminamos de comer.

— Porcaria. Está ficando tarde. Nós deveríamos ir.

Damon paga a conta e nós três seguimos em direção ao estacionamento.

Não escapa da minha atenção que Emily fica perto do Damon o tempo inteiro, seu cabelo vermelho caindo para frente para proteger seu rosto de mim.

Quando chegamos ao jipe, ela faz algumas tentativas fracassadas de subir antes de Damon rir e agarrar sua cintura para levantá-la.

Meus dedos enrolam com força na palma da minha mão quando o olhar faminto dele trava em sua bunda enquanto ela se move para o banco de trás.

Eu me sinto como um fodido homem das cavernas cada vez que ele olha para ela, e meu primeiro instinto é meter a porrada nele, depois apontar para Emily e rosnar *"minha"*.

Mas não posso fazer isso.

Nós somos apenas amigos.

E todo esse arranjo é um espetáculo de merda.

Cerrando minha mandíbula, subo no banco do motorista e tento ignorar a amizade fácil deles, meu pé um pouco pesado demais no acelerador enquanto saímos do estacionamento e pegamos a estrada.

Ninguém diz uma palavra enquanto dirigimos para a casa de Shane para pegar as chaves sobressalentes e depois para a loja do Priest para pegar a van.

De vez em quando, eu me pego olhando para o espelho retrovisor para vê-la segurando a barra lateral do carro com uma das mãos enquanto tenta domar o cabelo bagunçado pelo vento com a outra.

Parecem chamas vermelhas tremulando ao redor da cabeça, um pequeno sorriso puxando seus lábios enquanto seus olhos encaram as estrelas acima de nossas cabeças.

Instantaneamente, meus pensamentos voltam para aquela fogueira. Para sua dança. Para uma promessa que ela quebrou tão rapidamente que fez minha cabeça girar.

E então estou com raiva de novo, porque ela rechaçou o que *deveria* ter sido.

Damon ajuda Emily a descer do jipe quando chegamos à loja do Priest, mas antes de sairmos, ela liga para Ivy no viva-voz. Meus ouvidos quase sangram com a voz estridente do outro lado da linha.

— Oi, papai!

Emily bufa e deixa Ivy continuar enquanto Damon e eu olhamos um para o outro em descrença.

No momento em que ela começa a falar sobre palhaços e animais de balão, estou mordendo minha bochecha para não gargalhar, só porque consigo imaginar como o rosto de Gabe deve parecer ao ouvir essa merda.

Emily encerra a ligação e todos nós rimos enquanto subimos na van para ir para o parque. Damon se oferece para deixar Em ficar no banco da frente enquanto pega o banco de trás.

É uma droga para mim, porque isso significa que tenho que lutar muito mais para evitar de estender a mão e tocá-la.

Ela é como uma droga, essa mulher. Uma em que eu quero me esfregar todo, porque ela de alguma forma acalma toda a raiva dentro de mim.

Nós chegamos ao parque e saímos da van para esperar pelo carro da Ivy.

Felizmente, não demora muito para um Lexus preto aparecer, as janelas fortemente escurecidas e os detalhes cromados brilhando. O carro para e o motorista sai, minha pele eriçada no instante em que o vejo.

Aquele filho da puta se move como se tivesse quebrado um ou dois pescoços e gostado de fazer isso. Não perco seus braços que parecem armas ou a maneira como ele estreita os olhos em Damon e em mim ao dar a volta no carro para a porta traseira do passageiro.

Mantendo meus olhos presos na ameaça óbvia do motorista de Ivy, inclino-me contra a lateral da van com os braços cruzados sobre o peito para assistir enquanto o homem abre a porta, se inclina para cobrir a cabeça de Gabe e o puxa para fora pelos tornozelos e o deixa cair no chão.

Tenho que admitir que a velocidade com que ele fez isso é impressionante. Gabe não é um cara pequeno, mas o motorista simplesmente o jogou como uma criança pequena.

Quando Gabe começa imediatamente a lutar, Damon e eu corremos para frente, com cuidado para ficarmos quietos enquanto ajudamos a prendê-lo.

Olho e vejo Ivy saindo do carro, um sorriso diabólico em seu rosto, o que me faz imaginar que merda ela está planejando.

Sobre o assunto da Ivy, direi o seguinte:

Nós passamos tempo juntos e nos demos bem *uma vez* em todo o período em que nos conhecemos. Mas eu sempre respeitei o estilo dela.

Assim como Emily, Ivy não recua para ninguém, exceto que Em vai tagarelar sobre certos assuntos e cerrar seus pequenos punhos com a promessa de derrubar paredes e Ivy vai foder seu mundo com as pegadinhas que ela apronta, o que sempre a tornou insanamente divertida.

Gabe está se debatendo como um filho da puta, e é preciso um esforço coordenado entre Damon, eu e o motorista para mantê-lo no lugar.

Aproximando-se de nós, Ivy balança a cabeça e diz:

— Sabe, eu honestamente pensei que você veria além disso.

Gabe luta novamente, e é um desafio não rir. Mas temos que ficar quietos para impedi-lo de saber que ajudamos.

— Eu vou te matar por isso — ele murmura de dentro do saco sobre sua cabeça.

— Ah, Gabe. Eu sei. É por isso que tenho que tornar isso o mais agradável possível.

Eles continuam seus golpes verbais para frente e para trás enquanto Ivy começa a tirar as roupas dele. Desvio o olhar porque a última coisa que preciso ver é o pau de Gabe.

Depois que ele está pelado, Ivy nos faz virá-lo de bruços para que possamos amarrá-lo e ela possa escrever uma mensagem em suas costas.

— Leve-o para a van.

Alegremente, porra. Carregá-lo não é fácil, mas eventualmente nós o jogamos na parte de trás e subimos, Damon e eu permanecemos o mais silenciosos possível enquanto Emily fala com Ivy perto do Lexus.

Quando Em vem correndo, ela dá a volta na frente e abre minha porta para me puxar para baixo e sussurrar em meu ouvido.

— Ela disse para deixá-lo na casa do Tanner.

É uma frase simples. Oito palavras que são tudo menos sexuais, mas apenas o toque de seus lábios contra o meu ouvido e o calor de sua respiração na minha pele acendem uma necessidade dentro de mim a um ponto de dor.

Gemo e aceno com a cabeça em concordância, desejando que ela me solte e coloque distância entre nós o mais rápido possível.

Felizmente, ela faz isso, mas para antes que eu possa fechar a porta, seus olhos encontrando os meus com a mesma centelha de necessidade por trás deles.

Tocar um ao outro é perigoso. E essa amizade está testando cada pedacinho de autocontrole que eu tenho.

Por alguns segundos, nossos olhos permanecem presos um no outro, nossa raiva de antes apagada e substituída por tanto arrependimento que estou sendo fatiado bem na frente dela.

Quando escuto Gabe começar a lutar contra as cordas que o mantém no lugar, pisco para afastar esse sentimento e inclino a cabeça para silenciosamente dizer a ela para entrar para que possamos ir.

É uma viagem tranquila até a casa de Tanner, todos nós lutando para não rir cada vez que Gabe faz um som.

Depois que Damon e eu o largamos no quintal, perdemos a capacidade de ficar em silêncio, nossa gargalhada uma explosão de som contra a noite tranquila enquanto metemos o pé de lá.

Temos lágrimas nos olhos no momento em que estamos na estrada novamente, saindo da vizinhança de Tanner.

— Ah, porra — Damon fala, na parte de trás. — Gabe vai chutar nossas bundas se algum dia descobrir que ajudamos nisso.

— É por isso que ele não vai descobrir — eu respondo. — Basta manter sua boca fechada se alguma vez tocarem no assunto.

— Nenhum problema aí. Então, o que faremos pelo resto da noite? Porra.

Eu esperava deixar Emily ir antes de lutarmos novamente.

Ela olha para mim como se estivesse pensando a mesma coisa, mas quando tenta sugerir que a levemos de volta para seu carro, Damon não ouve.

— De jeito nenhum. Já se passaram dez anos, Ruiva. Não vamos deixar você ir ainda. Por que não vamos para a nossa casa e assistimos a um filme?

— Eu realmente preciso pegar o meu carro — ela argumenta, mas Damon sobe para se ajoelhar entre os nossos assentos.

Olhando para ela, aquele filho da puta se volta para a culpa.

— Não nos vemos há anos. Dê-nos mais algumas horas. Por favor.

Os olhos dela se voltam para mim por um segundo antes de olhar para ele.

— Talvez outra noite. Nós temos seis semanas.

As sobrancelhas de Damon se franzem, provavelmente porque eu não tinha mencionado essa parte do acordo.

Eu sei que ele vai me questionar implacavelmente agora.

— Tudo bem — ele finalmente diz e se levanta para beijar a bochecha dela. — Mas da próxima vez que nos encontrarmos, você vai nos dar mais tempo.

Voltei a querer arrancar seus lábios, mas, em vez disso, agarro o volante.

Nós levamos Em de volta para seu carro na lanchonete, e Damon leva tempo demais dando um abraço nela.

Eu me inclino contra a van, observando-os, não surpreso quando Emily se afasta dele e me dá apenas um aceno fraco de despedida antes de caminhar até seu carro.

Um músculo na minha mandíbula salta ao vê-la partir, pensamentos e memórias girando e colidindo na minha cabeça.

Raiva corre através de mim por ela tratar melhor o Damon, por eles terem uma amizade fácil quando é uma luta, para mim, agir de modo razoavelmente humano perto dela.

Mas, novamente, Emily nunca quebrou uma promessa a Damon.

Ele não tem motivo nenhum para ficar com raiva dela, e ela não tem motivo nenhum para se sentir culpada perto dele.

O que Damon não sabe é que Emily nunca deveria ser dele.

Ela deveria ser minha.

Mas ela não podia confiar em mim o suficiente para me dar isso.

Ela nunca acreditou em mim, e nunca me deu a chance de tentar.

Acho que sua falta de fé em mim é o que dói mais, uma mensagem silenciosa soletrada quando ela foi embora de que eu nunca fui bom o suficiente, nunca fui forte o suficiente para mantê-la.

Damon não diz uma palavra até que estamos de volta à estrada e quase na loja do Priest para pegar o jipe.

— O que ela quis dizer com seis semanas?

Eu não olho para ele.

— Foi quanto tempo eu pedi a ela para nos dar para tentar essa coisa de amizade.

— Tentar?

Levando a van para o seu lugar na loja, eu a estaciono na vaga e desligo o motor. A parte de trás da minha cabeça gira para que eu possa olhar Damon.

— Você foi um pouco assanhado com ela, não acha?

Ele sorri.

— Você pode me culpar? Ela é a Ruiva. Nós sempre fomos assanhados.

— Ela está fora dos limites — eu o lembro. — Para nós dois. Essa é a única maneira que essa merda vai funcionar.

A raiva rola por trás de seus olhos, e eu sei que seu temperamento está prestes a explodir.

— Sim, bem, não ajuda quando você continua brigando com ela. E se você acha que eu não percebi essa merda, você é cego. Qual diabos foi o seu problema esta noite?

Não é como se eu pudesse dizer a ele que estava constantemente a três segundos de arrancar sua cabeça por sequer olhar para ela.

Em vez disso, deixo essa merda pra lá e tento não pensar que preciso acabar com esse problema antes que ele vá longe demais.

— Ainda estou irritado por ela nos ter abandonado.

— Supere essa porra, Ezra. Apenas dê a ela outra chance.

Ele não me dá tempo para responder antes de sair da van e marchar para o jipe. Passamos o resto da viagem para casa fervendo de raiva silenciosamente.

Assim que entramos, ele corre escadas acima. Eu me inclino contra a porta da frente me perguntando que merda vou fazer sobre isso.

Damon e eu já estamos brigando. Não, não chegou em punhos ainda, mas já tinha chegado antes.

Isto é ruim.

Isto é ruim.

Isto é ruim.

Mas ainda assim, me pego saindo de casa novamente e entrando no jipe. Saio rapidamente da nossa garagem sem pensar sobre para onde estou indo e por que estou fazendo isso.

Eu só sei que preciso de alguma coisa.

De alguém.

De alguma mulher.

Uma porra de uma tempestade de fogo que me queima e me cega, tudo ao mesmo tempo.

Nós não tentamos isso por vinte e quatro horas completas ainda, e eu já estou quebrando minha coleira e perdendo a porra da cabeça.

capítulo dezessete

Emily

Eu estou em apuros.

Mais do que os gêmeos percebem.

Mais do que meus amigos percebem.

Mais do que quero admitir.

Estar perto de Damon e Ezra esta noite foi mais difícil do que eu imaginava que seria, os pensamentos dentro da minha cabeça lutando para se libertarem da minha língua, mas eu tinha que continuar engolindo-os de volta.

Tenho que ficar quieta.

Quando chego em casa, estou quebrada.

Porra, estou derrotada.

Tão dilacerada e retorcida que mal consigo manter meus olhos abertos enquanto ando para dentro de casa e no meio de uma multidão de pessoas.

Dylan está dando outra festa e não tenho energia para reclamar disso ou me importar.

Tudo o que eu quero é rastejar na cama e esquecer a dor do passado, as complicações do presente e o medo que tenho do futuro.

Alguns de seus amigos assobiam para mim quando passo, o corredor lotado de crianças e fumaça de maconha. Não tenho ideia de onde Dylan está em toda essa bagunça.

Entrando no meu quarto, sou grata pelas paredes grossas que silenciam a maior parte do barulho, as sombras me dando boas-vindas enquanto caminho pelo quarto para tirar minha calça jeans, camisa e sutiã.

Pegando uma camisa de dormir fina de uma gaveta no armário, eu a enfio e jogo meu peso na cama, puxo o travesseiro para cima do meu corpo e envolvo meus braços em torno dele.

O primeiro pensamento na minha cabeça é o quão asqueroso William Cross é, mas forço esse pensamento para fora da mente, já que ele é o último rosto que quero ver no momento.

Eu não o suporto, e as duas horas que passei em sua casa me deixaram me sentindo tão asquerosa quanto ele.

Infelizmente, isso só me deixa aberta para novos pensamentos aparecerem, principalmente sobre os gêmeos, especificamente sobre Ezra.

Não consigo olhar para ele sem lágrimas queimando no fundo dos meus olhos, não consigo falar com ele sem brigar, não consigo tocá-lo e manter minha sanidade.

Só fica pior ter Damon olhando para mim como se eu fosse seu mundo, as partes brincalhonas dele aparecendo enquanto esconde a raiva que sei que está dentro dele. Quero todas as suas partes brincalhonas, quero todos os seus sorrisos e toda a sua energia. Mas não da maneira que ele quer dá-las para mim.

Julgando pela maneira como Ezra ficava lançando olhares rápidos para seu irmão, ele sabe o que Damon está pensando também, e não gosta disso.

O que me deixa presa no lugar.

Como você deixa um irmão na *friendzone* enquanto faz o seu melhor para não se apegar ao outro?

Como você esquece que foi a pessoa quem criou uma situação tão fodida, para começar?

Eu estava apenas me divertindo. Estava seguindo as regras e o acordo, mas, de alguma forma, ainda acabei ferrando majestosamente com os dois, sem nunca querer fazer isso.

Essas são as memórias que me atacam agora, enquanto as lágrimas escorrem pelo meu rosto e meu corpo se enrola em uma bola. Eu os deixei para protegê-los. Para mantê-los unidos. Para garantir que o relacionamento deles não sofresse as consequências das minhas más decisões e do meu comportamento estúpido.

Devo ter chorado até dormir em algum momento, ou talvez em algum estado intermediário onde estou apenas parcialmente ciente da minha porta se abrindo, um fino feixe de luz correndo para a escuridão antes de ser banhado pelas sombras novamente.

Não é até que o colchão afunda atrás de mim e um calor familiar atinge minhas costas que acordo completamente.

Meu coração está se despedaçando enquanto um conjunto de braços fortes me envolve, meus olhos queimando com mais lágrimas enquanto um grande corpo se pressiona contra mim. Minha respiração vaza em uma expiração lenta e trêmula quando uma bochecha quente pressiona contra a minha, e posso sentir o calor da respiração de Ezra.

Não me pergunte como eu sei que é ele. Eu simplesmente sei. Você sempre sabe quando a pessoa a quem você pertence está por perto. Sempre sabe quando a pessoa que te destrói está te segurando com força.

Ficamos ambos parados e em silêncio por vários minutos, a tensão de estarmos juntos guerreando contra o alívio que sentimos exatamente pela mesma coisa.

É como um elástico que foi esticado por quase uma década, apertado e pesado, ameaçando se romper e se soltar a qualquer segundo dos quilômetros que existiam entre nós. E agora ele está relaxado, a ameaça de dano foi embora, porque a distância está ausente.

Só que quais novos danos nós estamos enfrentando por estarmos assim?

Quero dizer a ele para ir embora.

Eu *deveria* dizer a ele para ir embora.

Mas não consigo encontrar força de vontade para fazer isso.

Em vez disso, declaro o óbvio.

— Você não deveria estar aqui — sussurro, minha voz falhando enquanto luto contra mais lágrimas.

— Eu sei.

A voz de Ezra está tão suave, mas é tão profunda que afunda dentro de mim para tecer pelas minhas veias, dando um nó até que eu não sou nada além de uma bagunça emaranhada.

Tudo o que ele diz, cada olhar que me dá, cada toque que sou sortuda o suficiente de sentir é absorvido tão profundamente que estou praticamente afogada neste homem quando estamos juntos, e vazia quando estamos separados.

Mesmo agora, meu corpo está tremendo, assim como o dele, nós dois desesperados para continuar nos agarrando sabendo que vamos nos afastar novamente.

Porque nós temos que nos afastar, só que ele faz isso muito bravo, magoado e traído, enquanto eu faço para protegê-lo.

É uma tortura.

Pura, dolorosa e infinita.

É um caos, com meu coração sendo dilacerado e minha alma despedaçada.

É por isso que esta coisa não pode estar acontecendo, por isso que preciso sair desta cama e ficar o mais longe possível de Ezra.

Eu me balanço no lugar para me afastar dele, minha bunda apertada contra seus quadris quando ele estende a mão para agarrar minha cintura e me segurar quieta.

— Não se mova, Em. Fique parada só mais um pouquinho.

— Nós não deveríamos estar fazendo isso.

— Eu sei — ele rosna, com tanta dor naquele som que eu sangro ao ouvir. — Basta fazer de qualquer maneira.

— Por quê?

— Para que eu possa respirar pelo menos um vez — ele sussurra, sua voz um fragmento irregular que me corta até os ossos. — Por favor. Só me deixe respirar.

Não consigo dizer sim imediatamente, não consigo sentir a contenção e a tensão em seu corpo e não me lembrar como foi quando eles foram embora, as noites que eu passei chorando até desidratar, o som do meu telefone tocando que não atendi.

Ele me *matou* quando não quis desistir, e ele me *destruiu* quando finalmente desistiu.

Pior do que as ligações foi o silêncio que se seguiu. E eu passei os próximos nove anos lutando para esquecê-lo.

Tudo por Ezra.

Tudo por Damon.

Tudo porque me recusei a ficar entre eles.

Os gêmeos precisavam um do outro mais do que precisavam de mim, e eu quebraria meu próprio coração um milhão de vezes antes de ameaçar seu vínculo.

Parece que nada mudou. Uma noite e eu sei que eles já estão brigando. Não de uma forma que a maioria esperaria. Acontece que eu os conheço bem o suficiente e consigo reconhecer os olhares que trocam e os avisos não ditos.

Ainda assim, eu desisto.

Só porque sou egoísta e quero isso tanto quanto ele.

— Ok — eu finalmente digo, e sinto todos os músculos de seu corpo relaxarem. Ouço o longo suspiro enquanto ele solta uma respiração, derretendo quando seus braços me seguram mais apertado e seu coração bate contra as minhas costas.

Não há como dizer quanto tempo ficamos deitados juntos sem nos mover, sem falar, sem reconhecer que o que estamos fazendo vai contra tudo o que combinamos. Mas fazemos isso de qualquer maneira. De alguma forma juntos, mas também separados.

— O que você quer saber? — ele finalmente pergunta, a nota suave e profunda de sua voz quebrando o silêncio.

Ele não tem que explicar o que quer dizer. O que Ezra está oferecendo é algo que eu sempre quis.

Minha mente corre de volta para um quarto escuro, uma porta aberta, a pequena quantidade de luz que vazou para me mostrar a primeira pista de que os gêmeos estavam em apuros.

— A marca da mão — sussurro de volta, um velho fio de fúria se desenrolando dentro de mim ao lembrar o quão feia aquela marca estava.

Seus braços se apertam ainda mais, e eu luto para respirar. Não que ele esteja sufocando minha capacidade, mas porque sei que ele está me segurando para não deslizar para a memória.

Minutos se passam, tensos e grossos, mas eu espero pacientemente que Ezra encontre uma maneira de me contar sua história sem trair Damon contando a dele.

Ele fala lentamente quando explica:

— Eu estava sendo retido. Sendo forçado a assistir...

Sem terminar o pensamento, sua voz some, a raiva dentro de mim rolando e se expandindo até que minhas chamas piscam para fora para lamber a memória que ele não suporta admitir.

Paciência...

É o que eu tenho que dar a ele.

Mesmo que queira abri-lo e examinar cada pensamento apenas para saber o quão ruim foi.

Uma respiração profunda sai dele.

— Eu estava sendo forçado a assistir algo. E lutei tanto que a pessoa que estava me segurando causou aquele hematoma. Eu estava gritando até minha garganta queimar, mas eles não me deixaram ir. Foram necessários quatro deles para me segurar no lugar. Foi tanto assim que eu lutei. Estava de joelhos, tentando ficar de pé. Tentando rastejar para frente. Tentando fazer qualquer coisa que eu pudesse para impedir aquilo.

Morro um pouco mais com cada palavra que ele fala, mordo minha língua para não exigir mais e fecho os olhos para ficar com ele em qualquer sala em que ele estava sendo mantido quando aquela mão deixou uma marca em sua pele.

E então eu estou chorando.

Com apenas aquele pequeno pedaço.

Aquela pequena quantidade de informação.

Estou soluçando enquanto ele me segura no lugar.

Acho que é isso o que acontece quando você segura uma pessoa tão profundamente em seu coração. Você a consome e a torna parte de você. Compartilha a dor dela. Experimenta o trauma dela. Você se engasga com a verdade dela, porque é impossível engolir.

Estou naquela sala com ele, observando, e o tempo todo ele está beijando minha bochecha, seus lábios perseguindo cada lágrima que escorre, sua voz suave me confortando quando deveria ser o contrário.

— E agora você sente pena de mim — ele respira, a vergonha afiando suas palavras.

Balançando minha cabeça, tento negar que é isso o que estou sentindo. Sei que ele é forte. Sei que ele sobreviveu. É que não suporto as circunstâncias da vida dele e a maneira como o moldaram.

— É mais fácil se você fingir que é a história de outra pessoa, Em. Ajuda imaginar outra pessoa naquele lugar, fingir que você está apenas olhando. Prometo a você, é muito mais fácil.

Um soluço devastador me atinge, mas encontro a capacidade de falar:

— Isso acabou?

— Sim.

— Quanto tempo durou?

— Até o nosso último ano na faculdade de Direito.

Giro para encará-lo. E, realmente, a única razão pela qual eu consigo fazer isso é porque o pego de surpresa.

Nossa respiração colide, nossas bocas tão perto que nós dois ficamos perfeitamente parados.

Não deveríamos estar assim.

Mas as regras nunca importaram para nós.

— Todo esse tempo?

Ele pressiona sua testa na minha e acena com a cabeça, concordando.

Sete anos depois que me afastei deles. Sete anos que eu poderia ter feito alguma coisa para ajudá-los a suportar isso.

Estou tão cheia de raiva que praticamente vibro, minhas unhas cravando na pele com os punhos cerrados, meus dentes rangendo porque não há uma maldita coisa que eu possa fazer para consertar isso.

— Calma aí, Assassina — ele murmura, enquanto tira o cabelo do meu rosto. — Acabou agora, e você não precisa lutar essa batalha por mim.

Exceto que eu preciso.

Eu vou lutar.

E estou lutando.

Mesmo que ele não saiba.

É muito bom que todos acreditem que eu sou fraca, que eles não conheçam a violência que esse homem me ensinou.

Fecho os olhos, mas as lágrimas continuam caindo. Ele persegue cada uma com os lábios. Centenas de beijos para conter a minha dor, um momento de silêncio que quebra nós dois.

Ele pode me beijar pelos próximos cinquenta anos, e nunca pegaria todas as lágrimas que caem. Simplesmente há muitas delas. Uma tempestade constante e insuportável.

Ezra muda seu peso até que as minhas costas estão na cama, e ele está quase em cima de mim, sua mão subindo para brincar com o meu cabelo, nossos olhos espiando através das sombras para se enredar e dançar juntos.

— Aí está seu primeiro pedaço — ele fala, exalando. — Pela nossa amizade.

Eu rio suavemente com isso.

Como se alguma vez pudéssemos ser apenas amigos.

Nós nunca fomos amigos, não desde a noite em que admitimos nossos segredos.

Eu amei esse homem do fundo da minha alma desde então.

Isso só me lembra por que este momento é tão perigoso. Isso me lembra que não deveríamos estar deitados assim. Não deveríamos estar tão perto. Não deveríamos estar nos tocando, porque não tenho certeza se algum de nós é forte o suficiente para parar.

Pensei que era forte o suficiente uma vez.

Quando, na verdade, eu estava sufocando lentamente.

O fogo precisa de oxigênio para respirar.

E Ezra sempre foi isso para mim.

— Por que você está aqui?

Apesar da escuridão, posso ver o canto de sua boca se curvar.

— Bem, era para estabelecer algumas regras básicas, mas…

— Você já mandou tudo isso para a merda?

Ele meio que suspira, meio que ri.

— Sim.

Mais alguns segundos de silêncio. Tantas possibilidades presas entre nós.

— Quais são as regras? — pergunto, em vez de arrastá-lo até mim para provar tudo o que perdi.

— Nós não podemos ficar sozinhos.

— Como agora?

Ele muda seu peso, e meu corpo vibra ao senti-lo contra mim.

— Sim, exatamente como agora.

— Ok.

Movendo sua mão, ele traça a linha da minha mandíbula com a ponta do dedo. Todo o caminho para baixo, até que seus dedos esfregam meu queixo e a ponta de seu polegar pressiona meus lábios.

Eu tremo ao sentir isso, esse gesto silencioso e secreto que é apenas meu e dele.

— E nós não podemos nos tocar.

É preciso esforço para engolir.

— Como agora?

Eu não deveria ter dito nada. Mover minha boca apenas permite que o polegar dele deslize entre os meus lábios, pressionando o topo dos meus dentes inferiores enquanto seus dedos seguram meu queixo.

A energia que sinto passar por ele é tóxica, mas viciante.

É fria, mas ainda assim queima.

Caótica, mas ainda assim escassamente controlada.

É elétrica e estimulante, enquanto ele luta para se conter contra o que nós dois sabemos que ele deseja.

— Assim como agora — Ezra responde, suas palavras tão ásperas que arranham entre as minhas coxas como dedos calejados, rastejando para cima pelo meu corpo e pelos meus seios. Eles agarram meu cabelo e inclinam minha cabeça para trás enquanto dentes beliscam meu pescoço.

Eu não consigo pensar.

Não consigo me mover.

Não consigo fazer nada além de sofrer sob as memórias de como é quando Ezra perde o controle.

— Algo mais? — pergunto, minha voz tão ofegante que não é nem sequer um sussurro.

A mão dele aperta e puxa meu queixo para baixo, seu olhar fixo em minha boca.

Ele sempre faz isso.

Me obriga a me submeter ao que ele quer.

Me provoca ao me controlar ao mesmo tempo que me dá tudo o que preciso.

E embora eu ame a maneira como ele conduz esta dança, luto com ele do mesmo jeito.

Quando mordo a ponta de seu polegar, um barulho percorre sua garganta e seu peito, um rosnado masculino suave que ele faz em resposta à dor.

— Você com toda a maldita certeza não pode fazer isso, Assassina.

Ainda assim, ele não tenta se afastar quanto mais forte eu mordo, apenas encara onde meus dentes estão presos nele, luxúria pura e raivosa rolando por trás de seus olhos âmbar.

— E eu com toda a maldita certeza não posso beijar você.

De todo jeito, é exatamente isso que ele faz.

Apenas uma rápida flexão de sua mão e minha boca está aberta, nossos lábios pairando juntos por apenas um breve segundo antes de ele romper sua coleira e sua língua mergulhar na minha boca para deslizar contra a minha, seu corpo se movendo para me prender no lugar enquanto sua mão muda para manter minha cabeça no lugar.

Sei que não devo lutar contra ele. Não que eu queira. Este beijo é a primeira respiração real que eu tomei em dez longos e *punitivos* anos.

Não é o primeiro que nós demos. Não depois do que aconteceu na festa do noivado. Mas é o primeiro em que somos *apenas* nós.

Nossas almas desnudadas.

Nossos corações desnudados.

Nossas emoções estão tão desgastadas e cruas que estamos sangrando um pelo outro.

E é violento, esse beijo.

Feroz.

Uma perda tão completa de sentido e controle que tudo que eu quero fazer é arrancá-lo de suas roupas, montar em seu corpo e marcá-lo com as minhas unhas em sua pele. Eu quero *possuí-lo*... e deixar que ele me possua.

Eu não estou sozinha nesse pensamento.

Cada último resquício de restrição que Ezra tinha se foi, e sua mão aperta a frente da minha camisa para me puxar para frente.

Sua boca continua seu ataque erótico enquanto sou arrastada para me ajoelhar no colchão, nossos corpos se movendo juntos até que sua postura espelha a minha.

Caramba, ele é tão maior do que eu que me sinto pequena em comparação, nossos peitos e o topo das nossas coxas pressionados juntos, a dureza de sua ereção um aviso e uma promessa contra o meu estômago.

Ezra interrompe o beijo, seus dedos agarrando meu cabelo na base do crânio para forçar minha cabeça para trás. Seus lábios, dentes e língua percorrem meu pescoço, mordendo, lambendo e beijando.

Mal posso falar sob a ameaça sutil de dor do jeito que ele me ama.

— Deveria existir uma regra sobre isso.

— Existe. — Ele respira contra a minha pele, seus dentes pegando o ponto macio no meu pescoço e ombro que me faz gemer.

— Então o que nós estamos fazendo?

— Quebrando-a.

Ezra puxa minha camisa para cima do meu corpo, meus braços se levantando para que ele possa puxá-la totalmente e jogá-la para fora da cama.

Os músculos das minhas coxas queimam por manter esta posição, mas Ezra não se importa. Ele direciona minhas mãos para o colchão atrás de mim, forçando meu peito para fora, seu joelho empurrando o meu para longe para que eu fique completamente exposta.

Ainda segurando minha cabeça para trás, ele corre sua mão livre da base do meu pescoço para baixo, para o centro do meu peito até o meu estômago, sua voz áspera como pedra.

— Linda.

E então sua mão desliza mais para baixo, seus dedos percorrendo uma trilha suave e provocante sobre a minha calcinha, a seda já encharcada para ele.

Um som de aprovação masculina sombria atravessa seu peito enquanto um dedo engancha a seda encharcada para puxá-la para cima e apertá-la contra a minha boceta e clitóris, sua cabeça mergulhando para chupar a ponta apertada do meu seio entre lábios cruéis e dentes afiados.

Eu assobio com a picada dessa mordida, meus quadris rolando enquanto ele usa minha calcinha para provocar meu clitóris, a fricção não o suficiente para me excitar, mas apenas o suficiente para me deixar louca.

Soltando meu cabelo, ele prende sua mão no meu quadril para me segurar no lugar, palavras sussurradas contra a minha pele.

— Fica quieta.

Eu fico. Apesar da maneira como ele morde o lado do meu seio, apesar da mudança de seu grande corpo enquanto seus dentes e língua viajam mais para baixo para lamber e beijar, mordiscar e marcar meu estômago.

É pura tortura.

Tudo o que ele me dá onde eu mais preciso é o puxão não tão gentil da minha calcinha, o atrito me empurrando para mais perto de um lugar onde vou explodir em um milhão de estrelas, todas cintilando e piscando enquanto escrevem o nome dele antes de caírem no nada.

A cabeça de Ezra levanta novamente enquanto ele prova e explora minha pele, a barba áspera de sua bochecha um arranhão sensual quando seus lábios mordem a pele logo abaixo da minha mandíbula, sua voz um sussurro profundo contra o meu ouvido.

— Diga-me para parar.

Ele puxa minha calcinha mais forte, e eu suspiro, minha cabeça caindo para trás, as costas arqueadas para frente, os olhos cerrados, silenciosamente implorando.

— Eu não posso — digo, recusando o que ele quer.

É uma confissão do fundo da alma.

Porque não posso dizer não a ele.

Não posso dizer a ele para parar.

Não posso negar a mim mesma apenas este único momento, essa única respiração, este único toque que eu precisava por muito tempo.

Essa é a triste verdade de toda essa situação ferrada.

Eu sou *dele*.

Desde antes de eu prometer.

E mesmo depois que fui embora.

Seu nome está marcado em cada centímetro de carne, queimado em cada músculo, esculpido em cada osso do meu corpo.

Eu sou *dele*.

Mas não tive escolha a não ser fingir que não era.

— Eu ainda vou te odiar depois disso.

Lágrimas ardem em meus olhos enquanto a seda da minha calcinha é movida para o lado, as pontas de seus dedos deslizando sobre a carne que está excessivamente sensível.

— Eu sei.

Sua voz um rosnado áspero, posso ouvi-lo lutar.

— Caramba, Em. Eu ainda vou te machucar depois disso.

Uma lágrima desliza pela minha bochecha enquanto fecho meus olhos bem apertado e forço meu coração parar de bater acelerado.

— Eu sei.

— Diga-me para parar.

Ele está implorando, e ainda assim não posso dar o que ele quer.

— Por favor — eu digo, em vez disso. — Continue.

Uma respiração pesada derrama de seus lábios, encharcada de frustração, gotejando com arrependimento, afogando-se no último pedaço de controle que ele tinha recuperado antes de romper sua corrente novamente.

Seus dedos afundam dentro de mim, e eu grito com a intrusão repentina, meu corpo tremendo no lugar, tanto de necessidade quanto de esforço.

Quando tento me mover, seu aperto no meu quadril se intensifica para me segurar no lugar, sua testa contra a minha bochecha enquanto ele observa sua mão se enfiar entre minhas pernas.

Curioso.

Controlando.

Sendo muito arrogante, ele sabe que vou ficar no lugar, apesar da queimação em meus músculos, apesar da forma como os meus braços e pernas tremem por manter esta posição.

Não me passa despercebido que Ezra ainda está totalmente vestido enquanto estou nua. Que ele prefere que eu fique exposta enquanto ele pega o que procura.

Com cada impulso forte de seus dedos, meu corpo faísca e estala como um fio elétrico, o calor correndo sobre a minha pele até que estou queimando por baixo dele.

Seu polegar encontra meu clitóris e o esfrega em círculos cruéis e viciosos, enquanto meu prazer se expande, e eu perco a capacidade de pensar, de respirar, de fazer qualquer coisa mais do que aceitar as ondas de violência sensual passando por mim.

— Sim, Em, assim mesmo. Porra, você é perfeita.

Sua respiração está difícil contra o meu ouvido, cada inspiração forte e expiração estremecida, e ainda assim ele se controla, a tensão de seu corpo tão dolorosamente rígida enquanto ele continua me empurrando para um ponto onde perco o controle completamente.

Meu corpo explode em prazer e calor úmido, um caos turbulento, pulsante e consumidor, que faz meus músculos se contraírem e sofrerem espasmos, minha boceta apertar seus dedos, ondulando e repercutindo sobre o deslizamento áspero de sua invasão espessa.

— Bom — ele sussurra, sua voz reverente e fascinada, a aprovação áspera em seu tom como uma borda afiada revestindo aquela palavra.

Ele está prestes a se perder para mim, para isso, para nós.

Ezra é Violência, na vida, na mente... na cama. E uma vez que este homem perde o controle, ele é um fogo selvagem que consome sem se preocupar com os danos causados.

Eu aprendi isso da pior maneira.

Dez longos anos atrás.

Com a cabeça abaixada, ele suga um mamilo em sua boca, a mão na minha cintura se movendo até que sejam apenas as pontas dos dedos na parte inferior das minhas costas, raspando e cavando no músculo tenso enquanto ele puxa meu corpo mais apertado contra sua boca e me marca com um beijo doloroso e penetrante de um demônio.

Eu não consigo parar.

Não vou parar.

Onda após onda, após onda.

Estou explodindo. Implodindo. Expandindo e contraindo. Meu mundo um milhão de estrelas, girando e colidindo até que seu nome está rolando dos meus lábios em uma oração ofegante, em uma canção pecaminosa, em um apelo, implorando para que ele não me solte.

A descida é uma aterrissagem forçada, o braço dele se envolvendo ao meu redor enquanto meus músculos cedem, e eu desmorono em uma poça derretida de amor, luxúria e necessidade.

Tão forte, este homem.

Tão protetor.

Tão machucado pela promessa que eu não pude cumprir.

— É como se você pensasse que eu terminei — ele brinca, aquela boca cruel contra a minha orelha enquanto meus olhos se abrem tremulamente, e eu respiro fundo.

Um sorriso preguiçoso e satisfeito puxa meus lábios.

— Eu te conheço melhor do que isso.

— Sim, você conhece — ele rosna, antes de estender a mão atrás de sua cabeça para tirar a camisa de seu corpo, os planos rígidos de seu peito pressionando contra o meu enquanto seguro suas bochechas com as minhas mãos e o beijo lentamente, profundamente, com tanto amor nessa porra que nós dois ficamos parados pela duração dele.

Ezra se esforça para se libertar para que ele possa desabotoar o jeans e empurrá-lo para baixo em direção às coxas musculosas.

Percebo que ele ainda está de botas, também, mas não se incomoda com tudo isso, apenas empurra o suficiente de suas roupas para fora do caminho para libertar seu pênis, seu braço serpenteando em volta das minhas costas como uma faixa de aço.

Levantando-me como se eu não pesasse nada, ele me segura no lugar acima de seu colo, meus joelhos abertos por seus quadris e meu corpo preparado para ele. Estou me remexendo em seu aperto, implorando a ele para me deixar afundar.

Sua boca está contra a minha orelha novamente, a voz profunda vibrando através de mim, me destruindo com cada sílaba, cada movimento de seus lábios, cada exalação quente contra a minha pele.

— Diga-me que isso é só para mim. Minta se for preciso.

E essas palavras acusadoras cortam profundamente. Ele está me reivindicando enquanto está me machucando. Me criticando por machucá-lo, enquanto também me implora para lembrar o que prometi a ele sob as estrelas.

E eu sou apenas dele.

Eu sou.

Eu sou.

Eu sou.

Uma centena de vezes, eu sou, mas nunca poderia contar a ele. Nunca provaria isso. Nunca mostraria a ele o quanto pertencia a ele.

Não sem me colocar entre ele e Damon.

— É só para você — eu expiro, meu corpo preso por seu aperto de aço, meu coração quebrando e sangrando no meu peito.

— Diga de novo.

— Só para você — prometo, com mais força na voz. — Só você, Ezra. Só você. Por favor...

Ele fica em silêncio por alguns segundos, seu braço apertando em volta de mim, a cabeça de seu pau empurrando para cima entre as minhas pernas como uma provocação.

Com a voz em um sussurro baixo, ele despedaça minha alma.

— Você não tem ideia do quanto eu gostaria de poder acreditar nisso.

E então ele me deixa cair em seu pau, o comprimento me preenchendo, a circunferência me esticando.

Grito, porque faz tanto tempo que meu corpo não estava pronto para o quão grande ele é, meu coração não está pronto para *quem* é esse, e minha cabeça grita uma centena de vezes que eu machuquei esse homem, que me afastei dele, que ele vai me machucar também quando isso acabar.

Nós ficamos parados enquanto meu corpo se ajusta ao dele, nossos olhos emaranhados enquanto minhas mãos se prendem em seus ombros.

Aqui.

Agora.

Desse jeito.

Nós podemos fingir que todas as barreiras entre nós não são intransponíveis e que podemos ficar juntos.

— Só minha — ele sussurra.

Aceno em resposta, concordando.

— Não se preocupe em prometer isso — ele diz, com um sorriso que é tão afiado quanto as palavras que usa para me cortar. — Eu odiaria que você a quebrasse de novo.

Uma lágrima escapa dos meus olhos enquanto ele aperta seu braço e direciona meu corpo sobre ele, me ajudando a montar em seu pau enquanto me estraçalho.

É um tapa duro e úmido de pele contra pele, uma fúria fria enquanto ele usa meu corpo para nos libertar.

Não há mais palavras, não enquanto estamos nos beijando como se nos odiássemos, minhas unhas arranhando suas costas, seus dentes pegando meu lábio inferior enquanto sou sacudida para cima e para baixo até que seu pau é, de alguma maneira, impulsionado mais fundo do que antes.

Isso é primitivo. Cru. Total e completamente impulsionado pelo instinto enquanto nos movemos juntos, como um.

A respiração dele é quente contra a minha orelha, cada batida combinando com a maneira como fodemos, seus dedos deixando hematomas em meus quadris.

Não demora muito para que outro orgasmo se desenrole dentro de mim, uma pressão se construindo e que se expande lentamente.

Meus músculos ficam tensos enquanto me preparo para a violência dessa explosão e enquanto choro pelo homem que a está conduzindo através de mim.

Quando ela toma conta, minha boca se abre apenas em seu nome, minhas unhas cavando em sua pele e minha boceta apertando com tanta força que ele forçaja baixinho enquanto ainda me move em um ritmo de punição.

Eu explodo novamente em um milhão de pedaços minúsculos, uma galáxia inteira atrás dos meus olhos fechados, meu corpo nada mais do que uma sensação carnal.

O movimento não para até que eu esteja líquida novamente, minha bochecha pressionada em seu ombro enquanto derreto contra o seu peito.

Pressionando um beijo contra a minha têmpora, Ezra sussurra:

— Você sempre gozou tão docemente, Em. Nunca senti nada parecido.

Ele não terminou. Nem perto disso. Mas agora que ele me destruiu completamente, não vai se desculpar por pegar o que é dele.

Ezra me empurra para frente até que as minhas costas estejam no colchão, então se move entre as minhas pernas, um braço afastando minhas pernas enquanto seus quadris batem contra mim com uma força punitiva, seu pau empurrando mais fundo, mais rápido e mais forte.

Estou impotente, mas devo aceitar isso.

Esse homem selvagem.

Essa violência sensual que só ele pode dar.

Dói tanto quanto é bom.

É tão cruel quanto é sedutor.

Meu corpo é empurrado para cima da cama enquanto sua mão agarra minha bunda e levanta meus quadris para que ele possa ir ainda mais fundo com cada impulso agressivo.

Estou perdida para ele no momento em que posso sentir uma tensão familiar, meus olhos se abrindo para ver o suor que desliza pelo peito dele.

Estendendo a mão, pressiono minha palma em sua bochecha, seus olhos se fixando nos meus como se me odiassem por isso.

Ainda assim, ele não para, sua voz um fio tenso quando diz:

— Por favor, me diga que você está tomando pílula.

Um aceno da minha cabeça em concordância e ele empurra mais fundo mais uma vez, seu pau de alguma forma mais grosso, gozando tão forte lá dentro que consigo sentir cada tremor pulsante.

Sua cabeça cai para frente, e corro minhas mãos pelos fios úmidos de suor enquanto ele salpica beijos rápidos no meu peito, no meu pescoço, nos meus ombros.

Tão rápido quanto saiu, a tensão retorna entre nós, nossos corpos relaxados, mas nossos corações esgotados.

O olhar âmbar de Ezra pega o meu, um sorriso torto puxando o canto de seus lábios.

— E nós não podemos fazer isso — ele brinca, nos trazendo de volta às regras.

— Definitivamente não — concordo, enquanto morro por dentro.

Quando ele se afasta de mim, parece que estou congelando.

Ezra deixa cair suas pernas para o lado da cama, rindo de si mesmo por ainda estar quase todo vestido.

Eu assisto enquanto ele levanta o jeans o suficiente para caminhar até o banheiro e se limpar, seu olhar prendendo o meu ao retornar com um pano úmido para me limpar também.

Deixando-o cair no chão quando termina, ele se estica ao meu lado e puxa minhas costas contra seu peito.

— Nós não podemos fazer nada disso, Em. De novo não.

Eu me pergunto se algum dia vou me desidratar para que as lágrimas parem de cair.

— Eu sei — sussurro, com medo de fechar os olhos, apavorada de que este momento tenha acabado.

capítulo dezoito

Ezra

Emily adormeceu comigo ao lado dela. Cabelo ruivo escuro caía em seu rosto de vez em quando, e eu o afastava para que pudesse memorizar suas feições desta forma.

Por algumas horas, eu a observei dormir. Contei cada respiração lenta e regular, imaginei que seu coração batia apenas por mim.

Fora de seu quarto, as vozes aumentavam e diminuíam, risos misturados com música, a besteira barulhenta de sempre que me lembrava de quando Em e eu estávamos no ensino médio, e todas as festas em Yale que ela nunca compareceu.

Com o passar dos anos, isso se torna um ruído de fundo à medida que você se acostuma, como o coro das rãs no Sul ou o tráfego nas cidades movimentadas. Mas isso não significa que não me irritei quando cheguei aqui e tive que passar por isso.

Não que eu tivesse que empurrar as crianças de lado ou ameaçá-las com um olhar. Minha reputação me precede, aparentemente, todos aqueles pequenos merdinhas se movendo enquanto eu caminhava, seus olhos me seguindo enquanto eu fazia meu caminho pelo corredor em direção ao quarto de Emily.

Houve alguns sussurros que ignorei, porque minha cabeça estava presa no que eu diria a Em quando entrasse aqui.

Era minha intenção estabelecer regras, para garantir que nós poderíamos sobreviver às próximas seis semanas com o mínimo de danos.

Mas quando abri a porta e a encontrei dormindo na cama, todas aquelas intenções sumiram completamente, porque eu não pude resistir à vontade de rastejar ao lado dela, de abraçá-la mesmo que apenas por alguns minutos para me lembrar de como costumava ser.

Eu fui estúpido no ensino médio por acreditar que qualquer coisa boa poderia acontecer na minha vida.

E a Emily é tão boa.

Boa demais.

Ela é tudo o que eu quero, mas não mereço ter.

Como pode uma besta ser boa o suficiente para uma rainha?

Como um homem derrotado pode ser suficiente para uma mulher que se mantém erguida, apesar do peso em seus ombros?

Ainda assim, isso não me impede de fingir que posso ser o que ela precisa.

Agora estou enrolado ao lado dela, várias horas roubadas depois, após quebrar todas as regras que eu esperava definir, meus olhos encarando o brilho vermelho dos números no despertador ao lado de sua cama.

São três da manhã. A festa ainda está forte do lado de fora de sua porta. E eu preciso dar o fora daqui antes de adormecer.

O problema é que eu não quero.

Assim que eu sair por aquela porta, estamos de volta a ser *amigos*. Voltarei a assistir ela ter um relacionamento fácil com Damon enquanto lança pequenas caretas raivosas para mim. Principalmente porque sei que ainda vou estar com raiva. Ainda vou odiar o que ela fez com a gente e usar isso contra ela.

Ainda serei o bastardo pressionando-a para que concorde com algo, porque não posso deixar isso pra lá.

Eu gostaria de poder dizer que sou um homem melhor do que isso, mas sua traição foi muito profunda. E não sou burro o suficiente para tentar mentir para mim mesmo sobre algo tão óbvio quanto isso.

Em uma expiração profunda, empurro meu corpo para cima da cama e balanço minhas pernas para o lado. Minha cabeça cai para trás enquanto rolo meu pescoço, meus dentes rangendo juntos por causa da luta que é apenas para me levantar e ir embora.

Outra respiração pesada e estou de pé, caminhando pela escuridão em direção à sua porta, meu corpo hesitando novamente quando minha mão toca a maçaneta, e eu me viro para olhar para ela.

Depois de encará-la por mais um minuto e silenciosamente me convencer a sair, deixo o quarto e entro em um corredor repleto de um bando mais jovem de pirralhos da escola preparatória que me lembram da gente naquela idade.

Porra, nós devíamos ser irritantes.

Infelizmente, o sorriso debochado no meu rosto desaparece rapidamente assim que eu passo por três punks que fazem piada da porra da coisa *errada*.

— Será que eles estão fazendo mais vídeos? Embora só tenha um dos gêmeos desta vez.

Seus amigos bufam quando meus olhos se voltam em sua direção, mas o Garoto Comédia está muito ocupado continuando a falar suas besteiras para perceber que meu olhar está fixo nele.

— Mal posso esperar para ver a merda nova e esfregar o nariz de Dylan nisso.

Ele ainda está rindo, mas seus amigos têm seus olhos arregalados dirigidos a mim, os dois lançando olhares implorando silenciosamente para ele calar a porra da boca.

Tarde demais.

Estou indo na direção deles.

É uma pena para eles que eu já esteja no limite depois do que acabou de acontecer com a Emily.

Os dois amigos recuam o máximo que podem enquanto o Garoto Comédia finalmente percebe que alguém está parado atrás dele.

Lentamente se virando, seus olhos se levantam para o meu rosto, sua garganta balançando enquanto ele engole.

Eu sorrio para ele, não que ele seja muito menor do que eu, não em altura, de qualquer maneira.

— Quantos anos você tem?

Confusão inunda seus olhos aterrorizados com a minha pergunta, sua boca se abrindo e fechando algumas vezes antes que ele dê um passo para trás, e eu dou um passo para frente.

— Sua idade. Qual é?

— P-por quê? — gagueja, sua voz embargada soando como se estivesse a três segundos de se mijar.

Meu sorriso se alarga.

— Me conte.

— Dezoito — ele gagueja, obviamente bem ciente de como sou conhecido.

Com a voz enganosamente calma, eu respondo:

— Isso é bom.

— Por quê?

— Significa que você é maior de idade.

Garoto Comédia desaba com força quando meu punho estala seu rosto, a porra de um soco e ele está de joelhos aos meus pés, cuspindo sangue, seu corpo dobrando de dor.

Eu o pego pelos cabelos e bato sua cabeça contra a parede para fazer o meu ponto mais uma vez antes de deixá-lo cair novamente.

Meus olhos disparam para seus dois amigos em seguida.

— E quanto a vocês dois? Querem continuar falando sobre algo que não é da sua conta, porra?

Ambos balançam a cabeça com força suficiente para causar danos cerebrais.

O caos irrompe ao nosso redor, algumas crianças rindo, algumas gritando, a multidão recuando quando me viro para correr meu olhar sobre todos eles.

Em voz alta, eu os desafio a fazer outra coisa além de olhar para mim e sussurrar por trás de suas mãos.

— E quanto ao resto de vocês, seus putos? Há mais alguém aqui que queira dizer uma porra de uma palavra sobre meu irmão, sobre mim ou sobre a Emily? Porque se for assim, dê um passo à frente e diga na minha cara. Acontece que estou no humor perfeito esta noite para ensinar a todos vocês por que isso é uma péssima ideia.

Muitos deles se afastam ainda mais, alguns segurando seus telefones para gravar o show de merda. Eles os deixam cair bem rápido quando meu olhar desliza em sua direção.

Dylan abre caminho através da multidão para ver o que está acontecendo, seus olhos fixos nos meus enquanto suas bochechas esquentam de raiva.

Ele pode ir se foder também, se essa é a merda que ele está deixando esses punks fazerem com sua irmã na porra da própria casa.

— Não? Ninguém? Bem, deixe-me colocar dessa forma então, da próxima vez que eu ouvir sobre qualquer um de vocês falando merda sobre Emily, Damon ou eu, podem apostar que vou aparecer para ter uma conversa com vocês sobre isso. Fui claro ou vocês precisam de outro exemplo do que estou disposto a fazer?

Todos eles se afastam mais ainda, alguns balançando a cabeça para os lados em resposta silenciosa.

Aparentemente, eu estava gritando um pouco alto demais, porque todos os olhos deles passaram por mim no segundo seguinte.

Olho para trás para ver o que eles estão olhando e praguejo baixinho.

Emily está olhando para mim de seu quarto, a porta apenas parcialmente aberta.

Baixando seu olhar para a criança ainda sangrando e rastejando no chão, a raiva inunda aquele olhar turquesa antes de seus olhos dispararem para mim novamente.

Parece que estamos de volta ao ensino médio, onde outro garoto estava sangrando, na mesma noite em que os policiais estavam a caminho para arrastar Damon e eu para a prisão.

Balançando a cabeça, Emily não diz nada, mas posso sentir a raiva rolando dela antes que ela bata a porta com força.

— Porra...

Passando a mão pelo cabelo, caminho pelo corredor, não me surpreendendo quando as crianças praticamente mergulham para a esquerda e para a direita para ficarem fora do meu caminho. O único que não se move é Dylan.

Ele está parado solidamente no meio do meu caminho, seus olhos se estreitando em mim com ódio e suas mãos fechadas em punhos. Chego tão perto dele que nossos narizes estão quase se tocando.

— Você queria dizer alguma coisa?

Seu maxilar pulsa, suas narinas se dilatando, mas ele não diz nem sequer uma palavra.

Apontando um dedo em seu rosto, eu o advirto também.

— Defenda sua irmã, seu pequeno idiota. Pare de permitir que as pessoas a desrespeitem em sua própria casa. Que porra há de errado com você?

Outro tique de sua mandíbula, mas ainda nenhuma palavra. Ele me olha como se quisesse dar um soco, mas seus braços não se movem. Seus ombros flexionam em uma indicação de que ele está pensando nisso.

Dylan é bem-vindo para tentar.

Considerando que eu já chateei Emily por machucar a outra criança, percebo que é melhor me afastar em vez de ensinar a seu irmão uma lição sobre respeito também.

Sorrindo debochado com seu ato de menino durão, eu o empurro para fora do caminho e sigo pelo saguão para a porta da frente, batendo-a com força o suficiente para balançar a parede quando saio.

Fodam-se todos aqueles babacas por trazerem à tona merda velha. Por que eles sequer se importam com aquele vídeo? Isso só me faz odiar este lugar ainda mais do que eu já odiava. Me faz odiar nossas famílias e os círculos sociais de merda.

Os pneus do jipe guincham na garagem quando dirijo para longe, minha mão segurando o volante enquanto meu pé pisa no acelerador um pouco forte demais.

Mas não consigo evitar. Estou muito puto. Não por causa do vídeo ou dos comentários idiotas daquelas crianças, mas porque Emily teve que ver o que eu fiz.

Quase rio ao pensar que toda essa viagem foi um esforço perdido.

As regras que eu queria foram para a merda, assim como quaisquer bons sentimentos restantes que Emily pudesse ter por mim.

capítulo dezenove

Emily

Nós estamos de volta ao ponto de partida.

Independentemente do que ele compartilhou comigo e daquelas poucas horas secretas no meu quarto, Ezra e eu estamos de volta na garganta um do outro no segundo em que nos vemos novamente.

Graças a Deus por Damon. Se não fosse por ele, esses encontros de amizade que continuamos tendo seriam um pesadelo absoluto.

Estranhamente, é o irmão temperamental que mantém as coisas leves, o gêmeo cabeça quente que consegue agir como uma influência calmante e evita discussões constantes.

Por alguns dias, fico tão irritada com o Ezra que não consigo ver direito. Nós falamos um total de cinco palavras um com o outro nos três encontros que tivemos.

Damon e eu não temos nenhum problema de nos darmos bem, e eu passei a maior parte do meu tempo conversando ou rindo com ele, enquanto Ezra fica mais afastado, olhando bravo para nós dois, seu problema de má atitude como um manto pairando sobre todo mundo.

Ele está agindo mais como uma babá do que como um amigo, e eu tenho que me perguntar *por que* ele é tão insistente em fazer parte disso quando é óbvio que está infeliz.

Mas esse é o Ezra. Ele é tão malditamente controlado e contido que pode suportar horas fazendo algo que odeia sem desistir e seguir em frente.

Ainda assim, a questão do *porquê* persiste.

Por que ele insiste nisso?

Por que simplesmente não vai embora?

Por que está me segurando em um acordo que está torturando todos nós?

Não que eu esteja tentando mais do que ele. Não depois de ver o que ele fez ao amigo do Dylan, e não depois que Dylan me informou na manhã seguinte que Ezra o ameaçou também.

Só estou grata que Damon não estava lá. Quando um deles chega ao ponto de distribuir socos, você pode apostar o que quiser que o outro vai entrar para ajudar.

Esses dois teriam mandado todas aquelas crianças para o hospital, se tivessem um motivo e a oportunidade.

Ainda nem sei o que fez Ezra explodir. Só sei que a gritaria me acordou, e quando eu abri minha porta para espiar no corredor, vi um garoto cuspindo sangue e Ezra assustando pra caramba as pessoas.

Por um lado, estou furiosa por ele não ter crescido o suficiente para parar com as brigas. Mas, por outro, tenho a sensação de que o que quer que os gêmeos tiveram que passar por causa daquele pedaço de merda do pai deles foi o suficiente para atrapalhar os dois na maturidade.

Tudo o que eles conhecem é violência e ira, em vez de terem sido ensinados a deixar as coisas para lá.

Esse é outro problema que está em meus pensamentos. Ezra me deve outro pedaço de sua história em breve, eu só não tenho certeza se quero falar com ele e deixá-lo me contar.

Não com a maneira como ele tem estado perto de mim.

Não com o ódio tão visível em seus olhos.

Não tenho certeza se deveria chamar isso de ódio, no entanto. Na verdade, o que vejo quando olho para ele é traição e dor.

Tenho que dar crédito a ele, no entanto. Ele é um mestre em me alimentar a colheradas com tanta culpa que estou me sufocando com ela.

Para piorar as coisas, Ivy fugiu da cidade depois de pregar aquela peça em Gabe e, enquanto está passando o tempo pulando de praia em praia na ensolarada Califórnia, estou presa aqui sem ninguém com quem eu possa conversar.

Não que eu pudesse contar a ela *exatamente* o que está acontecendo. Ainda não estou disposta a admitir totalmente como acabei nessa posição com os gêmeos, em primeiro lugar. Mas seria bom ter um amortecedor, ou apenas uma desculpa para não poder estar com eles o tempo inteiro.

No entanto, aqui estou.

Uma semana inteira se passou e estou caminhando até a porta da frente deles para assistir filmes e pedir pizza para o nosso quarto encontro. Damon abre a porta antes que eu tenha a chance de tocar a campainha.

Vestido apenas em um par de jeans que caem soltos e baixos em seus quadris estreitos, ele não está tornando fácil para mim ignorar as formas esculpidas e duras de seu peito e abdômen, a sombra de músculo sobre seus ombros largos ou um conjunto de braços perfeitamente definidos que deveriam ser ilegais.

Meus olhos traçam a tatuagem no ombro dele. É idêntica à de Ezra.

Sério, este homem é o mais doce dos doces, o tipo durão que você tem que chupar por um tempo antes de chegar ao...

Ok. Preciso cortar essa linha de pensamento antes de perder a capacidade de ficar em pé sobre pernas sólidas.

Forçando meus olhos para o rosto dele, não perco a oferta flagrante em seu olhar para que eu continue explorando o que seu corpo tem a oferecer.

— Ei — ele diz simplesmente, tanto calor em seus olhos âmbar que a cor é líquida e tentadora.

Eu me sacudo de uma reação pela qual não posso ser culpada. Praticamente qualquer mulher saudável — e até mesmo um bom número de homens — sentiria o mesmo.

— Ei — minha voz sai em um coaxar estranho.

Limpando a garganta, dou a ele um sorriso fraco e levanto minhas sobrancelhas em uma pergunta silenciosa se ele está planejando me deixar entrar.

Eventualmente, ele pega a dica e dá um passo para o lado, mas não se move o suficiente para que eu possa passar sem nossos corpos se esbarrarem, seu cheiro me envolvendo quando passo.

Em seguida, seus braços estão em volta de mim e seu peito contra as minhas costas.

Parando no lugar, fecho os olhos e respiro. Gostar de ter Damon tão perto é errado, mas não é o mesmo tipo de sentimento que eu tenho quando é o Ezra me segurando assim.

Ainda assim, não posso afirmar que não reajo à presença de Damon. É difícil não reagir. Tive um relacionamento com ele tanto quanto com o irmão dele quando éramos mais jovens. Eu tentei tanto o destino que nós três ficamos feridos por causa disso.

Não vou fazer isso de novo.

Eu me recuso categoricamente.

É por isso que nós dois precisamos do lembrete de que existe uma terceira parte nessa amizade.

Especialmente agora que ele está enterrando seu rosto no meu pescoço enquanto seus braços se apertam com força.

Especialmente agora que consigo sentir outra parte dele que está um pouco animada demais por estar tão perto de mim.

— Onde está o Ezra?

Damon fica parado com o lembrete, vários segundos tensos se passando antes que ele me libere lentamente e responda.

— Ele foi para a casa do Tanner rapidinho. Algo aconteceu com Luca e Tanner está surtando. Nós dois deveríamos ir, mas me ofereci para ficar aqui, uma vez que já tínhamos feito planos.

Virando-me para olhar para ele, tento ignorar as pontas afiadas de sua expressão. A tensão em sua mandíbula está deixando suas bochechas sombreadas, seu olhar se enredando no meu como se me implorasse para eu me aproximar e aliviar qualquer dor que ele esteja sentindo.

Eu vejo memórias em seus olhos.

Memórias que eu mesma não estou totalmente imune ao enfrentar.

Memórias que cortam minha pele em uma tentativa desesperada de alcançar meu coração.

Tenho que manter o assunto da conversa leve.

— Quem é Luca?

— A namorada do Tanner.

A voz dele está praticamente sem tom na resposta. Distraída. Como se o que nós estamos falando agora fosse apenas uma barreira irritante bloqueando o que quer que ele está realmente pensando.

Ainda assim, isso me surpreende.

— Tanner tem uma namorada?

Puta merda.

Que mulher em sã consciência se comprometeria com aquele homem? Ele é o mal encarnado. O pior do Inferno, seguido bem de perto por Gabe, Jase e Mason.

E por que diabos a Ava não me contou sobre isso? Não, nós não estamos nos falando tão regularmente como costumávamos, mas esta é uma informação maluca.

Nem sequer uma vez Tanner esteve tão a fim de uma garota que ele estivesse interessado em mais do que algumas horas na cama.

Passando a mão pelo cabelo, Damon se apoia contra a parede.

— Sim, ela foi a acompanhante dele no seu noivado...

Ele corta esse pensamento bem rápido, a fúria passando por sua expressão.

Não posso usar isso contra ele. Também fico furiosa cada vez que penso nisso. Tão furiosa que estou disposta a fazer *qualquer coisa* para romper o noivado.

— De qualquer forma — ele fala, esquivando-se do assunto —, ele está afim dela, mas é complicado.

Isso eu posso acreditar. Não existe uma situação em todo este mundo envolvendo Tanner que não seja *complicada*.

Sua foto está ao lado da palavra no dicionário com uma nota *ver também* direcionando as pessoas às palavras traiçoeiro, profano, enganoso, malévolo, hediondo, monstruoso e diabólico.

Tenho certeza de que esqueci alguns dessa lista, mas você entendeu a mensagem.

O silêncio cai entre nós e percebo que ele disse tudo o que está disposto a revelar sobre Tanner e a pobre mulher que ele enganou para que se importasse com ele.

Quando a frustração passa pelo rosto de Damon, trago à tona o motivo pelo qual estou aqui antes de entrarmos em um território perigoso.

— Que filme vamos assistir?

Esfregando a parte detrás de seu pescoço, os dedos dele apertam o músculo como se para aliviar a tensão, antes de Damon fingir um sorriso e se afastar da parede para me levar para fora do saguão.

Esta não é a primeira vez que venho na casa deles. Nós assistimos a um filme aqui no nosso segundo encontro também, mas eu ainda estou impressionada com o estilo minimalista, os pisos de pedra escura e as paredes cinza-claro, um aceno para a sensação moderna da casa com apenas alguns toques esparsos de cores em tons intensos.

Presumo que eles contrataram um designer de interiores, porque decoração não é exatamente pelo que os gêmeos são conhecidos.

Ainda assim, as linhas elegantes e a falta de enfeites praticamente gritam masculino no espaço. Não há um toque de detalhe feminino suave para ser encontrado.

Até a escolha dos cômodos é reveladora.

Em vez de salas de estar confortáveis, bem iluminadas e arejadas, os gêmeos têm mesas de sinuca e jogos de fliperama à moda antiga, um *home theater* e uma academia.

Nunca estive lá em cima para ver o que tem por lá, mas imagino que os quartos deles tenham o mesmo tema.

Quando chegamos à sala de teatro, eu me jogo em uma das cadeiras de couro em um esforço para evitar ficar ao lado de Damon.

Infelizmente, meu esforço falha.

Em vez de se sentar em uma das outras cadeiras, ou mesmo em um dos sofás, Damon se senta na mesa de centro na minha frente, envolve seus dedos sobre as minhas panturrilhas e se inclina para frente.

— Na verdade, estou meio que feliz que o Ezra não esteja aqui.

Porcaria.

Não é bom.

Muito ruim, na verdade.

Especialmente com aquele olhar em seu rosto, um que eu já vi antes.

Nervosa sobre onde isso vai dar, tento puxar minhas pernas para longe, mas seus dedos se apertam. Não forte o suficiente para machucar, mas o suficiente para que eu saiba que ele não tem nenhuma intenção de deixar isso passar.

— Quando Ezra deve voltar? — pergunto, esperando muito mesmo que seja o suficiente para tirar Damon do que quer que isso seja.

— Não tenho certeza.

Seria errado enviar um pedido de ajuda para o Ezra? E se enviasse, o que eu diria? Tenho a sensação de que dizer a ele para trazer sua bunda para casa é algo que exigiria uma explicação quando ele chegasse.

Minha pulsação é um martelar na minha garganta, enquanto revivo o passado com uma clareza impressionante. Apenas uma semana. Foi só isso que recebi para experimentar a sensação de estar com o Ezra.

Uma semana.

E então a promessa que fiz a ele teve que ser quebrada.

E eu tive que quebrá-la por causa do Damon.

— Acho que essa coisa de amigo de seis semanas é estúpida — ele diz, o que na verdade acalma um pouco do medo dentro de mim e me enche de esperança.

— Oh! Graças a deus. Eu também...

— Porque — ele fala, me interrompendo antes que eu possa concordar em terminar as coisas aqui e agora — eu acho que nós dois sabemos que o que temos sempre foi mais do que amigos.

Maldição.

Que tudo isso vá para o inferno.

— Damon...

— Não, me escuta antes de dizer qualquer coisa.

Não é difícil ver que ele está nervoso.

As emoções de Damon são muito mais fáceis de ler do que as de Ezra. Elas sempre estão bem ali na superfície, uma bomba esperando para explodir na cara de todo mundo, se ele for empurrado longe demais.

Eu me pergunto se é por isso que Ezra está tão longe, no espectro oposto. Talvez ele tenha que ficar controlado para que possa administrar a energia caótica do irmão.

Faz sentido e, de uma maneira estranha, me ajuda a entender o Ezra um pouco melhor.

Mas isso não significa que eu ainda não esteja irritada pelo que ele fez na minha casa uma semana atrás.

Desde aquela noite, Dylan tem sido um horror de se lidar, sua raiva e má atitude tornando a vida na minha casa um verdadeiro pandemônio.

Tentei conversar com ele várias vezes, mas tudo o que ele faz é me chamar de prostituta negociada pela família antes de me afastar completamente pelos amigos que ele constantemente tem em casa.

A voz de Damon me arrasta de volta para a conversa, e para outro problema que me coloca presa no lugar sem saber como resolvê-lo.

— Eu tenho pensado muito sobre as coisas, e percebi por que você parou de falar com a gente depois do ensino médio.

Meu coração tropeça com isso. A última coisa que eu preciso é que os gêmeos descubram o *porquê*.

Limpando minha garganta, engulo um nó de preocupação e percebo que preciso confrontar isso de frente em algum momento.

— O que você descobriu?

Seus dedos se flexionam nas minhas pernas, uma contração simples que diz mais do que ele percebe.

Este homem está lutando contra o que quer que ele esteja pensando, seus olhos procurando meu rosto como se me implorassem para concordar com ele antes que diga a primeira palavra.

— Acho que é minha culpa.

Meus olhos se fecham e eu respiro fundo, a verdade dessas palavras pairando entre nós com mais peso e significado do que Damon sabe.

Sua voz é mais suave quando ele se mexe onde está sentado, seus dedos agarrando novamente.

— Você não podia contar a ele sobre nós porque eu não deixaria. E me sinto como um completo idiota por pedir a você que escondesse isso do Ezra. Nenhum de nós queria machucá-lo, e eu nunca deveria ter pedido para você mentir.

Não.

Não, ele não deveria.

Mas esse não foi o único problema.

— Então eu acho que, ao invés de tentar manter esse segredo, você decidiu se afastar completamente. E não posso te culpar por isso.

Dois segredos, na verdade.

Havia *dois*.

E eles eram o suficiente para separar os gêmeos.

— Eu não quero afastá-lo, mas acho que é óbvio neste momento...

A voz de Damon desaparece, sua expressão se retorcendo de frustração, confusão e arrependimento.

— Maldição. Eu ainda estou apaixonado por você, Ruiva. Nunca deixei de estar. Nem uma vez. Não houve um único dia nos últimos dez anos em que eu não pensasse em você.

Minha respiração está presa em meus pulmões, a dor de saber que não posso amá-lo de volta cortando meus órgãos como uma centena de navalhas giratórias.

Estou sangrando internamente neste ponto, tonta com a perda de sangue, minha mente mal é capaz de agarrar um pensamento por tempo suficiente para expressá-lo.

Mordendo o interior do meu lábio, pisco para afastar as lágrimas que me recuso a deixar cair. Minto para ele enquanto o olho diretamente nos olhos.

— É apenas amizade entre todos nós, Damon. É assim que tem que ser. Eu não vou escolher um de vocês enquanto machuco o outro.

Ele se lança para frente, não de uma forma ameaçadora, mas em desespero, suas mãos agarrando os apoios de braço enquanto ele me prende.

Toda a energia selvagem que este homem luta para conter gira em torno de mim agora como ventos caóticos; meus pensamentos, meu coração, minha respiração, minha alma emaranhada e dançando dentro disso.

Mas é assim que é com ele. Você não pode fazer nada além de se perder na maneira como ele te faz sentir; você fica vulnerável, aberta e exposta.

Pela mulher que um dia terá permissão para amar verdadeiramente este homem, eu sinto uma pontada de ciúme sincero, porque é intoxicante ser pega em sua tempestade.

Mesmo agora meu pulso bate forte, minha respiração está irregular, meus pensamentos giram e rodam tão rápido que não há como agarrar apenas um deles.

E ele é lindo.

Não apenas fisicamente, mas na maneira que ele ama.

Damon é apaixonado e livre. Quente e consumidor. Ele está tão completamente nu e cru no que sente, que você não pode evitar sentir isso também.

A alma dele é linda. Mesmo com as cicatrizes do que foi feito com ele. Mesmo com as paredes que ele construiu em torno de si para manter sua verdade oculta.

Ele ri do que eu disse.

— Nós não somos apenas amigos, Ruiva. Nós nunca fomos.

Eu não posso discutir com ele nisso. Desde o início, foi a toda velocidade com os dois.

As poucas semanas antes de eu fazer o primeiro acordo de seis semanas de liberdade e diversão tinham sido uma perseguição. Eles me encurralaram tão facilmente, tão eficientemente, e eu nunca questionei isso.

Naquela época, eu achava que era estranhamente predestinada, mas agora que eu sei a verdade sobre a aposta deles com Mason, não posso deixar de me sentir um pouco cansada de tudo.

A única razão pela qual eu não joguei essa maldita aposta na cara deles é porque eles provaram que isso não significava nada no final.

Eles se importaram.

Eles amaram.

Eles lutaram por mim mesmo quando eu não queria que fizessem isso.

Minha raiva por essa aposta tem mais a ver com o Mason, e não vou deixá-lo esquecer disso.

— Você está certo — eu começo a dizer, não esperando que ele se incline mais perto de mim, para seus quadris separarem as minhas pernas, que ele segure meu rosto entre as mãos e pressione sua testa na minha.

— Eu sei que estou certo.

— Não, não era isso que eu estava dizendo...

É tarde demais.

Damon fica com raiva rapidamente.

Ele é rápido para lutar.

Ele é rápido em aproveitar todas as oportunidades que surgem à sua frente, sem pensar nos danos que isso pode causar.

E ele é malditamente rápido demais para amar.

Independentemente de quem se machuque.

Sua boca está na minha, quente e macia, úmida e exigente, nossos lábios se separam enquanto sua língua avança, me preenchendo com tudo o que ele está sentindo.

Eu seria uma mentirosa se dissesse que não sou afetada, uma mentirosa ao fingir que meu corpo não se ilumina com o toque dele.

Mas não é a mesma coisa.

Nunca será a mesma coisa.

E é por isso que não posso enganá-lo agora.

Agarrando a cabeça dele muito parecido com a maneira que ele está segurando a minha, tento me afastar, mas ele é tão malditamente forte e tão malditamente insistente.

Ele queima, este homem, um calor abrasador que queima minha pele e destrói meus órgãos. Derreter quando ele te toca nunca é culpa sua, porque ele é tão cheio de vida que cega.

Só quando ele se mostra, no entanto.

Só quando se abre para revelar a pessoa escondida sob sua raiva.

— Porra, por que não estou surpreso com isso?

Agora estou fria.

Tão congelada que consigo sentir meus músculos congelarem e meus ossos quebrarem. Meus pulmões não puxam uma respiração, meu coração correu para se esconder, meu pulso é uma batida lenta e dolorosa ao ouvir a voz de Ezra ao nosso lado.

Damon se afasta de mim e se vira para olhar para seu irmão. Não posso me obrigar a fazer o mesmo.

Em vez disso, fecho os olhos como uma covarde, inclino a cabeça para deixar meu cabelo cair para frente, querendo me enrolar em uma bola e morrer.

Tudo o que Ezra faz é rir. Não que seja engraçado, porém mais como se ele estivesse prestes a arrancar a pele dos nossos corpos antes de se afastar para nos deixar sangrar até a morte.

— Ezra…

— Não, está tudo bem, Damon. Você não precisa dizer nada. Eu deveria saber que alguém faria seus velhos truques. Eu deveria ter visto essa porra chegando.

Meus dedos se enrolam em minhas palmas, sua acusação afiada cortando profundamente, bem do jeito que ele pretendia.

— Vocês dois se divirtam. Não me deixe interromper — ele diz, enquanto se afasta, suas palavras alinhadas em fúria e um ódio profundo e escuro.

Quando algo bate em outra sala alto o suficiente para sacudir as paredes, eu estremeço no lugar, meus olhos ainda fechados e minhas unhas cortando semicírculos na pele de minhas palmas.

— Porra... — Damon amaldiçoa em voz baixa.

Ele tirou essa palavra da minha cabeça. Porque é a única que afirma exatamente o que estou pensando.

Porra.

Ezra

Este dia pode ir para a merda no primeiro trem até onde eu sei. Já foi ruim o suficiente acordar me sentindo uma merda pela maneira como venho tratando a Em, mas ser chamado para a casa do Tanner sobre a porcaria que aconteceu com Luca e Ava foi um soco no estômago.

Já estou preocupado com todos os membros do Inferno, assim como com as duas mulheres que chegaram perto de nós, então saber que elas saíram da estrada hoje não fez eu me sentir nem um pouco melhor.

Pelo contrário, isso me deixou mais agitado. E enquanto Tanner e Gabe eventualmente chegaram à conclusão de que foi um acidente aleatório, eu não estou tão convencido disso.

Mantive esse pensamento para mim, no entanto. Não tenho muita certeza do porquê, mas tendo a deixar os dois correrem pelo processo de tomada de decisões sobre os planos de jogo, enquanto fico em silêncio e fodo qualquer merda que eles pedem quando músculos são necessários.

Felizmente, é raro que algo precise ser aplicado. Desde a graduação, Damon e eu não somos chamados para dar uma lição a algum idiota, mas quanto mais fundo essa merda fica, mais fico preocupado que nossos talentos particulares serão necessários novamente.

Essa situação com os servidores está me incomodando, no entanto. Nossos pais não são conhecidos por jogarem limpo, e eu acho que Tanner e Gabe estão provocando o destino ao se envolverem. Entendo a necessidade deles de vingança.

Confie em mim.

Eu entendo isso.

Mas, ao mesmo tempo, não tenho certeza se sequer estamos no mesmo nível quando se trata das nossas famílias. Eu não duvidaria que algum deles não mataria seus próprios filhos se isso significasse proteger suas bundas. E mesmo que a palavra tenha se espalhado de que Luca não tem mais os servidores, ela ainda pode ter alguma coisa que eles querem, e não estamos sabendo disso.

É por isso que não acredito que o acidente de carro foi realmente um *acidente*, e é também o porquê eu comecei a me preocupar ainda mais com a Emily.

Então, novamente, Emily sempre fez parte disso. A família de Mason e a família dela querem que o casamento aconteça, por qual razão, eu não sei. Mas é improvável que ela seja um alvo como Luca.

Ivy foi inteligente em meter o pé desse estado. Se ela for inteligente, continuará correndo e não deixará Gabe alcançá-la.

Tudo isso me deixou com um humor de merda antes de voltar para casa. E o que eu encontrei ao entrar? Sim. Estou vendo vermelho neste ponto.

Posso ouvir Damon chamando o meu nome enquanto subo as escadas e sigo pelo corredor até o meu quarto, a preocupação em sua voz pelo que o peguei fazendo.

O que caralhos foi aquilo?

Sei que Emily cometeu erros no ensino médio, e eu fiz as pazes com o fato de que era porque, *tecnicamente*, ela estava jogando pelas regras que nós tínhamos naquela época. Mas não posso descrever isso como confusão da parte dela agora. Não depois do que aconteceu conosco na casa dela.

Não depois das promessas que ela já fez e quebrou.

Batendo minha porta no caminho para dentro do quarto, faço um fodido buraco na parede para deixar escorrer um pouco dessa raiva. Eu deveria estar mais controlado do que isso, mas aquela mulher me faz queimar de uma forma que nenhuma outra pessoa consegue.

Jogo meu peso para me sentar no lado da cama, minha cabeça caindo em minhas mãos quando a porta se abre e Damon entra. Não perco como seus ombros estão jogados para trás e sua postura é ampla. Ele está pronto para uma luta caso eu o ataque.

— Nós precisamos conversar sobre isso.

— Você precisa dar o fora do meu quarto antes que eu arranque a porra da sua cabeça — respondo, minha voz fria como gelo.

— Ezra, de verdade, você precisa...

Eu estalo, meu corpo empurrando para cima da cama para andar tempestuosamente em direção a ele, minhas mãos batendo contra seu peito enquanto o empurro de volta contra a parede.

Agarrando sua camisa com o punho, ergo meu braço para trás com toda a intenção de bater em seu rosto, mas então uma voz de comando grita ao nosso lado antes que eu tenha a chance.

— Para!

Nossas cabeças se voltam na direção de Emily para encontrá-la parada a poucos metros de nós, com lágrimas em seus olhos que estão mais irritados do que tristes.

A fúria pinta uma cor rosa sobre suas bochechas pálidas, seu cabelo vermelho caindo em ondas pelos lados de seu rosto, seus lábios uma linha fina de desaprovação enquanto mantém o olhar estreito preso diretamente em mim.

Como se eu fosse o problema aqui.

Como se eu fosse o babaca que não está jogando limpo.

Como se ela fosse a rainha que segura a coleira de dois cachorros perseguindo um ao outro.

Ela poderia muito bem ter gritado *senta* e *fica*, pelo jeito que acabou de dar a ordem.

— Solte o Damon.

Levanto uma sobrancelha para isso, porque normalmente eu não sou de seguir comandos. Quando não o solto imediatamente, ela levanta a voz, aquele fogo sedutor dentro dela se fazendo conhecido.

— Eu disse para soltá-lo, porra!

Minha mão tem um espasmo quando ela se abre, e dou um passo para trás, meu braço direito abaixando lentamente enquanto encontro aquele olhar turquesa, basicamente desafiando-a a dar um passo na minha direção.

Seus olhos abandonam os meus para disparar para os de Damon.

— Saia.

— Ruiva...

Ela não grita com ele como fez comigo.

— Eu não vou mandar outra vez.

Estou quase rindo do comportamento dela.

Quem diabos essa mulher pensa que é, entrando aqui e dando ordens em nós dois?

Quando Damon sai sem outra palavra, minhas sobrancelhas disparam para cima na direção da minha testa em surpresa.

Eu não vou mentir.

Na verdade, estou um pouco impressionado.

De alguma forma, Emily conseguiu nos colocar sob controle, e eu não tenho ideia de como ela fez isso.

Dez anos.

Porra, dez anos, desde que nós realmente passamos um tempo com ela e ainda estamos nos curvando a seus pés.

Tantas pessoas consideram essa garota fraca, mas eles não têm ideia da sua força interior. Ela age de forma tão malditamente afetada e apropriada, tão delicada e bem administrada, tão mansa e suave até que seu temperamento exploda, e então ela está dando ordens e sacudindo as paredes ao seu redor.

Damon e eu ouvimos quando ela faz suas exigências.

E talvez seja esse o problema.

Talvez esse tenha sempre sido o problema.

Talvez eu devesse quebrar minha coleira e finalmente parar de ouvir.

— Você deveria sair também — digo a ela, enquanto me viro e caminho até a minha cama.

Soltando meu peso no colchão, eu me inclino contra os travesseiros e coloco minhas mãos atrás da minha cabeça, meus tornozelos cruzados como se eu estivesse totalmente relaxado, sem dar a mínima sobre esbarrar na mulher que eu amo beijando meu maldito irmão.

Em vez de me escutar — não que eu achasse que ela iria —, Emily fecha a porta, se vira para me encarar e cruza os braços sobre o peito.

— Não era o que parecia.

Ai, Jesus. Ela está realmente me dando essa desculpa esfarrapada? Eu jogo uma de volta para ela.

— Certo, porque vocês dois estavam apenas inspecionando as amígdalas um do outro com suas línguas. Perfeitamente normal.

— Ele me beijou.

Uma gargalhada explode do meu peito.

— Já ouvi isso antes, também, Assassina. Há pouco mais de uma semana, na verdade. — Travando meus olhos nos dela, decido atacar onde dói. — Eu beijei você também? Fui só eu te fodendo há uma semana? É isso que você diz a si mesma para que sua consciência fique limpa? Tenho certeza de que você também não participou do que aconteceu entre nós. Foi tudo eu, certo?

O rosa sobre suas bochechas se transforma em um vermelho raivoso, a cor tão escura que combina com seu cabelo.

A coisa sobre lutar com uma rainha que é importante de se lembrar é que essas cadelas têm garras que se cravam profundamente e acertam seu alvo.

— E eu acho que você está perfeitamente bem em machucar Damon, mesmo depois de ser contido e forçado a assistir alguém abusar dele. Não bastou você vê-lo ser espancado. Você tem que ser o mesmo tipo de monstro que o lembra de como é.

Estou de pé de novo tão rápido que não me lembro de pular da cama.

Pelo tempo em que finalmente compreendi que me movi, estou com Emily apoiada contra uma parede, seu pequeno queixo desafiador erguido e minha cabeça abaixando até estarmos no nível dos olhos.

— Nem sequer finja que sabe alguma coisa sobre isso. Não diga uma palavra sobre isso, porra.

— Eu sei que estou certa — ela argumenta, seus olhos como facas me apunhalando no rosto. — Sei que você não pode evitar de machucar as pessoas quando fica bravo. Há uma razão pela qual as pessoas chamam você de Violência.

Ela não tem ideia.

Ao invés de gritar ou ameaçá-la, eu sorrio, o olhar frio e sem emoção.

— Sim, querida, há uma razão para eles me chamarem assim. Mas também há outras razões. Você gostaria de tirar suas roupas e descobrir mais sobre elas? Vou ficar mais do que feliz em demonstrar.

Colocando uma mão na parede perto de sua cabeça, dou uma olhada dura para baixo em seu corpo e volto para cima novamente, meu sorriso se alargando em um desafio.

Seu olhar irritado nem mesmo estremece em resposta.

Que rainha.

Forte e destemida pra caralho.

— Isso não está funcionando — ela retruca, em vez de reconhecer o que eu disse.

— Você está certa sobre isso, merda.

— Então nós deveríamos acabar com isso.

Não.

Não há nenhuma uma chance de que isso esteja acontecendo.

Não importa o quão furioso eu esteja agora, de jeito nenhum vou deixá-la ir de novo.

Eu me afasto da parede e me afasto dela.

— Em cinco semanas, nós vamos.

Jogando seus braços para cima em frustração, ela segue em minha direção e para.

— Por quê? Isso é ridículo, Ezra. Já se passou uma semana e você e Damon já estão brigando.

Eu dou um passo em direção a ela.

— Bem, talvez se você se decidir sobre qual de nós você quer, caralho, isso não seria a porra de um problema.

Ela estremece com as palavras, seu corpo paralisando antes que seu olhar se prenda no meu e um sorriso doce parta seus lábios.

— Tudo bem. Eu escolho o Damon.

Ah, foda-se isso...

Pura raiva se infiltra em mim com aquela resposta idiota.

— Acho que nós dois sabemos que essa não é a sua resposta.

— Você está certo — ela fala, sua voz um simples sussurro. — Porque eu não escolho nenhum de vocês. Exatamente como antes, e exatamente como eu pretendo fazer de novo.

Outra mentira.

Eu posso ver isso escrito em sua expressão, posso ver na dor que ela está lutando para esconder em seus lindos olhos turquesa.

— Então, você pode muito bem me deixar ir embora agora, já que isso não mudará o resultado.

Minha mandíbula pulsa, seus olhos se voltando para o movimento rápido e de volta para os meus.

— Eu não posso fazer isso.

— Você não tem escolha. Posso sair daqui agora e não há nada que você possa fazer para me impedir.

Ela fica quieta então, seu olhar procurando meu rosto, pesado com tudo o que nós queremos dizer, mas não podemos nos obrigar a admitir.

Eu amo você, eu não digo.

Eu não suporto você, é apenas mais um pensamento que guardo para mim.

— Isso não está funcionando — Em finalmente argumenta, enquanto se vira para ir embora. — Sinto muito, Ezra, mas estou indo embora.

Ela está no meio do caminho para a porta quando eu a chamo.

— Tudo bem. Mas, no seu caminho para ir embora, por que você não passa no quarto do Damon e deixa ele saber sobre a promessa que você quebrou comigo? Por que não conta a ele a verdade sobre isso pelo menos uma vez?

Estou gritando neste momento, não dando a mínima se Damon nos ouve. Ele *precisa* nos ouvir.

Precisa recuar, porra, porque essa mulher é minha e de mais ninguém.

Eu sei que ela nunca mencionou isso para ele. Damon veio com todos os malditos motivos para Emily ter partido como ela fez, mas nenhuma vez ele culpou a promessa que ela me fez.

Eu nem tenho certeza do porquê estou sugerindo isso, mas isso a para no lugar, sua cabeça caindo para frente antes de lentamente se virar para olhar para mim.

— Por que eu faria isso? Por que eu iria machucá-lo assim?

Machucá-lo?

Eu sei que Damon tem uma queda por ela. Porra, isso é óbvio demais agora. Mas *machucá-lo*?

Ela age como se não tivesse feito a mesma coisa comigo desde o dia em que parou de atender minhas ligações.

Um lampejo de pensamento corre pela minha mente, uma voz sussurrando no fundo da minha cabeça que não consigo ouvir claramente. Ainda assim, está lá, mas estou com muita raiva agora para parar um segundo e ouvir o que ela diz.

— Se você se afastar disso, vou ser eu que vou contar a ele.

— Por quê?

A pele entre seus olhos se enruga, a cor de antes ausente do rosto dela.

— Por que você faria isso com ele?

Interessante.

— Fazer o que com ele?

Ela balança a cabeça para os lados sem responder e suspira.

— Tanto faz. Eu desisto. Mais cinco semanas de pura tortura. Você está planejando me machucar todos os dias a partir de agora da mesma forma que esteve me machucando na semana passada? Só me deixe saber para que eu possa me preparar para a tortura.

Machucando-a.

Ela diz isso como se não tivesse me machucado esse tempo inteiro.

Aproximando-me dela, mergulho minha cabeça do jeito que sei que a deixa louca. Isso sempre faz seus olhos se arregalarem quando estamos assim tão perto, seus lábios ligeiramente se entreabrindo enquanto sua pulsação se acelera muito mais.

— Eu machuquei você?

Os olhos de Emily lacrimejam, tristeza e raiva contidas em suas lágrimas salgadas. Apenas uma escapa para deslizar lentamente por sua bochecha.

— Sim. Todos os dias. Apenas por existir neste arranjo fodido e por se recusar a ir embora. Você sabe exatamente o que faz comigo.

Eu sorrio com isso, meus olhos rastreando aquela lágrima até que levanto a mão para pegá-la no meu dedo.

— Você terá que me perdoar então. Não poderia ser evitado.

Seus olhos travam nos meus, seus cílios encharcados.

— Você não pode evitar me machucar?

Meu sorriso se alarga.

— Simplesmente acontece, especialmente quando você fica tão bonita quando chora.

Lanço a lágrima de volta para ela e me afasto.

Emily se quebra enquanto minhas palavras ficam penduradas entre nós.

Eu assisto as peças se despedaçarem.

Assisto seu coração quebrar.

Assisto a dor avançar e recuar tão violentamente em seus olhos.

Mas então ela faz a única coisa que sempre fez.

Ela pega todos aqueles pedaços quebrados e os costura de volta, seus olhos fixos nos meus com desafio e raiva brilhando por trás deles.

Me faz sorrir ao ver isso.

— Vejo você mais tarde, Assassina. Está ficando tarde. Você deve correr para casa agora para que eu possa dormir um pouco.

Fúria fria rola por seus olhos. A mesma que eu tenho em mim. O tipo que uma pessoa sente quando é cortada até o osso.

— Eu te odeio — ela sibila.

Rindo baixinho com isso, estico meus ombros.

— O sentimento é mútuo.

Ela me encara por mais um momento antes de seus punhos se fecharem e relaxarem, sua indecisão clara sobre se corta os meus joelhos.

— Excelente. Estou feliz por termos isso esclarecido. Te vejo mais tarde, eu acho.

Nenhum de nós fala quando ela se vira para atravessar meu quarto e sair, mas antes de abrir a porta, Emily para com a mão na maçaneta.

— Eu tenho que me perguntar se você está fazendo isso comigo agora como mais uma aposta com Mason.

Meu corpo congela no lugar, descrença enchendo minha cabeça.

Como caralhos ela sabe sobre isso?

Ela olha por cima do ombro para mim e sorri, a expressão não alcançando seus olhos.

— Espero valer mais do que cinco dólares desta vez. Acho que você pode pagar. Gostaria de pensar que a minha dor vale pelo menos dez agora.

Nossos olhares dançam juntos, a faca que ela acabou de lançar firmemente cravada no meu peito.

— Tenha uma boa noite, Ezra. Bons sonhos e tudo mais.

Abrindo a porta antes que eu possa responder, Emily vira a esquina e desaparece pelo corredor.

Cada instinto está me dizendo para correr atrás dela. Cada pensamento está gritando para eu cair aos seus pés e explicar sobre o motivo pelo qual conversei com ela pela primeira vez quando éramos crianças.

Ainda assim, não consigo dar o primeiro passo em sua direção. Não consigo encontrar minha voz a tempo de gritar para ela parar.

Não consigo fazer nada certo quando se trata da Emily.

Então, eu soco uma parede várias vezes em vez disso, gesso e poeira chovendo sobre os meus pés.

capítulo vinte e um

Emily

A noite da fogueira significou tudo para mim.

Realmente, não foi muito, e tenho certeza de que outras mulheres já passaram por momentos como aquele várias vezes em suas vidas.

Não é como se Ezra se ajoelhasse e propusesse casamento ou algo assim. Não era como se ele me olhasse com esperança e amor por trás de seus olhos enquanto me pedia para eu me prometer a ele pelo resto das nossas vidas. Mas foi a coisa mais próxima que cheguei de um momento como aquele.

Ele estava me pedindo para ser apenas dele. Admitindo quem eu era para ele e me implorando para sentir o mesmo. Ele estava tirando as palavras do meu coração e as reivindicando como suas.

Ezra estava me dando um momento que eu nunca pensei que teria. Não com o casamento arranjado. Não sendo prometida para um homem que não me queria.

A parte mais ferrada é que eu acho que ele não sabe o quanto isso significava para mim.

As pessoas têm seus futuros para desenvolver e, embora esse futuro não pareça o mesmo para todo mundo, ainda existem marcos que alcançamos.

Tirar a carteira de motorista pela primeira vez, se tornar um adulto, terminar o ensino médio e a faculdade, se casar e ter filhos. A lista é infinita, mas, para mim, muitos desses marcos estavam fora de alcance ou não significavam nada.

Pelo menos até Ezra aparecer e me dá-los de qualquer maneira.

Ele me deu o baile de formatura.

Ele me deu amor.

Ele me deu noites obscenas que eu nunca poderia ter imaginado.

Ele me deu *esperança*.

Independente do meu casamento arranjado. Independente da aposta que eu não sabia na época. E apesar das barreiras entre nós.

Eu realmente acreditei, por apenas alguns segundos, que talvez fosse possível para ele de alguma maneira mudar o que o meu futuro parecia. Eu queria acreditar nele, mesmo que apenas por algumas horas.

E eu acreditei. Por uma semana, de fato, meus pés praticamente andaram nas nuvens enquanto eu me iludia acreditando que o destino talvez não estivesse escrito antes de você nascer. Que, talvez, fosse possível mudar de rumo e tomar as rédeas da vida com suas próprias mãos.

Uma semana depois, Ezra me deu outra coisa que nunca pensei ser possível. Ele me deu um coração partido.

Não que fosse culpa dele. As circunstâncias foram a causa disso.

Circunstâncias... e o Damon.

— *Eu preciso falar com você sobre uma coisa...*

Nós estávamos na escola quando ele se aproximou de mim naquele dia, seus olhos brilhantes e sua boca em uma linha torta.

Alguma coisa estava o incomodando que não era normal, mas não pensei muito sobre isso a princípio.

A vida era tão caótica naquela época. Nós tínhamos menos de duas semanas restantes de aula. Os exames finais estavam começando. Todo mundo estava se preparando para a formatura e empacotando suas coisas para as faculdades que iriam estudar.

Enquanto isso, eu estava tentando decidir como não perderia a cabeça quando Ezra partisse para Yale e eu começasse minha jornada pelo mundo.

Eu não queria ir embora. Não conseguia suportar a ideia de tanta distância entre nós, mas sabia que era a única escolha que eu tinha.

— *Venha comigo. Nós vamos encontrar algum lugar privado...*

Damon me arrastou, o que não era incomum para nós. Não quando eu estava dormindo com os dois gêmeos, juntos e separados.

Essas eram as regras daquelas seis semanas.

Era permitido que eu experimentasse qualquer coisa que eu quisesse.

As amarras deveriam estar totalmente ausentes também, mas elas de alguma forma envolveram meu coração de qualquer maneira, principalmente me prendendo ao gêmeo mais frio, aquele que tirou minha virgindade, aquele que foi meu primeiro beijo, aquele que de alguma forma conseguiu me puxar para fora da névoa sem fim que obscurecia minha vida e me mostrou que, pelo menos por alguns anos, eu poderia me divertir.

Aquele que se apaixonou por mim também, e que me fez acreditar em mudar meu destino.

Pelo menos, até que tudo isso sumiu em uma sala de aula vazia, escondida em um armário escuro, com a imagem espelhada do menino a quem eu tinha dado meu coração.

— *Eu não quero que isso acabe. E eu sei que provavelmente é estúpido admitir isso, mas eu também acho estúpido não dizer nada.*

Damon estava tão agitado, tão nervoso. Seu cabelo estava uma bagunça desgrenhada de tanto passar as mãos por ele, praticamente abrindo aquele grande coração dele.

— *Eu te amo, Ruiva. E nem acredito que estou admitindo isso, mas estou em pânico, sabe? Sinto que vou perder você quando a escola terminar e não posso aguentar isso.*

Enquanto ele estava derramando seu coração, provavelmente pensando que eu concordaria com o que ele sentia, meu coração estava se despedaçando e caindo aos meus pés.

Ezra e eu pensamos que Damon só estava nisso para se divertir. Nenhum de nós tinha a menor ideia de que significava mais para ele.

Quase contei a ele a verdade sobre o que prometi a Ezra. Estava bem na ponta da minha língua. Mas então eu vi os hematomas desbotados na sua pele. Eu me lembrei de que eles estavam a apenas alguns dias de outro fim de semana ruim. Eu sabia que contar a verdade ao Damon só iria criar uma brecha entre dois irmãos que precisavam um do outro para suportar o que quer que estivesse sendo feito a eles.

— *Não conte ao Ezra. Ele chutaria minha bunda por isso. Não quero que ele sinta que está sendo afastado e preciso decidir como nós podemos fazer isso. Mas talvez depois de alguns meses de faculdade, ele siga em frente, e então podemos ser apenas nós.*

Esse foi o momento em que meus pés pararam de andar nas nuvens e voltei para a dura realidade da minha vida.

Eu tive que desistir dos dois.

Tive que quebrar minha promessa.

Tive que fingir que não me importava.

Não havia outra escolha a não ser afastar os dois apenas para que eu soubesse que, quando eles fossem embora, estariam juntos.

Eles precisavam se apoiar mais um no outro do que em mim. Então eu decidi partir meu próprio coração para não ficar entre eles.

Fiz um monte de coisas das quais não me orgulho para terminar com os gêmeos, e carrego as cicatrizes dessas decisões até hoje.

Depois de sair da casa deles, tenho que parar duas vezes no meu caminho para casa para não destruir meu carro. Não consigo ver além das lágrimas, não consigo respirar além da dor, não consigo funcionar, sabendo que vou vê-los novamente para deixá-los me rasgar em pedaços sem terem a intenção.

Pelo menos Damon não tinha intenção, mas não tenho certeza se posso dizer o mesmo sobre Ezra. Há uma veia de crueldade fria naquele homem que nunca vou desenterrar. Mas não posso alegar que não mereço.

Eu magoei os dois de muitas maneiras. E então simplesmente fui embora como se isso não significasse nada.

Nesse ponto, pode ser mais fácil finalmente admitir a verdade para os dois. Simplesmente me sentar com eles e confessar que ambos sentem o mesmo por mim, que fiz minha escolha muito tempo atrás e que eles precisam descobrir como lidar com isso.

Mas ainda estou com muito medo.

Com medo de que isso pudesse afastá-los.

Com medo de que isso pudesse separá-los permanentemente.

Com medo de nunca me perdoar por ser o catalisador que causa uma fratura no vínculo deles.

Principalmente, estou com medo de que eles lutem e que essa luta leve a mais hematomas, mais cortes e mais cicatrizes.

Me mataria ser o motivo de outra marca em qualquer um de seus corpos.

Embora, depois do que Ezra me disse esta noite, não tenho certeza se ele está completamente alheio a como Damon se sente. E o fato de ele estar disposto a machucar seu irmão por minha causa só me mostra que eu estava certa em me afastar de ambos.

Ainda assim, isso não significa que doa menos.

— *Especialmente quando você é tão bonita quando chora...*

Aquele filho da puta.

Eu sei o que você está pensando, só porque eu mesma pensei isso. Diga ao gêmeo do mal para ir se foder imediatamente e fique com o amoroso. Seria tão fácil, certo?

Com certeza. Apenas certifique-se de deixar meu coração saber disso, ou convença minha alma a deixar pra lá. Porque apenas um deles me traz à vida.

Talvez eu só tenha uma queda por homens tóxicos.

Ou talvez eu seja apenas uma masoquista.

De qualquer forma, a raiva que sinto pelo que ele me disse ajuda a secar minhas lágrimas, e dirijo o resto do caminho para casa no piloto automático.

O carro de Dylan está estacionado torto quando paro, mas não me importo ou presto muita atenção ao estacionar ao lado dele.

Estou muito ocupada ficando chateada com os gêmeos para ver para onde estou indo, meus pensamentos ainda estão na casa deles quando minha perna pega algo afiado, minha pele queimando com o arranhão profundo.

Sibilando de dor, paro no lugar para examinar o dano na minha perna, e é quando eu noto o dano no carro de Dylan.

Meus olhos se arregalam ao ver toda a parte da frente esmagada, o metal destroçado e o farol pendurado para fora.

Por um lado, eu quero rir, porque sei que ele vai ter sua bunda chutada por isso, mas, por outro, percebo que isso vai deixá-lo pior, e ele vai ser ainda mais um cretino comigo.

Então, novamente, ele é o bebê da família, o filho mimado que consegue tudo o que quer e nunca se mete em problemas. É por isso que estou surpresa ao ouvir a voz do meu pai quando entro em casa, seu tom afiado e cortante enquanto repreende Dylan.

Fechando a porta o mais silenciosamente possível, não me movo nem faço barulho.

Estou meio que esperando ouvi-lo sendo castigado, e um pouco animada que meus pais possam interromper suas festas constantes como punição por destruir o carro.

Em vez disso, ouço algo que não faz sentido, uma ameaça enterrada nas palavras do meu pai que me confunde pra caramba enquanto faz minha pele se arrepiar.

— Você não podia fazer nem isso direito, não é? Que porra há de errado com você? Eu disse que a quero morta. Não ferida. Não assustada. Morta. E agora parece que eu vou ter que lidar com isso porque você é uma decepção do caralho que não consegue realizar a tarefa mais simples.

Minhas sobrancelhas se franzem com isso.

— Ela precisa ser eliminada. E tudo o que você conseguiu fazer foi foder tudo.

— Pai...

— Não! Não me dê desculpas, Dylan. Você sabe como isso é importante. Pague para consertar seu próprio carro de merda. Não vou tirar do bolso por isso.

— Mas você disse...

— Eu sei o que disse. Também sei que você é um fodido que festeja demais para fazer qualquer coisa certa.

As vozes deles desaparecem quando passos se aproximam do saguão. Eu mergulho em uma pequena sala de estar, permanecendo completamente imóvel e escondida nas sombras até que meu pai atravesse a ala e bata uma porta ao longe.

Completamente confusa com a conversa deles, saio da sala de estar e caminho pelo corredor, parando quando chego à porta aberta do quarto de Dylan.

Sei que não devo incomodá-lo, mas eu amo meu irmão mais novo, apesar de como ele me trata mal. E ao vê-lo sentado ao lado da cama com a cabeça tão pesada em suas mãos, não posso deixar de estender o braço.

— Está tudo bem?

Sua cabeça se levanta rapidamente e seus olhos se estreitam em mim, tanta raiva na expressão dele que estremeço em resposta a isso.

— Dê o fora daqui, vadia!

Pegando um copo vazio de sua mesa de cabeceira, ele o joga em mim, o vidro se estilhaçando em centenas de cacos quando atinge a parede.

Felizmente, eu me esquivo rápido o suficiente para não ser atingida, confusão e medo por Dylan me inundando enquanto o encaro por alguns segundos silenciosos.

Ele está com tanta raiva o tempo todo.

Principalmente de mim.

E não tenho ideia do porquê.

Em vez de perder meu tempo discutindo com ele, especialmente depois de tudo que já passei esta noite, eu suspiro e viro pelo corredor para caminhar até o meu quarto.

Uma vez lá dentro, passo pelo processo de me despir e rastejar na cama, minha cabeça tão pesada nos travesseiros com o peso dos meus pensamentos.

Não estou nem perto de adormecer quando meu telefone vibra na mesa de cabeceira, a tela se acende com um brilho suave, um gemido caindo dos meus lábios porque há várias pessoas que não quero ouvir no momento.

Pegando-o de onde está, eu manuseio a tela e cerro meus dentes.

Claro que seria a pior delas.

Como a cereja no topo de uma noite fodida.

> Encontre-me amanhã às 3.

capítulo vinte e dois

Ezra

Entro na loja do Priest por volta do meio-dia, duas semanas depois de exigir que Emily cumpra o nosso acordo, minha mandíbula doendo de cerrar os dentes, minha cabeça latejando de frustração.

Onde nós estamos agora não é muito melhor do que onde começamos, exceto que, em vez de Emily ser a única a se ressentir de mim, Damon se juntou à lista, a porcaria do temperamento dele ficando pior porque me culpa pela distância emocional de Emily.

Ele não está errado em me culpar, no entanto. Eu estive atacando aquela mulher a cada chance que tenho, cada farpa certeira e comentário cortante saindo dos meus lábios com tanta frieza que minha língua está praticamente pingando gelo.

Ei, eu nunca aleguei ser o homem mais inteligente ou mais maduro. Eu guardo um ressentimento do tamanho do Texas, e estou atacando porque não consigo evitar.

Tudo porque não consigo superar a dor do que a Emily fez no ensino médio. Tudo porque sou um bastardo que estou me agarrando a uma promessa quebrada com tanta força que os pedaços estão se desintegrando nas minhas mãos.

Estou pegando uma situação ruim e tornando-a pior. E não preciso de toda essa baboseira psicológica e besteira de aconselhamento de *amor e luz* para me fazer perceber isso.

Eu sei exatamente o que estou fazendo.

Sei que não está ajudando em nada.

E estou fazendo de qualquer maneira.

Merda, estou *admitindo* isso completamente, e não consigo me incomodar com as reações carrancudas de Emily ou as ameaças de Damon.

Alguma coisa disso faz sentido?

Porra, não.

Mesmo assim, estou fazendo de qualquer forma.

Minha vida é um show de merda, e eu não tenho nenhum problema em arrastar todo mundo para ele.

Tudo porque sou um bastardo aborrecido.

E é por isso que estou entrando na loja do Priest para falar com ele e Shane. Bem, também é porque minha moto está fazendo um barulho estranho, e eu preciso de um deles para dar uma olhada nisso, mas principalmente para falar com eles, porque esses dois idiotas são os únicos que podem simpatizar com o que estou passando.

Como de costume, o som agudo de ferramentas elétricas atinge meus ouvidos primeiro, seguido pelo estalo de um soldador e o clarão ofuscante que se segue. Bato meu punho contra a porta e assobio alto para ser ouvido acima do coro familiar da garagem.

Um dos outros mecânicos dele espia pela frente de uma picape Chevy quebrada que parece ser da década de 1940 e vira sua cabeça para gritar acima do barulho para chamar a atenção de Shane.

Com uma cutucada de seu queixo para reconhecer minha presença, Shane se vira para gritar também, a cabeça de Priest aparecendo com o barulho, um capacete de soldagem preto escondendo seu rosto. Ele me mostra o dedo do meio como um olá, e eu rio enquanto faço meu caminho para o escritório para esperar por eles.

Depois de roubar um refrigerante do frigobar, deixo meu peso cair em uma cadeira esfarrapada e coloco os pés para cima em uma mesa de madeira arranhada.

Shane entra primeiro, graxa cobrindo suas mãos que ele apenas espalha mais com o pano que está usando para limpar.

— Minha moto está fazendo um barulho — eu digo, sem esperar que ele faça perguntas.

— Guinchando ou…

— Rangendo. Acho que as engrenagens podem estar danificadas.

Suas sobrancelhas se franzem em confusão porque ele as ajustou não muito tempo atrás.

— Porra. Vou dar uma olhada.

Priest entra assim que Shane sai, sua boca se curvando em um sorriso torto.

— Você não deveria estar vestido de terno e bancando o advogado em algum lugar? Como diabos você consegue fazer alguma coisa quando nunca está no escritório?

É uma pergunta justa.

— Tanner e Gabe cuidam da maior parte disso. E o que eles não lidam, Jase e Mason lidam. O resto de nós é, basicamente, figura representativa.

Rindo disso, Priest pega algo para beber e joga seu peso na lateral de uma mesa cheia de pilhas de papéis que nunca serão colocados em ordem.

— Deve ser bom — ele resmunga. — Por que você está aqui parecendo que alguém enfiou a bota tão fundo na sua bunda que você está mastigando o couro?

— Problemas femininos.

O cretino gargalha.

— Cara, eu já disse pra você foder todas elas. Mas não de forma figurada. Quero dizer isso literalmente. Continue pulando de uma cama para a outra, e elas nunca vão te alcançar e se tornar um problema.

Como se fosse assim tão fácil.

Antes que eu possa responder, Shane entra de novo na sala como uma tempestade, sua boca uma linha tensa enquanto seus olhos cortam na minha direção.

— Você gostaria de explicar por que o seu tanque de gasolina e cano de escapamento estão todos destruídos? Não é à toa que sua moto está rangendo. Eu estou surpreso que você sequer foi capaz de pilotá-la.

Maldição. Eu sabia que ele notaria isso.

— Eu não estou, e é por isso que a trouxe no trailer. E ela pode ter caído, o que causou o dano.

Ele ergue uma sobrancelha.

— Caído?

— Ok, porra, eu a chutei — admito, enquanto esfrego minha nuca.

Priest ri.

— Ela te insultou? Disse que a sua bunda é muito grande? Ou talvez seja a porra do seu ego que é muito pesado.

— Fiquei puto depois de discutir com o Damon.

— Sobre a Emily? — Shane pergunta, um tom de voz que avisa sobre como ele se sente sobre isso.

Aceno em concordância e trinco minha mandíbula.

— Cara, não vale a pena lutar por nenhuma mulher. Principalmente entre irmãos. Apenas desista.

Seria um alívio se eu pudesse ouvir os conselhos não solicitados de Priest. Infelizmente, a situação é muito mais complicada do que isso.

Shane sabe disso, e é por isso que ele encosta o ombro contra a parede e me olha com cautela.

— Em vez de se preocupar com ela, acho que você precisa prestar mais atenção a um problema maior acontecendo nos bastidores.

Meus olhos se fixam nos dele.

— Que é?

— Você verificou o telefone de Damon ultimamente?

Ele diz isso como se eu devesse tomar conta do meu irmão como uma babá. Então, novamente, talvez eu devesse. Há apenas uma pessoa com quem eu estaria preocupado sobre tentar entrar em contato com ele.

— Com que frequência William tem ligado?

— A cada dois dias ultimamente. Não que Damon esteja respondendo, mas nós dois sabemos que o lembrete constante não pode ser bom para ele.

Não.

E ele também não é bom para mim.

Mas, cá entre nós, William tem muito mais probabilidade de pensar que consegue colocar o pé de volta na porta através de uma brecha nas defesas de Damon do que nas minhas.

— Eu cuido disso.

— Como? Porque brigar pela Emily certamente não é a maneira de fazer o Damon falar. Você não pode me dizer que não sabe o que ele sente por ela…

— Claro que eu sei, porra! — berro, minha voz tão alta que ecoa pela garagem.

Não no início.

Não na época do ensino médio.

Admito que fiquei cego por muito tempo para não ver isso, mas as últimas semanas abriram meus olhos.

Depois de Emily insistir para que eu não dissesse uma palavra a ele sobre a promessa que ela quebrou para mim, e do cuidado que ela tem tomado ultimamente para ficar física e emocionalmente distante de nós, eu percebi por que ela foi embora todos aqueles anos atrás.

E eu tenho pretendido falar com ela sobre isso, mas não superei a minha própria merda para ter essa discussão.

Ela merece conversar sobre isso, no entanto.

Que tipo de cretino isso me faz, por usar o que ela fez contra ela, se ela fez isso para nos proteger?

— Puta que pariu, senhoras. Poupem o drama para uma novela — Priest resmunga. — Eu juro, vocês dois estão fazendo o lugar feder com suas besteiras femininas malucas. Vocês também ficam menstruados agora? Posso correr até a loja e comprar alguns chocolates e filmes tristes de chorar, se vocês estiverem se sentindo hormonais e precisarem trabalhar suas merdas.

— Vai se foder — Shane e eu dizemos em uníssono.

Isso só faz Priest gargalhar.

Aparentemente, vir aqui foi um erro. Shane está tão irritado comigo quanto Damon e Emily. Eu não ganho nunca, porra.

— Eu vou lidar com o William — rosno.

— Ótimo — Shane devolve, obviamente não convencido. — Só me deixe saber como você planeja fazer isso sem ferrar com tudo o que Tanner e Gabe estão fazendo.

Gemo ao pensar nessa besteira além de todo o resto. Em pouco mais de uma semana, nós devemos fazer Clayton Hughes correr o desafio logo depois que Tanner terminar de foder com seu mundo.

Enquanto isso, Gabe está andando de um lado para o outro como um tigre enjaulado enquanto espera para caçar Ivy e arrastá-la de volta de suas férias prolongadas.

Todos os caras estão ocupados executando os dois jogos para que nós possamos finalmente chegar mais perto dos servidores.

Ok, bem, Clayton é apenas por diversão, e eu não posso mentir e dizer que não estou ansioso para mandar aquele pedaço de merda correr pela floresta. Sempre o odiei.

Shane se acalma o suficiente para destravar sua mandíbula, os músculos de seus ombros relaxando.

— Você não pode ir atrás do William. Isso vai apenas alertar as nossas famílias para o fato de que não estamos mais obedecendo às regras. Pelo menos espere até que Tanner e Gabe tenham o que eles precisam para derrubar nossos pais.

Enfiando uma mão pelo cabelo, relaxo no assento.

— Então o que eu faço enquanto isso?

— Converse com o Damon — ele responde. — Pare de perder a porra do tempo com essa merda com a Emily. Desista dela.

— Eu não posso fazer isso.

— Por que diabos não? — Priest interrompe. — Ela é só uma garota. Você deveria ser mais como o Shane e eu e ver essa merda como ela é. Um bom tempo até você colocar suas roupas de volta e dar o fora de lá.

Tão envolvido com Shane, eu quase me esqueci que Priest ainda estava na sala. Meu olhar dança entre os dois.

— Um dia desses, vocês vão se apaixonar por uma mulher que vão deixar vocês malucos, e quando esse dia chegar, podem apostar o que quiserem que estarei sentado lá com pipoca assistindo essa merda e rindo disso.

— Não vai acontecer — Priest bufa.

Shane sorri.

— Você vai esperar muito tempo por isso.

Claro que vou.

Eu pensei a mesma coisa no ensino médio.

Pelo menos até Emily Donahue entrar na minha vida e destruir meu mundo.

— Tanto faz. Vou conversar com o Damon.

— Excelente. Você deveria ir direto para isso.

Meus olhos voam para Shane.

— Tipo, direto, como nesse segundo?

— Você tem algo melhor para fazer? A única coisa que eu vejo você fazendo é se sentar por aí chorando sobre seus problemas com as garotas e se esconder na loja. Se você não tomar cuidado, Priest e eu enfiaremos você embaixo de um carro e faremos com que trabalhe um pouco.

— Ou isso — Priest fala — ou fazer você consertar sua própria moto para te ensinar uma lição.

Eu disparo um olhar para ele e mostro o dedo do meio. Ele ri e se levanta.

— Vá consertar a merda com o seu irmão, imbecil. Essa é a pessoa mais importante que você tem neste mundo. Não estrague tudo por causa de uma garota.

Ele sai da sala, deixando-nos sozinhos. Shane coça o queixo e sorri.

— Você ouviu o homem. Eu vou deixar a moto arrumada em alguns dias. Só saia do trailer e vá embora.

— Tudo bem.

Ficando de pé, cumprimento Shane enquanto passo e faço meu caminho através da loja e para o estacionamento. Depois de desenganchar o trailer do jipe, entro e saio na direção da minha casa.

Mas então a raiva me puxa, uma corda amarrada bem apertada aos meus pensamentos que me encontro cruzando a rua do bairro onde cresci.

Não tenho certeza de qual é o plano, provavelmente apenas passar pela casa do meu pai e continuar sem parar para chutar sua bunda, mas meu pé pisa no freio quando vejo um carro familiar em sua garagem.

Parando o jipe atrás de uma cerca viva grande o suficiente para que eu não seja visto facilmente, saio e espio ao redor, perguntando-me o que diabos estou vendo.

Isso é algo estranho que não pode estar acontecendo.

Deve ser o carro de outra pessoa, um que parece idêntico ao de Emily.

Porque não há nenhuma maneira de ela estar na casa do meu pai. Ela não tem nenhum motivo para estar aqui. Ela sabe o quanto Damon e eu o odiamos.

Emily pode ter ferrado com a gente no passado, e estou começando a acreditar que ela teve seus motivos, mas ela nunca faria algo assim.

É uma pena que, uma hora depois, a porta da frente se abre e uma bela ruiva sai.

É ainda mais lamentável que, quando meu pai beija a mão dela, eu decido que não estou apenas cortando-a das nossas vidas, como Priest e Shane sugeriram...

Eu tenho toda a intenção de tornar a vida dela um verdadeiro pesadelo no processo.

capítulo vinte e três

Emily

Nós estamos na quarta semana. Quatro semanas irritantes que eu considerei cortar o contato com os gêmeos inteiramente e aceitar a oferta de Ivy para me juntar a ela nas férias. Seria legal passar os próximos vários meses tomando banho de sol e não dando a mínima para nenhum dos meus problemas.

Pelo que eu sei, ela deixou a Califórnia e voou para a Flórida para passar algumas semanas lá, e estou bastante tentada a me juntar a ela.

Sim, tecnicamente eu só tenho duas semanas restantes dessa merda com os gêmeos. E embora eu deva apenas dar o braço a torcer e acabar com isso, estou sendo dividida em dois por um irmão que não para de me destruir com sua bondade e grande coração, e outro irmão que eu juro está fazendo tudo ao seu alcance para me fazer fraquejar sob a pressão, para que eu murche e morra.

Como sempre, não consigo entender qual é o problema do Ezra.

As primeiras duas semanas depois que ele me pegou beijando Damon, ele foi um pesadelo para lidar, mas esta última semana apenas amplificou seu comportamento a um ponto onde ele nunca tem nada gentil para dizer. Ele só me ataca com observações cortantes e comentários de merda projetados intencionalmente para machucar.

Uma garota esperta teria ido embora.

Ela teria jogado os braços para cima e valsado felizmente para fora do estado, assim como a Ivy fez com Gabe.

Mas a culpa está me segurando no lugar. Isso e a preocupação que sinto por eles dois.

Sei que o pai de Damon o tem assediado ultimamente. Não que ele atenda as ligações, mas apenas o nome aparecendo em sua tela é suficiente para deixá-lo irritado.

Cada vez que puxei minha calcinha de menina grande para abordar Ezra sobre isso, ele me afastou novamente, dizendo alguma coisa desagradável, praticamente encerrando qualquer conversa antes que eu tenha a chance de começar.

Isso só quer dizer que tenho visto mais Damon do que Ezra e, felizmente, tenho feito isso sozinha. Lidar com um de cada vez é muito mais fácil. Damon é mais propenso a vir aqui do que me deixar encontrá-lo na casa deles. Eu acho que é para evitar seu irmão. Eles também não estão se dando muito bem.

O que é, novamente, minha culpa.

E eu me sinto horrível por isso.

Infelizmente, isso só dá a Dylan a chance de se mostrar. Ele tem sido agressivo com os gêmeos. Não fisicamente, mas na porcaria que ele fala. E embora eu saiba que os dois estão se segurando quando ele diz alguma coisa, não tenho certeza se um deles não vai explodir um dia e bater em Dylan por isso.

Felizmente, Ezra só apareceu uma vez, e nós passamos o tempo inteiro discutindo um com o outro sobre merdas que não importam. Não sei por que ele ainda tenta. Ele obviamente nunca vai deixar o passado para trás.

Ele deveria vir hoje à noite, e não estou ansiosa por isso. Sua mensagem de texto era uma porcaria de uma linha. *Te vejo em algumas horas.* Só isso.

Digitei várias respostas, a maioria delas dizendo a ele para manter sua bunda em casa, para não se incomodar ou chamando-o de todos os nomes que eu poderia inventar em letras maiúsculas e muitos *emojis* de dedo do meio, mas eu apaguei todas elas, porque realmente preciso conversar com ele sobre o Damon.

Enquanto espero, passo tempo nas redes sociais e fico com ciúmes assistindo aos vídeos que Ivy postou em suas páginas secretas. Ela está lá fora, vivendo uma boa vida, enquanto me sujeito ao que equivale a uma tortura emocional e mental.

Sua última postagem tem a legenda *Prenda-me Se For Capaz*, uma foto dela embarcando no avião de seu pai com um sorriso doce no rosto e o dedo do meio para cima. Eu rio, sabendo que é um cumprimento para Gabriel, e me pergunto se ele sabe sobre essas contas secretas.

Eu também me preocupo, porque, de acordo com Ava, Gabe está procurando por Ivy, mas ainda não conseguiu encontrá-la. Não é difícil imaginar que ele vai tornar a vida dela um inferno se alguma vez conseguir fazer isso.

Percebendo que sinto falta da minha melhor amiga, disco o número dela e espero os quatro toques que leva para ela atender.

Não dou a ela a chance de dizer uma palavra antes de perguntar:

— Como vai a vida de fugitiva?

— Está ótima — ela responde, sua voz animada, mas ainda assim relaxada e despreocupada. — Eu estava do lado de fora aproveitando a praia, e esta noite estarei curtindo uma festa em um clube.

Deus, como eu gostaria de poder ser ela agora. Recusando-me a preocupá-la, tento disfarçar a angústia em minha voz. De alguma maneira, sei que falhei miseravelmente no esforço.

— Deve ser bom pra caralho. Faça-me um favor e poste um vídeo para eu ver. Quero viver indiretamente através de você por um tempo.

— Eu já postei vários. Além disso, sobre o que você tem que reclamar? Está vivendo com dois homens incrivelmente lindos com quem você pode brincar ao mesmo tempo. Se alguém precisa postar um vídeo, é você.

Meus olhos se fecham com o comentário. Ivy não tem ideia de como o que estou presumindo que foi uma piada da parte dela chegou perto demais da verdade.

Isso não apenas me lembra do que fiz no ensino médio, que me levou à cicatriz no ombro, mas também me coloca em uma posição em que tenho que mentir para a minha melhor amiga.

Sempre fui uma péssima mentirosa. Mas, ultimamente, tenho feito tanto isso que poderia competir com o Gabriel, pelo tanto que estou me tornando profissional nisso.

Incapaz de reunir a vontade de parecer superfeliz sobre os gêmeos estarem na minha vida, conto uma meia-verdade, algo que me dá um motivo para parecer descontente.

— Na verdade, isso é mais complicado do que eu gostaria que fosse. Damon foi preso algumas semanas atrás.

A mentira perfeita.

Algo verificável e que me dá uma desculpa para parecer tão chateado quanto estou.

Estou apenas deixando de fora a tortura subsequente de um gêmeo que precisa de mim ainda mais agora que está sendo assediado pelo pai, e a do outro, que está decidido a me destruir.

Depois de um vai e vem onde explico que Shane foi preso com Damon, e que Ezra não estava lá desta vez, a campainha toca pela casa, o que faz meu estômago murchar em uma bola dolorida.

Tudo o que eu quero fazer é implorar a ela que volte para casa e me resgate. Em vez disso, finjo que estou feliz com o homem que chegou.

— Deve ser o Ezra, o que significa que eu preciso ir. Divirta-se esta noite e certifique-se de me enviar a filmagem.

Dizemos nosso adeus enquanto me levanto para atender a porta. Infelizmente, Dylan chegou antes de mim, sua expressão uma zombaria irritada enquanto ele bloqueia o caminho de Ezra.

Ele me lembra de um filhotinho enfrentando um alfa, seu pequeno lábio enrolado e os dentes ainda não totalmente crescidos que não são páreo para a mordida que Ezra é capaz de me dar.

— Dylan — eu advirto, esperando que ele saia do caminho antes que o gêmeo o mova.

Meu irmão é quase tão alto quanto Ezra, mas está longe de ser tão robusto. Além disso, não passou anos lutando contra tudo e contra todos como Ezra fez.

Um silêncio tenso rola entre os dois, o olhar frio de Ezra preso em Dylan como se o desafiasse a fazer alguma coisa.

— Dylan — advirto novamente, minha voz mais urgente.

— Vai se foder, vagabunda...

É tudo o que ele consegue dizer, antes que Ezra o prenda contra uma parede, o antebraço de Ezra contra a garganta de Dylan e sua expressão calma e controlada.

O fato de Ezra não parecer louco apenas irrita mais o Dylan. Ele chuta algumas vezes, suas mãos agarrando seu braço, seu rosto ficando em um tom desagradável de vermelho.

Abaixando a cabeça para ficar no nível de Dylan, um movimento que ele sempre usa comigo, Ezra fala tão suavemente que tenho que me esforçar para ouvi-lo.

— Se eu, alguma vez, ouvir você falar com a sua irmã assim de novo, vou te deixar tão quebrado que você vai ficar preso à cama e em uma cadeira de rodas por meses. Não dou a mínima para quem é seu pai ou o que sua família vai fazer comigo. Você merece aprender uma lição sobre respeito, assim como os pedaços de merda dos seus amigos inúteis.

Talvez seja por causa do quão calma sua voz é, mas meu sangue gela com as palavras de Ezra.

Dylan também deve finalmente recobrar o juízo. Ele para de lutar. Para de olhar com raiva. Mal consegue respirar porque seu rosto está ficando um tom profundo de roxo.

— Acene para me dizer que você me entende — exige.

Com esforço, Dylan acena com a cabeça em concordância.

Ezra o mantém no lugar por mais alguns segundos antes de soltar Dylan e deixá-lo cair no chão. Ele nem se incomoda em olhar para a pilha que é o meu irmão antes de caminhar para frente para passar por mim e pelo corredor em direção ao meu quarto.

Um arrepio desce pela minha espinha quando ele passa, e estou presa entre seguir atrás de Ezra ou tentar ajudar meu irmão.

Eu escolho ajudar Dylan, não que isso torne algo melhor. Tudo o que ele faz é me dar um tapa para me afastar quando me ajoelho para ajudá-lo, sua voz tensa quando ele explode:

— Sai de perto de mim, porra.

Simplesmente ótimo. Isso certamente tornará as coisas ainda piores para mim em casa.

O pensamento de que eu preciso me juntar a Ivy passa pela minha cabeça novamente, e enquanto decido comprar uma passagem de avião para Miami o mais rápido possível, fico de pé e caminho pelo corredor para encontrar Ezra em meu quarto.

— Aquilo era realmente necessário? — pergunto, enquanto fecho a porta.

Ezra está sentado no lado da minha cama, seus antebraços apoiados nos joelhos estendidos, a cabeça baixa. Quando ele olha para mim, corre o polegar lentamente ao longo do lábio inferior, puro ódio transbordando de seus olhos enquanto me estuda.

— Ele merecia muito pior. A única razão pela qual ele não está cuidando de um nariz arrebentado e vários ossos quebrados é porque é seu irmão. Embora, você possa querer avisá-lo que ele acabou de usar sua última chance comigo.

Certo. Como se eu pudesse alertar o Dylan sobre qualquer coisa. O merdinha não ouviria mesmo se eu fizesse isso.

Abro a boca para discutir, mas as palavras permanecem não ditas quando Ezra se levanta e avança na minha direção. Minhas costas atingem a porta e ele me prende, trazendo seu rosto para baixo para que estejamos no mesmo nível, como de costume.

No que diz respeito às táticas de intimidação, nunca vou negar que essa funciona. Esse maldito olhar âmbar dele tem uma maneira de fazer o meu coração fraquejar e meu medo explodir. Seus olhos brilham com apreciação masculina, me prendendo no lugar, tão frios que queimam.

— Eu só percebi hoje que eu devo uma coisa a você. É por isso que estou aqui.

Eu balanço minha cabeça em negação.

— Aham, não. Você não me deve nada. Lamento que tenha perdido seu tempo vindo. Certifique-se de dirigir com segurança no caminho para casa.

Ele sorri, mas não de uma forma que me faça sentir segura.

Inclinando-se para mais perto, Ezra corre a ponta do nariz contra a linha da minha mandíbula, seus dedos deslizando sobre a minha cintura em uma ameaça suave, seu sorriso se esticando contra a minha bochecha quando meu corpo treme com o quão perto ele está, um som suave e selvagem de pura satisfação masculina rastejando de sua garganta.

— Você é fofa — ele sussurra e, infelizmente, essa é a coisa mais legal que ele me disse nas últimas quatro semanas, mesmo que seja dito de uma forma que arraste dedos gelados pela minha espinha.

Eu luto para engolir, minha voz um sussurro trêmulo quando pergunto:
— O que você me deve?

— Três verdades. Três pedaços da minha vida fodida.

Meus dentes estão afiados contra meu lábio. E embora eu queira dizer a ele para não se preocupar com isso, que ele pode se afastar de mim agora e levar suas verdades com ele, eu preciso desses pedaços e me recuso a desistir deles.

Eu preciso saber. Mesmo que ele seja assustador e frio enquanto me conta esses segredos.

Sua respiração bate no meu rosto, seu cheiro me envolvendo na mais sensual das promessas. Mas é o calor dele que me derrete contra a porta, minhas pernas fracas e as palmas das mãos pressionadas na madeira ao lado das minhas pernas.

Fechando os olhos, eu absorvo este homem. Levo-o para dentro de mim. Cada parte dele.

Sua raiva fria.

Suas ameaças.

Seus insultos.

Seu ódio.

Sua *violência*.

Como a mulher estúpida que sou, eu o convido a entrar completamente.

Porque eu amo o Ezra e sempre amarei.

Mesmo que ele tenha parado de me amar há muito tempo, quando eu não tinha escolha a não ser machucá-lo.

— Tudo bem, Ezra — digo, minha voz tão fraca que mal consigo escutar. — Se é isso que você quer, simplesmente me conte.

Ezra

É sensato acreditar que uma pessoa deve manter seus inimigos ao seu alcance. Mantenha-os por perto. Mantenha-os onde você possa estudar seu comportamento, suas palavras, cada pensamento e movimento deles.

É o que tenho feito com Emily nessas últimas semanas, desde que a vi na casa do meu pai, seus longos cabelos ruivos esvoaçando sobre seus ombros enquanto caminhava pela garagem sem se importar com o mundo, sem perceber que minha atenção estava nela.

A próxima vez que viu Damon e eu, ela deu seu sorriso de costume para ele e sua carranca típica para mim. Ela se comportou como se não estivesse agindo pelas nossas costas e ficando próxima de um homem que abusou de nós por mais anos do que podemos contar. Ela piscou seus cílios e mentiu ao brincar com meu irmão, e teve o cuidado de não encontrar meu olhar com tanta frequência.

Talvez por causa da maneira como eu a observava. Sem um pingo do amor que sempre senti por ela. Sem um pingo de remorso pelas coisas que eu disse que pretendiam cortar bem no seu centro carnudo e se torcer em seu coração.

Não tenho certeza se Emily tem alguma pista de que eu sei o que sei, mas vendo como não sou tão paciente quanto gostaria de ser, estou de saco cheio de esperar para ver se a culpa pelo que ela está fazendo algum dia chega a ela.

Hoje eu percebi que ela não conhece a história completa, que todo esse tempo, eu a protegi porque pensei que a verdade a destruiria.

Agora, não tenho tanta certeza.

Este momento é perigoso para nós dois. Não posso afirmar que meu corpo não está reagindo por tocá-la, e estou muito ciente de como meus dedos se enrolam em sua cintura com a necessidade de segurá-la no lugar.

É preciso todo o autocontrole que eu possuo para ficar tão perto assim e não tomar o que quero do corpo dela, para não a prender enquanto tomo meu tempo para lamber, morder e saborear.

Em vez disso, eu sussurro, porque tenho que me manter focado para não perder o controle e me perder em uma mulher que eu odeio tanto quanto desejo.

— Diga-me o que você quer saber.

Seu corpo estremece, e eu engulo um gemido ao sentir isso.

Meu olhar faminto traça o formato de sua boca carnuda enquanto ela mastiga o lábio inferior. É um hábito nervoso que não sei se ela conhece, mas sempre observei e apreciei.

— Para onde vocês eram levados? — pergunta, sua voz ofegante e reservada, seus olhos redondos se movendo para cima para encontrar os meus.

Estudo a cor escura de seus cílios grossos, tão longos que as pontas encostam em sua pele.

Emily não pisca, não ousa desviar o olhar da ameaça a encarando.

— Para um armazém.

— Do seu pai?

— Não.

— De outra pessoa?

Eu a inspiro, me inclino para esfregar minha bochecha contra a dela.

— Sim.

Um leve som de raspagem chama minha atenção. Eu olho para baixo, para onde a mão dela toca a porta. Os dedos de Emily se enrolam tão lentamente que suas unhas arranham a madeira.

— Onde fica o armazém?

Meus olhos se erguem de volta para os dela, minha mão levantando para que eu possa emaranhar meus dedos com a ponta de seu longo cabelo ruivo, dando um puxão rápido e brincalhão.

Os olhos de Emily se suavizam em um líquido puro, um mar que ainda está calmo, apesar da tempestade que se aproxima rapidamente.

— Esta é a sua próxima pergunta? Você deveria ter cuidado com o que pergunta e como pergunta. Você só tem duas restantes.

As costas da minha mão roçam o lado do seu seio por acidente. Ainda assim, nós dois reagimos, meu corpo ficando duro enquanto o dela derrete em conformidade.

Pressiono minha boca em seu ouvido.

— Me responda.

— Não — ela fala, antes de limpar a garganta em uma tentativa de adicionar mais força às suas palavras. — Essa não é a minha pergunta.

Outra pausa, e juro que posso ouvir seus pensamentos subindo e descendo, uma pergunta trocada por outra, outra e outra, até que ela se decida por uma.

— Os hematomas. Quem os deu a você?

— Quais hematomas? Sempre houve tantos.

Suas unhas arranham a porta com mais força.

Uma pausa momentânea, a respiração presa de Emily, seus olhos piscando lentamente enquanto ela vira a cabeça para falar contra minha bochecha.

— Todos eles?

Sua resposta me faz rir.

— Boa tentativa, Assassina. Você precisará ser mais específica do que isso.

— Os que eu vi pela primeira vez. Aqueles que eu beijei quando você me mostrou pela primeira vez...

Pressiono meu polegar em seus lábios, em parte por causa da memória que ela está trazendo à tona, mas principalmente porque não consigo evitar.

Piscando seus olhos rapidamente, Emily estremece. Ela está lutando contra alguma coisa.

Ira, pelo que posso sentir da energia saindo dela. Desejo, se a forma como seu corpo se molda ao meu significa alguma coisa. Violência, se o arranhar rápido e forte de suas unhas contra a porta for qualquer indicação.

Mantendo minha voz suave para que ela não ouça a verdade sobre o que estou lutando, estudo seu rosto enquanto dou minha resposta.

— Esses hematomas eram do William.

Este seria um bom lugar para ela confessar o que está fazendo perto do meu pai. Agora que ela sabe que ele estava participando do que acontecia com a gente. Era o líder, na verdade.

Emily não diz nada sobre o assunto.

Isso só me irrita mais.

— Por quê? — pergunta, lágrimas brilhando em seus olhos, seus lábios se movendo contra a pressão suave do meu polegar.

Ignoro a raiva fervilhando em meu sangue por sua recusa em admitir o que ela está fazendo. Ignoro os sussurros da memória.

Seja um homem!

É isso o que eu te ensinei?
Levante-se, porra!
— Essa é a sua terceira pergunta?
— Sim — ela diz, e então balança a cabeça. — Quero dizer, não.

Pura frustração rola em sua expressão quando ela estende a mão para agarrar meu pulso e afastar minha mão de seu rosto.

Nós ficamos parados em silêncio, nossos ombros se movendo com a nossa respiração, nossos peitos pressionados juntos e nossas pernas emaranhadas.

Entre nós, os dedos de Emily agarram meu pulso, sua unha do polegar pressionada em minha pele.

Isso causa apenas a dor o suficiente para me tirar do fascínio que tenho por sua boca, para que meus olhos se fixem nos dela.

Um sorriso puxa meus lábios, metade diversão com a frustração dela e metade zombaria, porque estou intencionalmente causando sua angústia com respostas vagas.

Não que eu planejasse dar a ela respostas completas. Minha única razão para vir aqui foi para ver se ela admitiria o que está fazendo pelas minhas costas.

— Qual é a sua terceira pergunta?

As rodas estão girando novamente, as engrenagens rangendo.

Emily está perfeitamente parada, o único movimento é seus dedos apertando meu pulso, sua unha cortando minha pele.

Não me importo com a pontada de dor. Ajuda a me concentrar, ajuda a me manter no aqui e no agora, em vez de me deixar deslizar para a memória.

De alguma maneira, ela se estabelece na única pergunta que eu esperava que ela nunca fizesse.

— Ele fez vocês machucarem um ao outro?

Estremeço com a memória que suas palavras trazem para a superfície, a culpa me comendo por inteiro, me devorando enquanto uma bomba-relógio na minha cabeça conta até seus segundos finais.

— Ele fez — ela sussurra quando eu não falo, uma lágrima de raiva escorrendo de seu olho por seu rosto pálido. — Você não precisa responder isso. Acho que eu já sei.

A vida nem sempre faz sentido.

O coração é ilógico.

Sua alma não pode evitar o que precisa.

Existem centenas de razões e porcarias de explicações pelas quais eu ainda quero a Emily.

Apesar do que aconteceu no passado. Apesar do que está acontecendo agora.

Apesar da minha fúria fria e de sua dor lancinante.

Tento mentalmente me livrar do desejo que tenho de deixar tudo para trás e pegar o que quero, mas eu luto para me lembrar do porquê estou aqui, luto para ficar focado nas respostas que vim buscar.

— Você tem alguma coisa que queira me contar?

Seus olhos se fecham, mais lágrimas escorrendo.

— Tanta — ela admite, a culpa óbvia na voz dela.

— Como o quê?

Uma respiração trêmula, seus olhos se abrindo novamente.

— Só que eu sinto muito.

— Pelo quê?

Outra respiração.

— Por tudo.

Minha mão desliza até sua garganta, mas não a aperta. Estou praticamente tremendo com a necessidade de forçar as respostas dela. Os dedos de Emily agarram meu pulso enquanto corro a ponta do polegar ao longo de seu pescoço.

— Eu te odeio — sussurro contra sua boca.

— Eu sei.

— E eu te amo pra caralho.

Seus lábios rolam contra os meus, seus dentes mordendo.

— Eu sei.

— Não suporto você.

O corpo dela estremece.

— Idem.

Nós dois ficamos perfeitamente parados.

— E não consigo parar de te querer.

Os olhos de Emily se fecham.

Que tipo de idiota eu era para pensar que poderia ficar sozinho com ela e não terminar neste lugar?

Eu sinceramente acreditei que poderia resistir. Que poderia evitar de tocá-la. Que poderia evitar de machucá-la de mais maneiras do que com insultos e ameaças.

Nós vamos destruir um ao outro um dia desses, mas ainda assim não temos forças para parar com isso.

Violência, despojada de seus punhos martelantes, de seus dentes roedores, de suas arestas afiadas e explosões cegantes, nada mais é do que uma força destrutiva.

E é isso que Emily e eu somos um para o outro.

Estou começando a acreditar que não existe uma única pessoa ou influência neste mundo que seja poderosa o suficiente para nos parar.

— Eu sei — ela finalmente diz. — E nós vamos continuar machucando um ao outro. Nós vamos continuar lutando. Nós vamos continuar...

Minha boca está na dela antes que ela possa terminar esse pensamento, minha língua e dentes provando e mordendo, porra, *devorando*, porque eu perdi a vontade de resistir.

Não que Emily não retribua, não tome tanto quanto eu, não agarre meu pulso com uma das mãos e deslize seus dedos no meu cabelo com a outra. Ela me puxa para ela enquanto meus dedos se apertam em sua garganta, enquanto meu aperto se agarra em sua cintura e eu a puxo para perto.

Não suporto essa mulher pelo pesadelo que ela tem sido na minha vida, mas não consigo parar.

Não é amor que nos envolve agora.

É ódio.

Puro. Desenfreado. E cru.

Nós odiamos que não podemos nos afastar.

Odiamos que não podemos consertar o passado.

Odiamos que o nosso presente esteja fodido além do reparo.

E odiamos que o nosso futuro sempre foi impossível.

Nós descontamos um no outro o que não podemos lutar ao nosso redor. Ambos presos. Ambos vítimas. Ambos ensanguentados e marcados pelas guerras que não vão parar.

Ambos violentos.

E ambos derrotados.

Isso não a impede de morder meu lábio, no entanto. Não impede o rosnado que vibra em meu peito enquanto minha mão desliza para baixo em direção à sua bunda para levantá-la. E, com toda certeza, não impede a maneira como as pernas dela envolvem meus quadris como se fossem feitas para estar lá.

No segundo em que o cume duro do meu pau pressiona entre suas pernas, essa mulher geme na minha boca, seu corpo derretendo, sua cabeça caindo para trás enquanto raspo os dentes ao longo da linha de sua mandíbula, esforçando-me para não a marcar como minha em um lugar tão visível.

Presa contra a porta, Emily se submete ao ataque, ao homem que a maltrata, ao amante que pega o que quer.

Ela se submete.

E eu aproveito isso ao *máximo*.

Felizmente, ela está usando um vestido em vez de calças, porque eu teria rasgado o tecido para chegar até ela. Nada disso não é lento. Não é doce. Não se trata de tocar todos os lugares certos e cuidar de suas necessidades.

Isso é foder, puro e simples, um homem tomando sem pensar, e uma mulher se entregando em um esforço para acalmar a besta.

Desabotoando minha calça jeans, eu a empurro para fora de meus quadris, liberto meu pau para empurrar dentro dela e empurro sua calcinha de lado. Com um impulso rápido e forte, estou dentro dela, o corpo de Emily batendo contra a porta enquanto é totalmente preenchida.

Um gritinho voa de sua garganta, tanto dor quanto prazer, tanto desgosto quanto amor, antes de eu me retirar até a ponta para empurrar novamente com um pouco mais de força.

Meu corpo se move sem pensar, meus quadris batendo para frente e para trás, o corpo dela colidindo contra a porta com tanta força que está batendo e fazendo barulho. De novo, de novo e de novo.

Eu estou a machucando?

Provavelmente.

E ela está me machucando?

Sim, ela está, apenas por dar isso para mim quando eu não mereço.

Com meu rosto enterrado em seu pescoço, eu a insulto. Nem sei o que estou dizendo, as palavras simplesmente saindo. Com cada impulso dos meus quadris, confesso o quanto a odeio, por que a odeio, e Emily chora, mas não diz nada em troca.

Ela está me deixando machucá-la.

E eu a odeio ainda mais por isso.

Como eu posso machucar a mulher que devo proteger?

Por que ela não me impede quando sabe que perdi o controle?

Quando eu gozo, é duro e profundo dentro dela, minha boca cobrindo a dela enquanto meu pau lateja com o orgasmo, seu corpo apertando o meu e desmoronando ao mesmo tempo.

Me desculpa.

É tudo o que consigo pensar.

Um milhão de vezes, me desculpa.

No entanto, nenhum de nós pode respirar para dizer isso.

A realidade se instala imediatamente quando nossos corpos se acalmam.

E com isso, a culpa.

Sempre a culpa.

Estou destruindo a mulher que me mantém inteiro. E ao machucá-la, estou machucando a mim mesmo. Eu deveria ir embora. Acabar com isso. Libertar a nós dois. Mas não posso deixar uma mulher que nasceu para ser minha ir embora. Mesmo que o mundo constantemente tente roubá-la.

Eu a coloco no chão, minha cabeça cheia de teias de aranha e confusão, nossos movimentos bruscos e descoordenados enquanto colocamos nossas roupas no lugar e olhamos um para o outro sem saber para onde ir em seguida.

O silêncio que se estabelece entre nós é tão denso que é ensurdecedor. Essa maldita culpa pairando sobre nós como a morte. Nós estamos no mesmo quarto e, no entanto, há quilômetros entre nós.

Nunca deveria ter chegado a isso.

E tudo o que eu sei fazer é piorar as coisas.

— Eu deveria ir embora — digo, enfiando uma mão pelo meu cabelo, apertando meus dedos para puxar as mechas, porque... *caralho*... isso não deveria ter acontecido.

Ainda assim, estamos impotentes para parar com isso, porque por trás da culpa, da dor e do ódio está um amor tão profundo, tão verdadeiro e tão inegável que nós somos marionetes para ele, nossas cordas presas por todas as barreiras entre nós.

Nós queremos uma vida inteira.

Queremos um futuro.

E tudo o que nos é dado são breves momentos em que podemos fingir que é possível amar um ao outro.

Emily acena com a cabeça concordando e sai do caminho, e quando ela vira o rosto, sei que está escondendo o que está pensando e sentindo.

Eu acabei de usá-la, e ela simplesmente me deixou.

Um bom homem iria parar e se certificar de que ela estava bem. Um homem que a ama se recusaria a ir embora.

Eu realmente a amo.

Mas não sou bom.

Em vez de confortá-la, eu a corto novamente.

— Acho que nós dois sabemos que você mereceu isso.

Ela se encolhe, mas não olha na minha direção.

— Pelo quê?

Silencioso por alguns segundos, eu respondo:

— Me diz você.

Não dou a ela a chance de responder antes que eu abra a porta e passe por ela para ir embora. Não paro até estar do lado de fora e subir no meu jipe. Bato a mão contra o volante e inclino a cabeça para trás para olhar para as estrelas acima.

Elas piscam para mim como na noite da fogueira. A noite em que Emily dançou. A noite em que tudo foi para o inferno. Elas zombam de mim e eu rosno em resposta.

No momento em que estou saindo de sua garagem e indo para a estrada, rio de mim mesmo ao perceber o que acabou de acontecer.

Eu tinha ido para a casa dela para deixá-la culpada até ela confessar. E tudo o que consegui fazer foi machucá-la novamente.

Como eu sempre faço.

Tanner e Gabe não são nada comparados comigo. Acho que acabei de me sentar no trono e reivindicar meu lugar como o filho da puta mais cruel do mundo.

Mas isso faz sentido.

Emily sempre foi uma rainha.

Longa vida à porra do rei.

Emily

É possível um dia explodir? Para ele simplesmente explodir bem na sua cara até você ficar cambaleando, surda e muda?

Tem que ser possível, porque isso aconteceu comigo. Bem, não só comigo, mas com a Ivy também.

Acordei com dores esta manhã, não apenas no meu coração, mas também no meu corpo. Ezra me fodeu com tanta força que eu mal consigo andar, minhas pernas cansadas e tremendo enquanto eu praticamente tropeço para o banheiro para mergulhar na banheira.

Eu já tinha tomado um banho na noite anterior, mas não foi o suficiente. E enquanto permitia que o calor da água acalmasse meus músculos cansados e aliviasse a dor entre as minhas pernas, cometi o erro de pegar meu telefone para procurar as postagens mais recentes de Ivy.

O telefone quase caiu na água quando a primeira coisa que eu vi foi um artigo de notícias proclamando orgulhosamente informações em primeira mão do noivado de um playboy milionário.

A imagem não poderia ter sido mais clara.

Gabriel Dane estava se casando com Ivy Callahan.

Que porra é essa?

Obviamente, minha resposta imediata foi ligar para Ivy. Ela não atendeu, então eu encerrei a ligação e liguei para a Ava. A chamada foi para o correio de voz, e fiquei sentada na banheira me perguntando o que diabos o Inferno estava aprontando agora.

Ava tinha nos avisado, no entanto. Ela disse para nós mantermos distância, e enquanto eu estava ignorando essas palavras, pensei que Ivy tinha sido esperta o suficiente para escapar.

Eu estava completamente errada.

Várias horas depois, recebi um telefonema implorando por um resgate, meus pneus rangendo ruidosamente sobre o concreto enquanto eu saía da minha garagem para pegar Ivy na casa do Tanner.

Nós levamos nossas bundas o mais rápido possível para a casa do pai dela apenas para descobrir que ela tinha sido cortada financeiramente como resultado da besteira que Gabe tinha publicado no jornal. E pelo tempo em que chegamos à minha casa, nós duas estávamos completamente acabadas, nenhuma de nós foi capaz de compreender o que aconteceu.

Infelizmente, com tudo o que Ivy estava passando, não consegui sobrecarregá-la com a verdade do que estava acontecendo comigo, então menti novamente, fingindo estar feliz por Ezra estar vindo à minha casa.

Na verdade, meu estômago estava enjoado.

Especialmente depois do que ele fez comigo na noite anterior.

E, embora eu tenha certeza de que você está pensando que sou uma idiota pelo que estou fazendo, o que você não sabe é que é necessário.

Independentemente de como isso me machuque.

E apesar de quanto eu gostaria de poder fazer isso parar.

Há mais nisso do que Ezra entende. As peças que ele me dá são vitais. As viagens que fiz para a casa de seu pai.

É tudo apenas mais um jogo sendo jogado que eu não posso abandonar agora, não importa o quanto eu queira.

Depois de chegar em casa com a Ivy, tudo o que eu fiz foi tomar um banho de vinte minutos. No entanto, quando saí... ela tinha sumido.

Simplesmente desaparecido.

Como se eu não tivesse acabado de trazê-la para a minha casa.

Como se eu não tivesse acabado de salvá-la das garras do Gabriel.

Como se eu estivesse perdendo a minha maldita cabeça e tivesse imaginado tudo isso.

O que, neste ponto, é inteiramente possível.

Agora, estou andando pelo corredor para onde meu irmão idiota está festejando com seus amigos, meus olhos queimando por causa da nuvem de fumaça de maconha, meus ouvidos sangrando com a música alta saindo da sala.

Grito para ser ouvida.

— Algum de vocês viu a Ivy?

Dylan e seus cinco amigos explodem em gargalhadas como se a minha pergunta fosse a coisa mais engraçada do mundo.

— Nós a vendemos — o imbecil mais perto de mim responde — por quinhentos dólares.

O resto deles gargalha mais forte, um idiota caindo da cadeira porque ele provavelmente está muito chapado e bêbado para se segurar. Enquanto isso, Dylan se vira para me olhar com pura malícia em seus olhos.

— O que você quer dizer com vendeu ela?

— Nós a entregamos para Gabe, irmã vadia. O filho da puta acabou de sair com ela.

Ignorando o nome que ele me chamou — porque aparentemente o que aconteceu com o Ezra na noite passada não ensinou *nada* a ele — eu marcho de volta para o meu quarto para ligar para a Ivy e descobrir se Dylan está dizendo a verdade.

Infelizmente, seu telefone toca na bolsa que ela deixou no meu armário.

— Porra...

Tento não entrar em pânico. Não é como se Gabriel fosse realmente machucá-la. Pelo contrário, ele vai simplesmente levá-la a um ponto de arrancar os olhos dele e fugir novamente.

Ivy é uma garota esperta, e eu não tenho dúvidas de que ela escapará em algumas horas, o que significa que devo manter meu telefone por perto para quando ela ligar.

O que realmente me surpreende é que Gabriel foi capaz de sequestrar Ivy. Ela não é exatamente o tipo de idiota que pularia na van branca de uma pessoa, mesmo que ela tenha sido vendida pelo babaca do meu irmão mais novo.

O que me faz pensar se Ivy não tinha ido com Gabe de boa vontade.

Não tenho nem cem por cento de certeza de que Ivy não quer ficar com ele. Não me surpreenderia em nada que aqueles dois acabassem juntos. Só me pergunto se o mundo sobreviveria ao que quer que eles poderiam fazer se decidissem se unir.

Infelizmente, é o menor dos meus problemas, e me lembro desse fato quando a campainha toca.

Meus olhos se fecham e faço uma prece silenciosa para que Ezra esteja em um humor melhor hoje, especialmente porque o meu irmão e seus amigos idiotas já estão causando problemas.

Atravesso o corredor para ver que nem Dylan nem seus amigos se levantaram para atender a porta. Então, novamente, duvido seriamente que algum deles tenha ouvido a campainha com toda a música.

Respirando fundo, eu me preparo para o impacto do olhar irritado de Ezra, mas dou um passo para trás em surpresa quando é Damon do outro lado.

Ele me dá um sorriso torto.

— Você parece surpresa em me ver.

Seus olhos não combinam com a expressão que ele está usando, mas não consigo ler o que está por trás deles.

— Uh, sim. Eu estava esperando o Ezra.

O sorriso torto se aperta, mas ele pisca os olhos e afasta para longe, algo mais oscilando por trás de seu olhar âmbar que puxa meu coração.

— Você vai me deixar entrar?

Não.

Sim.

Maldição.

— Aham. — Eu recuo e espero enquanto ele entra, a sala subitamente pequena, o ar ao meu redor um caos.

Damon está com raiva de alguma coisa, embora eu não tenha certeza do quê. É óbvio pela tensão em seus ombros e mandíbula, pela maneira como sua mão se estica e fecha os punhos repetidamente, pela maneira como seu olhar corta na minha direção como se estivesse me avaliando.

Então, como se ele estivesse em outro lugar, ele percebe a música alta saindo do outro cômodo.

Inclinando sua cabeça nessa direção, ele pergunta:

— Seu irmão?

Eu concordo com a cabeça, mas então meus olhos se arregalam conforme ele avança tempestuosamente em direção ao corredor, minhas mãos fracamente agarrando seu braço enquanto ele facilmente se livra de mim e segue em frente.

— Damon!

Tarde demais.

Ele agarra Dylan antes que eu consiga entrar na sala, as costas do meu irmão batendo contra a parede depois que Damon o arrasta de sua cadeira e atravessa a sala.

Não consigo escutar o que Damon está dizendo a Dylan por cima da música, mas não tenho certeza se quero. Estou muito preocupada com os amigos de Dylan se eriçando como se quisessem entrar no jogo.

Seis contra um.

Probabilidades ruins.

De alguma forma, acho que Damon ainda iria lidar com isso.

Foda-se essa merda.

Estou tão cansada de todos esses homens jogando seus pesos por aí, sem qualquer preocupação em como isso me afeta.

Correndo para o aparelho de som, eu o desligo e depois ando para o meio da sala para dar minhas ordens, agora que meu temperamento foi levado ao seu limite absoluto.

— Vocês cinco. Não se atrevam a se envolver. E Damon!

Ele ainda está no rosto de Dylan, seu punho agarrando a camisa de Dylan, segurando-o no lugar. Eles estão nariz com nariz, mas o que quer que Damon tenha a dizer, deve ter acabado.

Segundos de tensão se passam, a mão de Damon finalmente liberando Dylan enquanto ele dá um passo para trás.

— Estou falando sério — ele avisa. — Pare de tornar a vida dela uma merda.

Ele sai para o corredor e meus olhos se prendem com os de Dylan. Não sei o que fazer com o meu irmão mais novo.

Obviamente, ele está passando por alguma coisa que o está fazendo se comportar tão mal, mas não adianta falar com ele sobre isso. Ele não vai ter uma conversa casual comigo, muito menos se abrir.

— Sinto muito por isso — murmuro.

Ele se afasta da parede para caminhar de volta para a cadeira onde estava sentado inicialmente.

— Mantenha seus cães sob controle — ele resmunga, como se não pudesse se importar menos com o que Damon fez, muito provavelmente fingindo na frente de seus amigos. — Eles estão ficando irritantes pra caralho.

Com nada que eu possa dizer sobre isso, saio da sala e sigo para o corredor. Damon está andando de um lado para o outro no meu quarto, obviamente agitado, sua energia caótica sufocante.

— Por que você fez isso?

Com a cabeça estalando para cima, ele para no lugar e me encara.

Em vez de responder à minha pergunta, ele faz outra.

— Por que você nunca me contou sobre a promessa que fez ao Ezra?

Porra...

Essa é a última pergunta que quero responder. E um alerta teria sido bom. É como se Ezra quisesse me apunhalar o máximo que puder, usando todas as armas à sua disposição.

Congelo no lugar, sem nada que eu possa dizer a ele, exceto a verdade. Se eu já não tivesse motivos mais do que suficientes para ficar com raiva do Ezra, certamente tenho um agora.

— Eu estava tentando proteger vocês dois.

— Do quê?

Damon dá um passo na minha direção, mas se detém a vários metros de distância.

— Do que você precisa nos proteger?

Um do outro, eu não digo.

Em vez disso, tento fazer parecer que era algo do passado, algo facilmente explicado como juventude e inexperiência.

— Eu não sabia o que fazer naquela época. Você me queria, e ele também. Eu fiquei com medo de que vocês dois brigassem. E porque vocês iriam embora juntos, pensei que seria melhor se eu simplesmente fosse embora sem causar problemas.

— Então você abandonou nós dois?

Eu concordo com a cabeça.

— Ok, então me diga quem você quer agora, porque é óbvio que estamos exatamente de volta no mesmo lugar. A única diferença é que agora eu sei que você prometeu a Ezra uma coisa que você nunca me contou. Você nunca me respondeu naquela época, Ruiva. E acho que sei por quê. Mas por que você não me conta?

Damon já sabe a resposta, então não me preocupo em explicá-la. A verdade está escrita por todo o seu rosto.

Tudo o que quero fazer é estender a mão e suavizar a dor da expressão dele, mas sei que não devo tocá-lo agora. Qualquer coisa que eu fizer só vai machucá-lo mais.

Tenho que dar o braço a torcer. Damon não enrolou nem um pouco em me encurralar nisso.

Infelizmente, no entanto, o que nenhum dos dois entende é que isso tem que terminar da mesma maneira.

Não importa quem eu escolha, o outro será deixado de lado.

Não importa o que eu faça, estou entre eles.

E eu me recuso a fazer isso.

Eu me *recuso* a ser essa garota.

Ele dá um passo à frente.

— Me diz quem você quer.

— Nenhum de vocês — eu admito. — Meu plano era passar pelo que quer que sejam essas seis semanas e depois deixar por isso, sendo todos nós apenas amigos.

As sobrancelhas dele se franzem, o canto de seu lábio puxando para cima.

— Mas você não está indo embora inteiramente de novo?

O que é uma droga é que eu ainda tenho que mentir para ele.

Em um mundo perfeito e nas melhores circunstâncias, eu poderia contar a Damon a verdade sobre como me sinto. Mas com seu pai ligando para ele e tudo mais, a verdade dos meus sentimentos tem que ficar escondida.

Mais algumas semanas e isso teria sido uma história diferente, mas como isso anda agora, não tenho escolha.

— Eu posso ser amiga de vocês dois. Quer dizer, isso é tudo o que é, certo?

Ele ri, mas é raiva rolando daquele som, isso e descrença.

— Eu acho isso difícil de acreditar, considerando que você prometeu a Ezra que ficaria com ele e me deixaria depois do ensino médio. Se me perguntar, isso significa que você está mentindo para mim agora sobre o que realmente quer.

— Isso foi há dez anos — eu digo, cruzando meus braços sobre o peito porque preciso me esconder de alguma forma da energia que rodeia este homem. — As coisas mudam.

Passando a mão pelo cabelo, Damon muda seu peso, a raiva se dissipando em tristeza.

— Elas mudam? Porque elas não mudaram comigo. E a julgar pela maneira como Ezra tem agido, isso não mudou com ele também. Então me fala, Ruiva, as coisas mudam?

Parando para me deixar responder o que eu estava esperando ser uma pergunta retórica, Damon balança a cabeça para os lados e se afasta de mim, sua voz mal controlada quando ele fala novamente.

— Me fala, Ruiva. Elas mudam? Eu realmente queria uma resposta para isso.

Não.

Nem um pouco, na verdade.

Não na minha vida, pelo menos.

Pense nisso. Realmente olhe como é. No meu último ano do ensino médio, eu estava prometida ao Mason, minha vida planejada para mim, meu casamento já arranjado. Eu não estava sendo enviada para a faculdade. Pude viajar pelo mundo, mas apenas para me tornar uma anfitriã melhor para os contatos de negócios estrangeiros.

Minha vida inteira estava planejada para mim.

E agora?

Está tudo a mesma coisa.

Tive uma semana para acreditar que poderia ser diferente. Uma semana até Damon admitir como se sentia e eu tive que deixar a fantasia de Ezra pra lá.

Uma semana do caralho.

Isso foi tudo o que me foi permitido de uma vida normal.

Infelizmente, a única resposta que eu tenho é exatamente o que ele não quer ouvir. O que me deixa em um lugar onde estou mentindo novamente.

— Elas mudam. Além disso, não tenho certeza se nada disso realmente importa. Em alguns anos, vou estar casada com...

A risada de Damon me corta, seus olhos âmbar procurando os meus.

— Você realmente acha que isso vai acontecer? Que o Mason vai continuar com isso?

Se as coisas funcionarem do jeito que eu espero, não. Mas quem sabe o que pode acontecer nos próximos dois anos?

Não adianta responder. Nós poderíamos percorrer esse tópico em círculos por horas, dias e semanas e nunca chegar a uma solução razoável.

Eu deveria saber.

Venho fazendo isso há *anos*.

— Apenas amigos — ele murmura, mais para si mesmo do que para mim, como se experimentando a ideia, passando-a pela língua antes de lutar para engoli-la.

Finalmente se virando para me encarar, Damon olha para mim de uma maneira que faz meu coração cair no estômago.

— Se você não tivesse feito aquela promessa para o Ezra. Se eu tivesse te alcançado primeiro, você ainda teria ido embora?

Sim...

Só porque eu nunca estive apaixonada pelo Damon, mesmo que o amasse de outra forma. Ele nunca foi a pessoa que faz meu corpo cantar. Ele nunca foi aquele que esmagou meu coração entre dedos frios e cruéis.

— Eu não posso responder isso. Tudo o que posso dizer é que não vou ser o tipo de mulher que fica entre dois irmãos. E já que foi aí que nós acabamos, essa foi a decisão que tomei.

— Droga.

Seu sorriso torto está de volta, me lembrando da versão mais jovem de si mesmo.

O brincalhão.

O garoto do ensino médio que ainda não estava tão marcado e endurecido.

— Eu não posso te odiar por isso. Você fez isso por nós, mas quero te odiar assim mesmo.

Uma risada triste sacode meus ombros.

— Obrigada?

Fechando a distância entre nós em três passos longos, ele envolve seus braços ao meu redor e descansa seu queixo no topo da minha cabeça. Meu corpo está rígido no início, mas eventualmente derrete no abraço.

— Amigos — ele diz, sua mandíbula se movendo contra o meu crânio. — Vou aceitar isso porque não posso ver você ir embora de novo. Só não vá embora. Me prometa.

Eu concordo com a cabeça.

— Amigos. Prometo.

Alguns segundos se passam antes que ele pergunte:

— Com benefícios?

— Damon...

— Você não pode me culpar por tentar. Foi divertido, Ruiva. Não tente alegar que não foi.

Foram seis semanas de diversão que de alguma forma terminaram em desastre.

Soltando-me, ele dá um passo para trás e olha para a porta.

— Eu deveria ir. Deveria me encontrar com os caras e interrogar...

Ele corta esse pensamento antes de terminá-lo, sua mandíbula se apertando. Isso só me deixa desconfiada.

— Você não saberia para onde Gabe levou a Ivy, certo?

A resposta está escrita por todo o seu rosto e acontece que é um sonoro *sim*.

— Gabe está com a Ivy? Esquisito. Eu deveria ir.

— Damon.

Ele já está abrindo minha porta para fugir. Corro para frente e agarro seu braço antes que ele tenha a chance. Não porque eu esteja excessivamente preocupada com Ivy, ela pode cuidar de si mesma, mas porque há outra pergunta que eu preciso fazer.

— Por que o Ezra te contou sobre a promessa que fiz a ele?

Seus ombros ficam tensos, vários segundos se passando antes que ele se vire para olhar para mim com a culpa rolando por trás daqueles olhos âmbar.

— Não importa.

— Me conta.

— Ruiva...

— Me conta — exijo, não dando a ele um centímetro para escapar disso.

Damon inclina um ombro contra o batente da porta e estende a mão para colocar uma mecha perdida do meu cabelo atrás da minha orelha. Há tanto amor na maneira como ele me toca.

— Ezra disse que nós terminamos.

Minhas sobrancelhas se franzem, dor e confusão se infiltrando para dançar como uma nuvem tóxica dentro da minha cabeça.

— Terminaram?

— Com você. Ele me contou sobre a promessa porque queria que eu visse como você tem jogado com a gente o tempo todo. Como você tem mentido. Ele não quer mais nada com você.

Fazendo uma pausa, ele me encara com simpatia por trás dos olhos.

— Ezra pode ter acabado, mas eu não. Ainda posso tentar essa coisa de amizade.

Terminou.

Ezra *terminou*.

Comigo.

Com a gente.

Com tudo.

Lágrimas ardem na parte de trás dos meus olhos, mas eu pisco para impedi-las de transbordar.

Isso não impede que meu coração se dilacere, embora, não impeça que aqueles dedos frios e cruéis apertem meu coração até que cada gota de sangue tenha vazado para me afogar por dentro.

Damon poderia ter cortado minhas veias e me banhado em ácido, e teria doído menos do que me dizer que Ezra está saindo da minha vida sem sequer uma palavra sobre isso.

Eu envolvo meus braços em volta do meu corpo em um esforço para me controlar. Não posso despedaçar bem aqui na frente do Damon, não posso deixar que essa notícia seja o suficiente para me rasgar em pedaços.

Não pode ser tão óbvio.

Não na frente dele.

— Ok — respondo, minha voz fraca enquanto mudo de assunto.

— E por que você atacou o Dylan assim que você chegou aqui?

Ele me estuda por vários segundos, sua mão se movendo como se fosse se estender e me tocar, mas ele se detém.

— Porque ele está na nossa lista de merda por te tratar como um lixo. Ezra tinha o alertado, e agora eu fiz o mesmo. Sem mais avisos.

Mordo o interior da minha bochecha porque essa dor é muito melhor do que a que estou sentindo.

— Por que isso importa? Se vocês terminaram...

— Eu não terminei. Ezra terminou. E você sempre vai importar. Para ele e para mim. Não me importo com o que ele diz. Você *sempre* será importante para nós dois. — Damon se inclina para dar um beijo suave na minha têmpora. — Falo com você mais tarde, Ruiva.

Ele se afasta e fico olhando para as costas dele, seu tamanho praticamente enchendo o corredor antes que ele vire a esquina e saia pela porta da frente.

Enquanto isso, estou congelada no lugar, meus olhos lacrimejando, meu corpo tão frio que não consigo me livrar do único pensamento que está me destruindo completamente de novo.

Ezra terminou.

Ele se foi.

Exatamente como quando o perdi depois do ensino médio.

Exceto que desta vez não haverá telefone tocando. Sem esforços para falar comigo.

Apesar de dez anos tentando deixá-lo ir, de alguma forma nunca me senti tão quebrada.

capítulo vinte e seis

Ezra

— Então deixa eu ver se entendi. Vocês, filhos da puta, sequestraram uma garota, tipo, a atraíram para uma van branca, planejando fazer quem sabe o que com ela, e de alguma maneira ela conseguiu não apenas destruir a casa onde vocês a mantinham, mas também esvaziou três conjuntos de pneus antes de roubar o único carro funcional restante?

Priest olha para mim, o ar sibilando do macaco hidráulico enquanto abaixa um dos cantos do meu jipe no chão, agora que o pneu está consertado.

De pé contra a lateral do SUV de Tanner, estou com meus braços cruzados sobre o peito, minha mandíbula tensa de esperar aqui a porra de um dia inteiro para consertar essa merda.

— Aham, isso parece certo.

Priest balança a cabeça e sorri, suas mãos sujas pra caralho de trabalhar nos carros, a corrente pendurada em seu cinto brilhando sob a luz do sol.

Levantando-se, ele limpa as mãos na calça jeans já esfarrapada e ri.

— Bem, primeiro, eu preciso conhecer esta mulher. Por mais impressionado que eu esteja com o que ela fez, posso ter uma queda por ela. E em segundo lugar — ele olha para Tanner e os outros caras antes de voltar sua atenção para mim —, todos vocês, idiotas, têm algumas ideias fodidas em suas cabeças sobre como encantar as mulheres.

Movendo-se para o meu pneu traseiro para começar o processo de consertá-lo, ele balança a cabeça novamente.

— Quero dizer, de verdade. Vamos começar com Sr. Pau no Cu. — Ele aponta para Tanner.

Tanner, que, como eu, está de saco cheio deste dia, faz uma carranca.

— Vai se foder, brutamonte.

Arqueando uma sobrancelha para isso, Priest sorri.

— Aquele filho da puta me fez destruir o carro de uma garota para que ela não pudesse fugir dele. E então Gabe inventa toda uma cena de fingir que está lá para resgatar uma garota e simplesmente a leva.

— Apenas conserte os carros e cale a boca — Tanner estala.

Priest dá de ombros, nem um pouco intimidado por Tanner.

— Ei, não fui eu sequestrando mulheres para entrar nas calças delas. Essa é uma merda séria de psicopata que vocês, idiotas, estão fazendo, e posso prometer que há maneiras mais fáceis de fazer as mulheres gostarem de você.

Tentando não rir, rolo meu pescoço sobre os ombros tensos e espero que Tanner não tente calar fisicamente Priest.

Tanner não é um cara para se foder, mas se fosse uma luta física, eu apostaria meu dinheiro no cara segurando uma chave inglesa pesada no momento.

Priest me olha de novo.

— E isso não está te deixando fora do gancho por brigar com seu irmão por uma garota. Quero dizer, merda, tem muitas por aí. Apenas tente não roubar uma como aqueles imbecis.

— Do que ele está falando?

Ótimo, caralho.

Agora Tanner está olhando entre onde Damon está distraído andando de um lado para o outro à distância e eu.

Esfregando minha nuca, inclino minha cabeça contra o SUV.

— Nada. Essa merda acabou.

— Já estava na maldita hora — Priest murmura, enquanto posiciona o macaco para trabalhar no pneu traseiro.

Ele não está errado sobre isso.

Essa merda com a Emily precisava acabar. Percebi isso no caminho de volta da casa dela na outra noite, minha mente decidida enquanto eu estacionava na minha garagem e resolvia confrontar Damon com a verdade de tudo que estava acontecendo.

Não toda a verdade, obviamente. Ele não sabe que Emily e eu estamos transando de novo, e ele não tem ideia de que ela está falando com o nosso pai pelas nossas costas, mas ele está ciente dos segredos que ela escondeu dele antes de nós partirmos para a faculdade. Eu me certifiquei disso.

Esperava que fosse o suficiente para afastá-lo, mas do jeito que ele está agindo comigo hoje, tenho minhas dúvidas.

Damon está irado. Isso é aparente, e nada de bom vem do seu temperamento explosivo.

É por isso que eu tenho mantido distância e deixado ele se acalmar. A última coisa que precisamos além do show de merda que Ivy causou é do Damon começando uma briga.

Ele tem o direito de estar com raiva de mim, no entanto. Eu deveria ter deixado a merda para trás depois do que aconteceu na festa de noivado. Deveria ter ido embora e não exigido que Emily nos desse mais seis semanas. Foi estúpido pra caralho da minha parte pensar que alguma coisa disso poderia funcionar.

E deixá-la ir embora de novo? Sim, não será fácil, mas preciso cerrar os dentes e afastá-la.

Não posso confiar nela.

Só estou a machucando, e isso está me deixando tão louco que mal consigo dormir à noite.

— Ivy foi para alguma cabana no interior do estado — Gabe anuncia, enquanto se aproxima para ficar de pé ao lado de Tanner. — E Emily está com ela, pelo que Dylan disse.

Sufocando o rosnado que quer subir pela minha garganta ao saber que Emily está fora de alcance, rolo meu pescoço novamente e corro minha língua sobre meus dentes superiores.

Nós terminamos com ela.

Eu terminei com ela.

Então, por que caralhos eu quero pular no meu jipe e perseguir a bunda dela?

Tanner olha para Gabe.

— Devemos sair esta noite para ir buscá-la?

Priest ri disso.

— Jesus. Essas pobres mulheres. O quê? Você tem dispositivos de rastreamento presos a elas?

Gabe sorri.

— Não é uma má ideia.

Tanner levanta as sobrancelhas em concordância.

— E não — Gabe fala. — Vamos dar a ela alguns dias e armar alguma coisa para encurralá-la. Você sabe como ela é.

Não sabemos todos? Se eu não estivesse tão irritado com ela acabando com os meus pneus também, estaria rindo pra caralho sobre isso.

Shane sai do carro que acabou de terminar.

— Quase pronto. Assim que o jipe estiver pronto, podemos todos decolar. — Ele olha para mim. — O que rastejou na bunda de Damon? Tentei falar com ele há pouco tempo, e ele quase arrancou minha cabeça por causa disso.

Há acusação em seu tom de voz. Mas, felizmente, ele não diz mais do que isso.

Tanner e Gabe já estavam observando Damon e eu com preocupação. A última coisa que preciso acrescentar em cima de todo o resto é essa porcaria com a Emily ou o fato de que William está tentando entrar em contato com a gente novamente.

Como diabos tudo está indo pelos ares ao mesmo tempo? Parece que nós estamos todos andando em círculos, nossos problemas colidindo em certos pontos antes de sermos enviados em direções opostas para perseguir novas merdas que precisam ser tratadas.

Tudo por causa daqueles servidores.

É melhor que haja algo bom dentro deles pelo esforço que estamos fazendo para encontrá-los.

— Vou conversar com o Damon — digo, afastando-me do SUV e seguindo na direção do meu irmão.

Ele olha para mim quando me aproximo, a pele entre seus olhos apertada, um músculo em sua mandíbula pulando com o aperto de seus dentes.

Damon é um espelho de mim de tantas maneiras, mas ele não tem a capacidade de manter suas emoções sob controle, sua raiva sempre tão próxima da superfície que você fica com raiva sem motivo apenas por estar perto dele.

Ele é infeccioso e raramente de uma maneira boa.

— Vamos conversar.

— Eu não tenho nada a dizer — ele grunhe, raiva piscando atrás de um par de olhos que são idênticos aos meus.

— Que pena, irmãozinho. Você está aqui andando de um lado para o outro como se estivesse prestes a começar alguma merda, e isso está deixando as pessoas nervosas. A última coisa que precisamos é Tanner e Gabe convocando uma reunião de família sobre as nossas besteiras. Então, o que está se arrastando pela sua espinha agora? A merda com a Emily, ou isso é sobre o William?

— Não importa, porra — ele diz, ficando na minha cara no processo.

Que ótimo, caralho, agora nós estamos nos enfrentando onde todos podem nos ver, nossos corpos tensos, nossas posturas preparadas para alguém dar o primeiro soco.

A tensão estala ao nosso redor como eletricidade, o mundo bloqueado porque tudo em que podemos focar é na ameaça à nossa frente. E quão fodido é que a ameaça seja nosso próprio irmão?

Já brigamos antes. Não estou feliz com isso, e certamente não estou orgulhoso do tempo que aproveitei o que estava sendo feito para nós para lhe ensinar uma lição que ele não merecia.

Desde aquele fim de semana, aprendi a controlar minha raiva. Eu poderia ter matado meu próprio irmão porque explodi quando isso era a última coisa que ele esperava.

Ainda não me perdoei por isso. Damon não merecia o que eu fiz com ele naquela noite. Ele não estava preparado para isso. E estou começando a acreditar que ele nunca se recuperou disso também.

William adorou, no entanto. Aposto que o cretino ganhou um bom dinheiro com essa merda.

Estendo a mão e agarro seus ombros, ignorando a maneira como ele estremece com o contato.

— Acalme-se, porra, e me conte o que está acontecendo.

Ao nosso redor, todos os caras nos olham com cautela, alguns sussurros rolando entre eles, muito provavelmente sobre se precisam intervir e parar o que está prestes a acontecer.

— Tenho a sensação de que você está mentindo para mim. Principalmente sobre a Emily. Acho que há mais coisas rolando que você não está me contando, como se você tivesse planos que eu não estou sendo informado.

Tudo verdade, e não estou surpreso que ele tenha esse sentimento. Nós podemos ler um ao outro sem que uma palavra seja dita. Posso estar afastando a Emily, mas não a estou largando completamente.

Ainda há um pequeno problema sobre o que ela está fazendo com o William. Damon não precisa saber disso, no entanto. Não quando ele já está tendo problemas com o nosso pai.

A última coisa que ele precisa ouvir é que a mulher que ele ama está fazendo alguma coisa secreta com o homem que nós dois queremos morto.

Que segredo é esse? Não tenho a menor ideia do caralho. Mas muitos palpites passaram pela minha cabeça, o pior deles envolveu ela se mantendo na família e fodendo o William também.

Eu rapidamente afastei esses pensamentos porque conheço a Emily. Ela odeia o que foi feito para nós, sua fúria tão ofuscantemente aparente sempre que o assunto é trazido à tona, o que só me preocupa mais.

Se ela não está trabalhando com o William, então ela está se arriscando ao tentar trabalhar contra ele?

O homem é desequilibrado.

Emily não tem ideia, o que a torna uma maldita ovelha propositalmente caminhando para dentro de uma matilha de lobos por ter algo a ver com ele.

— Não tenho planos. Não estou escondendo nada. Eu disse a você tudo o que há para saber.

Mentira.

Mentira.

E mentira de novo.

Eu tenho feito bastante disso ultimamente.

— Eu fui me encontrar com ela.

A raiva rasteja pelo meu corpo... mas não a surpresa. Eu vou ter que acorrentar Damon para mantê-lo longe da Em.

— Quando?

— Noite passada.

— E o quê? Você transou com ela?

Se ele disser sim, vou quebrar sua mandíbula. É simples assim.

Não estou totalmente convencido de que Emily não esteja nos jogando um contra o outro. Apesar de ela insistir que não quer ficar entre nós. Ela fodeu nós dois no ensino médio e, embora, sim, isso era permitido naquela época, tenho certeza que não estou bem com isso agora.

— Isso importaria? Você disse que terminou. Que você não a suporta.

— Eu também não confio nela, porra — eu berro, minha voz ecoando para que eu tenha certeza de que todos aqui ouviram.

Ele apenas sorri e se afasta do meu aperto.

— Você desistiu dela, Ezra. Não se esqueça disso, porra. Ela pode ter feito promessas a você há muito tempo, mas não pense que isso significa alguma coisa agora. Você desistiu dela. Não significa que eu tenha que desistir. Ou que eu vá.

Ele sai furioso sem dizer mais nada, e eu escolho não o perseguir. Não na frente de todo mundo, e certamente não com Tanner e Gabe nos encarando, como se estivessem montando um quebra-cabeça complicado.

Eu não preciso de outra reunião de família com aqueles idiotas. Não quando a última vez que eles tiveram uma sobre nós, eles nos amarraram para tê-la.

A poeira sobe no meu caminho enquanto ando de volta para os carros, me inclino contra o SUV onde eu estava anteriormente e cruzo os braços.

— Damon está bem. Ele disse que está irritado com o tempo que essa merda com os carros está demorando.

Cinco pares de olhos me encaram, mas é Priest quem quebra o silêncio.

— Esse é o maior monte de merda que já escutei na minha vida.

Olho para ele.

— Basta terminar o jipe para que eu possa dar o fora daqui.

Me irrita que Damon não desista de Emily.

Principalmente porque isso significa que eu não vou poder desistir dela também.

Não que eu estivesse planejando isso em primeiro lugar.

Emily

Três dias longe da loucura em minha vida tem sido um paraíso. Não posso mentir sobre isso.

Três dias longe dos problemas com os gêmeos. Três dias longe do Dylan. Três dias sem ter que me preocupar com o outro assunto que estou tratando e que eventualmente atingirá massa crítica.

Três dias.

E então saiu a notícia alegando que Ivy e Gabe terminaram.

Meus bons tempos e miniférias estão acabadas.

— Vocês duas precisam sair daí. Mason acabou de me ligar e disse que eles estão saindo da cidade. Tipo, *todos* eles, Emily. Isso nunca significa nada de bom.

Pânico corre pela minha espinha enquanto ando de um lado para o outro pela sala de jantar da cabana dos meus pais. Como o Inferno conseguiu nos encontrar é uma incógnita, mas nós certamente não podemos ficar aqui e esperar por eles.

— Ok. Vou avisar a Ivy. Obrigada por ligar.

Meu polegar bate na tela para desligar e eu praticamente corro para a sala de estar onde Ivy está falando com Gabe.

— Desligue o telefone, Ivy. Eu preciso falar com você.

Ela desliga assim que eu viro a esquina, minha voz tremendo um pouco demais quando digo a ela:

— Eles nos encontraram. Ava acabou de ligar e avisou que Mason e os caras estão saindo da cidade.

Não estou surpresa que seu pânico não seja tão imediatamente óbvio quanto o meu. Mas essa é a Ivy. Mesmo que ela esteja gritando em sua cabeça agora, ela pode esconder por trás de um sorriso doce e uma voz firme.

— Ok. Isto é bom. Temos pelo menos duas horas. Gabriel ainda estava em seu escritório quando liguei para ele, então eles ainda não saíram.

Ou eles apenas saíram segundos após a ligação da Ivy com Gabriel e a minha com a Ava.

Depois de uma rápida discussão sobre para onde ir, que só termina com a decisão de apenas dar o fora daqui e pensar nisso enquanto dirigimos, Ivy e eu aceleramos escada acima para recolher nossas coisas, ambas as mãos ocupadas enquanto corremos pela casa apagando luzes no nosso caminho para fora.

No momento em que meus pés atingem a varanda, Ivy já está congelada no lugar, suas malas penduradas molemente em seus dedos.

— Onde está o carro?

O pânico inunda meu corpo enquanto olho para uma área de estacionamento vazia, que deveria ter o Jaguar que Ivy roubou de Gabriel.

— Ivy — eu me viro para ver que ela ainda está imóvel —, onde está o carro?

Seus olhos não piscam, as bolsas em suas mãos lentamente escorregando dos dedos dela.

— Eu não tenho ideia.

Resposta errada, porque... não.

Essa não pode ser a resposta dela.

Infelizmente, é a única que ela pode me dar antes que uma faísca à nossa direita chame nossa atenção, a ponta de uma tocha se acendendo enquanto nós duas lentamente nos viramos para encará-la.

Shane entra no círculo de luz amarela pastosa se derramando sobre a área de estacionamento. Suas tatuagens se destacando imediatamente para identificar quem ele é, não que eu possa ver seu rosto com a máscara do diabo que ele usa.

— Ai, meu Deus — eu murmuro, esta cena instantaneamente familiar, porque eu participei de várias festas de desafio no ensino médio. Eu sei *exatamente* para o que estou olhando. Agarrando a mão de Ivy, gaguejo: — Achei que nós tínhamos duas horas.

Outra tocha se acende e Damon entra no círculo de luz. Ele não me apavora tanto quanto seu irmão, não envia um calafrio pela minha espinha. Mas se um está aqui...

Meus olhos disparam para estudar a escuridão além da luz, como se, apenas pela dor do meu coração, eu soubesse onde Ezra está parado.

— Aparentemente não — Ivy sussurra. — Estamos fodidas.

Um após o outro, os Inferno acendem suas tochas e aparecem, cada um com o peito nu, cada um com uma máscara. Mas não é até que Ezra apareça que meu coração cai aos meus pés e meus joelhos tremem.

Ele é tão lindo.

Tão frio.

Tão ridiculamente cruel que eu preciso examinar minha cabeça por querer seu toque, apesar do quanto isso me machuca.

Eu posso senti-lo. Na minha frente. Atrás de mim. Em todo o meu redor. Ele me consome, mesmo quando não está fazendo nada mais do que ficar de pé a quinze metros de distância.

— Quem está faltando? Qual deles não está aqui?

Não é até que ela menciona que eu percebo que há apenas oito dos nove homens parados ao nosso redor.

— Não sei. Eu vejo Ezra e Damon, mas…

Meus olhos estão de volta em Ezra e, embora os olhos estejam escondidos por trás da máscara que ele usa, sei que seu olhar está fixo em mim.

Me odiando.

Me acusando.

Me querendo, apesar de tudo o que fazemos um ao outro.

Por alguns minutos, Ivy e eu conversamos sobre o que fazer. E embora eu esteja sendo sensata ao dizer a ela para voltar para dentro de casa comigo, ela está perdendo a cabeça por querer fazer a coisa estúpida e correr.

Se ela correr, eles a perseguem. E quando eles a pegarem, ela não voltará para esta cabana a mesma pessoa.

Ivy pode cuidar de si mesma. Ela é uma garota forte. Mas nem mesmo ela é forte o suficiente para suportar o que quer que eles façam às pessoas na floresta.

— Ivy, sério, dê a volta e venha comigo.

— Eu não posso fazer isso — ela argumenta, e estou a cerca de dois segundos de bater na cabeça dela, nocauteá-la e arrastá-la para dentro, já que sou a única pessoa racional parada nesta varanda.

Só uma pessoa louca tentaria correr. É a mesma coisa que ser enfrentada por uma matilha de cães selvagens. Você corre, eles perseguem, porque você está tornando isso divertido para eles.

— Por quê?

VIOLÊNCIA

Olhando em volta para os homens ainda parados com suas tochas e máscaras demoníacas, Ivy pisca para mim uma vez antes de dizer:

— Porque estou correndo.

Ela decola antes que eu possa agarrá-la, todos os Inferno virando suas cabeças em uma versão câmera lenta coordenada e assustadora, para seguir a direção que ela pegou. Meu pulso se torna um ritmo staccato na minha garganta, minhas palmas das mãos suadas e minhas pernas fracas.

Um deles ergue aquela maldita buzina que eles sempre têm que é como algo saído da Era Viking, e quando o som assustador dela preenche o ar, eu estremeço no lugar.

Onde raios você consegue um chifre como aquele? Essa coisa toda é besteira.

Eu sei o que vem a seguir. Depois que a buzina toca, eles decolam, e eu me viro para encará-los, esperando exatamente por aquilo.

Exceto que... eles não estão correndo. Nenhum deles sequer se contrai para decolar na direção de Ivy.

Em vez disso, todas aquelas máscaras assustadoras se viram de volta para a minha direção, e eu quase desmaio bem na frente deles.

Nãããããoooo...

Isso não está acontecendo.

Não há como eles virem atrás de mim em vez da Ivy.

A menos que... isso seja *exatamente* o que eles estavam planejando todo esse tempo.

Não.

Foda-se essa merda.

Eu não estou jogando este jogo.

Hoje não, Satanás.

Corro para a porta enquanto todos eles correm na minha direção, a sujeira subindo em torno de suas pernas quando olho para trás e giro a maçaneta, praticamente caindo dentro da casa antes de fechar a porta e passar a tranca.

Um corpo pesado bate contra a madeira bem naquele segundo, forte o suficiente para sacudir a moldura antes que eu veja sua sombra correr pela lateral da varanda, enquanto o resto...

Onde diabos estão os outros?

Pressiono minhas costas contra a porta e luto para engolir.

Eles estão cercando a cabana, e não tenho ideia se vão encontrar uma maneira de entrar.

Ok. Eu preciso respirar e pensar racionalmente.

Nós mantivemos este lugar trancado e tenho certeza de que se algum deles ainda conseguisse entrar, vou ouvi-los chegando.

Luzes.

Eu preciso acender as luzes.

Mas, novamente, isso vai mostrar a eles exatamente onde estou.

Sem luzes.

Porra!

Estou de volta à razão.

Eu nunca pedi um favor ao Inferno, o que significa que nunca deixei de pagar um preço. Eles não têm razão para me desafiar.

A menos que você conte o que eu fiz com os gêmeos no final do ensino médio, que levou os dois para a cadeia e eu para o hospital.

O Inferno tem, de fato, um acerto de contas a fazer comigo e, por esse motivo, preciso me esconder.

Saio correndo para a sala com toda a intenção de alcançar as escadas para correr até o meu quarto.

Isso não acontece, não quando sou agarrada em volta da minha cintura por um par de braços que me levantam e batem minhas costas contra o que parece ser uma parede de tijolos.

Chutar não ajuda a me libertar, e a única coisa que o grito saindo da minha garganta consegue fazer é arrancar um riso de Ezra.

E sim, sem vê-lo, sem ouvi-lo — sem *nada* — eu sei que é o Ezra.

Meu corpo reage a ele, meu coração fraquejando enquanto o sofrimento e o alívio inundam minhas veias.

A mistura é tóxica, é errada, está me partindo ao meio enquanto ele me gira para me jogar por cima do ombro e me levar escadas acima.

Ainda assim, eu luto, meus pés chutando e meus punhos batendo em suas costas. Ele ganha o controle das minhas pernas envolvendo um braço na parte de trás das minhas coxas, meu corpo saltando sobre seu ombro a cada passo poderoso.

Nem tenho certeza de como ele pode ver para onde está indo porque é pura escuridão no corredor, mas eventualmente ele empurra a porta de um dos quartos de hóspedes e a fecha atrás de nós.

— Me solte — exijo, mas isso só encontra mais risadas.

Ezra solta minhas pernas e me permite deslizar por seu corpo até os meus pés, mas antes que eu possa me afastar dele, ele me prende contra uma parede, sua respiração pesada é o único som entre nós.

— Você estava indo para o lado errado — ele brinca, com uma voz suave que envia arrepios pela minha espinha.

Me irrita que ele use essas palavras contra mim agora, que ele use uma memória para me aterrorizar.

— Eu não acho que ficar longe de você é o caminho errado.

A resposta só o faz sorrir.

— Você me assustou pra caralho — eu sibilo, tão furiosa que pressiono minhas mãos contra seu peito e o empurro.

Não que isso o mova. Ele apenas se aproxima mais.

Mal consigo enxergar alguma coisa no escuro, minha visão ainda está se ajustando, mas sinto o ar se mover em volta do meu rosto quando ele levanta sua máscara, o calor de sua boca quando ela subitamente está na minha.

Meus lábios se separam no instante em que sua língua sai, meu coração martelando dentro do meu peito enquanto suas mãos mergulham no meu cabelo.

Ele acabou comigo, e ainda assim este homem está me beijando como se estivesse se afogando por vários dias e só agora voltasse a respirar.

Ele não quer nada comigo, e ainda assim suas mãos estão agarrando meu cabelo, e sua boca está exigindo submissão da minha.

Quão fraca isso me torna por dar isso a ele?

Pelo menos até que um barulho no corredor chame sua atenção. Ezra se afasta de mim quando a porta se abre, seu olhar fixo no meu rosto quando a luz acende e me cega, meus lábios inchados e pulsando do beijo.

Nossos olhos dançam juntos como duas pessoas se perdendo, ou como duas pessoas que percebem que *já* se perderam.

— Vejo que você a encontrou.

Damon.

A culpa se instala imediatamente.

— Sim — Ezra responde, sua voz um rosnado baixo. — Ela correu até aqui para se esconder. Eu corri atrás dela.

Mentiroso.

Com os olhos me liberando para olhar para seu irmão, Ezra pergunta:

— Os caras estão todos dentro agora?

Damon está me estudando quando olho para ele, seus olhos se estreitando o suficiente para que eu saiba que ele não acredita em seu irmão gêmeo.

— Aham. Obrigado por destrancar uma porta para a gente.

Não consigo olhar para nenhum deles. Estou muito brava. Com muita culpa. Muito... tudo.

— Desculpe por isso, mas eu não tive tempo. Escutei Emily correndo e fui atrás dela. Mas encontrei meu caminho para dentro e percebi que todos vocês eram inteligentes o suficiente para seguir.

Como ele entrou?

E ainda mais, silenciosamente?

— Tanto faz. Vamos, Ruiva. Nós não vamos te machucar. Só queríamos assustar você um pouco.

Um pouco? Eu odiaria ver o que esses caras fazem quando querem assustar muito alguém.

Afastando-me da parede, ando até o Damon, sentindo-me apenas um pouco mais segura ao seu lado.

— Onde está a Ivy?

— Provavelmente ainda está correndo. Gabe estava esperando por ela lá fora.

Afinal, eram nove deles mesmo. E Ivy provavelmente correu direto para a pessoa de quem ela pensava que estava fugindo.

— Por quê?

— Por que o quê? — Damon pergunta, seu braço deslizando em volta das minhas costas enquanto caminhamos. Ele engancha seus dedos sobre o meu quadril e me puxa para perto.

— Por que ele está fazendo isso com a Ivy?

Ele gargalha.

— Provavelmente tem algo a ver com ela destruindo sua casa, acabando todos os nossos pneus, jogando-o no jardim da frente de Tanner...

Eu olho para ele, e ele sorri, mas pressiona um dedo contra sua boca para me dizer para guardar esse segredo.

— Ela vai ficar bem. Você sabe como eles são.

Ele está certo sobre isso. Infelizmente, isso não faz nada para me fazer sentir melhor, especialmente quando ele me leva escada abaixo para onde o resto do Inferno está esperando.

Olhando rapidamente para Tanner, me espanto ao ver uma mulher sentada ao lado dele, a mesma morena bonita que vi pela última vez correndo dele na festa.

Esta deve ser a infame namorada, e por mais curiosa que eu esteja para descobrir *por que* ela namoraria alguém como Tanner, mordo a língua para não dizer nada.

Olho para longe deles para ver Mason me encarando com um aviso por trás de seus olhos, mas é o olhar de Shane que me para no lugar, nossos olhos se prendendo de onde ele está largado para trás no sofá com seu pé apoiado na mesa de centro.

É óbvio que ele não está feliz em me ver com o braço de Damon em volta do meu corpo, mas ele rapidamente olha para além de nós no segundo seguinte, para onde Ezra está parado.

Posso sentir o ar esfriar nas minhas costas, posso sentir aquelas mãos cruéis e temperamento gelado arranhando minha espinha.

Nenhum desses caras está feliz, especialmente Ezra, e não há nenhum lugar para onde eu possa correr para escapar.

capítulo vinte e oito

Ezra

Eu estou a uma decisão ruim de começar uma guerra. Um ato violento. Uma reação impensada.

De alguma maneira conseguindo manter minha distância enquanto Damon caminhava com Emily pelo corredor, cerro meus dentes ao ver a mão dele serpentear em torno das costas dela para deslizar sobre seu quadril.

Minha.

A porra da palavra está se repetindo na minha cabeça, cada sussurro dela me empurrando para mais perto de arrancar o braço dele e quebrá-lo por tocar nela.

É apenas um osso.

Ele vai sarar.

Damon ficaria bem.

Infelizmente, não é com o dano físico que eu tenho que me preocupar neste momento particular.

É o simples fato de que meu irmão saberia que estou cheio de merda sobre o que contei a ele.

Também é verdade que, se eu ficar violento com ele, não haverá ninguém nesta casa que possa nos impedir.

Portanto, não faço nada. Ando atrás deles sem dizer uma palavra, com cuidado de não cerrar as mãos em punho e resistindo como um louco para não correr para frente e arrancá-la dos braços dele.

Shane vê a verdade sobre o que estou pensando no instante em que nós descemos, seu olhar fixo em mim por cima do ombro de Emily, um aviso silencioso para eu manter minhas mãos para mim mesmo.

Nada disso deveria importar. Eu não posso querê-la. Não posso tê-la.

Eu deveria odiá-la, porra. E ainda não sei o que ela está fazendo com o William. Meu primeiro pensamento não deveria ser que eu precisava tocá-la. Eu não deveria ter cometido o erro estúpido de beijá-la.

No entanto, foi exatamente isso que eu fiz, assim que tive a primeira oportunidade. E não sou estúpido o suficiente para acreditar que, se tivesse a chance agora, eu não a arrastaria de volta para aquele quarto e tomaria o meu tempo provando cada centímetro dela.

O que significa que preciso dar o fora desta cabana.

— Quando você acha que Gabe vai voltar?

Faço a pergunta enquanto Damon leva Emily até um sofá vazio, deixando seu peso cair enquanto a puxa ao lado dele. O canto do meu lábio se curva, mas forço minha atenção para Tanner.

Ele joga a cabeça para trás contra a cadeira.

— Não tenho certeza. Depende de quanto tempo ele decidir torturá-la. Nesse meio-tempo, nós deveríamos pegar os carros e estacioná-los mais perto da casa.

— E pegar nossas camisas — Sawyer sugere, já que todos nós ainda estamos apenas de shorts.

Não que Damon pareça se importar. Ele está perfeitamente contente bem onde está, Emily tão perto que está praticamente em seu colo.

— Eu vou te ajudar a mover os carros — ofereço, feliz por ter um motivo para sair deste lugar e não notar o fato de que Emily não olha para mim.

Tanner geme, mas se levanta da cadeira.

Batendo no meu ombro ao passar, ele resmunga:

— Vamos lá.

Nós fazemos um rápido trabalho com os carros e pegamos as camisas de todo mundo antes de voltar para a cabana. Antes que possamos entrar, Tanner bate a mão no meu peito e me empurra para trás.

— O que está acontecendo com você, Damon e Emily? E não tente mentir para mim sobre isso também, porra. Com a maneira como Shane estava olhando para você, tenho certeza de que ele ficará empolgado em me contar tudo sobre isso.

— Está resolvido — eu respondo.

Ele ergue uma sobrancelha, obviamente vendo além daquela mentira.

— Deve ser por isso que você estava olhando para o Damon como se fosse arrancar sua cabeça quando ele desceu com o braço em volta dela. Não me venha com essa besteira, Ezra. Nós temos outra situação como a do fim do ensino médio em nossas mãos? Porque a última coisa que eu preciso é de vocês dois brigando um com o outro.

— Está tudo bem — respondo, minha mandíbula apertada porque Emily ainda está aturando porcaria pelo vídeo que causou o problema que ele está falando.

Caralho, não é engraçado que meu primeiro pensamento seja em defesa dela? Que eu me sinta mal por ela? Que sinta raiva absoluta dos babacas que continuam a assediando sobre o que rolou?

Não importa o que aconteça, não consigo parar de protegê-la... ou de desejá-la.

Tanner passa uma mão pelo cabelo e dá alguns passos para longe antes de se virar para mim.

— Vocês dois levaram bastante tempo para superá-la. E era uma droga lidar com os dois naquela época também. Eu sabia que não deveria ter deixado Gabe mandar vocês atrás da Emily na porra da festa do noivado.

— Era a única maneira de afastá-la da Ivy.

Ele ri.

— Sim, mas a que custo? Pedir a vocês dois para lidar com a Emily era o equivalente a esfregar um saco de heroína na frente do rosto de um viciado. E não tente discutir comigo sobre isso. Não depois do que eu vi na casa de Gabe entre vocês dois, e não depois do que estou vendo esta noite.

Nós dois ficamos quietos, Tanner me encarando como se eu estivesse perdendo a cabeça. Meu dedão do pé batuca alguns segundos antes de ele encerrar essa conversa.

Percebendo que não estou com humor para falar, ele aponta um dedo no meu rosto.

— Sem luta. Nem mesmo um soco. Eu sei como você é. Nós estamos aqui para obter as informações da Ivy e depois vamos embora. Mantenha seus problemas sob controle até então.

Um grito distante e agudo soa na floresta atrás de nós, nossas cabeças virando naquela direção. Mas não foi medo o que ouvi naquele som.

Balanço a cabeça para os lados e rio ao perceber que era algo completamente diferente. O som era fraco, mas definitivamente reconhecível.

Tanner faz uma expressão carrancuda, seus olhos se revirando enquanto ele exala pesadamente.

— Claro que ele está transando com ela. Novamente. Filho da puta, todos vocês, idiotas, estão me deixando maluco.

Marchando para a porta da frente, Tanner deixa nós dois entrarmos na casa, seus olhos me seguindo enquanto passo por ele.

Tanner não está errado em se preocupar. Nada sobre a energia nesta cabana está segura nesse momento. Nós estamos todos preocupados com nossos próprios problemas.

Bem, nem todos nós. Sawyer e Taylor parecem que não têm nada com o que se preocupar.

Homens de sorte.

Depois de passar a camisa de todos para eles, jogo a de Damon em seu rosto um pouco forte demais, meus olhos caindo para Emily para ver que sua cabeça está abaixada em uma tentativa de evitar olhar para mim.

É uma droga para ela, porque eu me sento do seu outro lado, a almofada do sofá afundando com o meu peso, seu corpo tensionando ao roçar no meu.

Esperamos em um silêncio constrangedor Gabe terminar o que está fazendo e arrastar Ivy de volta para casa, o passar do tempo piorando pela tensão pesada entre nós dois enquanto o corpo de Emily encosta no meu.

Damon sussurra para ela de vez em quando. Eu tamborilo meus dedos na almofada ao meu lado para me segurar de esticar a mão e calar a boca dele.

Mais de uma hora depois, Gabe finalmente reaparece com Ivy a reboque. Julgando pelo estado em que estão, com Ivy vestindo a camisa dele e sujeira manchando a pele dos dois, parece que eles se divertiram enquanto nós esperávamos.

Felizmente, a discussão que se segue com Tanner só serve para quebrar a tensão na sala, e é engraçada, pelo menos até que Emily se ponha de pé com os punhos cerrados em defesa de Ivy.

Essa parte não me incomoda tanto, mas o que me incomoda bastante é quando Damon estende a mão para colocar um dedo no cós da calça dela para puxá-la de volta para o sofá.

Meus dentes rangem e eu me pergunto como diabos acabamos nesta posição.

Resposta curta?

Eu.

Eu sou a porra da razão.

E tenho que continuar sendo o motivo, já que sou a única pessoa que sabe o que Emily tem feito com o William.

Estou preocupado com o apego do meu irmão a ela.

Com o meu próprio.

E não tenho ideia de como posso acabar com essa porcaria antes que se torne uma receita para o desastre.

Não vou lutar com Damon novamente por causa disso. Só preciso que ele veja a verdade.

A única questão é como devo mostrar a ele o que ele precisa ver.

Eu amo a Emily.

Deus, como a amo.

Mas não confio nela.

E quando se trata de quem eu preciso proteger nessa situação, a única escolha é meu irmão.

Mesmo que isso me mate no processo.

Mesmo que signifique perdê-la.

Emily

Esta noite foi excepcionalmente informativa.

Não é todo dia que uma pessoa descobre que o pai de sua melhor amiga pode estar envolvido em assassinato e conspiração dissimulada, e que o que quer que seu pai está fazendo pode ir diretamente contra o que nossas famílias estão fazendo.

Não tenho ideia de coisa nenhuma que envolva servidores, empresas de tecnologia na Geórgia ou praticamente toda a conversa que todo mundo teve esta noite, o que tornou difícil de acompanhar. Tudo o que sei de fato é que ficar sentada entre Damon e Ezra pelas quatro horas que levaram para eles terem essa conversa foi uma tortura absoluta.

Tentar ignorar a forma como o corpo de Ezra encosta no meu era quase impossível. E enquanto ele estava sentado em sua fúria fria de costume de um lado de mim, Damon estava com um humor brincalhão do outro lado, seu sorriso e piadas sussurradas ajudando a aquecer meu coração depois que o silêncio tenso de Ezra o congelou.

Extasiada quando Tanner disse que eles estavam indo embora essa noite, pulei do sofá e cruzei a sala, meus pés tropeçando neles mesmos ao ouvir os gêmeos dizerem que ficariam, assim como Gabriel.

Eu me recusei a voltar para onde os gêmeos estavam parados. Não que eu precisasse. Shane estava fazendo um bom trabalho olhando bravo para mim de onde ele estava na minha frente.

É óbvio que Shane não está feliz por eu estar perto dos gêmeos, mas isso não é minha culpa. Não exigi essas seis semanas. Não pedi por *nada* dessa situação.

Estremecendo com a expressão em seu rosto, passei meus braços em volta da minha cintura e fiquei quieta quando Ezra jogou para ele as chaves do jipe para que ele pudesse dirigi-lo para casa.

A única coisa que me salvou foi Ivy perceber que alguma coisa estava errada. Ela foi rápida em me pedir para dormir em sua cama, o que significava que eu não ficaria presa com os gêmeos a noite toda.

Não que eu esteja conseguindo dormir alguma coisa ao lado dela. Ela não apenas rouba toda a coberta, como chuta muito e, nas poucas vezes em que eu quase caí no sono, seu pé bateu na minha perna, me trazendo de volta à plena consciência.

Depois de ficar olhando para o teto pelo que pareceram horas, eu finalmente desisto e rastejo para fora da cama.

Descendo as escadas, vou para a cozinha para pegar uma bebida, a casa silenciosa e escura, exceto pelo coro de criaturas noturnas do lado de fora das janelas.

Pego uma garrafa de água na geladeira, giro a tampa e tomo um gole no momento em que um movimento pega meus olhos, e me viro para ver Ezra sentado na pequena cozinha, uma garrafa de uísque na mão e seus olhos fixos em mim.

Engolindo a água em vez de cuspi-la em estado de choque, coloco a garrafa na ilha da cozinha entre nós, esperando que ela nos mantenha separados. Especialmente com a maneira como seu olhar duro me prende no lugar, algo ilegível por trás dos olhos âmbar salpicados de verde.

— Desculpa. Eu não vi você aqui. Estou indo embora em um segundo...
— Por que você estava na casa do meu pai?

Ele poderia ter atirado em mim, a bala ricocheteando pelo meu peito para danificar todos os órgãos vitais, e teria sido um golpe menos letal do que aquela pergunta.

O choque absoluto passa por mim primeiro, uma onda tão fria que estremeço sob ela, todos os músculos doloridos de seu aperto firme, meu sangue espesso e lento.

Mas, em seguida, o pânico varre como um fogo furioso, minha pele formigando sob sua força, meu pulso agora parecendo como uma lebre batendo seus pés dentro das minhas veias em uma tentativa assustada de escapar.

A única resposta de Ezra ao meu silêncio é um piscar lento de olhos, a moldura espessa de seus cílios escuros roçando sua pele, o foco nebuloso de seus olhos âmbar curiosos e líquidos quando ele os abre novamente.

Mesmo na sombra, ele é o homem mais bonito que já vi. E isso não é fácil de dizer quando ele tem um irmão gêmeo idêntico. Mas nem sempre são as características físicas que contribuem para a presença de uma pessoa.

Muitas vezes, é quem eles são abaixo da superfície que lhes dá sua vantagem especial.

Fascinada.

É a única palavra que tenho para descrever o que ele faz comigo, esse homem que me seduz ao mesmo tempo que me machuca.

— Não sei do que você está falando.

— Eu vi você na casa dele outro dia. Ele beijou sua mão quando você saiu. Não minta para mim, Assassina. Não mais. E não sobre isso.

Uma luz esparsa cintila na garrafa de uísque quando ele a leva aos lábios, seus olhos ainda zerados em mim como se para me segurar no lugar.

Não tenho certeza do que é mais assustador: o fato de ele saber que eu estive na casa de seu pai ou o tom estranhamente calmo de sua voz ao me fazer admitir o que muitos presumiriam ser uma traição flagrante.

Claro, não seria a primeira vez que o traí, e o brilho em seus olhos agora está me lembrando do que fiz no passado.

Colocando a garrafa na mesa da cozinha com cuidado exagerado, Ezra se levanta de sua cadeira, as pernas da cadeira raspando levemente no chão de ladrilhos, um aviso para eu correr se alguma vez já ouvi um.

Em vez disso, fico parada no lugar, observando a maneira como ele se move. Estou parcialmente fascinada, mas principalmente acuada.

Ele sabe disso.

Eu sei disso.

Mesmo se eu corresse, teria que passar por ele para chegar à porta, e sei o quão rápido Ezra é quando ele ataca.

Ele tem anos de prática.

Minhas unhas cavam em minhas palmas quando ele dá a volta na ilha da cozinha, meu coração na minha garganta e meu estômago nos meus pés.

Nada está onde deveria estar, não agora que ele sabe que estou tramando algo.

Estendendo a mão, ele enreda a ponta do dedo nas pontas do meu cabelo e puxa. Não forte, mas o suficiente para que eu me mexa com o pequeno movimento, minha garganta lutando para engolir em torno de uma pulsação de britadeira.

— Estive esperando você admitir que estava lá por conta própria, mas foda-se, eu não sou tão paciente assim.

Ezra sorri, e é um daqueles olhares que significa que ele não apenas planejou como pretende te matar brutalmente, mas também escolheu um bom local para enterrar seu corpo.

Muitas pessoas afirmam ter medo como a merda desse homem, e eu nunca entendi isso.

Até agora.

Ezra está olhando para mim como se eu fosse um estranho. Há uma distância entre nós agora, este lugar frio e solitário, onde eu nunca beijei seus hematomas e ele nunca me pediu para ser só dele.

As últimas seis semanas não fizeram nada além de cavar esse abismo, irremediavelmente enterrando a nós dois. Ele sabia sobre William e eu esse tempo inteiro, e em vez de dizer qualquer coisa, ele me atingiu com palavras raivosas e insultos dolorosos.

Ele está me machucando porque meu silêncio o estava machucando.

— Não tenho certeza se este é o melhor lugar para discutir isso. Gabriel está dormindo na sala de estar e pode acordar...

Seu polegar alisa a linha do meu queixo, a suavidade desse toque em conflito com a fúria em seus olhos.

— Ele bebeu o suficiente para dormir durante qualquer coisa a essa altura.

Quase desejo que esse não fosse o caso. Gabriel nunca será meu amigo, mas ele se colocaria entre nós se Ezra cruzasse a linha.

Quando abaixa a cabeça e prende meus olhos com os dele, não consigo evitar o arrepio que percorre meu corpo.

Ele está tão perto. Perto *demais*. Seu calor se mesclando com o meu até que uma gota de suor rola pela minha têmpora.

Posso sentir o cheiro de uísque em seu hálito e me preocupo que ele possa não ter controle total de seus pensamentos e ações.

Muito semelhante com como se parece ficar ao redor de Damon, a energia de Ezra é um caos ao meu redor, uma mordida fria do vento, uma pulsação frenética de violência que morde e faísca como eletricidade contra a minha pele.

Não luto quando suas mãos se prendem na minha cintura e ele me levanta para o balcão, meus joelhos se separando para acomodá-lo conforme ele se pressiona ainda mais perto.

Pelo contrário, eu preferia que essa conversa fosse por telefone, comigo em um país diferente e com um oceano inteiro entre nós.

— Me fala — ele diz, com uma voz suave que me apavora.

Não posso contar a ele.

Pelo menos não a verdade.

Porque se eu disser alguma coisa para ele, estou em um mundo de merda com outra pessoa.

Por que eu respondi aquela porra de mensagem de texto?

Aqui estou eu de novo.

Mentindo.

Mas só porque não tenho escolha.

— Eu queria saber a verdade. E já que você não estava me contando, decidi tentar descobrir por conta própria.

Seus ombros tremem com uma gargalhada incrédula, sua boca se esticando em um sorriso tão largo que a covinha em sua bochecha aparece.

É uma mentira, essa covinha. Ela diz *vizinho gentil e bonito* quando, na realidade, Ezra é uma força por conta própria.

Não é seguro.

Não é convencional.

Não é alguém que eu quero entre as minhas pernas agora. E ainda assim, é a *única* pessoa que eu quero lá.

Estou de volta a questionar meu amor por homens tóxicos.

Homens não.

Homem.

Um homem.

Ele.

Com os dedos enroscados no meu cabelo novamente, Ezra pergunta:

— O que ele disse a você?

Minha voz sai em um coaxar fraco.

— Nada.

Um movimento de seus cílios escuros enquanto ele olha para mim.

— Por quê?

Isso eu posso responder com sinceridade.

— Provavelmente porque ele foi espancado como a merda.

— Espere. O quê?

A confusão rola por sua expressão, mas isso não impede uma das palmas de sua mão de acariciar minha coxa, seu polegar esfregando quando ele atinge o ápice das minhas pernas, uma provocação ao longo da borda da minha calcinha.

É preciso esforço para falar sobre quão tonta essa provocação me deixa.

— O rosto dele estava machucado. Lábio arrebentado. Alguém deu uma surra nele. Pensei que fosse você. Ou o Damon.

Rezando silenciosamente para que Ezra tenha bebido o suficiente para esquecer essa conversa pela manhã, fecho meus olhos quando ele se inclina para beijar uma trilha até onde sua mão repousa no topo da minha coxa.

Eu preciso pará-lo, preciso jogar na cara dele que ele *terminou* comigo. Mas ele não está exatamente no humor de ser negado.

Sua mão se aperta, dedos em um aperto contundente, meu corpo transformando aquela dor em calor úmido entre minhas pernas.

— Não fui eu — sussurra, seus dedos se enrolando por cima da lateral do meu short de dormir e calcinha para puxá-los para baixo. Não longe. Não tanto para eu ter que levantar minha bunda para que ele possa tirá-los.

— Eu devo a você mais duas verdades — ele sussurra, sua boca quente contra a minha orelha.

Com a respiração presa em meus pulmões, não consigo me forçar responder ou a fazer a primeira pergunta.

A raiva sangra de sua voz quando ele confessa:

— A coisa que eu mais me lembro daqueles fins de semana é o riso. William riu e riu do que era feito com a gente.

Meus olhos se fecham, raiva explodindo dentro de mim por saber que seu pai ficava feliz em machucá-los.

— Aposto que ele ainda está rindo. — Ezra mordisca meu queixo. — Quer saber por quê?

Conseguindo acenar com a cabeça, mordo o interior da minha bochecha, meu corpo vibrando com medo e fúria.

— Segunda verdade então. Eles ainda estão rindo porque nos gravaram para assistir mais tarde. Os fins de semana podem ter acabado, mas aqueles bastardos *ainda* estão rindo.

Eu estremeço com a admissão, meus dentes mordendo com mais força, as lágrimas brotando no fundo dos meus olhos.

— Ezra — eu advirto, com uma respiração trêmula, mas ele não me escuta.

Ele estende uma das mãos para pressionar o polegar contra os meus lábios, o gesto me silenciando imediatamente.

Mas então, isso sempre me silenciou, desde a primeira vez que ele fez isso em um quarto escuro quando éramos mais novos.

Eu me submeto tão facilmente a ele.

Tão voluntariamente.

Mas não docemente.

Pelo menos até que sua força derrote a minha e ele me obrigue a ser doce.

Quando seu polegar desliza entre meus lábios, eu mordo, sua mão segurando com mais força no meu quadril, as unhas arranhando a pele, sua cabeça caindo e os dentes beliscando a carne macia da minha coxa.

— Eu não consigo me controlar com você.

É um rosnado suave, uma reclamação e queixa falada contra a minha perna, um aviso antes que ele morda novamente, e uma dor aguda explode daquele local para se transformar e se estabelecer dentro de mim.

A ponta de seu polegar pressiona minha língua, meus dentes ainda apertados contra sua pele.

Nós já tiramos sangue antes, não muito, mas o suficiente para que as marcas permanecessem lá por uma semana depois.

A violência de Ezra está transbordando na superfície, e o sussurro dela está me chamando.

Endireitando sua postura, Ezra empurra para sua altura máxima, seu olhar se fixando na minha boca, seus dedos apertando minha bochecha enquanto seu polegar puxa meu queixo para baixo.

Então ele abaixa a cabeça novamente e me beija. Vagarosamente. Sedutoramente. O ritmo suave e sensual do beijo uma mentira que esconde a crueldade dele.

Ambas as mãos agarram meus quadris enquanto ele me puxa para a borda do balcão com tanta facilidade que rouba meu fôlego, seu corpo duro onde minhas pernas o envolvem.

Ainda assim, ele não acelera o ritmo disso. É lento, lento, *lento*. Uma armadilha gentil. Uma exploração casual quando sua mão desliza pelo meu corpo por baixo da minha camisa para espalmar meu seio.

Eu derreto naquele toque, um suspiro de ar deslizando sobre meus lábios que sua língua pega em uma lambida forte, um sorriso contra a minha boca quando meu corpo treme em seu aperto.

Com voz áspera, ele zomba:

— Você também não consegue se conter, não é?

Não, é a resposta simples.

Não com ele.

Nunca com ele.

Mesmo quando ele é a pior coisa para mim.

Com sua boca ainda contra a minha, ele se acalma. O comprimento de seus cílios roça a minha pele quando Ezra fecha os olhos. Mas o que eu sinto é a tensão esticada tão tênue que está prestes a arrebentar.

Semanas, meses e anos disso, tudo construindo até este ponto, este momento, esta decisão do que fazer agora que nós chegamos a este precipício.

Nós caímos?

Ou recuamos da borda para retornar com segurança às nossas vidas separados um do outro?

O único problema com a queda é que eu não tenho certeza do que há no fundo do penhasco. Podem ser rochas pontiagudas que rasgam e destroçam, ou pode ser uma distância sem fim, uma galáxia distante que leva diretamente ao inferno.

— Já faz muito tempo, Assassina.

Sim, faz.

Não faz muito tempo que estamos juntos, mas anos desde que ele tenha me machucado tanto que sinto a necessidade de lutar.

Onde quer que esse penhasco conduza, vamos até lá juntos. Porque a triste verdade é que não cair nunca foi uma opção. Não conosco, pelo menos.

Ou, mais verdadeiramente, Ezra pode ter plantado sua mão nas minhas costas e nos empurrado há muito tempo, em um quarto escuro na casa da piscina de Kevin Landry, na primeira noite em que revelamos nossas verdades.

Desde então, nós estamos em queda livre.

Apesar das mentiras.

Apesar das traições.

Apesar da distância.

Tudo era apenas penhascos menores que nós atingíamos descendo, e nós dois estamos machucados e com cicatrizes por causa deles.

Ezra me levanta do balcão com uma facilidade que me surpreende, como se eu não pesasse nada, seus braços eram uma faixa de aço, a mão apoiando minha bunda, meus braços deslizando sobre seus ombros onde eles sempre deveriam estar. E embora eu deva reclamar e protestar, devo lembrá-lo de que isso não pode acontecer, não digo nada enquanto ele nos leva silenciosamente pela casa e escada acima para o quarto de hóspedes que ele está usando.

Ele não perde tempo depois de me deixar cair na cama, minha bunda puxada para cima enquanto ele tira meu short e calcinha, meus braços esticados sobre a cabeça enquanto puxa a camisa para cima e para fora do meu corpo.

E enquanto estou nua e exposta em segundos, ele está em jeans que caem de sua cintura estreita, a camiseta preta que ele usa lutando para se esticar contra a protuberância pesada e o vale profundo dos músculos que esculpem seu corpo em uma máquina destinada a causar dano, a seduzir, a me intoxicar até que eu esteja completamente inebriada.

Eu tremo sob o impacto de seu olhar, o âmbar como líquido derretido, um pouco delirante, um pouco preguiçoso, mas, porra, com tanta fome que estou congelada no lugar como se estivesse presa com algemas travadas em meus pulsos e tornozelos.

É como olhar para um leão; qualquer movimento errado e você o convidou a atacar.

Estico meu corpo sobre o colchão enquanto ele observa, meus braços acima da cabeça, meus pés na borda do colchão, meus joelhos unidos recatadamente para esconder a visão que ele mais deseja.

O bastardo sorri, sabendo que abrirá minhas pernas eventualmente, o desafio que estou silenciosamente dando a ele nada mais do que um jogo que ele pretende vencer.

Alcançando por cima do ombro, ele agarra a parte de trás de sua camisa e a puxa, o tecido ainda não está no chão onde ele o deixa cair antes que minha boca esteja cheia de água e minhas entranhas estejam apertadas e latejando.

Porra, este homem é perfeito demais para usar palavras, mesmo com a colcha de retalhos de cicatrizes tênues.

Seus olhos encontram os meus, pura arrogância masculina naquele olhar, sua cabeça se inclinando ligeiramente para o lado em questão. Quando não me movo, seus olhos brilham e seu sorriso se alarga, aquela covinha enganosa marcando sua bochecha.

— Vai ser desse jeito, não é?

Uma luta.

Exatamente como costumava ser.

Porque é assim que nós gostamos.

— Aham — eu digo, a voz rouca.

O som vibrando em seu peito faz meu estômago apertar, um desafio e uma aceitação, um rosnado tão inerentemente masculino e aprovando a minha resposta que minha respiração falha ao ouvi-lo.

— Só não esqueça que você começou isso.

Você sabe o que mais eu lembro? Ezra esteve bebendo. Ele não está controlado. E ainda não terminamos aquela conversa de antes. É uma pena que não tenho tempo para considerar esses pensamentos antes que ele me arraste até a beira do colchão e prenda meus pulsos no lugar com uma das mãos.

A primeira mordida afiada contra o lado do meu seio é um aviso, a dor cortando profundamente conforme seus lábios se fecham sobre a picada, e sua boca me marca com um beijo intenso.

Dou um ganido em resposta, minhas costas arqueando, minhas coxas apertando juntas enquanto ele desliza uma mão por trás das minhas pernas para me provocar com dedos cruéis.

Manter meus joelhos juntos não significa nada. Não com Ezra. Ele vai encontrar uma maneira de chegar até mim, independentemente de qualquer luta que eu coloque nisso.

Outra mordida arqueia mais as minhas costas, o calor úmido de sua língua lavando a picada.

— Abra —, ele murmura contra o meu peito, a barba por fazer em sua mandíbula um arranhão áspero contra a carne sensível e tensa.

Balanço a cabeça para os lados, rebelando-me contra o que ele quer. Ezra sorri, outro rosnado masculino subindo por sua garganta enquanto ele enfia dois longos dedos dentro de mim, seu ombro empurrando contra meus joelhos dobrados até que eles sejam esmagados contra o meu peito.

— Acho que nós dois sabemos o que acontece quando você não me dá o que eu quero.

Uma risada suave, sua mão bombeando preguiçosamente, uma provocação do que ele sabe que eu quero, uma preparação lenta que puxa todas as cordas certas.

Ainda assim, eu resisto. Tento dizer a mim mesma que posso aguentar. Ignoro a forma como sua bochecha barbada desce lentamente pela parte externa da minha coxa, meus músculos internos se apertando com força, exigindo mais.

— Você sabe que eu adoro quando você luta.

Liberando meus pulsos e tirando seus dedos, ele coloca sua mão em meu cabelo e puxa minha parte superior do corpo para cima. Estou sendo direcionada para os meus joelhos, minhas pernas se movendo rapidamente para segurar meu peso, sua boca batendo contra a minha, exigindo que meus lábios se abram.

E isso queima, meu couro cabeludo em chamas de quão forte ele segura meu cabelo, a violência disso deslizando pelo meu corpo para inflamar todos os lugares que precisam dele.

A mão na parte inferior das minhas costas me puxa contra ele, seus dentes castigando meu lábio inferior quando afundam.

Sua voz é um comando áspero contra a minha boca.

— Abra, Em. Essa é a última vez que vou pedir.

Aperto minhas coxas juntas e balanço a cabeça para os lados, mesmo contra o aperto forte que ele tem no meu cabelo, mesmo sabendo que isso não vai pará-lo. Eu me rebelo para despertar a parte dele que não me dá escolha.

— Porra, linda, você me deixa louco.

Nossas testas pressionam juntas, meu olhar vagando para baixo para onde ele desabotoa sua calça jeans e a empurra para baixo em suas pernas.

Agarrando seu pênis, ele bombeia lentamente, a cabeça brilhando com pré-gozo, a pele tensa e de um vermelho profundo enquanto ele acaricia o eixo grosso.

Meus olhos se levantam para encontrar os dele, e o que eu vejo é selvagem.

— Avisei você.

Meus olhos se arregalam conforme ele me força para baixo até que eu esteja apoiada em minhas mãos e joelhos, a cabeça de seu pau pressionada contra meus lábios até eu abrir e ele afundar dentro da minha boca. Estico minha mandíbula mais amplamente, minha língua correndo ao longo da parte inferior do eixo enquanto meus lábios se fecham em torno dele.

Seus dedos não soltam meu cabelo, seus quadris começam sua dança enquanto ele fode meu rosto para pegar o que eu não daria a ele entre minhas pernas.

Não me importo nem um pouco.

Desta forma, eu o deixo louco, minhas costas arqueando, minha bunda no ar, meus dedos agarrando os lençóis debaixo de mim enquanto ele grunhe de prazer acima da minha cabeça.

— Foda-se, Em, assim mesmo. Caramba.

Seus quadris empurram com mais força, uma lágrima escorregando do meu olho, não de tristeza, mas da luta que é para respirar em torno do quão cheia minha boca está. Sou toda saliva e dentes, língua e lábios, e ele está tentando se controlar, mas falhando miseravelmente com o esforço.

Não há controle quando ele fica assim, e é exatamente como o quero.

As unhas arranham minha espinha, a leve queimadura apenas me deixando mais molhada, a besta que eu sei que se esconde atrás da fúria fria deste homem subindo à superfície.

Ele está perto, tão malditamente perto de gozar que puxa para fora da minha boca e me coloca de joelhos de novo para sentir seu gosto na minha língua. Seu corpo se move enquanto ele chuta o jeans de suas pernas, o beijo é quebrado quando me gira e empurra meu corpo para baixo até que estou praticamente me curvando.

Quando ele cai de joelhos atrás de mim, o calor de sua boca cobrindo minha boceta, eu gemo no colchão, meu corpo estremecendo com cada mordida de seus dentes, cada deslizada de sua língua, a pressão de seu nariz contra a carne úmida e inchada enquanto ele me inspira.

Mesmo assim, meus joelhos ainda estão juntos. Eu não abri para ele nem uma vez e ele ainda tem a capacidade de me levar ao limite sensual.

Justamente quando me deixa tremendo no precipício de um orgasmo, ele para, seus lábios escorregadios deslizando pela parte de trás da minha coxa, seus dentes mordendo para me marcar novamente enquanto sua mão dá um tapa no meu quadril.

— Abra.

Com o rosto pressionado contra o colchão, eu balanço minha cabeça novamente, minhas coxas se apertando.

— Mulher, você está testando minha paciência.

Seus dentes afundam na carne da minha bunda, e eu grito, o som abafado contra a cama, meu corpo tremendo enquanto ele me marca novamente, seus lábios se fechando para sugar forte com um beijo sensual.

Sua paciência se rompe quando ele se levanta e pressiona seu pau no meu corpo, um impulso completo afundando-o profundamente.

— Porra, você é apertada desse jeito.

Outro impulso forte e outro antes que seu punho esteja no meu cabelo novamente, me puxando para cima para que minhas costas fiquem contra seu peito. Sua mão segura possessivamente meu peito enquanto ele continua a se mover dentro de mim, seus dedos beliscando o mamilo de forma que uma linha sensorial dispara pelo meu corpo até o meu núcleo.

Eu sibilo de prazer, minha cabeça caindo para trás enquanto sua boca pressiona em meu ouvido.

— Estou começando a acreditar que você faz isso de propósito.

Seus dentes pegam suavemente minha mandíbula enquanto eu sorrio.

— Talvez, oh...

Ezra empurra mais fundo dentro de mim subitamente, meu corpo sendo esticado, sua palma moldando e apertando meu seio enquanto nossos corpos batem juntos.

— Então eu acho que é ruim pra caralho que eu não esteja mais brincando com você.

Ele puxa para fora de mim e me vira de costas, suas mãos forçando meus joelhos a se separarem antes que ele levante meus quadris da cama e empurre totalmente dentro de mim. Observo com fascinação enquanto os músculos de seu abdômen se dobram e flexionam, o brilho do suor sobre sua pele bronzeada enquanto seus quadris rolam entre as minhas pernas com cada impulso.

Ele me fode com tanta força que meus seios saltam sobre o meu peito, seus olhos estudando a minha visão, puro calor escorrendo de sua expressão antes que ele se incline para tomar minha boca com a dele. Ele tem gosto de uísque e do meu corpo, como sal e doce, como um homem que não receberá um não, não importa o quanto eu lute.

Eu gozo quase que instantaneamente, um orgasmo explodindo em onda após onda de prazer excruciante, seu nome saindo dos meus lábios enquanto minhas mãos mergulham em seus cabelos e se seguram para o passeio.

Talvez seja a dor que o excita, ou o som da minha voz, mas ele empurra para frente mais uma vez com tanta força e profundamente que meu corpo se arqueia ao senti-lo gozar dentro de mim.

Quando meus músculos cedem e estou praticamente derretendo no colchão, ele ri contra a minha bochecha.

— É como se você pensasse que eu acabei.

Ele não acabou.

Não depois da segunda vez, ou da terceira, esse homem me deixando tão exausta que, pelo tempo em que ele está nos limpando, mal consigo manter meus olhos abertos.

— Preciso voltar para o meu quarto — eu murmuro, minha voz fraca e a consciência nebulosa.

Tudo o que Ezra faz é se pressionar atrás de mim, seu braço envolvendo minha cintura para me puxar para perto.

— Só fique aqui um pouquinho, Em. Não vou deixar você adormecer.

A tristeza está em sua voz, um som que me congela no lugar e torna impossível ir embora.

Ezra promete novamente não deixar que eu adormeça.

No entanto, é exatamente isso que ele faz.

Acordo na manhã seguinte com uma porta se abrindo, com uma voz profunda falando com Ezra, com uma voz familiar parando no meio da frase, o súbito silêncio me fazendo abrir os olhos.

Deus, como eu gostaria de tê-los mantido fechados.

A única maneira de descrever a expressão de Damon é a perda total e absoluta. Ele parece que levou um soco no peito. Como se o vento tivesse sido tirado dele, como se não houvesse oxigênio suficiente em seu sangue para que sua mente processasse o pensamento.

Damon congela no lugar enquanto minha mente luta para lembrar a noite passada, para lembrar onde estou dormindo, para lembrar quem está deitado ao meu lado sem nenhuma roupa.

Porra...

— Damon — digo, me levantando enquanto seguro o lençol no meu peito. — Espera.

Seu olhar me corta.

— Amigos, hein?

Nós dois nos viramos para olhar para Ezra. E enquanto eu pensei que ele estava dormindo, eu o encontro encostado na cabeceira da cama com um braço dobrado atrás da cabeça, seu olhar âmbar fixo diretamente em seu irmão.

Está claro por sua expressão que ele não está surpreso com isso, nem chateado com a entrada de Damon, nem um pouco preocupado que nosso segredo tenha sido simplesmente jogado a céu aberto, sem se preocupar com o que isso faria com seu gêmeo.

— Seu filho da puta — eu sussurro, meus olhos se estreitando nele enquanto ele olha para mim.

— Acho que as coisas não mudam, afinal de contas — Damon fala. — Ou talvez você estivesse finalmente cumprindo aquela promessa que fez a ele.

Com isso, minha cabeça vira de volta para Damon.

— Não é assim.

— Não, é exatamente assim, Ruiva. — Ele balança a cabeça para os lados. — E a parte mais fodida é que ele tem te tratado como uma merda nas últimas semanas, e você ainda quer ficar com ele.

— Damon. — Eu me movo para me levantar, mas Ezra envolve um braço em volta de mim para me segurar no lugar, não que eu pudesse ter parado Damon de qualquer maneira.

Ele se vira para sair do quarto e bate a porta, seus passos pesados desaparecendo enquanto desce o corredor em direção às escadas.

Tento me desvencilhar do aperto de Ezra, mas ele apenas aperta o braço.

— Deixe ele ir, Em. Ele precisava descobrir. É melhor apenas arrancar o curativo.

— Você pretendia que isso acontecesse — eu estalo, esperando que ele negasse, silenciosamente implorando para ele me dizer que isso foi um erro.

Ele não nega.

— O que você vai fazer, Em? Correr atrás dele? Para dizer a ele o quê? Essa merda tem que acabar, de uma forma ou de outra, e Damon precisava ver a verdade sobre o que você está fazendo.

Não.

Ele não pode estar fazendo isso.

Ele não pode.

— Então, ontem à noite...

— Eu estava acabando com isso para todos nós.

Não achei que fosse possível doer mais do que no passado, mas a falta de emoção na expressão de Ezra, a crueldade fria em sua voz, está enfiando uma faca em cada órgão vital dentro de mim até que eu seja incapaz de respirar, incapaz de sentir, incapaz de segurar até mesmo um vislumbre de calor enquanto a realização encharca meus pensamentos.

— Seu filho da puta — eu rosno, me recusando a derramar as lágrimas queimando meus olhos, minhas unhas arranhando a pele de seu braço com força suficiente para tirar sangue.

Ele me solta sem nem mesmo reconhecer a maneira como o arranhei, sem um pingo de culpa ou remorso por me usar para enviar uma mensagem para Damon.

Ele destruiu a nós dois e não tenho dúvidas de que essa tenha sido sua intenção desde o início.

— Por quê? — pergunto, minha voz ficando mais alta. — Por que você faria isso?

Sentando-se para frente, ele preenche minha visão, seus olhos no nível dos meus.

— Eu não sei, Assassina. Mas deixa eu te fazer uma pergunta. Por que caralhos você tem ido pelas nossas costas atrás do William?

capítulo trinta

Ezra

Eu vou te parar antes que você diga.

Sim, sou um completo babaca pelo que fiz.

Eu sabia antes de fazer isso.

Soube disso durante.

E sei disso agora.

Portanto, não preciso das suas opiniões.

O que eu realmente preciso é de uma resposta *honesta* da Emily à minha pergunta, porque a desculpa esfarrapada que ela me deu ontem à noite não é suficiente.

Infelizmente, agora é aparentemente o pior momento para eu exigir respostas, especialmente com o fogo brilhando por trás de seus olhos, o ódio rolando em sua expressão e o olhar de desprezo fofo pra caralho curvando sua boca que só faz eu me arrepender de ter feito o que tinha que ser feito.

— Você pode ir se foder com qualquer pergunta ou exigência no momento, Ezra.

Ela tenta se afastar de mim novamente, mas eu reforço meu aperto, aqueles olhos turquesa se estreitando em mim com aviso suficiente por trás deles para fazer meu pau se contorcer.

— Me solta.

— Eu vou, quando você me disser o que quero saber.

Provavelmente não ajuda que eu esteja zombando dela com o meu sorriso. Mas, caramba, nunca fui conhecido por acalmar uma situação. Pelo contrário, eu sou o cara que atrai o caos e a violência de todos ao seu redor.

Quando Emily tenta se libertar mais uma vez, minha mão agarra seu quadril, meu corpo se movendo para prendê-la.

Ela me encara com raiva, suas bochechas pintadas de um vermelho vivo, seu cabelo uma manta carmesim emoldurando seu rosto.

Fogo puro, essa garota.

Seu temperamento está escondido atrás de uma máscara de civilidade, mas ela é tão feroz quanto eu.

Isso não significa que eu subitamente aprendo minha lição. Quando você tem uma pá tão grande quanto a minha, é melhor continuar cavando aquele buraco, porque já está muito fundo para rastejar para fora.

— Você está mantendo isso em família, Em? Já fodeu os dois irmãos, então agora quer ver se o pau do papai é tão grande quanto?

Minha cabeça estala para a direita com a força que ela me dá um tapa, minha bochecha queimando enquanto ela se aproveita da minha surpresa para se afastar do meu aperto e para fora da cama.

Contornando o final dela, seus olhos cortam na minha direção enquanto ela agarra suas roupas.

— Você mereceu isso. E nunca mais me toque de novo.

Esfregando minha bochecha para aliviar a picada, estico a mandíbula. Emily nunca me bateu fisicamente antes, e estou um pouco chocado com o quão forte que ela fez.

— E se eu tocar?

Depois de vestir sua camisa, ela tira o cabelo do rosto e dá um passo para trás para colocar distância entre nós.

— Vou arrancar seus olhos e depois cravar minhas unhas em seu rosto. Você pode muito bem ser tão feio por fora quanto por dentro agora, Ezra. O que você acabou de fazer é imperdoável. Não sei qual é o seu problema, mas você precisa controlá-lo antes de perder todos que já se importaram com você.

Emily puxa para cima seu short de algodão e marcha para fora do quarto, minha pele ainda pulsando com a força de seu tapa, o sangue subindo à superfície.

Não é preciso ser um gênio para saber que ela está correndo atrás do Damon, mas duvido que exista alguma coisa que ela possa dizer a ele neste momento para mudar isso.

Ele precisava ver o que eu estava tentando lhe dizer, o tapa na cara dele ao entrar neste quarto tão forte quanto o que Emily me deu pela acusação que fiz sobre o William.

Não que eu realmente acredite que ela esteja fazendo isso. Não a Em.

Não com o tanto quanto ela odeia nosso pai, mas ela está aprontando alguma coisa. E eu preciso saber o quê.

Caindo no colchão, esfrego a mão no rosto e olho para o teto.

Não me sinto orgulhoso do que fiz. Não me sinto bem com isso. Na verdade, eu me odeio por isso. Embora eu queira culpar o uísque na maior parte dessa decisão, sei que a verdade é que estou amargo pra caramba.

Talvez Emily esteja certa em me chamar de feio por dentro. Estou certamente com cicatrizes, todas as minhas bordas irregulares e afiadas, todas as minhas memórias sangrentas.

A porra do teto tem uma pequena mancha. A única razão que eu sei disso é porque o encarei a noite toda, um milhão de pensamentos colidindo na minha cabeça sobre essa situação com Emily, com William, com os malditos servidores que Tanner e Gabe estão perseguindo, mas principalmente com raiva pelo que eu estava fazendo.

Eu sabia que era apenas uma questão de tempo antes que Damon nos pegasse, e estava debatendo a maldita noite inteira sobre se deveria deixar as coisas do jeito que pretendia ou pegar Emily e carregá-la de volta para o quarto de Ivy.

Não é que eu quisesse traí-la. E não é que eu quisesse machucar meu irmão. É só que eu não vi outra saída para a bagunça que criei. Eu comecei essa porcaria, e precisava acabar com ela. Mas não sou tão manipulador quanto Tanner, ou tão eloquente quanto alguns dos outros caras.

Meu primeiro instinto com qualquer problema é derrubá-lo com força bruta e não dar a mínima para a bagunça que ficou em meu rastro. As bagunças são problemas para outras pessoas resolverem. Sou mais do tipo que mata com fogo e depois vê o que surge das cinzas.

E foda-se se eu não destruí completamente essa situação.

Meus punhos batem no colchão ao meu lado antes de eu pressionar as mãos no rosto.

Eu amo aquela garota.

Ela está incorporada em mim.

Cada célula do meu corpo foi infectada por ela desde a primeira noite, quando ela beijou meus hematomas.

Mas sou um idiota quando se trata de emoções. Um novato em qualquer coisa que não requeira punhos, socos ou um chute bem colocado.

Ouço a porta se abrir e puxo minhas mãos para assistir Gabriel entrar de fininho no quarto parecendo tão acabado quanto eu.

Ele deixa seu peso cair ao meu lado, nós dois nos sentindo um lixo.

— Há uma mancha no teto — ele murmura, o som áspero de sua voz me fazendo rir.

— Sim, isso tem me incomodado a noite inteira.

O silêncio passa entre nós por vários minutos antes que ele mude de posição para cruzar o braço atrás da cabeça.

— Ouvi dizer que há um problema.

Isso não me ajuda em nada. Existem vários problemas, e a maioria deles é culpa minha.

— Tipo?

— Emily. — Ele vira a cabeça para olhar para mim. — Pelo menos, foi o que Tanner me disse ontem à noite. Presumo que Damon pisando forte pela sala de estar alto o suficiente para me acordar tem algo a ver com isso.

Oh. Sim. Esse problema é definitivamente minha culpa.

— Estou lidando com isso...

— Exceto que isso não é verdade, e pare de tentar mentir a respeito. Pelo contrário, você está piorando a situação.

Olho de volta para ele.

— Como você sabe disso?

Ele sorri.

— Porque na noite passada, Emily estava realmente sendo civilizada comigo e esta manhã ela me disse para *ir me foder* ao sair correndo atrás do seu irmão.

Isso basicamente prova que eu estava certo de que o temperamento dela está no volume máximo. Infelizmente, isso só me faz sorrir. Eu a amo ainda mais quando ela está brava.

— Por que ela disse isso?

— Não tenho certeza. Provavelmente teve algo a ver comigo perguntando se ela estava o perseguindo para transar, porque você não estava prontamente disponível.

— Jesus, Gabe. Esta não é a manhã para foder com ela.

— Por que não? — Outro olhar e sei que o idiota acabou de me encurralar, me fazendo admitir.

— Não importa.

— Eu acho que importa — ele cantarola.

— Estou falando sério. Apenas deixe isso pra lá.

Silêncio e, em seguida:

— Se eu pudesse fazer o que a minha senhora pede... *oomph*.

Gabe se curva em torno de si mesmo depois que meu punho bate em seu estômago.

— Porra.

— Eu não sou sua senhora. E eu também não estou com humor para o seu sarcasmo de merda esta manhã.

— Babaca — ele geme, lentamente se endireitando novamente. — Bater em mim não vai terminar essa conversa.

— Por que caralhos não?

A frustração está percorrendo a minha espinha no momento, e Gabe não está tornando mais fácil por querer falar sobre meus sentimentos.

Eu não falo. Não é minha praia. Ele e Tanner adoram bater papo sobre todas as merdas, mas eu sou o que fica em silêncio.

— Porque nós estamos preocupados que isso esteja se tornando exatamente como há dez anos, quando partimos para a faculdade. Você foi um pesadelo por mais de um ano.

— E o Damon — eu o lembro.

Gabe balança a cabeça para os lados.

— Ele nunca foi tão ruim quanto você. E essa é a porra do problema. Todos nós sabemos o que vocês dois sentem por Emily, mas você vai um passo além do que o Damon. Você sempre foi.

Outro olhar na minha direção.

— Você vai me dizer o que está acontecendo? Ou prefere que eu encontre novas e inventivas maneiras de te incomodar pra caralho até que você faça isso? Estou bem de qualquer maneira. E com a Ivy por perto, tenho certeza de que ela pode me ajudar a fazer um *brainstorm*...

— Tudo bem — eu rosno, mas apenas porque trazer Ivy para isso causaria mais problemas. — Damon e eu queremos a Em.

Ele pisca.

— Ok, não consigo ver o problema. Vocês já a compartilharam antes.

Nossos olhos se encontram e ele franze os lábios.

— A menos que compartilhá-la seja o problema.

Uma respiração pesada se derrama dos meus lábios.

— Eu sei que ela quer ficar comigo. Não há dúvidas sobre isso. Ela sempre quis isso, mas não quer machucar o Damon.

— E ele estava puto esta manhã por quê?

— Eu a enganei para me foder na noite passada e adormecer aqui.

Então eu fiquei acordado a noite toda, esperando Damon entrar e nos encontrar.

Silêncio de novo, o peso disso me esmagando.

— Embora eu possa ver como isso iria transmitir seu ponto de vista, tenho certeza de que essa foi a pior maneira de fazer isso.

— Sim — resmungo. — Bem, eu nunca fui de enrolar. Essa merda precisa acabar. Tudo isso. E mesmo que eu me afastasse, não tinha certeza de que Damon o faria.

— Então você se certificou de que ele fizesse.

— Exatamente.

— E tem certeza de que consegue se afastar?

Rangendo os dentes em resposta a essa pergunta, tento disfarçar.

— Sim.

— Mesmo quando ela se casar com o Mason?

É como se uma pedra tivesse caído no meu estômago. A primeira barreira entre nós. Eu estava tão incomodado com essa merda com o Damon, e Emily indo pelas nossas costas atrás do William, que eu tinha esquecido o que começou toda essa merda para começar.

— Foi o que eu pensei — diz Gabe, quando fico em silêncio. — Não importa o que você faça, Emily estará envolvida. Fugir não vai resolver nada.

— Desde quando você é a voz da razão?

— Desde que eu também sei que ela estará por perto porque ela é a melhor amiga da Ivy.

— O que isso tem a ver com alguma coisa?

Desta vez, é o silêncio dele que diz tudo. Eu rio com a falta de resposta de Gabe.

— Foda-se, cara. Já estava na hora. Você e Ivy estão circulando um ao outro há muito tempo.

— Não é desse jeito...

— Certo. Assim como não é assim com Emily e eu. Tanner e eu ouvimos o que vocês dois estavam fazendo na floresta na noite passada.

Gabe geme novamente, exceto que desta vez não foi meu punho que causou isso.

— Eu sempre gostei da Ivy — admito. — Ela é insana, mas divertida pra caramba. Você poderia fazer pior.

Ninguém no Inferno tem ideia de meu relacionamento com Ivy. Não que haja muito dele, mas nós nem sempre estivemos em lados opostos.

No ensino médio, ela era a única razão pela qual Emily continuava falando comigo depois de uma briga que tive com outro garoto, mas isso me custou que Ivy me ajudasse.

É um segredo que nós dois carregamos e estou impressionado que Ivy nunca o deixou escapar.

— O que você vai fazer com a Emily? — pergunta, desviando a conversa de volta para o problema atual explodindo na minha cara.

— O que eu posso fazer? Queimei quase todas as pontes nesta situação.

Gabe ri.

— Sim, você é bom nisso. A primeira coisa que precisa fazer é consertar a merda com o Damon.

— Ele vai ficar bem — murmuro.

— Então coloque Emily sob controle. O temperamento dela é tão ruim quanto o seu. Se vocês dois precisam brigar sobre isso para se resolverem, então briguem. Mas se esconder aqui não está ajudando.

Meus dedos se enrolam em minhas palmas enquanto decido se devo contar a ele sobre Emily e William.

Ninguém em nosso grupo é muito de confiar quando se trata de estranhos, e eu sei que se disser uma palavra sobre isso, ela estará na lista de merda deles rapidamente.

Sem saber exatamente o que ela está fazendo, não quero correr o risco de colocá-la bem no meio da mira deles.

Decidindo não fazer isso, eu de fato menciono outra coisa que tem incomodado em meus pensamentos.

— Eu vi o William outro dia.

A cabeça de Gabe estala na minha direção.

— Ele se aproximou de você?

— Não é isso que importa. Estou mais interessado em saber quem o espancou.

Porque isso foi completamente interessante quando Emily mencionou. Deixei passar na hora porque estava trabalhando em conseguir levá-la para cima, mas é apenas mais um mistério que precisa ser resolvido.

Gabe levanta uma sobrancelha.

— Talvez haja alguma briga interna na família.

— Talvez — respondo, não que eu acredite nisso.

Ele se senta e fica de pé. Passando a mão pelo cabelo, Gabe me encara com preocupação em sua expressão.

— Vá consertar essa merda, Ezra. Vou manter Ivy ocupada para que ela não pule no meio disso. Mas eu gostaria de ter isso resolvido antes que a gente saia para voltar à cidade. Duas horas no carro com essa merda acontecendo vai ser uma droga.

— Vou simplesmente terminar essa merda com a Emily.

Uma gargalhada estremece seus ombros.

— Acho que nós dois sabemos que isso não vai acontecer. Meu conselho é que você tire sua cabeça da bunda e rasteje.

Levanto as sobrancelhas.

— Diz o homem raptando mulheres e também as fazendo correr pela floresta. Eu não vejo você rastejando.

— Você tem um ponto — ele responde, com um sorriso largo. — Mas eu não traí ninguém. E isso é exatamente o que você acabou de fazer. Todos nós fazemos um monte de coisas fodidas, mas a façanha que você acabou de fazer foi cruel. Vá consertar isso antes que exploda na nossa cara.

Ele está a meio caminho da porta quando eu admito:

— Não tenho certeza se posso confiar nela, Gabe.

Fazendo uma pausa, ele olha por cima do ombro para mim.

— Em que Emily se beneficia por ferrar com você?

Essa é uma maldita boa pergunta. Uma que eu não tinha considerado. E a primeira resposta a sussurrar em minha cabeça é:

— Isso não a beneficia.

Ele arqueia uma sobrancelha.

— Pelo que eu vi quando ela correu pela casa esta manhã, ela está tão fodida com tudo isso quanto você. Não faço parte do fã-clube de Emily. Nunca fiz. Mas ela atura vocês dois, idiotas, mais do que qualquer mulher sã aturaria. Especialmente você. Então tenho que pensar que ela merece algum crédito por isso. E o benefício da dúvida. É possível que eu a tenha julgado mal só porque ela era a melhor amiga da Ivy.

Batendo os nós dos dedos contra o batente da porta em seu caminho para fora, ele chama minha atenção.

— Estou tomando um banho rápido. Espere para começar a briga até eu sair ou você terá a Ivy rastejando em cima de você em defesa da Emily.

Merda. Ele não está errado sobre isso. Ivy é o tipo de garota que enfrentaria um urso pardo irritado se isso significasse proteger alguém com quem ela se importa.

O único problema é que não sou paciente o suficiente para esperar. E estou muito interessado em saber o que ela está dizendo ao Damon.

capítulo trinta e um

Emily

Devo ter procurado lá fora por mais de uma hora.

Descalça e vestindo nada mais do que uma camiseta e shorts de dormir, eu não poderia ir muito fundo na floresta para onde presumo que Damon tinha ido.

Mesmo assim, tentei, e tudo o que tenho para mostrar disso são alguns arranhões em meus braços causados por galhos baixos que se projetavam no caminho e hematomas de pedra nas solas dos meus pés.

Também fiquei na área de estacionamento por um tempo, os pássaros cantando alegremente e a luz do sol que passava por entre as árvores em desacordo com quão brava eu me sentia.

Ezra perdeu a maldita cabeça. E não importa o quanto eu tente ver as coisas do ponto de vista dele, não importa quantas desculpas eu dê a ele por causa do que ele passou enquanto crescia, não posso racionalizar sua decisão de fazer algo tão perverso.

Não apenas para mim.

Para o Damon.

Seu irmão gêmeo.

A única outra pessoa pela qual eu me destruí continuamente, porque não consigo ser a pessoa que se interpõe entre eles.

Ezra me tornou aquela garota, invalidando tudo o que eu tinha feito para impedir que isso acontecesse.

Talvez eu possa alegar que mereço isso porque tenho mentido sobre as coisas com o William, mas o que Damon fez? Se importou comigo? Tentou seguir essa amizade ferrada enquanto lutava contra os próprios sentimentos?

Como ele se sente não é culpa dele. E Ezra deveria saber disso. Ele é a pessoa mais próxima que existe de Damon, o que significa que ele, de todas as pessoas, deveria entender que Damon não esconde suas emoções.

No entanto, Ezra não parecia se importar com isso. Tudo o que ele queria fazer era provar um ponto.

Me foder ao fazer isso foi apenas a cereja do bolo.

Para ele, pelo menos.

É óbvio que Damon está soltando fumaça de tanta raiva, mas não estou disposta a ir lá para dentro ainda. Não quero enfrentar Gabriel depois da porcaria do seu comentário esta manhã, e com toda certeza não quero ver Ezra.

Também é melhor que eu evite a Ivy porque, assim que ela olhar para mim, vai me segurar e exigir respostas.

Porra.

Não quero ficar na varanda da frente, já que não consigo ver o início da trilha para chegar até ela, então dou a volta na casa e sigo para a varanda elevada.

Apoiada na grade, observo os galhos das árvores balançarem com o vento suave, o farfalhar das folhas um ruído suave que me ajuda a me acalmar.

Infelizmente, o momento de paz dura pouco, quando uma das portas francesas atrás de mim se abre e Ezra sai.

Uma veia de raiva se desenrola dentro de mim, mas pior do que isso é que meu corpo ainda quer este homem sempre que ele está por perto.

Independentemente do que fez comigo, e apesar de todos os nossos problemas, ainda não consigo evitar sentir uma agitação no meu estômago e um aperto no coração.

Por que o amor tem que ser tão cego e tão estúpido? Nós deveríamos ser capazes de fechá-lo como uma torneira. Especialmente quando a pessoa que você ama não fez nada além de te machucar.

Ainda assim, ele está lá, o amor sem fim, a necessidade de tocá-lo tão forte que tenho que enrolar os dedos na palma da mão e saborear a forma como minhas unhas cortam marcas de meias-luas na pele para me impedir de estender a mão.

— Podemos conversar?

— Eu não sei, Ezra. Você pode falar sem me insultar ou armar para mim? Ou está aqui procurando causar mais danos? Por que não apenas quebrar meu pescoço e me enterrar, se quer se livrar de mim tanto assim?

Maduro, eu sei. Mas estou tão irada com ele que não consigo ser civilizada. Eu nem sequer me incomodei em virar para olhar para ele, o que provavelmente é mais seguro.

Não posso encará-lo sem ficar confusa, minhas memórias de quem ele era no ensino médio guerreando com o homem frio e cruel que se tornou.

Ezra não responde imediatamente. Em vez disso, solta um suspiro pesado e caminha para ficar ao meu lado.

— Eu mereci isso.

— Você merece muito pior do que isso.

— Você gostaria de me bater de novo?

Giro para encará-lo.

— Eu nunca quis bater em você, para começar. Você já foi espancado o suficiente na sua vida. E só o fato de você me empurrar até esse ponto já é bem fodido. Então, novamente, tudo está fodido com você ultimamente, então não estou surpresa.

Minha palma ainda dói do tapa nele, mas, pior do que isso, é a cicatriz no meu coração por ser apenas mais uma pessoa que o machucou.

Não. Esse tapa não vai machucá-lo, não vai fazer mais do que causar a marca vermelha que vejo claramente em sua bochecha agora, mas beijei muitos de seus ferimentos e passei muitas horas desejando que eles curassem para me perdoar por marcá-lo eu mesma, mesmo que isso seja apenas temporário.

Mesmo que ele mereça isso.

A única coisa que Ezra conhece é a violência, e eu nunca quis aumentá-la.

Sua mandíbula se aperta com o que eu disse, seu olhar âmbar disparando ao longe.

— Eu não sinto muito pelo que fiz, Em, mas sinto muito por como fiz isso.

Com um balançar para os lados da cabeça, cerro os dentes também.

— Por quê? Foi porque você terminou comigo? Teria sido muito mais fácil me dizer isso sem me foder ao mesmo tempo. Literal e figurativamente.

— Eu tenho que terminar com você — ele murmura, enquanto se estica para esfregar a nuca.

A tensão sobre seus ombros é óbvia, a energia saindo dele me deixando tensa também.

— Eu perguntaria por que, mas não importa mais. Eu também terminei com você. Com vocês dois. Esperava ir embora em melhores circunstâncias, especialmente com o Damon, mas você roubou essa escolha de mim.

— Ele precisava saber, Em.

Revirando meus lábios, recuso-me a olhar para ele.

— Ele não precisava saber sobre a promessa que fiz a você. E ele

VIOLÊNCIA 299

certamente não precisava descobrir que, enquanto eu estive o afastando, estive abrindo minhas pernas para você. Ele teria ficado perfeitamente bem sem nada disso.

— Ele teria?

Ezra segura meu ombro para me virar em direção a ele, mas me afasto, minha voz um tom cortante quando o lembro:

— Não me toque. Você perdeu esse privilégio quando me desrespeitou e me acusou de foder seu pai.

Seus olhos se estreitam com isso, suas narinas se dilatando. Consigo ver claramente a fúria rolando por trás de seus olhos, mas isso não faz nada para me acalmar.

Ezra não me assusta.

Não mais, pelo menos.

Não quando ele já arrancou o coração do meu peito e o esmagou com seu pé.

O que diabos mais ele poderia fazer comigo que ainda não fez?

— Por falar no meu pai — ele menciona, com uma ligeira inclinação de sua cabeça. — Gostaria de me dar o verdadeiro motivo pelo qual você esteve lá?

Não.

Porque eu não posso.

Então jogo suas palavras de volta para ele.

Com uma vibração de meus cílios, eu sorrio, debochada.

— Para fodê-lo, assim como você disse. E, por falar nisso, sim, o pau dele é muito maior que o seu.

Ele dá um passo na minha direção, mas se detém, sua mão se fechando em punhos ao lado do corpo.

— Isso não é engraçado.

— Eu não estou rindo — digo, meu olhar colidindo com o dele. — É só dizer e eu vou jogar o jogo, Ezra. Portanto, você pode querer ter cuidado com o que me acusa de fazer.

Suas sobrancelhas disparam para sua cabeça.

— Você realmente transaria com o meu pai?

Não.

Eu prefiro esfaquear o filho da puta repetidamente a tocar nele. Prefiro deslizar nua por um corrimão de lâminas de barbear para aterrissar em uma poça de suco de limão do que deixar aquele homem me tocar.

Mas não digo isso ao Ezra.

Em vez disso, eu o lembro de outra barreira entre nós.

— Em dois anos, não vou ter muito o que falar sobre o que faço na vida. Por que alguma coisa deveria importar agora?

— Mas... você transaria com o William? — Sua voz está incrédula.

Maldição.

— Não, eu realmente não foderia seu pai. Isso é nojento.

— Então o que você está fazendo lá? — berra.

— Eu já te disse — grito de volta.

Excelente. Agora estamos gritando um com o outro onde Damon pode nos ouvir da floresta, e Ivy pode nos ouvir de lá de dentro. Não é bom.

— Eu não acredito em você — ele ruge.

Jogando minhas mãos para cima, eu me afasto dele.

— Isso não é problema meu.

É uma droga que ele esteja certo em não acreditar em mim. Fecho os olhos e encaro em outra direção, porque não consigo olhar para ele e continuar mentindo.

Essa coisa toda deveria ter acabado por agora. Foi *prometido* a mim que estaria acabado. Mas as complicações apenas arrastaram tudo, e estou presa nisso até o fim.

E não posso dizer uma palavra.

Nem *uma* palavra, ou tudo isso será em vão.

— E é exatamente por isso que fiz o que fiz. Você só tem a si mesma para culpar.

Deus, ele é tão babaca.

Giro para encará-lo novamente, não dando a mínima quando ele se aproxima e abaixa a cabeça. Ele quer ser tudo o que eu vejo? Tudo bem! Porque não tenho nenhum problema em estreitar meu olhar sobre ele e dizer o que precisa ser dito:

— Essa é a sua maneira de se desculpar, Ezra? Porque você também pode não se incomodar. Você é péssimo nisso. Assim como você é péssimo em ser uma pessoa decente, mesmo remotamente, porra. Nas últimas cinco semanas, tudo o que você fez foi abusar de mim. Talvez não fisicamente, mas mentalmente e emocionalmente? Sim, você fez isso. De novo, de novo e de novo, você deu todas as facadas que pode, enquanto me dava sinais confusos sobre como se sentia. Então sabe o que eu acho?

Ezra ziguezagueia no lugar. É a coisa mais estranha, e eu não posso acreditar que só agora estou percebendo isso.

É como se ele não pudesse ficar parado, a energia dentro de si grande demais para se conter, uma briga constantemente em sua cabeça que ele não consegue evitar de partir para uma.

Seu comportamento é irritante pra cacete, porque ele debocha de você enquanto te encara e te desafia enquanto ri de você. Este filho da puta pensa que me deixou encurralada, quando a verdade é que sou muito mais forte do que ele.

E estou prestes a dizer a ele o porquê.

Inclinando-se, ele sussurra:

— O que você acha, Assassina? Tente ser honesta pelo menos uma vez.

Lágrimas surgem na parte detrás dos meus olhos, e eu odeio isso. Odeio chorar na frente dele. Odeio me sentir desse jeito. Mas não estou chorando por mim mesma, estou chorando por ele.

Você é tão bonita quando chora...

Eu me pergunto se ele ainda pensaria isso, se soubesse que aquelas lágrimas eram para cada vez que ele foi arrastado para um daqueles fins de semana, para cada vez que ele foi forçado a assistir algo que o machucou, para cada soco que ele recebeu, para cada vez sofreu o abuso de um pai que nunca o amou.

Eu me pergunto o quão *bonitas* ele acharia minhas lágrimas então.

Elas transbordam dos meus olhos, quentes e salgadas, a ardência delas me forçando a piscar.

Como estou bonita agora, Ezra?

Você tem alguma ideia de que isso é o que você fez comigo?

Seus olhos estão rastreando uma daquelas lágrimas quando finalmente admito:

— Eu acho que você é fraco.

E Deus, dói dizer aquilo, porque ele não é fraco pelo abuso que aconteceu, ele não é fraco por sobreviver, mas é fraco por deixar o homem que o criou transformá-lo em um monstro frio e insensível.

Dói tanto que estou tremendo quando seus lindos olhos âmbar voltam para os meus, quando a zombaria aberta rola por sua expressão.

Com um sorriso tenso, ele rejeita minha opinião.

— Eu sou fraco? Isso é hilário, Em. Me conte mais.

— Você é fraco. Não fisicamente, óbvio. Mas emocionalmente? Sinto muito, mas você não tem força. Você passou por muita merda na sua vida, Ezra. O que foi feito com você e Damon foi horrível. E você sobreviveu a isso.

Mas pelo menos Damon saiu disso com a capacidade de se preocupar com as pessoas. Você? — Eu rio, não como se fosse engraçado, mas sim porque é ridículo que eu tenha que declarar o óbvio. — Pelo que tenho visto de você ultimamente, você não tem a habilidade de se importar com nada. Isso é o que te torna fraco. Você permitiu que William te transformasse em um babaca abusivo assim como ele.

Oh, ele não gosta disso, não se a maneira como seus olhos se estreitam em mim tenha algo a dizer a respeito. Bem, que pena. Já era hora de alguém falar a verdade para ele.

Ezra consegue se aproximar ainda mais, nossos corpos se roçando, seus olhos prendendo os meus enquanto ele abaixa a cabeça para se certificar de que tem até o último pedaço da minha atenção.

— Quer saber o que eu acho?

Na verdade, não. Mas tenho a sensação de que ele vai me contar de qualquer maneira.

— Eu acho que você está procurando por qualquer maneira possível de revidar pelo que eu fiz. Acho que você foi pega no flagra no que quer que você está tentando fazer e, em vez de se explicar, está mudando o assunto para uma *besteira* — fala, enfatizando essa palavra com um estalo em sua voz que me faz estremecer. — Tudo porque você foi encurralada. Posso ser muitas coisas, Assassina. Um babaca? Sim, sou mesmo. Um valentão? Bastante. Um cara que vê através de jogos como o que você está jogando e faz as pessoas admitirem sobre eles? Pode acreditar nisso, porra. Mas o que eu não sou é fraco.

Eu acertei um nervo, ao que parece, um que está em carne viva e machuca toda vez que alguém o toca.

Meus olhos prendem os de Ezra em troca, porque não vou deixá-lo me intimidar. Não mais.

— Só o fato de você não conseguir aceitar e admitir isso te torna fraco. Todos nós já passamos pelo pior. Cada um de nós. Apenas nascer em nossas famílias é uma merda. Mas alguns de nós não se curvaram à pressão da porcaria em nossos ombros. Eu não tenho escolhas na vida. Nenhuma! Mesmo assim, ainda ando de cabeça erguida e não preciso machucar outras pessoas porque não consigo lidar com a merda que a vida me deu. Eu ainda me importo. Ainda amo. Ainda trato as pessoas com o respeito que elas merecem. E eu me respeito o suficiente para saber quando me afastar de uma pessoa que não consegue encontrar forças dentro de si mesma para me tratar como eu mereço.

— Como eu? — pergunta, sua cabeça se inclinando ligeiramente.
Outra lágrima escorre pela minha bochecha. Mas não por mim.
Por ele.
Pelo que foi feito com ele.
Pelo que ele se recusa a ver.
— Sim, como você.
Ele sorri, mas não é o deboche naquela expressão que machuca. É o calor em seus olhos, o fogo que chama o meu.
É o mesmo olhar que ele tem quando está prestes a me prender contra uma parede e pegar o que quer.
O mesmo olhar que ele tem quando luta.
O mesmo olhar que tem a capacidade de me derreter no lugar e sussurrar para mim até eu me submeter.
Porra, esse homem faz coisas comigo que não deveriam ser permitidas. Que eu não deveria permitir. Mas diga isso ao calor entre as minhas coxas. À maneira como a minha pele fica apertada e tudo que é feminino dentro de mim ganha vida. Eu me deleito em sua força física, em sua destreza, na masculinidade selvagem nele que apenas toma.
Mas enquanto ele faz meu corpo cantar, esmaga meu coração e corrói minha alma. Ele me consome. Me devora. Me deixa machucada e quebrada, assim como ele.
Eu me recuso a continuar dando meu coração a uma pessoa que não sabe como cuidar do seu próprio.
A definição de insanidade é fazer a mesma coisa repetidamente esperando um resultado diferente. E está ficando claro que a minha insanidade sempre foi meu amor por Ezra.
— Acho interessante que você trouxe o Damon para isso. — Ezra esfrega o polegar em seu lábio inferior, seu corpo balançando, a energia dele faiscando e estalando contra a minha pele. — Porque eu acho que você gosta de mantê-lo por perto apenas no caso de a merda não funcionar comigo. Acho que você gosta de manter suas opções em aberto. E é por isso que se recusou a contar a verdade para ele. É por isso que estava tão brava esta manhã. Mas o Damon não é burro, Assassina. Ele não esperou que você conversasse com ele depois de ver aquilo, porque nós estamos acostumados pra caralho com mulheres que estão perfeitamente bem com qualquer um de nós que elas conseguirem. Damon e eu agora pensamos que você é apenas mais uma daquelas mulheres, uma que não dá a mínima

para a cama de quem está, contanto que seja com um de nós.

Ele não apenas enfiou a faca, como também deu uma torção boa pra caramba. Este filho da puta conseguiu virar o que ele fez esta manhã para cima de mim.

E eu me recuso a aceitar isso.

— Você quer saber? — Eu rujo. — Vocês dois podem ir se foder se isso é o que pensam que estou fazendo! Estou de saco cheio disso!

Afastando com raiva as lágrimas que vazam dos meus olhos, viro as costas para ele e desço as escadas. Ele nunca vai enxergar a verdade do que está fazendo. Nunca vai acreditar que alguém pode amá-lo por *ele*.

Eu cansei de discutir com ele sobre isso. Cansei de andar na ponta dos pés, tentando evitar todas as minas terrestres que eles dois espalharam.

Cansei.

Alcançando a grama, ouço a voz de Ivy acima de mim, e olho por cima do ombro para vê-la bloqueando Ezra de me perseguir.

Por um rápido segundo, me preocupo se ele vai machucá-la para seguir onde estou indo. Mesmo agora, os olhos dele estão fixos em mim enquanto Ivy se move para bloquear seu caminho.

Mas então eu vejo Gabe interferir e acelero meu passo para encontrar um lugar para me esconder por um tempo.

Eu não aguento mais isso, não posso lidar com ter o meu amor jogado na minha cara como se isso não significasse nada.

Se isso significa que eu tenho que deixar os dois, é isso o que vou fazer.

Exatamente como depois do ensino médio.

Independentemente do que isso faça comigo no processo.

Ezra

A viagem de volta à cidade foi tortura pura. Não vou mentir. Foi como mastigar vidro, meus dentes cerrados com força, a mandíbula doendo e o silêncio tenso cortando minha pele a cada quilômetro que avançávamos.

Com Ivy na frente e Gabe dirigindo, Damon, Emily e eu ficamos presos atrás, ela sem falar comigo e Damon sem falar com nenhum de nós.

Gabe e Ivy tentaram preencher o silêncio algumas vezes, mas desistiram quando tudo que receberam em troca foram três olhares furiosos.

Emily estava sentada no meio, e toda vez que nossos cotovelos acidentalmente se encostavam ou nossas coxas se tocavam, ela olhava com desprezo na minha direção e se aproximava de Damon.

Infelizmente para ela, Damon apenas rosnava, porque ela estava ocupando seu espaço, então ela fugia para a minha direção novamente.

Foi um vai e vem o tempo inteiro, e puro alívio quando Gabriel a deixou em sua casa. Mas o alívio rapidamente desapareceu quando Damon e eu nos entreolhamos e nos voltamos para as nossas janelas.

Gabe deve ter sentido isso, uma vez que praticamente desapareceu em um piscar de olhos da nossa garagem depois de nos deixar em casa, os pneus fazendo pequenas marcas no concreto. Não que eu possa culpá-lo.

Toda essa situação é uma porcaria. Eu gostaria de meter o pé também, se pudesse. Mas esse não é o caso, então, em vez disso, caminho para dentro de casa atrás do meu irmão, notando a tensão em sua mandíbula e ombros, bem como a maneira como me olha como se eu tivesse um alvo no rosto.

— Você precisa de uma bebida? — pergunto.
— Se eu tomar uma, isso vai acabar sangrento.

— Provavelmente porque vou bater na sua bunda.

Ele se vira para mim, nós dois nos enfrentando agora ao ponto em que estamos nariz a nariz. Eu estava só de brincadeira — mais ou menos — mas, merda. Se é onde estamos, então estou bem com isso.

— Diga o que você precisa dizer, irmãozinho.

— Pare de me chamar assim.

Sorrio. O temperamento de Damon está no limite. Mas talvez seja isso que precisa acontecer. Nós dois precisamos superar isso. Precisamos nos resolver, e nada disso pode acontecer se continuarmos girando em torno um do outro.

— Então me diga o que está pensando. Obviamente, você tem muito a dizer.

Seus olhos se estreitam, não muito, apenas o suficiente para me deixar saber que ele está se contendo.

— Por que você fez isso com a Ruiva?

Minhas sobrancelhas se franzem. Sei que ele está bravo, mas não esperava que saísse em defesa dela. Não que fosse a primeira coisa que ele fizesse, pelo menos.

— Eu não estava fazendo nada com *ela*. Estava te mostrando o que você tem tido problemas em aceitar desde que eu disse que tínhamos terminado.

Seu sorriso corresponde ao meu.

— Você está com raiva da Ruiva desde o início. Você a insultou. A desrespeitou. Aparentemente, a *usou*. E ainda assim, ela se importa com você. Ela te ama. Ela *quer* você.

Ele bate as palmas das mãos nos meus ombros e dou um passo para trás para manter o equilíbrio.

— Você tem alguma ideia de quão sortudo você é, porra? Você consegue entender o que significa que uma mulher como ela queira você? — Ele ruge, uma névoa de raiva pintando seu rosto de vermelho.

Passo a língua contra os dentes superiores, reviro os ombros e não digo nada. Porque não há nada a dizer. Sei quão incrível a Emily é. Eu *sempre* soube. É só que essa merda ficou muito complicada.

Emily nunca escolheria entre nós dois. Ela nunca se colocaria entre nós. E com o jeito como Damon se sente por ela, não há solução fácil.

E talvez isso seja parte do meu problema. Sim, ela tecnicamente me escolheu, mas, no final, ela nunca fez de fato uma escolha. Em vez de decidir, ela foi embora.

Algo lá dentro de mim foi cortado em pedaços por causa disso e a ferida nunca cicatrizou. Ainda não superei o que parecia ser rejeição.

Independente dos motivos dela.

Independente do fato de eu a respeitar ainda mais *por* esses motivos.

Além disso, ainda há o fato de que Emily se recusa a me contar o que está acontecendo com o William, e embora eu queira gritar na cara desse idiota sobre isso, não posso.

Segredos.

Todas essas porras de segredos.

Eles vão destruir todos nós eventualmente.

Damon dá um passo para trás, seus olhos fixos nos meus, o sorriso incrédulo.

— E você ainda a trata como merda. O que você acabou de fazer com ela ultrapassou os limites. Não apenas aproveitou o que ela sentia por você para me ensinar uma lição, mas também a envergonhou no processo. Eu não fui embora por causa dela, Ezra. Eu me afastei para não acabar com a sua raça.

Outra batida de suas palmas contra o meu peito, e eu inclino a cabeça em desafio. Ele está me empurrando, me *tentando* agora, porra. A única razão pela qual não revidei é porque ele é meu irmão. Sei que ele está chateado, que precisa tirar essa merda do peito, mas eu só serei empurrado até certo ponto antes de explodir.

Porra. Não posso ganhar nada hoje. Tudo o que estou fazendo é lutar. Isso e irritar as pessoas, aparentemente.

— Não quero brigar com você sobre isso, Damon. Não vale uma briga.

Ele ri.

— Só que vale a pena. A Ruiva vale, pelo menos. É uma vergonha que você não veja isso, porra. Mas você está certo. Nós não deveríamos brigar. É por isso que vou fazer um acordo com você bem agora.

Droga, aqui vamos nós. Isso deve ser bom.

— Qual é o acordo?

— Nós terminamos com ela.

Que porra?

— Claro que terminamos com ela. Eu já disse isso.

— Totalmente, Ezra. Não vou ficar por perto da Emily. Vou deixá-la. Mas você também tem que fazer isso. Pra valer.

O que esse imbecil anda fumando? Ele está agindo como se eu fosse o problema. Por que todo mundo pensa que sou o problema?

— Tudo bem — concordo. — Nós terminamos.

Olhando para mim silenciosamente por vários segundos, Damon relaxa sua postura, mas seu olhar ainda é duro, sua mandíbula cerrada. Dando um passo na minha direção, ele aponta um dedo no meu rosto.

— Se ficar perto dela de novo, eu vou brigar com você. E vou te dar uma surra, Ezra. Não estou mais brincando com isso.

Ele gira nos calcanhares para correr escada acima, a porta de seu quarto se fechando com uma pancada como o ponto final de uma frase. A ameaça de Damon foi feita, e eu fico de pé aqui para aceitá-la ou fazer a minha própria.

Em vez de segui-lo, decido deixá-lo se acalmar. Suas emoções estão em todo o lugar, e nunca é bom falar com ele quando está agitado.

Mas não consigo ficar parado depois dessa merda.

Felizmente, meu telefone vibra e eu o puxo do bolso para ver uma desculpa tão boa quanto qualquer outra para dar o fora daqui.

Vinte minutos depois, estou entrando na loja do Priest para pegar minha moto. É o único lugar em que posso esperar que as pessoas ajam normalmente e que eu não seja pego em um acesso de raiva emocional como estou constantemente tendo com Damon e Emily.

Meus ombros relaxam com o cheiro familiar de gasolina, óleo e suor, a tensão se espalhando ao ouvir o guincho de uma chave inglesa ou o assobio de um elevador hidráulico.

Do outro lado da garagem, Shane está fazendo alguns ajustes de última hora na minha moto, e passo pelos diferentes carros para chegar até ele.

— Parece ótima — digo, enquanto me aproximo. — Boa como nova.

— Melhor do que nova. — Seus olhos se voltam para mim. — E eu agradeceria se ela continuasse assim.

Com um revirar de olhos, sorrio.

— Sim, senhor. Vou me certificar de não a chutar novamente.

— Tem certeza disso? — pergunta, colocando-se de pé. — Tanner me disse que você e Damon estão tendo alguns problemas.

Porra. Em que ponto nosso grupo se transformou em um bando de fofoqueiros? Se continuar desse jeito, acabaremos com um boletim informativo semanal detalhando todas as besteiras que estão acontecendo com cada pessoa e um número gratuito para telefonar e falar sobre os nossos sentimentos ou relatar comportamentos suspeitos.

— Você também? Eu vim aqui para fugir dessa porcaria.

— Você veio aqui para pegar sua moto — ele rebate, enquanto limpa a graxa de suas mãos em um pano de mecânico. — E estou aproveitando a oportunidade para encurralar sua bunda e perguntar o que está acontecendo com a Emily.

Os olhos de Shane se fixam nos meus, sua sobrancelha arqueando em questão.

— Nada mais. Damon e eu concordamos em acabar com isso, então você pode poupar tudo o que estava planejando dizer.

Rindo disso, ele balança a cabeça para os lados e inclina o queixo enquanto Priest se aproxima. Batendo sua mão no meu ombro, me dá um sorriso torto, seu cabelo preso na nuca e seu macacão azul manchado com quem sabe o quê.

— Duvido que esteja realmente acabado — Shane resmunga.

— O que está acabado?

Priest olha estre nós depois de fazer sua pergunta, mas algo em nossas expressões deve responder isso antes de dizermos a primeira palavra.

— Oh, aquela porcaria com você e seu irmão sobre a mesma garota? Já era hora de vocês terminarem com isso.

— Ele não terminou — Shane fala.

Minha cabeça estala em sua direção.

— Que porra é essa? Você é Vidente agora? Onde está a sua bola de cristal, imbecil? Gostaria de ler a palma da minha mão a seguir?

— Estou apenas declarando o óbvio.

O caralho que ele está.

— Damon e eu acabamos de ter essa conversa antes de eu vir para cá.

— Então o que você fez com eles na cabana? Porque, pelo que ouvi, você está agindo como um completo babaca ultimamente.

Filho da puta. Vou perder a paciência com toda essa situação em breve.

Passei os quinze minutos seguintes explicando o que aconteceu na cabana, a briga que tive com a Emily e a que tive com Damon.

Quando termino, os dois estão encostados em uma parede de frente para mim, suas bocas torcidas como se algo fosse engraçado.

— O quê? — pergunto.

Priest apenas balança a cabeça para os lados e ri, enquanto Shane me encara como se eu fosse um idiota.

— Nada — Priest responde —, é só que se alguém merece um prêmio por proteger a garota, é o seu irmão. Normalmente, você não é tão estúpido assim, Ezra. Então aquela mulher deve ter fodido seriamente com a sua cabeça.

— O que eu perdi?

Priest ri de novo e olha para Shane.

— Quer contar a ele?

— Me contar o quê?

Estou prestes a socar os dois na mandíbula por causa da expressão em seus rostos. Apenas dois golpes rápidos para transmitir meu ponto de vista. Não, isso não faria com que essa conversa andasse mais rápido, mas me faria sentir melhor.

Shane aperta o ossinho do nariz e, em seguida, esfrega a mão sobre a cabeça.

— Damon não disse isso para concordar com você sobre terminar com as coisas. Ele disse isso para manter você longe da Emily.

Eu rio disso.

— Para quê?

— Para você parar de tratá-la como uma merda, aparentemente — Priest responde. — Droga, cara, você está maluco se essa é a merda que está fazendo.

Congelo no lugar, principalmente ignorando a explosão de Priest para olhar para Shane. Ele simplesmente acena em concordância e levanta as sobrancelhas em acordo.

— Eu não sou o problema...

— Sim, você é — Shane argumenta. — Odeio ter que te dizer isso, mas o Damon está certo em te manter longe dela.

Ele diz isso como se soubesse de tudo. E já que estou cansado de ser esmagado por toda essa merda, solto um suspiro e penso: *foda-se*.

— Você não diria isso se soubesse a verdade sobre o que está acontecendo.

— Então me diga o que está acontecendo.

Maldição.

— Só se você prometer manter segredo até que eu descubra. Não quero que isso chegue até Tanner ou Gabe. E especialmente não preciso que Damon descubra.

Outra elevação de suas sobrancelhas.

— Emily tem falado com o William.

Shane fica imóvel, sua expressão dura, seus olhos avaliando. Com um piscar, limpa sua preocupação inicial e pergunta:

— Ela te disse isso?

— Não, eu a vi na casa dele.
— E o que você estava fazendo na casa dele?
Minha mandíbula se aperta com força.
— Só passando de carro.
Não gosto da expressão no rosto de Shane. Ele está obviamente irritado, se é comigo ou com Emily, eu não sei. Mas agora estou preocupado que ele passe esta informação direto para Tanner.
— Você perguntou por que ela estava lá?
— Claro que eu perguntei a ela — solto. — Ela me disse que estava tentando arrancar dele informações sobre o que acontecia nos fins de semana em que éramos arrastados. Ela ficou irritada por eu não contar.
Isso parece acalmá-lo, seus ombros relaxam.
— Então qual é o problema?
— Ela está agindo pelas minhas costas e eu não acredito nela.
Olhando rapidamente para Priest, Shane franze os lábios, coçando o queixo.
— Então fique longe dela. Eu concordo com o Damon. Você vai acabar se odiando pelo que está fazendo com ela, eventualmente.
— Eu não estou fazendo nada...
— Sim, você está — Priest rebate. — E quando você se der um segundo para pensar sobre isso, verá que é o babaca nesta situação.
Abro a boca para discutir com isso, mas tanto o telefone de Shane quanto meu vibram. Puxando o meu, xingo baixinho.
Outra reunião de família, essa na casa do Gabe.
— O que está acontecendo desta vez?
Shane balança a cabeça.
— Provavelmente tem alguma coisa a ver com a Ivy. Pelo menos isso vai te manter ocupado esta noite e longe da Emily.
Minha mandíbula pulsa quando olho de lado para ele.
— Tanto faz, porra. Não ouço nenhum de vocês reclamando de Tanner ou Gabe sobre o que eles têm feito com Luca e Ivy. Aparentemente, todos são da opinião de que eu sou o cara mau.
— Porque você é — Shane diz, enquanto se afasta da parede. Batendo a mão no meu ombro, ele sorri. — Mas está tudo bem. Você sempre foi um pé no saco e o cara mau. Um dia desses você vai abrir a porra dos olhos e perceber isso.
Todos eles.

Eu vou dar um soco em todos eles se não calarem as bocas tagarelas.

Shane deve saber o que estou pensando, porque apenas sorri e suspira.

— É isso e pronto, Ezra. Estou feliz que você e Damon concordaram em evitar a Emily. Basta fazer como em *Frozen* e sair para não voltar.

— Talvez se você colocar um lindo vestido azul e me disser isso de novo enquanto canta e dança, eu vou pensar sobre. Além disso, deixe-me gravar essa merda para que eu possa usá-la contra você mais tarde, quando estiver fora de forma por causa de uma mulher.

— Não vai rolar — ele fala, com uma piscadinha. — Eu não sou um imbecil como o resto de vocês.

Inclinando a cabeça para a minha moto, ele joga o pano de mecânico no chão.

— Leve a moto para a casa do Gabe e deixe seu jipe aqui. Avise se houver algum problema com ela.

— Sim, eu vou te avisar.

Com essa conversa acabada, despeço-me de Priest e levo a moto para fora da garagem. Uma vez do lado de fora, monto nela e coloco meu capacete.

Estou irritado demais que ninguém possa ver essa situação do meu ponto de vista, e enquanto saio do estacionamento, ziguezagueio pelo tráfego querendo nada mais do que pegar uma estrada aberta e decolar.

Ainda assim, conforme fico mais incomodado com o constante para e anda dos carros na minha frente, não posso deixar de apertar a mandíbula com o pensamento de que Damon teve que proteger Emily de mim, que o consenso me classificou como um babaca abusivo.

Exatamente como Emily disse na cabana.

Exatamente como William me *tornou*.

Colocando em uma marcha mais alta e costurando pelos carros, ignoro as buzinas irritadas e dirijo pelo acostamento da estrada para me livrar do engarrafamento.

Finalmente chego a uma estrada limpa, forço o motor e me inclino para ir o mais rápido que posso.

Fodam-se todos eles se é o que pensam.

E foda-se o sussurro dentro da minha cabeça que está concordando com eles.

Emily

Levei o resto do dia depois de ser deixada em casa para me acalmar.

Ezra está me conduzindo em círculos, e embora eu queira odiá-lo por isso, percebo que ele mesmo está correndo nos mesmos malditos círculos.

Ele é como um carro com o volante preso em uma direção, ou mais apropriadamente, um remador com um único remo.

É o que falta em equipamento que torna impossível para ele ver o que está fazendo com todo mundo ao seu redor. Para perceber o que está fazendo comigo. Para se importar com o que está fazendo com a gente.

Em vez disso, ele apenas roda e roda em um círculo constante.

Então, eu culpo o remador ou as circunstâncias que o privaram do segundo remo?

Foi essa pergunta que finalmente me acalmou o suficiente para que eu pudesse pensar com clareza. Minha raiva estava apenas tornando mais fácil para Ezra me arrastar para o seu campo de batalha, quando eu deveria ter usado minha força para encerrar completamente com a batalha.

A culpa foi minha.

Meu incumprimento do dever.

Engano meu de pensar que poderia enfrentar a besta e lutar na guerra do jeito *dele*.

É por isso que preciso me afastar totalmente da situação.

Ele vai continuar me puxando para baixo e me rasgando, sua forma de violência muito mais insidiosa do que qualquer um imagina.

O simples fato é que Ezra não está apenas lutando contra todos ao seu redor, ele também está lutando contra si mesmo, e essa é uma batalha que ele nunca vencerá, não até que possa largar sua espada e aceitar que foi derrotado.

William o derrotou.

O abuso o derrotou.

Não ser capaz de proteger seu irmão o *derrotou*.

E mesmo que ele possa se afastar e aprender a se reconstruir, ele não consegue se perdoar pela derrota.

Violência, ou destruição, é o primeiro remo.

E o perdão, ou a capacidade de tornar as coisas inteiras, é o que ele não tem.

Assim, nós circulamos, nos espalhamos e caímos.

O buraco longo e profundo não tem fim.

Fui inteligente ao me afastar depois do ensino médio, mas não posso dizer que tomei a decisão por razões puramente nobres. E certamente não fiz isso da maneira certa.

Em vez disso, eu traí os gêmeos.

Muito do que fiz pode ser atribuído à imaturidade... e à covardia. Eu estava procurando a saída mais fácil, uma maneira de fazer os gêmeos se afastarem de mim para não carregar a culpa da decisão. Foi egoísmo da minha parte, e não foi bem pensado.

Um vídeo causou tudo isso. Uma *sex tape*. Prova de que eu não estava apenas fodendo os dois gêmeos, mas ao mesmo tempo. Tinha sido feita por diversão, uma piada que nós guardaríamos para quando eles fossem para a faculdade e sentíssemos saudades um do outro.

Eu me certifiquei de que caísse nas mãos de Hillary Cornish, sabendo que ela espalharia por toda a escola por ciúme e ódio.

Infelizmente, o que eu não esperava era que ela trouxesse Paul Rollings para isso, e foi aí que tudo deu errado.

Eu sei.

Péssima ideia.

Muito mal pensado.

Mas eu estava desesperada e sofrendo... e era inexperiente.

Pensei que, se o vídeo vazasse, meus pais iriam, sem dúvida, ficar sabendo disso, e eu poderia culpar o castigo por não poder ver ou falar com eles. Isso, ou os gêmeos escolheriam partir por conta própria com medo de me colocar em mais problemas.

Infelizmente, não foi assim que aconteceu.

Eu deveria ter me lembrado de quão protetores eles são.

De quão raivosos.

De quão violentos.

O triste é que eu já me afastei deles uma vez por sua tendência de lidar com os problemas com os punhos primeiro. Se não fosse pela Ivy me convencer a dar a eles outra chance, o incidente com o vídeo nunca teria acontecido. Eu sabia como eles eram, mas tinha seguido esse caminho de qualquer maneira.

A cicatriz no meu ombro sempre foi um lembrete. E embora tenha sarado ao longo de vários meses, sofri com um constante coração partido de um telefone tocando.

Desnecessário dizer que, depois que o vídeo foi lançado e eu me tornei a maior fofoca da última semana de aula, houve rumores sussurrados sobre qual aluno o estava espalhando por aí. Eventualmente, Paul foi nomeado.

Eu não sabia dessa parte, já que ninguém realmente me disse nada. Certamente não achei que uma festa na casa de Kevin Landry fosse onde tudo explodiria na minha cara.

Aquela noite já estava tensa. Ivy afundou o carro de Gabriel na piscina como sua última manobra antes de o Inferno partir para a faculdade.

Depois disso, todo mundo estava agitado ou nervoso. Foram poucas horas depois que o Paul apareceu, os gêmeos o notando quase imediatamente.

Eles atacaram antes que eu soubesse o que estava acontecendo, machucando-o tanto que senti a necessidade de intervir.

Acabei sendo empurrada para trás com tanta força por Ezra que caí de uma janela, o vidro estilhaçado rasgando meu ombro enquanto os outros alunos estavam chamando a polícia.

Depois que a briga parou, eu admiti o que tinha feito. Em parte, porque estava com raiva, mas principalmente por culpa.

As expressões nos rostos dos gêmeos me assombravam. A traição em seus olhos, a confusão sobre o porquê eu faria algo tão horrível.

Damon e Ezra foram presos naquela noite, e Paul e eu fomos levados para o hospital. Só estive lá por várias horas para receber pontos, enquanto Paul esteve lá por mais de duas semanas.

Não falei com nenhum dos gêmeos depois daquela noite.

Não até a festa de noivado.

É por isso que Ezra teve que tocar a cicatriz em meu ombro quando a viu pela primeira vez.

Foi a primeira vez que ele pôde beijar aquele ferimento desde a noite em que ocorreu.

A primeira vez que ele poderia retribuir o favor por todos os ferimentos que beijei em seu corpo, silenciosamente implorando para que sarassem.

E agora, aqui estamos.

De volta ao mesmo lugar.

Com a mesma decisão precisando ser feita.

E o mesmo coração partido.

O círculo está completo. Só que, desta vez, eu tenho que acabar as coisas da maneira certa.

Quando escuto o som característico de uma motocicleta lá fora, sei que a oportunidade de me despedir *da maneira certa* chegou. Não que eu tenha convidado, mas Ezra nem sempre espera pela permissão.

Ele certamente não pediu permissão na primeira noite em que roubou meu coração.

Tenho que ter cuidado, no entanto. Ezra não vai desistir facilmente e, como a besta que ele é, vai tentar me arrastar para o campo de batalha novamente. Tenho que ser forte o suficiente para resistir.

Sem me incomodar em esperar que bata na porta, saio e vejo quando ele desliga a moto e se inclina para trás para tirar o capacete.

Ele não se move, e eu inclino um ombro contra a porta, nós dois olhando um para o outro com nossos próprios planos de para onde ir a partir daqui.

Eventualmente, ele inclina o queixo e dobra um dedo para me chamar para perto silenciosamente.

Suspirando, afasto-me da porta da frente, fecho-a e vou até ele, porque a simples verdade é que amo esse homem, independentemente de quão obstinado e frustrante ele seja.

No segundo que seu olhar âmbar me prende, meu corpo vibra com a necessidade que sempre sinto por ele, mas, por baixo disso, há uma veia fria de perda.

Eu o estou perdendo.

Para sempre desta vez.

Isso me deixa desesperada para me conter, para entrar naquele campo de batalha, para alimentar a besta.

Mas não posso.

Fazer isso apenas o impediria de encontrar as ferramentas que precisa para crescer além do que se tornou.

Perdoá-lo sem fazê-lo encarar a verdade seria impedi-lo de aprender a perdoar a si mesmo.

Lágrimas queimam no fundo dos meus olhos, mas seguro firme e me recuso a deixá-las cair.

Ezra não diz uma palavra, apenas me entrega seu capacete e dá um tapinha na traseira de sua moto.

Inclino a cabeça em um argumento silencioso. Ele inclina a dele em retorno, um meio-sorriso puxando seus lábios, que me lembra do olhar que costumava me dar no ensino médio, quando tudo isso começou.

É um olhar que me lembra de que posso lutar o quanto quiser, mas ele ainda vai me ferrar com muita facilidade.

Um olhar que me desafia a mentir e dizer que não o quero.

O mesmo olhar que me arrastou para espaços sombrios onde eu poderia beijar as partes dele que foram quebradas enquanto nós dois nos apaixonamos por um futuro impossível.

Revirando os olhos, subo na moto atrás dele e coloco o capacete. Ele se vira para se certificar de que as tiras estão bem apertadas, batendo no topo do capacete com os nós dos dedos como uma provocação.

Virando-se para frente, ele liga a moto e, em seguida, estende a mão para me puxar com mais força contra ele, nossas coxas pressionadas juntas, meu peito em suas costas. Envolvo os braços em torno dele e seguro com força, mas não apenas para um passeio.

Estou me segurando neste momento, meus músculos queimando com o quão forte eu aperto, seu calor afundando por baixo das minhas roupas, a força dura de seu corpo me enchendo com o alívio temporário de segurança.

Eu me seguro, mesmo sabendo que vou ter que soltar.

A moto decola e, em poucos minutos, estamos em uma estrada deserta. Não tenho ideia de para onde ele está indo. Não que eu me importe. Estou simplesmente curtindo a sensação dele contra mim, minha cabeça apoiada em seu ombro largo enquanto faz curvas e nos leva para longe dos nossos problemas com noivados, irmãos, abusos e segredos.

Sinto que estamos fugindo apenas para que possamos fingir que é possível ficarmos juntos. Mesmo que apenas por algumas horas.

Mesmo quando nós dois sabemos que não é possível.

Ainda assim, não me importo em segurá-lo, ou com o silêncio, ou com o vento colidindo com nossos corpos enquanto as estrelas e a lua iluminam nosso caminho.

Eventualmente, Ezra vira e nós ziguezagueamos por uma estrada estreita para chegar a um grande lago, a costa arenosa e a água escura sem distúrbios.

Isso me lembra da praia na noite em que ele me fez prometer um futuro impossível, nossos corpos aquecidos por uma grande fogueira.

Exceto que não há chamas lambendo o céu, nem ondas quebrando que emprestam ruído de fundo ao ambiente silencioso.

Tudo o que eu sinto é frio.

Ezra me deixa descer da moto primeiro e, antes de se levantar, me puxa para si puxando pela camisa, seus dedos trabalhando rapidamente para desamarrar e puxar o capacete da minha cabeça, um sorriso triste esticando seus lábios enquanto tira o cabelo bagunçado do meu rosto.

Nós estamos a uma hora da cidade e ainda não trocamos uma palavra sequer um com o outro.

O que há para dizer?

Eu amo você?

Você me destrói?

Você é a única pessoa que pode me recompor?

Nós falamos isso um para o outro o tempo todo. Está na maneira como nossos olhos se encontram à distância. Na maneira como gravitamos um para o outro. Na maneira como nos beijamos, brigamos ou transamos. Está em tudo que nós já fizemos e faremos.

Está na maneira como ele não me deixa ir e que eu me recuso a permanecer.

Na primeira vez que nos tocamos, dissemos tudo isso.

E agora temos que falar a única palavra que nunca falamos. A única palavra que temos evitado o tempo todo.

Adeus...

Com uma exalação pesada, Ezra desce da moto, engancha o dedo mindinho no meu e me puxa atrás dele.

Caindo para se sentar na areia, ele me puxa para o seu colo, minhas pernas montadas em sua cintura, meus braços enganchando em torno de seus ombros enquanto nos agarramos um ao outro com mãos desesperadas.

Ouço um suspiro de alívio soprar em seus lábios, seus músculos relaxando apenas por me abraçar. Minutos passam silenciosamente, nenhum de nós se movendo ou dizendo uma palavra.

Nós não precisamos falar.

Nós simplesmente sabemos.

O que o outro está pensando.

O que estamos sentindo.

— Sinto muito — ele finalmente diz, sem se mover para olhar para mim, aquelas duas palavras faladas na lateral do meu pescoço, seus lábios encostando em minha pele.

— Eu sei.

— Não podemos continuar assim, Em.

Meus olhos se fecham, as lágrimas que sempre choro por ele voltando.

— Eu sei.

Mais silêncio e então suas próximas palavras saem em um suspiro de dor.

— Porra, Assassina, o que você fez comigo? Não consigo me afastar.

Sinto aquela dor até os ossos. A mesma frustração. O desespero cortante.

Em vez de responder, eu o seguro com mais força, seu corpo tão tenso que ele está tremendo.

Nenhum de nós pretendia acabar aqui, e tenho que me perguntar o que teria acontecido se as circunstâncias fossem diferentes?

Se Damon não tivesse me amado.

Se eu não tivesse traído os dois com aquele vídeo.

Se eu não estivesse noiva de Mason.

Se os gêmeos não tivessem sido abusados por tanto tempo que nunca aprenderam nada diferente.

Eu teria passado os últimos dez anos sabendo como era ser livre para amar esse homem?

Mais importante, se ele me tivesse, teria aprendido como se perdoar?

— Eu te amo — eu sussurro, porque é a única coisa que sei dizer. A declaração mais verdadeira e mais básica que posso fazer.

Ezra estremece ao ouvir isso, apenas um espasmo rápido em seu corpo antes que se afaste o suficiente para segurar meu rosto com as mãos e capturar meus olhos com os dele.

— Eu sei — sussurra em resposta.

Este.

Este aqui é o ponto de ruptura.

Assuma o risco ou saia completamente.

Eu escolho ser forte.

— Nós temos que parar depois desta noite. Essa tem que ser a última vez que nos vemos. Isso precisa acabar, Ezra. Definitivamente.

Seus olhos procuram os meus, e posso ver a discussão por trás deles, posso ouvir a negação e sentir que ele está se preparando para lutar.

Está bem ali na superfície, uma centena de pensamentos girando, um oceano inteiro de tristeza nos afogando.

E enquanto estou disposta a afundar, para parar de bater meus pés para alcançar a superfície, ele está planejando me arrastar atrás dele enquanto luta para respirar.

Está tudo bem ali, escrito claramente em sua expressão.

— Talvez se nós apenas...

Pressiono minha palma em sua bochecha e morro um pouquinho quando ele inclina seu rosto nela e fecha os olhos, o que quer que vá dizer é silenciado e perdido.

— Algumas horas — ele implora. — Apenas vinte e quatro. Dê-nos isso.

— Vinte e quatro horas de quê? Uma mentira?

Seus olhos se abrem e sim. Isso é exatamente o que ele quer.

Provocando-me, Ezra afasta o rosto e então morde a minha mão, um sorriso encantador esticando seus lábios tão largos que aquela maldita covinha aparece.

Não posso deixar de sorrir de volta.

— Dê-nos isso — ele fala, com uma respiração pesada.

Arqueando uma sobrancelha, suspeito que ele está tentando ganhar tempo para me arrastar para o campo de batalha.

— E o que faremos nessas horas? Brigar? Insultar um ao outro? Acusar um ao outro de coisas horríveis?

Um rápido balançar de cabeça.

— Não estava planejando nada disso.

— Então o que...

Ele se lança para frente e me coloca de costas antes que eu possa terminar a pergunta, um pequeno grito saindo dos meus lábios.

Quando seus olhos estudam minha boca, sei exatamente o que está em sua mente. Infelizmente, não vai resolver nada.

— Ainda estou brava com você por usar sexo contra mim na cabana.

Ele levanta uma sobrancelha para isso, mas seu olhar não se move dos meus lábios.

— Eu disse que sinto muito.

Quando Ezra balança os quadris entre minhas pernas, não posso evitar o calor se espalhando por mim. Ele é viciante, esse homem. E tóxico.

— Então você quer foder por vinte e quatro horas?

Seu sorriso se estende ainda mais, seus lindos olhos focados nos meus.

— Não é um plano ruim, mas não.

Eu suspiro, a força sendo drenada para fora de mim de forma que eu tenho que lutar de volta.

Com um olhar, Ezra consegue me desarmar, me fazer esquecer. Se eu pudesse entrar nele e consertar todas as partes quebradas, eu faria isso. Mas é algo que ele precisa consertar por conta própria.

Tentando me afastar, lanço para ele um olhar quando suas mãos me apertam, mas ele me solta, nós dois nos endireitando para sentarmos um de frente para o outro.

— O que vinte e quatro horas nos dariam? Quero dizer, de verdade? Não importa o que a gente faça ou o que a gente diga, nós acabamos no mesmo lugar.

Algo não dito rola em sua expressão. Dor, talvez. Raiva.

Talvez não exista uma palavra para isso.

Não, espere. Existe.

Derrota.

A única questão é se ele pode aceitar desta vez ou se vai lutar.

Não tenho dúvidas de que Ezra destruiria tudo em seu caminho se pensasse que isso nos levaria ao fim que ele deseja.

Ele é tão forte. Não apenas no corpo, mas na mente e no coração. É justo dizer que ele é teimoso demais. Mas ele também é Violência, o nome que carrega no grupo é tão certo para ele que dói.

Ele prefere destruir o mundo — destruir a si mesmo — do que admitir que não pode ter tudo o que deseja.

Não que ele queira coisas ruins.

É justo amar uma pessoa e desejá-la.

É justo querer proteger as pessoas que se ama.

Mas o que não é justo é a crença de que você tem que carregar a responsabilidade por tudo sozinho em seus ombros.

Ele me surpreende quando finalmente diz a única palavra que nenhum de nós ainda disse.

— Isso nos dá tempo para nos despedirmos. Sem lutar. Sem insultos ou acusações. — Ele ri, o som é tão triste que parte meu coração. — Desperdicei as últimas seis semanas atacando você. Machucando você. Me machucando por você.

Rangendo os dentes, ele passa a mão pelo cabelo.

— Porra, eu não sou bom nisso, mas você sabe o que quero dizer.

Sim, eu sei. E, honestamente, estou um pouco surpresa ao ouvi-lo admitir.

— O que o levou a essa conclusão?

Outro sorriso, tão infantil que quero estender a mão e suavizar a frustração que enruga sua pele.

— Uma reunião de família.

— Uma o quê?

— É assim que nós chamamos quando todos os caras se reúnem. De qualquer forma, Gabe está colocando Ivy sob controle e...

Instantaneamente, estou na defensiva. Ivy pode ser forte, mas ainda é minha melhor amiga.

— O que ele está fazendo com ela?

Ele ri.

— Calma, Assassina. Está tudo bem. Não há necessidade de bancar a psicopata com o Gabe. Eles se entenderam.

Relaxo, mas apenas ligeiramente.

Fazendo uma nota mental para ligar para Ivy, pergunto:

— E isso te levou a essa conclusão como?

Ele balança a cabeça para os lados, a frustração ainda mais pronunciada agora.

Ficando de pé com um rosnado, Ezra anda de um lado para o outro. Reconheço que ele precisa liberar a energia, que apenas tocar em como ele se sente o leva a este ponto.

Não há nada aqui para ele acertar. Nenhuma barreira para quebrar. É apenas a simples verdade enquanto enfrenta uma parte de si mesmo que preferia evitar.

Acho que é isso que acontece quando a raiva fria derrete. O gelo se vai, e tudo o que resta é a fúria.

— Não foi a reunião em si, foi simplesmente ver como Gabe fica com a Ivy e Tanner fica com a Luca. E o que eu ganho? — Seus olhos disparam na minha direção. — Nada. Eu certamente não ganho você.

O tom de sua voz apunhala meu coração, mas me mantenho firme, lembrando-me de todas as razões pelas quais isso tem que acontecer.

— E foi isso que te fez perceber que você tem sido um completo idiota nas últimas seis semanas?

Ele sorri com isso, ambas as mãos passando pelo cabelo enquanto para de andar para olhar para mim.

— Não. Isso foi porque algumas pessoas me disseram que eu tenho sido um idiota completo. E acho que elas estão certas.

— Elas estão certas — digo, com riso em minha voz. — Então, por que você só percebeu isso agora?

— Porque eu quero o que Gabe e Tanner têm. Mas não há nada que eu possa fazer a respeito disso. Assim como não havia nada que pudesse fazer sobre o que aconteceu com Damon e eu. Assim como não há nada que eu possa fazer sobre o seu noivado com o Mason ou como Damon se sente por você. Assim como não havia nada que eu pudesse fazer depois que você fodeu com a gente no ensino médio e nós fomos embora. Eu não posso fazer nada. Sobre nada disso!

Engolindo o nó na minha garganta e ignorando a maneira como ele está gritando agora, concordo com ele.

— Não. Você não pode. É por isso que isso tem que acontecer.

Está me matando vê-lo admitir isso. Testemunhá-lo finalmente enxergando a verdade sobre o que o deixa tão bravo.

— Tem que haver alguma coisa que eu possa fazer — implora.

Eu nego, aquelas malditas lágrimas voltando.

— Não há. Nunca houve.

— Por quê? — Ele ruge antes de praguejar baixinho e se afastar de mim.

Ele está desmoronando na frente dos meus olhos. Lutando contra si mesmo. Sua violência se voltou para dentro. E embora eu queira ir até ele e acalmar essa dor, sei que não vai resolver nada.

Eu sou parte dessa dor.

Sou parte do que ele precisa arrancar para fazer as pazes com sua vida.

Ezra nunca derramará uma lágrima sequer por nada disso. Mas está tudo bem. Eu vou chorar por ele. Por nós. Por Damon. Por todas as barreiras que nós nunca seremos capazes de cruzar.

— Droga, Emily. — Ele se vira para me encarar. — Por que tudo está tão ferrado?

— Eu não sei.

Ele caminha na minha direção e cai de joelhos, a areia subindo ao redor de suas pernas enquanto segura meu rosto e usa seus polegares para enxugar minhas lágrimas.

— Eu quero vinte e quatro horas para fingir que nada disso importa. Só a porra de um dia para saber como é ter você. Apenas um.

— Não vai consertar nada.

— Eu sei — ele argumenta —, mas quero mesmo assim.

Chegando mais perto de mim, Ezra me puxa de joelhos, nós dois na mesma posição, como se estivéssemos implorando um ao outro, implorando ao mundo, implorando ao universo para apenas nos deixar ficar juntos.

— Só um dia, Em. — Sua voz vacila quando ele diz: — Por favor.

Maldição.

Ele está ganhando.

A cada palavra, eu estou perdendo a batalha. Estou sendo arrastada para a luta dele, meus pés incapazes de ficar firmes no meu lado da linha.

Seu polegar passa pela minha boca.

— Por favor?

Eu deveria dizer não. Eu não deveria encorajá-lo. Mas me encontro caindo daquele penhasco de novo, sabendo nós que nunca chegaremos ao fundo do poço.

— Ok, Ezra. Um dia. Mas você não pode lutar comigo quando for a hora de ir. Não pode exigir mais tempo.

— Ok.

— Me prometa.

Seus olhos travam nos meus, a cor âmbar tão linda contra a linha de seus cílios escuros.

— Me prometa — exijo novamente, porque sei que ele está lutando contra isso.

— Eu prometo.

Procuro seu rosto por vários segundos, mas então aceno com a cabeça em acordo. Parece uma rendição. Talvez seja, mas todos nós merecemos ter alguns momentos na nossa vida em que possamos fingir que as cartas não estão combinadas contra nós.

Ou, no nosso caso, algumas horas.

— Então, o que você quer...

Sua boca está na minha antes que eu possa terminar a pergunta. Quente e exigente, o beijo é tão cru que sou vítima dele.

Há desespero na forma como seus lábios se movem sobre os meus, um calor febril enquanto sua língua mergulha dentro da minha boca para me encher com seu gosto.

Não é apressado, no entanto. Mais devagar, com o movimento preguiçoso de sua mão na minha nuca, o aperto forte de seus dedos. Um puxão rápido e estou mais apertada contra ele, sua boca explorando, seus dentes provocando meus lábios com a ameaça de morder.

É errado amar a dor que ele causa? Cada forma disso, até mesmo o tipo que mancha minha alma. Eu pertenço a ele de mais maneiras do que ele jamais vai entender, mas ainda assim as circunstâncias o levaram a acreditar que ele não ganha a mim.

A verdade é que ele sempre me teve e sempre terá, mesmo que não seja da maneira que queremos.

— Deixa eu te levar para casa — ele sussurra no meu ouvido.

Eu rio suavemente através do arrepio que desce pelo meu corpo com seu hálito quente contra o meu pescoço.

— Você consegue fazer isso sem matar o Dylan?

Ele sorri contra a minha bochecha.

— Isso depende. Ele planeja se aproximar de mim novamente?

Na verdade, Dylan tem estado preso o dia todo. Quieto. Ele não estava com os amigos e não era sua versão tradicional pé no saco.

Eu teria perguntado sobre isso, mas dada a atitude dele comigo nos últimos meses, estava preocupada que fosse apenas causar uma briga.

— Vamos — sussurro, minha voz tão suave que mal pode ser ouvida sobre o coro de criaturas noturnas no ambiente ao nosso redor.

Ezra se levanta e me ajuda. Depois de me levar até a moto, ele faz questão de colocar o capacete em mim e garantir que as correias estejam firmes. Odeio que ele não tenha um segundo para si mesmo, que corra o risco enquanto se certifica de que estou segura.

Mas isso é típico dele.

Sempre cuidando de todos os outros.

A volta para casa é pacífica e, novamente, eu curto me segurar nele, meu coração lentamente sendo esmagado pelo pensamento constante de que não serei capaz de segurar por muito mais tempo.

Este é o fim.

Assim que o tempo acabar, nós vamos nos afastar.

E embora eu saiba que sou forte o suficiente para fazer isso, ainda me preocupo com ele.

Mas todos esses pensamentos voam pela janela quando chegamos à minha casa.

Ezra e eu passamos o resto da noite e as primeiras horas da manhã nos explorando, nossos corpos constantemente emaranhados, as poucas horas de sono que conseguimos, interrompidas por conversas sussurradas e orgasmos suados de quebrar os ossos.

Quando chega o final da manhã, estamos em silêncio nos abraçando, a eventualidade na ponta dos pés em nossa direção a cada hora que passa.

O único problema que noto é que, quanto mais perto fica de quando essas horas acabam, mais desesperado ele fica.

É por isso que praticamente mergulho para pegar meu telefone quando Ivy liga no final da tarde. Bem, isso e o fato de Ezra me dizer que ela está fingindo que ela e Gabe estão realmente noivos em um esforço para conseguir informações do pai dela.

— Como está a vida sendo a futura senhora Gabriel Dane? — brinco, sem me preocupar em dizer olá.

Toda essa situação é incrivelmente estranha, mas não estou surpresa com isso. Já estava na maldita hora de aqueles dois finalmente aceitarem que querem um ao outro.

— Não tão boa — ela admite, a raiva em sua voz me fazendo sentar direito. Se Gabriel fez algo terrível com ela, eu vou matá-lo. — Eu preciso ser resgatada.

Eu rio disso, só porque não é a primeira vez.

— Da casa de Gabe ou de Tanner?

— Ai, porra — Ezra murmura. — O que aqueles idiotas fizeram agora?

Ivy fica quieta por um segundo, e então pergunta:

— Merda. É o Ezra?

Suspirando, admito a verdade. Ele não deveria estar aqui, mas aqui estamos.

Depois de uma breve não explicação sobre o que está acontecendo, Ivy me diz onde encontrá-la em uma hora. Eu pulo da cama para me vestir, meus movimentos apressados despertando a preocupação de Ezra.

— O que está acontecendo?

Eu olho para ele.

— Eu preciso pegar a Ivy na casa do pai dela.

— Por quê?

— Eu não sei.

Ele se senta e põe os pés no chão.

— Eu vou com você.

— Por quê?

Há preocupação em seus olhos e um temperamento frio.

— Não confio no pai dela e, com tudo o que está acontecendo, não quero você por lá sozinha.

— Eu não estarei em qualquer lugar perto dele...

— Não discuta comigo sobre isso — ele fala, já calçando as botas e amarrando os cadarços. — Além disso, tenho algumas horas restantes. Então eu vou com você.

A frustração me invade.

— Você vai realmente me segurar até o último minuto?

— Sim.

A dura mordida na voz dele com essa resposta me preocupa. Não soa como alguém que está desistindo.

Muito pelo contrário, na verdade.

Não tenho tempo para discutir com ele, nem energia. Ele me tirou a pouca coragem que ainda tenho para lutar. Sou como uma maldita boxeadora encurralada em seu canto com os dois olhos inchados e fechados, minha mandíbula quebrada. Não, não estou tecnicamente nocauteada, mas poderia muito bem estar.

— Tanto faz. Só vamos embora.

Quarenta minutos depois, vejo Ivy correr para o meu carro. Estou estacionada na mesma rua onde eu costumava buscá-la toda vez que ela fugia de casa.

Depois de me dar um sorriso malicioso enquanto passa para pular no banco de trás, ela bate a mão na parte de trás do meu assento e fecha a porta com força.

— Nós precisamos ir. Tipo, agora. Pé no acelerador e tudo mais.

— Por quê? — pergunto, seguindo suas instruções e acelerando. — Aonde nós estamos indo?

— Neste ponto, nós só precisamos meter o pé antes que meu pai chegue em casa e perceba o que eu fiz.

— O que você...

O telefone de Ezra toca, interrompendo-me. Enquanto ele atende, estou virando uma esquina rápido demais e metendo o pé para longe da casa do pai dela.

— Preciso encontrar o Gabriel — explica Ivy. — Agora mesmo. Ele pode estar na casa de Tanner.

— Ele está — Ezra diz, com um resmungo. — Acabaram de me mandar uma mensagem me dizendo para ir para lá.

— Perfeito. Porque Tanner vai querer ver isso também.

— O que está acontecendo? — indago, completamente confusa com toda essa situação.

— Vou explicar quando chegarmos lá para não ter que me repetir. Basta dirigir rápido.

Não que tenhamos que ir tão longe. Nossos bairros estão próximos uns dos outros.

Todos ficamos quietos no caminho, mas é o silêncio de Ezra que me incomoda mais. Sua mandíbula está tensa e ele continua tamborilando os dedos na perna.

Várias vezes eu tenho que me impedir de perguntar o que há de errado, mas presumo que seja o fato de que nosso tempo juntos está prestes a acabar.

Você sabe o que dizem sobre fazer suposições. Aprendo esse fato muito rapidamente depois que chegamos na casa de Tanner e entramos.

Se a cena já não estava tensa o suficiente com tudo o que está acontecendo com Ivy e Gabe, definitivamente não ficou melhor quando os olhos de Damon encontram os meus, a surpresa os alargando antes que vire sua cabeça e estreite um olhar irritado para o irmão.

Em um segundo, Damon está no sofá, e no próximo ele está em Ezra, o estalo de seu punho virando o rosto de Ezra para o lado.

Todos os caras correm para separá-los enquanto Ivy e eu damos um passo para trás, seu rosto atordoado enquanto as lágrimas brotam dos meus olhos.

Isso é a última coisa que eu queria. Que eles lutassem. Que mais violência seja introduzida em suas vidas por minha causa.

Foi exatamente por isso que eu me afastei e nunca deveria ter aceitado o presente deles na festa de noivado. Nós não podemos ficar juntos sem que isso aconteça.

Nós não podemos coexistir quando três corações estão envolvidos.

— Eu preciso ir. — Respiro, enquanto me viro para ir para a porta.

Ivy está rapidamente atrás de mim, centenas de perguntas saindo de sua língua, mas não tenho forças para responder.

Tudo o que sei é que não posso vê-los lutar.

Não posso mais ser a causa disso.

Recuso-me a ser a causa dos hematomas, dos cortes, das cicatrizes em suas peles, mentes e corações.

Quando Ivy tenta me parar na porta, puxo meu braço de sua mão.

— Isso é minha culpa — explico, a respiração acelerada. — Eu preciso ir embora.

Ela acena com a cabeça em concordância e eu saio correndo.

Meu tempo com Ezra — com os dois gêmeos — finalmente acabou.

É uma pena que os deixar nunca seja pacífico.

Não quando os deixei no ensino médio e não agora.

capítulo trinta e quatro

Ezra

Eu deveria ter previsto isso, deveria saber que Damon cumpriria sua promessa de lutar contra mim.

Ele nem sequer me deu uma chance de explicar, apenas avançou e me acertou antes que eu pudesse reagir.

Não que eu possa culpá-lo.

Teria feito o mesmo.

Infelizmente, isso apenas chamou a atenção para o nosso problema. Os caras passaram as próximas horas nos olhando com cautela, as engrenagens girando na cabeça de Tanner enquanto colocava dois e dois juntos.

Felizmente, essa merda com a Ivy foi uma distração o suficiente, e fiquei sentado observando-os examinar os documentos que ela trouxe para a casa, enquanto também me perguntava como diabos ficaria sozinho com ela.

Precisava falar com ela, então, quando surgiu a questão sobre onde ela ficaria para se esconder do pai, eu rapidamente ofereci minha casa.

Sim, era para ajudá-la, mas principalmente para ajudar a mim mesmo.

Sei que prometi a Emily que a deixaria, que honraria o acordo de apenas mais um dia, mas agora que o tempo acabou, não posso fazer o que eu disse.

Não que eu me sinta mal por quebrar a promessa. Esse parece ser um tema recorrente entre nós.

Nem preciso dizer que consegui falar com a Ivy sozinho e que também a convenci a me ajudar com a Emily. Foi assim que acabei dirigindo pela estrada com três galinhas enjauladas e um saco de lixo cheio de penas na parte de trás do meu jipe.

— Por que nós estamos fazendo a coisa da galinha de novo?

Ivy vira sua cabeça para trás de seu assento para olhar para mim.

— Tanner sugeriu, já que ele acha que esta é uma boa maneira de pregar uma peça no Gabe.

Acenando com a cabeça para isso, rio ao lembrar do tempo no ensino médio em que ela soltou mais de cinquenta na casa do Gabe. Nós passamos horas perseguindo-as.

— Então, qual é o plano quando chegarmos na casa dele?

Dando de ombros, ela sorri.

— Tanner disse que vai fazer Gabe deixar seu carro em casa para que eles dirijam até a casa do meu pai no carro de Tanner. Dessa forma, ele pode garantir que Gabriel vá direto para casa de lá.

— Estou chocado que ele esteja te ajudando.

Ela ri.

— Acho que ele só quer ver a cara do Gabe. Isso e se vingar dele pelas outras pegadinhas.

Faz sentido. Se pegadinhas estão acontecendo, é melhor estar do lado de Ivy do que contra ela.

O silêncio cai entre nós, meus pensamentos rolando sobre o problema com Emily e tudo o mais que está acontecendo. Também estou um pouco preocupado que Ivy e Gabe não consigam resolver as coisas, mas principalmente estou preocupado que ela revele muito.

Quebrando o silêncio, cutuco-a com o cotovelo e pergunto:

— Por que você contou a ele a verdade?

— Sobre saber que ele estava armando para mim no ensino médio para queimar o pavilhão?

As últimas semanas de nosso último ano foram como um barril de pólvora. Emily conosco e Ivy com Gabe.

Tudo estava explodindo ao mesmo tempo, e enquanto eu fazia o meu melhor para não me apaixonar, Gabe estava fazendo o seu melhor para fazer Ivy pedir um favor ao Inferno.

Ele fez um maldito bom trabalho, os rumores que ele espalhou encurralando Ivy até ela não ter escolha a não ser aceitar o desafio de queimar o pavilhão de seu pai.

Na mesma época, no entanto, Damon e eu brigamos em defesa de Emily. Ver isso foi o suficiente para afastá-la de nós. Ela odiava quando brigávamos, odiava a constante ameaça de violência. Não suportava os hematomas ou os cortes. E a irritou ao ver que nós acrescentávamos mais deles ao imediatamente partir para distribuir socos sempre que alguém a insultava ou a ameaçava na escola.

Dois dias se passaram sem que ela falasse com a gente depois daquela luta. E não fiquei feliz com isso.

Então fui pelas costas de Gabe.

— Sim, sobre isso. Ainda estou em choque que você realmente passou por isso.

Ela sorri.

— Eu passei por aquilo para prendê-lo de volta. Acho que nós dois sabemos que nenhum de vocês jamais fez um favor a uma pessoa e foi embora.

Ivy está certa sobre isso.

— Mas eu estava de saco cheio dos jogos — acrescenta ela. — Da mentira. De tudo isso. Então contei a ele a verdade. Eu sabia e fiz de qualquer maneira.

— Por quê?

Ela suspira e me olha.

— Porque eu o amo. Acho que isso sempre foi óbvio.

A risada borbulha na minha garganta.

— Eu posso respeitar isso. — Parando por apenas um segundo, respiro. — Mas você disse a ele toda a verdade?

Com um sorriso largo, ela tira uma mecha de cabelo do rosto.

— Se você está preocupado que eu admiti que foi você quem me contou que ele estava armando para mim, então não. Seu segredo está seguro comigo.

E aí está. A verdade sobre Ivy e eu. No ensino médio, eu a alertei sobre o que Gabe estava fazendo para que ela convencesse Emily a nos dar outra chance. Nós dois conseguimos manter esse segredo desde que o acordo aconteceu, e estou feliz em saber que continuará assim.

Também acho conveniente que ela esteja por perto para outro acordo bem quando nós dois precisamos.

— Então, qual é o plano com a Emily? O que devo fazer?

Ivy olha para mim, o sorriso doce em seu rosto um pouco perturbador. Com ela, significa maldade.

— Você vai ser romântico pra caramba com ela. Vai fazer de tudo. Eu conheço seu restaurante favorito, e você vai arrumar velas, vinho e música.

Levantando uma sobrancelha para isso, não tenho certeza se vai funcionar.

— Mas isso não resolve nenhum dos nossos problemas. Damon ainda estará com raiva e magoado. Ela ainda estará noiva do Mason...

— Esses são detalhes para se preocupar mais tarde — ela fala, se desfazendo disso com um movimento dos dedos. — A questão é que Emily te ama. Você sabe disso. Eu sei disso. Emily sabe disso. Portanto, você precisa fazer um grande gesto e se *desculpar* — ela diz, olhando para mim — por ser tão cretino ultimamente.

— Eu já fiz isso.

— Faça novamente. Na verdade, faça isso centenas de vezes. De joelhos.

Reviro os olhos e ela ri.

— Sim, eu sei. É difícil para o cara grande, teimoso e machão admitir quando ele está errado. Mas eu conheço a Emily. Ela não vai te dar outra chance se você não enfrentar o que fez.

Nós chegamos à casa do Gabe e eu escondo o jipe na parte de trás.

Virando em meu assento para olhar para Ivy, ignoro as galinhas cacarejantes e admito o que me preocupa.

— Sinto que não tenho mais chances com ela. Que a briga com o Damon foi a gota d'água.

Simpatia inunda a expressão de Ivy.

— Ela ama você.

— E daí?

— E daí que isso é tudo que importa. Mas você precisa dar uma maldita boa olhada na coisa toda e descobrir o que deu errado. Muito disso é com você. As coisas com Damon e Mason são um problema, mas não o que a afastou.

— Ela não quer machucar o Damon...

— Tudo bem, esse é um problema maior, mas não é intransponível. Talvez você devesse conversar com o Damon e fazê-lo entender que foi assim que as coisas aconteceram. Se ele a ama, vai querer que ela seja feliz. E se você a fizer feliz, ele não vai ficar no caminho disso.

Ela está certa, mas:

— Eu não sou bom em falar. Sou muito mais do tipo que simplesmente bate nele e diz a ele para aceitar.

— E veja o quão longe você foi.

Que merda, porra.

— Sinto muito, Ezra. Mas violência nem sempre é a resposta. Sugiro que você dê uma olhada no espelho e descubra como consertar isso sem ela. E a primeira coisa que você precisa consertar é você.

Ela salta do jipe antes que eu possa argumentar. Levantando o saco de penas sobre o ombro, inclina o queixo para as gaiolas.

— Traga as galinhas. Precisamos deixar isso pronto antes que eles voltem.

Soltando um suspiro, saio e pego a primeira gaiola.

Como diabos um grande gesto consertará alguma coisa?

E ainda mais preocupante do que isso, como vou descobrir como me consertar?

capítulo trinta e cinco

Emily

— Por favor, Em? Gabe está sendo um grande idiota e preciso de um bate-papo de garotas. Vou precisar que você seque suas lágrimas e me encontre para almoçar hoje. Até fiz uma reserva no seu restaurante favorito.

Revirando os olhos para isso, encaro as embalagens de salgadinhos e os potes de sorvete vazios se acumulando na minha pequena lixeira.

Não vou mentir. Tenho me escondido no quarto durante a semana passada, alternando entre dormir, chorar, gritar no travesseiro e comer.

De vez em quando, dou uma olhada nas redes sociais ou assisto a vídeos on-line, mas, na maior parte do tempo, estou tendo uma sessão de autopiedade, mal saindo do meu quarto ou conversando com alguém.

Ivy passou por aqui algumas vezes em uma tentativa de me fazer falar sobre tudo, mas eu me recusei.

Todas as vezes, ela desistiu e se deitou ao meu lado, silenciosamente estando lá por mim tanto quanto podia.

Estou quebrada.

Muito como eu estava depois do ensino médio, mas desta vez não há telefone tocando que eu não possa atender. E embora isso deveria tornar as coisas mais fáceis, não torna.

O pior é que a moto do Ezra ficou na minha garagem por dois dias porque ele a deixou para trás quando dirigimos para resgatar a Ivy. Eu não desmoronei totalmente até o dia em que andei para o lado de fora para descobrir que ela havia sumido.

Ele nunca veio à porta para dizer nada. Simplesmente a pegou e saiu sem dizer uma palavra.

Eu deveria estar feliz com isso, deveria agradecer por ele me dar esse espaço. Mas ver a moto sumir fez minhas pernas perderem as forças, a dor perfurando meu corpo como uma lança, a verdade finalmente afundando de que isso acabou.

Meu coração e meu cérebro estão em guerra agora; meu cérebro dizendo que isso é o que tem que acontecer; meu coração gritando para eu não o deixar ir embora. Apesar dos gritos e independentemente da dor, meu cérebro tem que vencer no final.

Logicamente, não existem soluções para os nossos problemas. Sei disso. Eu *sei* disso.

Mas meu coração não — ou pelo menos ele não aceita.

Foi quando me entreguei ao meu quarto e não saí de lá desde então. Bem, exceto para conseguir mais comida, aparentemente, como é óbvio pelo lixo.

Porra...

Isso é patético.

— Tudo bem. Eu vou te encontrar. Que horas?

— Que tal às duas? Aluguei uma sala inteira para que você não precise se preocupar com olhos inchados e com uma aparência fabulosa.

Rindo, eu resmungo:

— Obrigada por isso.

— Estou apenas cuidando da minha melhor amiga — ela diz, mas há algo em sua voz que soa mais sério do que simplesmente me manter fora de vista para proteger minha vaidade. — Ok, bem, te vejo lá. Não se atrase.

Ela desliga antes que eu possa fazer qualquer pergunta. Olhando para o relógio, percebo que também me deixou com exatamente uma hora para chegar ao restaurante.

É um fato que as velhas calças de ioga e a camiseta larga que estou usando não vão funcionar para sair na rua, então gasto meia hora tomando um banho e me vestindo, meus sapatos na mão enquanto corro para fora de casa, descalça.

Passando correndo pelo quarto de Dylan, noto que ele está sentado em sua cama com os fones de ouvido, a casa estranhamente silenciosa agora que estou prestando atenção. Ele não deu nenhuma festa na semana passada também, o que é uma loucura.

Estou dividida entre parar para falar com ele e ir embora, algo me incomodando sobre sua mudança repentina de comportamento.

Infelizmente, já estou atrasada, então decido abordá-lo quando chegar em casa.

O caminho é agitado com o tráfego muito pesado. É um para e anda na maior parte do trajeto, meus nervos à flor da pele porque eu não queria sair, em primeiro lugar, mas certamente não ajuda quando algum imbecil bate na parte de trás do meu carro no momento que estou virando em uma esquina.

Várias respirações profundas e eu paro, abro a porta e saio para ver uma mulher loira bonita correndo na minha direção.

Ela provavelmente tem a minha idade, próximo disso por alguns anos, pelo menos, seus olhos em estado de pânico e sua boca se abrindo em um rápido pedido de desculpas.

— Eu sinto muito. Você está bem?

Pisco para ela antes de me virar para examinar os danos ao meu carro. Felizmente, não há nada mais do que um pequeno amassado.

— Estou bem — finalmente respondo —, mas não tenho tempo para chamar a polícia para um relatório de acidente.

Seus olhos se arregalam.

— Na verdade, isso é perfeito. Quer dizer, não é perfeito. É que estou com pressa. Podemos trocar informações e deixar por isso mesmo?

Eu realmente deveria esperar pela polícia, mas ela parece confiável. Também parece assustada, com os ombros tensos e os olhos examinando a distância antes de se voltarem para mim.

Não que isso signifique alguma coisa, mas ela é uma linda garota com grandes olhos azuis. Está muito bem vestida e é bastante curvilínea. Olho para o carro dela e percebo que é um modelo recente da Mercedes. Ela não parece o tipo que vai me ferrar.

— Sim, isso vai funcionar, eu acho.

— Oh! Obrigada. De verdade, você está salvando minha vida. Você não tem ideia. Deixe-me anotar para você.

Ela corre de volta para o carro enquanto volto para o meu para escrever meu nome e informações sobre o seguro. Estou terminando quando ela se aproxima da minha porta aberta e me entrega uma folha de papel branco.

— Aqui está tudo o que você vai precisar. Mais uma vez, sinto muito mesmo.

Felizmente, o dano não é ruim.

— Acontece — digo, entregando a ela minhas informações.

— Você é uma salva-vidas — ela fala novamente, antes de correr de volta para seu carro e decolar com um guincho de pneus ao meu redor.

Obviamente, ela realmente estava com pressa, penso, enquanto olho para o seu nome. Minhas sobrancelhas se juntam, algo familiar sobre isso.

Everly Clayborn.

Antes que eu possa me lembrar de onde ouvi o nome, uma buzina soa atrás de mim, me incitando a me mover. Aceno com a mão, fecho a porta e viro.

Estou no restaurante cinco minutos depois, o que só me deixa atrasada por quinze minutos.

Correndo para a mesa da recepcionista, rapidamente recito com pressa o nome de Ivy e sou direcionada para uma sala privada nos fundos.

A risada rola em meus lábios. Ela realmente nos arranjou um espaço privado.

Como ela pagou por isso enquanto está sem acesso às contas do seu pai é um mistério. Conhecendo-a, provavelmente roubou o cartão de crédito do Gabe.

Uma música suave é filtrada quando abro a porta, meus olhos imediatamente travando em um homem alto com cabelos escuros e olhos âmbar, uma pessoa que não pertence a este ambiente, nem à minha vida.

Ezra está a apenas alguns passos de mim, como se estivesse indo embora, o paletó agarrado em uma das mãos, as mangas de sua camisa branca enroladas nos antebraços.

Atrás dele, um quarteto de cordas toca enquanto velas tremulam, rosas vermelhas adornando toalhas de mesa brancas. Garçons estão parados à distância, prontos e esperando para servir a refeição.

Demoro um momento para superar meu choque, para virar meu olhar de volta para Ezra, onde ele está de pé, nervoso e agitado, seus olhos examinando a sala muito como os meus estão.

— O que é isso?

Ele está lindo em um terno, mas mesmo a camisa bem passada e as calças cinza-escuras são incapazes de disfarçar a força bruta de seu corpo, ou o espírito selvagem de um homem que se sente mais confortável lutando do que falando.

Ezra volta a olhar para a sala, enfia as mãos nos bolsos e dá de ombros.

— Ivy sugeriu — ele admite em uma respiração apressada, como se estivesse com muita vergonha de dizer isso —, mas não tenho mais certeza se estou me sentindo no clima.

Oh, Ezra...

Olho para ele e reconheço apenas fome, sinto apenas o desejo mais profundo. Meus dedos se enrolam com a necessidade de tocá-lo, minha cabeça nublada, meu corpo pesado. É pura necessidade quando olho para ele. Quando estou perto dele. Quando o toque de sua fúria fria se torna um controle de parar o coração na cama.

Ezra, em muitos aspectos, é uma crueldade ambulante.

Ele é a única pessoa que eu quero, mas a única que nunca poderei ter.

Ele me tortura, este homem.

E eu o assombro.

Além disso, está o impacto impiedoso que nós causamos nos corações um do outro. A única questão agora é que vontade é a mais forte? A de um homem que personifica a violência, ou a minha?

Eu gostaria de pensar que é a minha.

— Sugeriu isso para quê? Achei que estava encontrando Ivy aqui.

Vou matá-la por isso. Por não apenas me colocar em uma posição em que eu tenha que rejeitar Ezra novamente, mas também em uma posição em que outra cicatriz esteja esculpida em meu coração.

Quantas vezes eu tenho que desistir que seja a última vez? Quantas vezes tenho que me retirar para o meu quarto para chorar em luto?

Porque eu *estou* de luto.

Especialmente agora que o tenho na minha frente. É como se uma pessoa morresse e seu fantasma nunca fosse embora. Você *não consegue* seguir em frente até que todas as partes dela tenham desaparecido.

Eu consigo claramente vê-lo batalhando contra o que quer dizer, e a triste verdade é que ele não precisa. Eu já sei.

— Quero que você nos dê uma chance. Só eu e você. Ninguém mais.

Ele diz isso como se fosse fácil. Fúria se infiltra através de mim, meu pulso acelerando ao pensar sobre como nós acabamos aqui e por quê.

Eu não era nada mais do que uma aposta. Um jogo. Um entretenimento quando Ezra me encurralou pela primeira vez no ensino médio.

Ele e Damon fizeram sua típica façanha de se passarem um pelo outro. No mínimo, isso é uma consequência daquilo.

Então, como ele pensa que pode excluir outras pessoas agora? Principalmente quando a pessoa que fez a aposta com ele é a mesma com quem devo me casar?

Quanto mais eu olho para toda a imagem, mais furiosa fico. E sim, eu tive uma parte nisso. Aceitei as primeiras seis semanas de diversão com dois caras.

Eu fiz isso.

Independente de como tudo começou, independente de quem é o culpado, ainda é aqui onde nós fomos parar, e nada do que dissermos ou fizermos agora pode mudar isso.

Por que ele não consegue enxergar isso?

Por que eu tenho que ser a pessoa forte?

— Nós não podemos fazer isso — respondo, mais lágrimas em meus olhos que estou cansada de chorar.

É tudo que tenho a dizer.

Em vez de esperar por seu argumento, me viro para abrir a porta e sair, mas ele bate a palma da mão contra ela para me impedir.

Estremeço com o som, minhas costas pressionadas contra a madeira enquanto ele me prende com seus braços, sua cabeça caindo da maneira que sempre deixa meu coração na boca com batidas fortes e constantes.

Ezra agarra meu queixo com os dedos e pressiona um beijo suave na minha boca, meu corpo reagindo a esse pequeno contato com necessidade enquanto minha mente luta para agarrar-se a todos os motivos pelos quais isso não pode acontecer.

Ele também sabe disso.

Seus quadris roçam meu estômago, seus olhos âmbar se aquecendo até estarem derretidos. Há tanta promessa no balanço suave de seu corpo forte, e minhas unhas estão marcando a porta ao meu lado enquanto luto para não tocar nele.

— Você sabe que quer isso.

Sua voz é uma provocação, um desafio; o tom suave, mas zombeteiro.

Através de dentes cerrados, fecho meus olhos e sussurro:

— Não é sobre o que eu quero.

Uma lágrima se desprende e escorre pelo meu rosto e o bastardo a pega com um dedo.

Você é tão bonita quando chora...

A raiva rola por mim com a memória dessas palavras, da dor que ele causou. Eu me agarro a elas, porra, seguro com dois punhos, porque preciso dessa raiva agora. Como ele ousa continuar fazendo isso comigo repetidamente?

— Você quer isso — ele sussurra.

Sim. Eu quero.

Mas eu não posso ter isso.

Não importa o quanto eu queira.

Ele também não pode.

Meus olhos se abrem para se fixar com os dele, a raiva crescendo dentro de mim até que está se derramando pela minha língua com cada palavra que dou em resposta.

— O que você acha que pode sair disso, Ezra? Como nós vamos ficar? Em agonia, como Ava e Mason todos os dias? Duas pessoas que sabem que não importa o quanto se amem e quão desesperadamente se segurem, no final não há nada que possam fazer sobre serem separadas? Eu vou me casar com o Mason em menos de dois anos.

— Nós vamos consertar isso, porra — ele rosna, recusando-se mais uma vez a ouvir a verdade.

Aparentemente, eu tenho que continuar apunhalando e apunhalando até encontrar a única barreira que ele nunca será capaz de derrubar. Ezra não vai embora, a menos que esteja com raiva. Então é isso que tento fazer.

— Ah, sim? E quanto ao Damon? Hein? E ele? Se nós ficássemos juntos, ele seria destruído.

Lágrimas escorrem dos meus olhos, e ele as beija para afastá-las, suas mãos subindo para segurar minhas bochechas.

Ezra pressiona sua testa na minha e prende meus olhos.

— Ele nunca deveria ter se apaixonado. Você sempre foi minha, Emily, sabe disso. Ele era apenas parte disso por diversão.

Eu só quero gritar, mas, em vez disso, dou risada. Como ele pode pensar que qualquer coisa disso é possível?

— Sim, eu me lembro quando ele foi trazido. Para a sua fodida curtição. Para a sua diversão. E olha o que você fez, porra, jogando esses jogos. Isso não é minha culpa.

— Você é minha — ele insiste. E ele não está errado. Mas isso ainda não resolve nada.

Ele diz isso sem parar, como se apenas aquela frase tornasse tudo certo, mas tudo que posso fazer é balançar a cabeça para os lados e afastar suas mãos.

— Sinto muito, Ezra. Mas há muita coisa ficando entre nós.

Com a palma da mão em seu peito, faço o que deveria ter feito no primeiro segundo que ele falou comigo na festa do noivado. Eu o empurro para trás.

— Eu te amo, mas não há possibilidade de consertar isso. Não importa como nos sentimos. Acabou.

Sabendo que tenho apenas alguns segundos antes que ele me pare novamente, eu me viro e abro a porta, praticamente correndo pelo restaurante como uma mulher louca sendo perseguida.

Chegando rapidamente no lado de fora, eu continuo, minhas pernas queimando até que eu alcance meu carro, meu coração despedaçado enquanto entro e ligo o motor.

Meus pneus cantam e eu disparo para fora da vaga de estacionamento, minhas mãos apertando o volante e meus dentes trincando.

Não posso mais fazer isso.

Perdi a vontade de lutar.

Ezra tinha finalmente me sangrado até a última gota de força que tenho, e sei que ele não vai parar até que ganhe.

Exceto que ele não pode vencer porque não há solução.

A triste verdade é que ele continuará derrubando paredes até que estejamos ambos enterrados sob os escombros.

Ezra não sabe como parar.

Ele não sabe como *não* lutar.

Eu tenho que ser aquela a mostrar a ele.

Ezra

Eu não vou aceitar isso.

Suas desculpas.

Seus problemas.

Claro, ela está certa sobre tudo isso, mas não estou me curvando para a derrota. Não nisso. *Nunca* quando se trata dela.

Como a Ivy disse, eu dei uma boa e longa olhada no espelho. Conheço meus problemas, conheço minhas fraquezas, conheço os pesadelos que me acordam à noite e me desligam.

Não, eu não sou o cara a quem recorrer quando você precisa de um ombro para chorar, ou mesmo para um bom conselho, mas sou a pessoa que derruba barreiras e que reduz os problemas a cinzas.

Emily está fodendo comigo há anos porque se recusa a acreditar em mim, se recusa a ver que, apesar dos meus problemas, apesar da vida que vivi, apesar de todos os hematomas e cortes, as brigas e a violência, ela é a única mulher neste mundo que importa para mim.

Sim, estou sendo um cretino com ela desde a festa de noivado. Eu a ataquei com insultos e farpas, mostrei meus dentes para ela e a machuquei sem considerar as consequências. Mas isso é porque eu estava preso em sua recusa de enxergar além dos problemas, em sua teimosia na crença de que nós não poderíamos superá-los.

Permiti que a vontade dela amortecesse a minha, e não é assim que um homem como eu luta. Não é assim que ganho batalhas.

Emily tinha traçado uma linha, e ou eu me deito e morro de um lado dela, ou pulo por cima dela e mostro que moverei montanhas, se isso for o que é preciso para tornar possível que estejamos juntos.

Sabe o que eu mais aprendi olhando para o meu reflexo?

Que farei qualquer coisa pela mulher que eu amo, incluindo ir atrás de sua bunda teimosa toda vez que ela correr.

Então é isso que estou fazendo quando saio correndo do restaurante e vou para a minha moto. Isso é o que eu faço quando a coloco em alta velocidade e costuro através do tráfego. Isso é o que faço quando paro na garagem de sua casa e estaciono atrás de seu carro.

É disso que Emily precisa.

Ela simplesmente não sabe ainda.

Ela pode ser uma rainha, mas é oprimida pela culpa e pela obrigação.

Pesada é a cabeça que usa a porra da coroa, e a única maneira que ela vai removê-la é através da besta ajoelhada aos seus pés se levantando e lutando a batalha que a cerca.

Esse tempo inteiro.

Todos esses anos perdidos.

Quando eu poderia ter lutado por nós dois em vez de permanecer acorrentado como ela.

Não mais.

Foda-se isso.

Foda-se aquilo.

Foda-se tudo.

Ela é minha.

E eu me recuso a deixar o mundo derrotá-la por mais tempo.

As pessoas pensam que viram violência.

A verdade é que elas não têm nenhuma ideia do que é isso, porra.

Mas elas estão prestes a descobrir.

Tirando meu capacete, desço da moto e viro. Um raio de sol atrai minha atenção, e olho para o carro de Emily para notar que a traseira tem um novo amassado, a tinta raspada.

Perguntando-me quando diabos isso aconteceu, deixo meu capacete na moto e caminho até a casa dela. Bato o punho contra a porta algumas vezes, sem resposta.

Aparentemente, este é o jogo que ela vai jogar. É uma pena que não estou jogando. Verifico a maçaneta para encontrá-la trancada, e chuto a porra da porta, a moldura feita em pedaços com o esforço, mas é apenas mais uma despesa que terei que pagar.

Nada, e eu quero dizer, *nenhuma coisa maldita*, está me mantendo longe dela.

Não mais.

Não agora que decidi que sou mais forte do que todas as barreiras entre nós, e que Emily deveria ter acreditado em mim há dez longos anos.

— Emily!

Ouço a porta do quarto dela bater no corredor, e sorrio. Esta mulher vai lutar comigo a cada passo do caminho.

Mas é assim e pronto.

Acontece que eu gosto de lutar.

Acontece que também sou muito bom nisso.

Correndo uma mão pelo cabelo, caminho pelo corredor com passos fortes, descubrindo que a porta dela também está trancada, então eu a chuto, apenas mais uma moldura quebrada para pagar.

Emily se vira assim que entro no quarto, seus olhos turquesa explodindo com fogo.

— O que diabos você pensa que está fazendo?

Lá está ela.

Minha garota.

Minha rainha.

— O que eu deveria ter feito dez anos atrás, porra, quando você começou essa porcaria. — Rosno, porque, vamos encarar, ela está sendo tão cabeça-dura no momento que tenho que levantar minha voz apenas para ser ouvido acima de todas as desculpas em sua cabeça sobre o porquê isso não pode acontecer.

— Isso precisa acabar. Você precisa parar, Ezra.

Fecho a distância entre nós e abaixo minha cabeça para que estejamos nariz com nariz.

— Eu vou parar quando tiver você. Nada vai ficar no meu caminho até que isso aconteça, então talvez você devesse parar de me dar todos os motivos pelos quais isso não pode acontecer e finalmente ver que isso *tem* que acontecer.

Seus olhos se arregalam com isso, uma expressão de raiva fofa pra caralho cintilando em seu rosto que eu suponho que deveria me afastar.

Adivinha?

Não vai.

— Você precisa dar o fora do meu quarto agora.

Eu sorrio com isso e me aproximo ainda mais, roubando todo o seu espaço porque ela pertence a mim tanto quanto eu pertenço a ela.

— Me obrigue.

Ivy disse para fazer um grande gesto a Emily, e essa besteira romântica e fofa pode ir à merda, porque esse nunca foi o gesto que eu precisava fazer.

Isso.

É disso que Emily precisa.

Fogo, punhos e fúria.

Porque é isso que ela também tem dentro de si, mesmo quando tenta esconder por trás de maneiras recatadas e desculpas ridículas.

Batendo as palmas das mãos no meu peito, ela só consegue se jogar para trás. Inclino minha cabeça, porque, é sério? Ela realmente achou que isso iria funcionar?

Seu olhar raivoso se prende com o meu, sua mandíbula cerrada e as rodas girando em sua cabeça tão rápido que a fumaça deveria estar saindo de seus ouvidos.

— Eu já te dei minha última resposta.

— Não acredito em você.

— Bem, acredite — ela berra. — Não há nada que você possa fazer para me convencer do contrário.

Chegando mais perto dela, eu sorrio e corro meus olhos por seu corpo. Erguendo-os novamente, balanço a cabeça para os lados.

— Eu também não acredito nisso.

Não há lágrimas escorrendo de seus lindos olhos agora, apenas um tom de vermelho se espalhando por suas bochechas pálidas, todas as chamas e calor dentro dela vindo à superfície.

Emily tenta se afastar, mas agarro o braço dela e a puxo de volta para mim. Abaixando a cabeça, sussurro em seu ouvido.

— Você estava indo para o lado errado.

— Eu não acho que longe de você é o caminho errado — ela responde, a voz por um fio.

O que ela não sabe é que isso *sempre* foi a porra do lado errado.

Ela me olha com desprezo, praticamente rangendo os dentes enquanto estreita os olhos e enfia um dedo no meu peito.

— Nós terminamos. Eu já te disse isso várias vezes. Te dei todos os motivos pelos quais não vamos dar certo, e tentei ser paciente com você. Mas isso não vai acontecer. Você precisa colocar isso na sua cabeça dura...

— Minha cabeça dura? Você está brincando comigo agora? Mulher, esse seu crânio deve ser vários centímetros mais grosso do que o normal, porque você é quem não quer ouvir a razão.

Seu queixo cai com a acusação, mais fúria rolando por trás dos olhos da cor de um mar furioso.

— Porra, me dá uma razão para que eu ainda deva ouvir mais de você depois da merda que você fez nas últimas semanas! Você tem sido insuportável, Ezra. Atacando todo mundo. Isso não é algo que se possa usar força bruta! Agora dê o fora do meu quarto, porra.

— O caramba que não é — eu rosno.

Quando dou um passo em direção a ela, os olhos de Emily se arregalam, um peso pesado atingindo minhas costas enquanto braços envolvem meu pescoço e me impedem de chegar perto dela.

Estou jogando fora esse peso ao mesmo tempo em que ela grita:

— Dylan! Pare!

Devo tê-lo jogado com um pouco de força demais, porque ouço um baque pesado contra uma parede e me viro para encontrar Dylan caído, seus olhos me encarando com raiva. Ele se move como se fosse vir para mim novamente, mas eu balanço minha cabeça.

— Você pode querer repensar essa decisão — advirto, enquanto dou um passo em sua direção.

— Ezra, não ouse machucá-lo!

Olhando para ela bem rápido, eu me viro de novo para seu irmão e tento entender o que diabos está acontecendo. Então isso me ocorre, e o canto do meu lábio se curva para cima.

— Você estava tentando protegê-la?

Sua careta se aprofunda e eu reviro meus olhos.

— Fique tão puto comigo quanto quiser, mas cresça e me responda, porra. Você estava tentando proteger a Emily?

Ele concorda com a cabeça, o movimento tenso porque seu corpo está explodindo de raiva.

Mais do que isso, esse garoto está ansioso por uma luta.

Posso ver a energia saindo dele, e eu a reconheço porque já a vi tantas vezes em mim mesmo.

— Eu juro por Deus, Ezra, se você o machucar.

Emily não consegue terminar a ameaça, mas ela não precisa.

Ignorando-a, estendo a mão para lhe oferecer ajuda para se levantar.

Minha voz é controlada quando nossos olhos se encontram e eu digo:

— Já era hora de você cuidar dela. Mas acho que é bastante óbvio que eu nunca vou machucar sua irmã. Vou espancar qualquer filho da puta por machucá-la, na verdade. Então deixe-me ajudá-lo, e então você pode nos deixar terminar esta discussão.

— Nós não estamos terminando nada — ela dispara nas minhas costas.
Olhando por cima do ombro para ela, eu rio.
— Boa sorte com isso.
Volto-me para Dylan.
— Anda logo. Levante-se e saia daqui, garoto. Sua irmã é um pé no saco. Eu acho que você provavelmente sabe disso, então me deixe lidar com isso sem ter que te nocautear para fazer isso.
Dylan não é burro, o que é bom de se saber. Depois de lançar um rápido olhar para Emily, ele deixa a pose de cara durão e prende sua mão com a minha para que eu possa colocá-lo de pé.
Pode parecer estranho, mas estou um pouco orgulhoso do garoto por fazer o que fez.
— Sinto muito, Emily, mas você é meio pé no saco — ele comenta.
De repente, estou gostando dele cada vez mais.
Uma gargalhada sacode meus ombros, meu sorriso se alargando, mas depois desaparece quando me viro para ver que ela não está nada feliz com isso.
Não que eu esperasse que ela estivesse.
— Estou orgulhoso de você ter crescido. Mas você também pode querer colocar seus fones de ouvido em seu quarto, já que não quer ouvir o que está prestes a acontecer.
— Nada está prestes a acontecer — Emily estala.
Olho para ela.
— Continue dizendo isso a si mesma o quanto quiser.
Quando olho para Dylan novamente, ele revira os olhos e se vira para sair, fechando a porta atrás de si o melhor que pode com a moldura quebrada.
Eu me viro para encarar Emily, a tensão entre nós estranhamente quebrada depois do ato equivocado de heroísmo de seu irmão.
Em vez de olhar para mim, ela está encarando a porta, surpresa óbvia em sua expressão.
Sua voz é suave quando fala a seguir, quase como se não estivesse falando comigo, mas consigo mesma.
— Dylan acabou de tentar me ajudar.
Olhando entre ela e a porta fechada, levanto uma sobrancelha.
— Sim, ele tentou.
Seu olhar se eleva para o meu.
— Ele tem sido tão horrível comigo nos últimos meses. Não entendo.
Maldição. A luta está me deixando ao vê-la em tanto choque.
— Ele tem te tratado mal nas últimas semanas?

Um balançar de cabeça.

— Não. Ele tem...

Sua voz some, seus olhos se fixando nos meus novamente, o fogo atrás deles apenas brasas agora.

— Isso não muda nada, Ezra. Você ainda precisa ir embora.

— Odeio ter que te dizer isso, mas estou ficando bem aqui até que você concorde em ficar comigo, só comigo, e que você pare de lutar comigo por isso.

Emily pisca os olhos e cruza os braços sobre o peito. Com uma inclinação rebelde do queixo, ela me prende com seu olhar.

— Eu me recuso a entrar no campo de batalha com você...

Tanto faz, eu penso.

— Não vou mais brigar por isso.

Meus lábios se curvam nos cantos.

— Bem, isso é uma maldita pena, porque estou lutando por nós dois.

— Por quê?

As chamas explodem novamente, seus olhos como líquido, suas bochechas sombreadas de rosa.

Boa.

Gosto mais dela assim.

Inclinando-me para ela, prendo seu queixo entre os dedos, meu polegar esfregando sua boca como uma provocação.

Seus olhos se estreitam com o toque, um músculo pulando acima do outro.

— Diga que você não me ama e eu vou embora.

Ela tenta se afastar do meu agarre, mas aperto meus dedos com mais força.

— Eu não disse que você podia se afastar, Assassina. Se você quer que eu vá embora, então faça o que eu disse. Caso contrário, precisa enfiar nessa sua cabeça dura que eu estou aqui e nunca vou te deixar.

Emily me encara por vários segundos, centenas de argumentos diferentes voando por trás daqueles olhos, mas nenhum deles é que ela não me ama.

Não tenho dúvidas sobre isso.

Quando ela não responde, chego mais perto, minha boca roçando a dela.

— Foi o que eu pensei.

Ainda assim, sua bunda teimosa luta contra mim.

— Não importa que eu te amo, Ezra. Há muita coisa entre nós.

Emily pode pensar isso tanto quanto quiser.

É o meu trabalho mostrar que ela está errada.

Emily

Não gosto da expressão em seu rosto. Em vez de ouvir a razão, Ezra está tomando cada palavra minha como um desafio. Seus olhos estão aquela coisa preguiçosa e derretida, sua boca cruel se curvando de forma que leva puro calor pelo meu corpo e enfraquece meus joelhos.

Ele está se balançando de novo, um movimento lento como uma maldita cobra me hipnotizando antes que ataque tão rapidamente que não tenho nenhum aviso para me afastar.

Sua respiração é quente contra a minha bochecha, a ponta do nariz dele correndo pela linha da minha mandíbula. Estremeço com a sensação.

Ezra me reduz a uma presa acuada quando fica assim, meu corpo se submetendo facilmente à ameaça de violência, à energia masculina crua que rola dele em ondas.

Este homem está parado diretamente no centro do campo de batalha, seus olhos fixos em mim, aquele maldito sorriso arrogante dele se esticando lentamente no lugar. Posso circundá-lo tanto quanto eu queira, mas não há maneira possível de ele me deixar ir embora.

É luta... ou rendição.

— Meu amor por você — eu digo, minha voz severa se elevando enquanto falo — é apenas um fator nesta equação. Mas o amor não faz nada para desculpar a forma como você me tratou recentemente. Não faz nada para desculpar a briga que você teve com o Damon bem na minha frente.

Seu olhar cai para a minha boca, o desejo deslizando em seu olhar.

— Eu vou lidar com o Damon. E eu já me desculpei pela maneira como tratei você.

Meus dentes cerram com isso.

— Um pedido de desculpas não significa absolutamente nada.

Quando seus olhos se erguem de novo, meu coração bate forte contra o peito.

— Se eu tiver que me desculpar cada dia pelo resto da porra da minha vida só para ter você, então é isso o que farei. Mas não vou te deixar, Emily. É simples assim.

Empurrando meu queixo para longe, dou um passo para trás, mas o bastardo simplesmente se move para frente de novo, impaciência e frustração rolando em sua expressão enquanto me dá uma rasteira nas pernas e me joga de volta na cama.

Ele está em mim antes que eu possa me afastar, seu peso me segurando no lugar enquanto captura meus pulsos e empurra meus braços acima da minha cabeça.

— Me solta.

— Não.

Os quadris de Ezra afastam minhas pernas, e quando ele se balança contra mim, eu ofego.

— Você não age como uma mulher que quer ser solta. Pelo contrário, você age como se quisesse mais. Porra, como se não pudesse respirar se eu não estivesse tocando em você.

Meus olhos se fecham, a verdade de suas palavras afundando sob minha pele.

Ele balança os quadris novamente, e pura necessidade passa por mim, sua marca de violência, seu nível de controle, chamando cada parte feminina em mim.

Sim, eu posso finalmente respirar quando ele me toca. E fico destruída quando ele se vai. Mas é uma luta que ele não pode vencer, independente de como me faz sentir.

Correndo beijos suaves pela minha bochecha, Ezra prende meu lábio inferior com os dentes, seus dedos apertando com mais força meus pulsos que ele continua prendendo acima da minha cabeça.

— Me fala que você não estaria comigo se nenhuma das barreiras existisse. Se não fosse machucar o Damon. Se você não estivesse noiva do Mason. Se não houvesse nada no nosso caminho, você ainda se recusaria a dar uma chance a isso?

A respiração estremece pelos meus pulmões quando ele move suas mãos para segurar meu pulso com uma enquanto afasta o cabelo do meu rosto com a outra.

As pontas dos dedos traçam suavemente o lado do meu rosto, um toque tão gentil que sei que ele está me adorando, me tratando como se eu fosse o presente mais precioso que esta vida fodida deu a ele.

O polegar de Ezra pressiona meus lábios, um lembrete silencioso dos segredos que contamos um ao outro, da promessa dele de me proteger, da rendição que eu sempre dei a ele em retorno, mesmo quando não sabia que era o que eu estava dando dele.

Empurrando-se pelos meus lábios, ele passa o polegar sobre as pontas afiadas dos meus dentes, a respiração saindo de seus lábios quando eu mordo.

Um rosnado baixo em seu peito, seus quadris balançando novamente, lentos e fortes.

— Essa é a minha garota — sussurra em meu ouvido. — Me machuque tanto quanto quiser. Mas isso não vai me afugentar.

Outro arrepio corre pela minha espinha enquanto o calor floresce em todos os meus lugares proibidos, minhas entranhas se apertando com a necessidade do que ele me dá.

— Sempre minha rainha — murmura, uma observação despreocupada e nada mais.

Eu rio disso.

— Eu dificilmente sou uma rainha.

Uma risada masculina explode contra a minha bochecha.

— Você não tem ideia do que você é. Do que você sempre foi.

Balanço a cabeça em negação, mas minhas costas arqueiam quando sinto a sua ereção entre as pernas.

— Eu sou fraca.

Mais risadas baixas.

— Você segurou minha coleira desde a noite em que beijou os hematomas no meu peito. E não foi a ternura que me domesticou. Foi a violência em seus olhos. A raiva.

Sua mão desce pelo meu corpo, roçando a lateral do meu seio antes que prenda seus dedos no meu quadril para manter meu corpo quieto debaixo dele.

É típico de Ezra controlar essa dança. Me provocar com uma paciência de ferro até que eu esteja implorando por mais.

— Eu estive de joelhos aos seus pés por dez longos anos, Assassina. E só uma mulher que permanece tão forte e de cabeça erguida quanto você é digna desse tipo de devoção.

Memórias me assaltam. Tantas delas surgindo em minha cabeça. Ezra costumava me observar o tempo inteiro quando estávamos na escola. Me estudar. Mesmo em salas lotadas, me prendia no lugar com um olhar âmbar que me atraía em um sussurro sensual.

Sempre achei que era porque ele gostava de me deixar atada. Nunca imaginei que fosse porque eu o prendi.

— Mas isso ainda não resolve nada...

Minhas costas arqueiam e meus pensamentos são perdidos quando ele esfrega seu pau com força entre as minhas pernas, sua mão se esgueirando para cima pela minha camisa para segurar possessivamente meu seio. Beliscando meu mamilo por cima do sutiã, ele mordisca minha garganta quando arqueio de dor.

— Deixa que eu cuido dos detalhes, Em. Só me faça uma promessa novamente e, desta vez, mantenha-a.

Seus olhos se erguem para capturar os meus, tanta dor girando por trás deles. Anos disso. Mas, dentro do arrependimento, da tristeza e da batalha que ele nunca vai parar de lutar, vejo algo em seus olhos que não tinha visto desde a noite em que fiz uma promessa a ele pela primeira vez.

Eu vejo esperança.

E isso me deixa sem chão.

A cabeça de Ezra se abaixa para morder gentilmente o lado do meu seio por cima da minha camisa, seus quadris se movendo novamente em uma lenta carícia que força meus olhos a se fecharem, o calor úmido florescendo onde nossos corpos se encontram.

— Prometa ser minha.

Movendo-se para o outro seio, ele me morde novamente.

— Só minha.

Estou tremendo embaixo dele, um abismo de desejo e necessidade, minha mente mal é capaz de segurar um único pensamento.

Quando ele levanta minha camisa e beija uma trilha até a minha barriga, meus pulsos se libertam do aperto frouxo que ele tem sobre eles, meus dedos mergulhando em seu cabelo para exigir um toque mais forte, para buscar o prazer e a dor que ele me dá.

— Só nós, Em — ele implora, antes de seus dentes afundarem em um beijo sensual. E então ele está falando contra a picada. — Prometa ter fé em mim pelo menos uma vez.

Lágrimas escorrem do canto dos meus olhos porque eu quero tanto isso.

Sim.

Cem vezes sim.

Um milhão de vezes, se isso bastasse para segurar este homem.

Minha mente me prende com medo de que isso nunca aconteça, enquanto meu coração bate como um tambor de guerra e a certeza de que pode acontecer.

Ele fecha a boca sobre a ponta do meu seio, um silvo soprando pelos meus lábios, minha cabeça rolando para trás enquanto luto uma batalha dentro de mim.

— Você não confia em mim, Em? Você não sabe que me possui? Que eu vou fazer qualquer coisa para nós termos o que queremos?

Eu aceno com a cabeça em concordância, mas não consigo encontrar fôlego para dizer a ele que esse é exatamente o problema.

Não há dúvida de que ele fará qualquer coisa, destruirá qualquer coisa, desencadeará a violência dentro dele para fazer isso acontecer. E eu não posso suportar a ideia de outro hematoma ou cicatriz em seu corpo tenha aparecido por minha causa.

— Por favor, Assassina. Apenas prometa me deixar tentar.

Seus quadris balançam mais uma vez e eu grito, minhas coxas apertando juntas, meu corpo sensível demais ao toque dele.

Eu já perdi a vontade de lutar, e agora ele está lentamente me fazendo perder a cabeça.

Isso era de se esperar, eu imagino. Vou dar tudo a ele, fazer qualquer coisa, porque ele já guarda o meu coração.

— Sim — eu sussurro, o som tão baixo que não tenho certeza se ele me escutou.

Ezra fica perfeitamente imóvel e, por vários segundos, ele não diz nada, não faz nada, apenas permanece parado no lugar.

— Diga de novo.

Sorrio com a memória, com a maneira como ele fez isso comigo há dez anos em uma praia onde o fogo lambia o céu.

— Eu prometo.

Ele estremece, seu corpo inteiro tremendo. Este homem forte e carnal, que destila medo em todo mundo ao seu redor, realmente *treme* com as minhas palavras.

— Porra, diga mais uma vez.

Lágrimas escorrem pelas laterais do meu rosto.

— Eu prometo, Ezra.

Ele empurra para cima tão rápido que a respiração fica presa em meus pulmões, sua mão travando na parte de trás do meu pescoço enquanto sua boca colide com a minha, seus lábios exigentes, sua língua quente e úmida.

Não há palavras depois disso. Sem promessas. Sem argumentos. Sem insultos, sem desculpas e sem justificativas.

Somos apenas nós, um homem indomado e uma mulher se rendendo, uma luta que durou dez longos anos finalmente chegando a um final explosivo.

Nenhum de nós ganhou esta guerra, nós apenas finalmente largamos nossas espadas e percebemos que temos lutado contra o oponente errado o tempo todo.

— Droga, Em. Obrigado — ele fala, enquanto suas mãos se movem para rapidamente tirar minhas roupas do corpo, um frenesi apressado para tocar minha pele, para não ter mais nada entre nós.

Não posso culpá-lo por isso, estou com tanta pressa quanto ele, meus dedos se atrapalhando nos botões de sua camisa enquanto sua boca desce pelo meu pescoço para morder e provocar, lamber e beijar.

Mal desabotoando sua camisa até o meio do peito, dou um gritinho quando Ezra se levanta e arranca minha calça jeans pelas pernas, pura fome naqueles olhos âmbar enquanto olha para mim.

Ele me observa e seus dedos hábeis são rápidos para desabotoar o resto de sua camisa, seus ombros musculosos se movendo provocantes enquanto a puxa de seu corpo forte. Largando-a no chão, ele fica imóvel, uma palavra saindo de seus lábios.

— Minha.

Ele fala como se não pudesse acreditar, como se não merecesse isso, como se coisas bonitas não pudessem acontecer com ele.

Isso parte meu coração, porque ele merece todas as coisas bonitas da vida. Ele simplesmente se recusa a ver isso.

Seus olhos se erguem para travar nos meus, uma pergunta piscando atrás deles.

— Sua — prometo a ele.

Aquele sorriso arrogante estica seus lábios, a covinha enganosa aparecendo em sua bochecha. Mas então ele cai de joelhos, agarra minhas pernas e me arrasta para a beira da cama.

Grito quando seus dentes afundam na parte interna da minha coxa, seus lábios fechando sobre a pele para me marcar como sua.

Ele sempre tem que me marcar, aquela natureza possessiva indo até os ossos.

Dedos esgueirando-se sob os lados da minha calcinha, ele a tira enquanto se levanta novamente, seus olhos derretidos enquanto desabotoa sua calça e a deixa cair por suas pernas.

— Primeira vez vai ser rápido, Em. Eu não posso esperar. E não sou paciente.

Ele tira sua cueca boxer, e a visão dele prende a respiração nos meus pulmões.

Ezra é esculpido com perfeição em cada centímetro de seu corpo requintado.

Lutando para falar, eu pergunto:

— Primeira vez?

Seus lábios se curvam.

— Da segunda à quinta vez, nós iremos muito, muito mais devagar.

— Quinta?

A palavra se perde quando ele agarra minhas pernas e as espalha, seu pau afundando dentro do meu corpo enquanto rosna:

— Porra, Assassina. Obrigado.

Meu corpo se arqueia sobre a cama por ser preenchido tão completamente, os músculos se alongando para acomodar seu comprimento e circunferência, prazer e calor correndo por mim tão ferozmente que estou derretendo quando ele agarra a parte de trás da minha cabeça, segura com uma das mãos o meu cabelo e me puxa para cima em um beijo intenso.

Falando contra os meus lábios, ele se desculpa em um sussurro, seus quadris começando a se mover tão forte e rápido que estrelas explodem atrás de meus olhos, uma torrente de sangue trovejando pela minha cabeça tão alto que mal consigo ouvir o que ele está falando contra o meu pescoço a cada impulso.

Eu amo você...

Eu sinto muito...

Não te mereço...

Obrigado...

Você é minha.

De novo, de novo e de novo, até que meu corpo desmorona em um orgasmo de quebrar os ossos, até que sua boca bate contra a minha e ele se junta a mim.

VIOLÊNCIA

capítulo trinta e oito

Ezra

Eu mal deixei Emily dormir a noite toda. Não que eu pudesse evitar. Um pensamento continuava se repetindo, uma frase que era tão impossível, que me acordava quase a cada hora, o que me fazia precisar dela novamente.

Eu prometo...

Porra, essas palavras têm a capacidade de me rasgar, de me fazer acreditar que é possível, de alguma forma, consertar as coisas.

Eu. O homem que só sabe foder com as pessoas, a pessoa que é enviada quando algo precisa ser quebrado, tem que consertar uma coisa pela primeira vez.

Como diabos vou fazer isso?

Emily está adormecida ao meu lado, seu cabelo ruivo espalhado sobre o travesseiro. Estive acordado na última hora, meu olhar estudando seu rosto adormecido, minhas mãos incapazes de resistir a tocá-la.

Em algum momento, envolvi meus braços em torno do seu corpo, e quando meus dedos roçaram no anel de noivado em seu dedo, uma veia de ciúme se espalhou dentro de mim. Não apenas ciúme, mas a necessidade de arrancar o anel e jogá-lo fora, a necessidade de impedir o casamento dela com Mason antes que isso nos rasgue em pedaços.

Obviamente, não estou preocupado que Mason queira o casamento mais do que Emily e eu queremos. Ele está feliz com a Ava, tão apaixonado que eu sei que está trabalhando em encontrar uma maneira de sair do acordo feito para ele e Emily antes de nascerem.

Ainda assim, isso paira sobre eles como uma sentença de morte. E agora isso paira sobre mim, porque sou parte disso.

Meu grande gesto não está nem perto de terminar. Tenho barreiras para quebrar, problemas para incendiar e queimar.

Foda-se esse anel.

Eu o jogarei de volta para o Mason eventualmente.

Mas, por enquanto, minha primeira tarefa é lidar com Damon.

Assim que me movo, Emily geme em reclamação, seus braços segurando os meus mais apertados. Planto um beijo suave contra sua têmpora.

— Eu tenho que ir.

— Por quê? — murmura, seus olhos fechados e sua mente ainda meio adormecida.

Rindo baixinho, pressiono minha boca em seu ouvido.

— Sua besta tem batalhas para lutar. Alguém tem que te ajudar a segurar essa coroa.

— Não sou uma rainha — ela murmura no travesseiro, antes de voltar a dormir.

Emily não tem ideia do que ela é. Tenho toda a intenção de não apenas fazê-la ver, mas também de nunca a deixar esquecer.

Gemendo por ter que deixá-la, eu me levanto, me visto e me viro para olhar para ela novamente antes de sair.

Minha, eu penso, sabendo o tempo todo que será uma luta mantê-la. Especialmente onde estou indo.

Forçando-me a sair pela porta, saio da casa da Emily e caminho até a minha moto. Antes de colocar meu capacete, noto o amassado em seu carro novamente, minhas sobrancelhas se franzindo. Preciso perguntar a ela sobre, mas isso pode esperar até mais tarde.

A viagem para casa é rápida, com poucos carros na estrada, o motor da minha moto gritando enquanto corro por uma rua e outra.

Parando na garagem da casa que compartilho com Damon, me pergunto como essa merda vai funcionar.

Eu quero Emily comigo. Permanentemente, a esta altura. Mas os pais dela perderiam o controle se ela tentasse se mudar de casa, e não tenho certeza de como Damon reagiria se eu exigisse que ela morasse aqui. Uma coisa é ele saber que ela está comigo, mas é uma história completamente diferente ter isso jogado em seu rosto.

Sentado na moto, fico olhando para nossa casa, uma casa de cimento, aço e vidro, utilitária como nós. Linhas elegantes sem nenhuma das besteiras sofisticadas e intelectuais que Tanner e Gabe preferem.

E eu estou enrolando ficando apenas sentado aqui.

Não é que eu não queira contar a Damon, é que nós não somos o tipo de pessoas que conversam. Vai ser uma luta.

Sabendo disso, rolo minha cabeça sobre os ombros para soltar os músculos, minhas mãos se estendendo para aliviar a tensão em meus dedos.

Desço da moto decidindo como vou fazer isso, meus passos pesados e uma caminhada rápida enquanto ando até a casa e entro.

Subindo as escadas, eu olho para o quarto de Damon para ver se ele ainda está dormindo, mas sua cama está vazia.

Não nos falamos desde que ele me atacou na casa de Tanner, uma semana inteira de olhares furiosos e ombros batendo juntos quando passamos um pelo outro.

É uma linguagem não verbal, basicamente, o que significa que temos que resolver essa porcaria de uma forma ou de outra, mas isso não será uma conversa aberta.

É por isso que, quando o encontro na cozinha, corro em sua direção, tiro a garrafa de água de sua mão e envolvo meus dedos na camisa dele enquanto o empurro contra uma parede.

O idiota mostra os dentes imediatamente, usando seu peso para me empurrar para trás, alguma coisa caindo e se espatifando no chão quando minhas costas atingem uma prateleira.

— Que porra você está fazendo?

Torcendo para que eu possa me afastar, minha cabeça gira para a direita quando seu punho estala minha mandíbula, a dor atravessando meu crânio como uma explosão.

Lanço um soco de volta, o golpe o derrubando em um conjunto de armários, seu corpo inclinado para baixo quando vem para mim novamente para me agarrar pelo meio e me jogar no chão.

Agora é um momento tão bom quanto qualquer outro para contar a ele a verdade.

— Estou com a Emily.

Seu punho acerta meu nariz com força suficiente para que o sangue respingue.

— Só pensei em deixar você saber — digo, com um gemido.

Isso foi o suficiente. Um grunhido sai de sua garganta, e ele agarra minha camisa para me puxar para cima e me socar novamente.

Emily vai ficar puta da vida quando vir as evidências dessa conversa.

Mas é uma conversa necessária, então ela simplesmente terá que lidar com isso.

Isto é quem nós somos.

Nós dois nos afastamos um do outro, a respiração pesada fazendo com que nossos peitos se expandam, nossos ombros se movendo a cada inspiração.

— Você não podia deixar isso em paz, não é? Eu tive uma fodida sensação de que era onde você estava ontem à noite — ele ruge, sangue nos nós dos dedos de onde ele me bateu.

Nós estamos circulando um ao outro agora.

Violência e Ira.

O ar estalando e se partindo ao nosso redor com tensão e raiva. Não sou eu, no entanto.

Sim, comecei isso porque sabia que chegaria a esse ponto, mas não quero lutar com Damon.

Não depois do que ele passou.

Não sabendo que ele passou por coisa pior do que eu.

Toda aquela fúria se desencadeando ao nosso redor pertence a ele. E não posso culpá-lo por isso. Não posso usar isso contra ele. Se um de nós levou a pior, foi Damon. Mas ninguém sabe disso.

É por isso que não pude contar a Emily a história completa do que aconteceu naqueles fins de semana. Alguns segredos simplesmente não pertencem a mim. Eu posso ter sido forçado a assistir, mas Damon foi quem suportou aquilo.

— Nós precisamos conversar, irmãozinho. Isso não vai mudar. Só pensei em tirar essa parte do caminho primeiro.

Ele corre para mim e me pega com força suficiente para me jogar contra a bancada da cozinha, a borda do balcão batendo na parte inferior das minhas costas.

Eu empurro para frente para afastá-lo, uma porta do armário se quebrando quando seu ombro a atinge, a madeira pendurada para baixo da dobradiça quebrada.

— Ela era nossa — ele expira, seus olhos se estreitando em mim e as narinas se dilatando. — E então você a trata como merda antes de mantê-la só para você? Que coisa fodida!

— Ela nunca foi nossa — grito. — Emily sempre foi minha! Você simplesmente nunca percebeu isso. A única razão pela qual ela foi embora é porque ela não queria machucar você. Mas não vou deixar acontecer de novo. Você precisa aceitar isso, porra.

Ele está em mim novamente, nossos corpos caindo no chão com um baque pesado, seu punho acertando meu queixo novamente em um soco que é forte o suficiente para atordoar.

— Não é justo! Por que você sempre sai por cima? Você consegue a Emily? Você não é espancado com tanta força? Você não é torturado, porra? Por que caralhos sou eu que estou sempre perdendo nisso?

Outro golpe e eu percebo que Damon não está apenas brigando comigo pela Emily. Ele não está apenas com raiva de uma bela ruiva que nenhum de nós pode deixar ir. Ele está com raiva com *tudo isso*, com os anos de abuso que mantém preso em sua cabeça e se recusa a deixar sair.

Ele precisa deixar pra lá. Precisa liberar toda aquela agressão e ódio acumulados.

A verdade é que você não precisa se preocupar comigo quando se trata de nós dois. Onde eu fui capaz de me esconder atrás de um escudo de fúria fria, Damon não conseguiu escapar.

Sempre mais descontraído, sempre mais aberto com o que sentia, Damon sofreu não só o que foi feito com ele, mas também o que continua fazendo a si mesmo.

Ele me dá um soco de novo, e eu envolvo meus braços em volta dele para segurá-lo contra mim, tanto para evitar outro soco, mas também porque sinto muito.

Sinto muito porque não consegui parar o que foi feito com ele. Sinto muito porque me apaixonei pela única mulher que poderia ajudá-lo. Sinto muito por não poder dar a ele outra válvula de escape além da violência para liberar toda a sua raiva.

— Você não perdeu.

— Eu não consegui a Emily — ele rosna, enquanto luta para soltar meu aperto nele.

— Você nunca a teve, em primeiro lugar, Damon. E sinto muito que você não sabia disso.

— Porra.

Ele finalmente para de lutar enquanto aquela palavra salta de sua boca, nós dois deitados no chão em uma pilha embolada.

Agora é provavelmente o momento errado para mencionar que eu preciso que ele converse com ela e diga que está tudo bem em estar comigo. Mas é aí que isso vai dar eventualmente.

Emily nunca vai permitir que a gente brigue por ela novamente. Já sei que ela vai ficar puta com isso.

Emily terá apenas que entender que é assim que acontece com a gente. Eu sei que ela odeia os hematomas, os cortes, as marcas que mancham nossa pele com a evidência de como nossas vidas têm sido.

Mas essa briga, esse momento, não é apenas sobre ela, é sobre finalmente avançar como eu deveria ter feito muito tempo atrás e fazer Damon encarar o que foi feito para que ele possa finalmente aprender a deixar pra lá.

Eu amo meu irmão. Vou fazer qualquer coisa por ele. Mas me sinto impotente quando se trata de tirá-lo deste pesadelo.

— Terminamos de lutar? — pergunto, meus braços ainda presos em torno dele.

Ele ri, um som que sacode seus ombros.

— Se eu prometer não te bater de novo, você vai parar de me abraçar?
Minha cabeça rola para trás contra o chão.

— Aham.

— Tudo bem.

Eu solto Damon, e ele se afasta de mim, nós dois sentados e encostados nos armários em nossas costas, nossos rostos inchados e ensanguentados.

Porra. Emily vai perder a cabeça quando me vir novamente.

Recuperando o fôlego, olho para Damon com cautela. Ele pode ter parado de lutar, mas ainda está furioso onde está sentado, sua mandíbula apertada, todos os músculos de seu corpo duros. Ele inclina a cabeça para trás, sua garganta se movendo para engolir.

Em vez de preencher o silêncio, espero pelo que ele tem a dizer.

Sempre é possível senti-lo, seus pensamentos, suas emoções, como uma tempestade de caos girando constantemente, um tornado tão rápido que se está indefeso, sendo pego em sua fúria.

É por isso que eu tive que aprender a ser calmo. A ser quieto. A ser frio. Alguém tem que ser a pessoa para domar o caos que o cerca.

É por esse motivo que os caras sempre o observam para avaliar o que está acontecendo com nós dois. Eu sou uma parede sólida quando se trata do que estou pensando, enquanto Damon é um letreiro em néon mostrando tudo para que todos possam ver facilmente.

— Você vai continuar sendo um completo babaca com ela? — pergunta, seus ombros arfando com a respiração pesada.

Esfrego o queixo, estico-o para aliviar a dor e coloco a mão para baixo para esfregar o sangue entre meus dedos.

— Eu disse a ela que me desculparia por isso todos os dias pelo resto da minha vida.

Ele sorri.

— Parece como algo que ela exigiria. A Ruiva não é de deixar isso passar até que você tenha aprendido sua maldita lição.

É por isso que ela é uma rainha, mesmo que não aceite a verdade.

— Sim, eu sei.

— Ela esculachou com você?

Meu sorriso corresponde ao dele.

— Tive que chutar a porta da frente e a do quarto dela para chegar até ela. Então ela gritou comigo tão alto que seu irmão entrou e tentou me bater.

A cabeça de Damon se levanta, um olhar que é idêntico ao meu me prendendo no lugar.

— Dylan tentou lutar com você?

— Para protegê-la.

Sua sobrancelha se ergue, a expressão quase perdida pelo inchaço em seu rosto.

— Estava na hora.

— Nós provavelmente precisaremos ensiná-lo a lutar. Eu fui capaz de jogá-lo para longe com muita facilidade.

Acenando com a cabeça para isso, Damon exala pesadamente.

— Eu sei que você a ama, Ezra. É impossível não amar. E se é o que faz vocês dois felizes, então estou bem com isso.

O alívio me inunda, meus ombros murcham enquanto pisco suor dos meus olhos.

— Obrigado.

Colocando o rosto nas mãos, Damon fica parado por vários minutos, o caos girando e estalando novamente.

Não há nada que eu possa dizer para acalmar essa tempestade, para parar a rotação. Ele só precisa chegar a um ponto em que consiga deixar pra lá.

Eventualmente, ele levanta a cabeça novamente e pergunta:

— Você precisa que eu converse com ela? Diga a ela que posso viver com isso?

Eu concordo com a cabeça.

— Ela não fará isso se você não disser nada.

A dor passa por sua expressão. Não que eu não entenda. Eu ficaria dilacerado pra caralho se tivesse que dizer a Emily que dou minha bênção para ela estar com outro homem.

— Eu vou falar com ela — diz, enquanto se levanta.

Dando alguns passos para sair, ele para no lugar e se vira para mim.

— Trate-a bem, Ezra. Acho que você já sabe que vou te matar se alguma vez machucá-la.

— Eu não esperaria nada menos — respondo, grato que meu irmão vai segurar meus pés no fogo se eu começar a agir como estúpido novamente.

Sua mandíbula pulsa, mas ele acena com a cabeça e sai da cozinha.

Minha cabeça cai para trás contra o armário novamente, o sangue ainda vazando de um corte no meu rosto e do coração esmagado no meu peito.

Estou preocupado com o Damon e, mais uma vez, sinto que não há nada que eu possa fazer para ajudá-lo.

Um dia desses, toda essa merda precisa vir à tona, mas, até então, vou trabalhar pra caralho só para manter Damon são.

O que for preciso quando se trata dele.

O que quer que eu tenha que fazer para trazê-lo de volta da beira do penhasco em que ele está há muitos anos, seus olhos olhando para baixo para as profundezas enquanto decide se vai pular ou se afastar.

Emily

No segundo que a caminhonete de Damon entra na minha garagem, estou correndo para fora. Eu estava esperando que Ezra voltasse. Mas não isso.

Acordar sozinha significava que Ezra estava lidando com os problemas entre nós, minha garganta ficando seca ao pensar em como ele planejava derrubar as barreiras.

Estou de olho no lado de fora há horas, o brilho do sol de um veículo em movimento chamando minha atenção imediata.

Ver que é Damon me preocupa, mas espero até que ele estacione atrás do meu carro para começar a atravessar a garagem.

Ele sai antes que eu chegue até ele, virando-se um pouco para olhar a parte de trás.

— O que aconteceu aqui?

O que me lembra:

— Tive um acidente ontem. Uma mulher bateu na minha traseira, e eu reconheci...

Minhas palavras morrem assim que ele se vira para me encarar. A raiva explode pelo meu corpo, violenta o suficiente para eu tremer quando corro até ele e estico a mão para examinar os ferimentos em seu rosto.

— O que diabos aconteceu? Onde está o Ezra?

Juro por tudo o que é sagrado que se Ezra causou isso, eu vou caçá-lo e quebrar minha promessa de novo. Isso é exatamente o que eu estava preocupada que ele fosse fazer.

Damon ri como se fosse engraçado — como se fosse *engraçado* — seus olhos inchados suavizando ao olhar para mim.

— Ruiva, relaxe. Isso não é um problema.

— Não é um problema? Você está brincando comigo? Como isso não é um problema? Seu rosto está machucado.

Outra risada suave, sua mão se esticando para que seus dedos suavizem um músculo que está saltando acima do meu olho.

Em vez de me contar o que aconteceu, ele me puxa para um abraço, seu corpo forte e calmo enquanto estou praticamente vibrando de raiva.

Ele apoia o queixo na minha cabeça e explica:

— Ezra e eu tivemos uma conversa para resolver algumas coisas.

— Isso não parece uma conversa.

— Era o nosso tipo de conversa. Mas acabou. Eu vim aqui para falar com você porque ele está com medo e se escondendo em casa.

— Eu vou matá-lo.

— Ele sabe, e é exatamente por isso que está se escondendo.

Apoiando completamente sua bochecha na minha cabeça, ele me puxa contra si com mais força, seu coração batendo firme e forte sob onde minha orelha está pressionada em seu peito.

— Estou falando sério, Ruiva. Nós resolvemos isso.

— Esta não é a maneira de resolver as coisas — reclamo, enquanto me afasto, meus olhos se levantando para seu rosto novamente, a dor me apunhalando ao ver essas marcas.

Mais uma vez, sua expressão se suaviza e ele passa o dedo ao longo da linha da minha mandíbula.

— Ezra não era o problema, no entanto. Então, se você precisa matar alguém, sou eu. Eu comecei isso na casa de Tanner.

— Bem na minha frente. Eu me lembro.

Ele não diz nada imediatamente, seus olhos âmbar procurando meu rosto, tristeza sangrando por trás de seu olhar. Tristeza, arrependimento... e aceitação.

A última parte, eu posso viver, mas nunca quis que Damon sentisse dor. É o que lutei todos esses anos para evitar. Ele merece muito melhor.

— Há muita coisa que você não sabe. Nós devíamos entrar e conversar sobre.

Eu concordo com a cabeça e o deixo pegar minha mão para me levar para dentro de casa. Nós dois voltamos para o meu quarto, e quando ele joga seu peso na minha cama, eu me sento ao lado dele.

Damon não diz nada a princípio, apenas me encara como se memorizando todos os detalhes do meu rosto, como se estivesse olhando pela última vez para uma pessoa que ama. Ele suspira quando se estica para frente para colocar uma mecha de cabelo atrás da minha orelha.

— Eu estava com raiva do Ezra estar te tratando tão mal, e fiz um acordo com ele para ficar longe de você. Para estar tudo acabado, como ele disse há um tempo. Ele quebrou o acordo, e é por isso que o ataquei na casa de Tanner. Eu vi você entrar atrás dele e perdi o controle. Não pensei sobre o que isso faria com você. Portanto, não use isso contra ele.

Interessante...

— E hoje? Quem começou essa *conversa?*

Ele sorri.

— Nós nunca terminamos aquela de Tanner.

Meus olhos se arregalam.

— Vocês têm brigado desde a semana passada?

— Não como você pensa, Ruiva. Sério, abaixe a faca.

— Eu não tenho uma faca.

— Parecia que você estava prestes a pular e pegar uma — ele brinca, o humor em sua expressão se transformando naquela maldita tristeza que não consigo parar de ver nele. — Ezra me disse que vocês dois estão juntos. E estou aqui para te dizer que estou bem com isso.

Minha respiração fica presa em meus pulmões. Obviamente, eu sabia que a verdade acabaria por vir à tona, mas não esperava que Ezra corresse para casa imediatamente para fazer isso. Então, novamente, é típico dele correr e atacar qualquer coisa que considere ser um problema.

— Eu sinto muito.

Ele encolhe os ombros.

— Você não pode evitar quem se ama.

De alguma forma, sei que ele está falando mais sobre si mesmo do que sobre mim.

Ele pisca, seus olhos capturando os meus em um aperto suave. Damon nunca foi como Ezra, pelo menos não comigo.

Isso não quer dizer que alguma outra mulher algum dia não vai tomar posse de forma crua, inegável e de tirar o fôlego deste homem, eu simplesmente não fui aquela a fazer isso.

Não tenho certeza se ele sabe disso, no entanto. E agora não é a hora de discutir isso. Mas chegará o dia em que ele conhecerá alguém que ele não estará disposto a deixar ir. Alguém por quem ele lutaria até a morte para se agarrar.

Estou com ciúme e preocupada por essa mulher. Ela não terá ideia no que está se metendo.

Espero que o amor que ele sente por mim se torne uma amizade íntima, um vínculo familiar onde o conforto que posso dar a ele ainda seja possível.

Por enquanto, porém, ele tem que aprender a cuidar e curar um coração partido. Ezra e eu teremos que ter cuidado para lembrar disso quando estivermos perto dele.

Inclinando-se, ele dá um beijo suave na minha bochecha, uma respiração soprando de seus lábios tão cheios de tristeza contida que está me matando senti-la. Damon pode estar me dizendo que aceita que Ezra e eu fiquemos juntos, mas ele não deixa de ser afetado por isso.

É apenas algo que todos nós teremos que trabalhar. Não posso continuar fugindo.

Ainda assim, há outra coisa com a qual preciso me preocupar com ele. Algo que ninguém tinha contado para o Ezra. Não a história completa, pelo menos.

— Seu pai ainda está ligando para você?

— Sim — ele responde, esfregando a nuca. — Shane disse a Ezra sobre isso, mas não todas as outras coisas.

— Ele me viu na casa do William.

Seus olhos se fixam nos meus.

— Ezra?

Concordo com a cabeça.

— É por isso que ele estava tão bravo na cabana. Por isso que ele fez o que fez. Eu não tive a chance de dizer a você.

— Porra, Ruiva. Isso teria explicado muita coisa. Pensei que ele tivesse feito aquela manobra apenas para machucar você.

Um fio de raiva me atravessa e percebo que ainda não perdoei totalmente Ezra pelo que ele fez.

Vai levar meses dele se rastejando para escapar disso.

Ações sempre falam mais alto do que palavras comigo, e começar uma briga com Damon não é um bom começo.

— Então, o que você disse a ele sobre por que estava lá?

— Eu menti e disse que estava tentando descobrir o que aconteceu com vocês dois nos fins de semana em que estiveram fora. Não acho que ele acreditou em mim, mas desistiu por enquanto.

Damon conhece seu irmão gêmeo melhor do que ninguém, e o que ele diz a seguir é absolutamente verdade.

— Ele vai trazer isso à tona novamente. Você vai continuar mentindo?

Meu estômago se aperta, uma sensação de estar afundando toma conta.

— Que escolha eu tenho?

— Droga. — Ele muda de posição para se deitar de costas.

Com os olhos encarando o teto, Damon exala alto, seu peito subindo e descendo com a respiração.

— Não importa. Você não precisa ir lá de novo, e talvez Ezra vai estar muito focado em finalmente estar com você para se preocupar com isso.

Eu fico quieta, meus pensamentos correndo por tudo o que foi feito.

— Você acha que isso irá funcionar?

— Tem que funcionar.

Ele rola a cabeça sobre o colchão para olhar para mim, e eu me pergunto quando chegará o dia em que a dor não piscará por trás de seus olhos quando encontrarem os meus.

Provavelmente é melhor eu não tocar nele, mas não posso evitar de estender a mão para colocar minha palma contra sua bochecha.

Como Ezra, ele se inclina para o toque, uma comunicação silenciosa entre todos nós de que estou do lado deles.

Estou aqui, esse toque diz. *Não importa o quê*.

— E quanto a Tanner e Gabe? — pergunto, sabendo que se eles suspeitarem que alguma coisa está acontecendo, eles vão explodir.

Ainda não tenho certeza do que eles estão atrás, mas sei que isso tem muito a ver com os pais de Luca e Ivy. Eu simplesmente estive muito ligada a Ezra e Damon para prestar atenção.

— Enquanto eles não descobrirem, não vão acabar com a nossa raça pelo que fizemos. Todos nós temos nossas batalhas para lutar. E o que estamos fazendo não vai atrapalhar o que eles procuram.

Nós dois ficamos quietos, nossos olhos dançando juntos por vários minutos.

— Eu te amo — digo, sem pensar que talvez eu devesse manter isso para mim mesma.

Mais flashes de dor em sua expressão.

— Só não como você ama o Ezra.

Até agora, eu nunca soube como descrever com precisão a diferença em como me sentia. Amor *versus* estar apaixonado é uma coisa, mas quando se trata de Ezra, o que sinto é muito mais do que isso.

— Eu pertenço a ele — digo, esperando que Damon entenda o que isso significa.

Ele ri.

— Ele pertence a você. Sempre pertenceu. Ele me disse que você sabe sobre a aposta.

Outro fio de raiva me apunhala.

— Sim. E não estou feliz com isso.

Vem o silêncio, mas depois:

— Você se sentiria melhor sabendo que ele queria falar com você muito antes de Mason dar a ele essa oportunidade? A única razão pela qual Ezra aproveitou a chance foi porque isso deu a ele uma desculpa para perseguir você. — Ele encolhe os ombros e sorri. — Quero dizer, você era a princesa virgem, afinal. Quem não gostaria de tocar nisso?

Meu queixo cai e bato em seu ombro.

— Isso não é legal, porra.

— Eu estou apenas brincando. — Sua descontração está brilhando, e isso acalma meu coração dolorido. — Mais ou menos — acrescenta, com uma piscadinha.

Escuto a porta se abrir alguns segundos antes de uma voz profunda se infiltrar através do quarto.

— É melhor haver uma maldita boa razão para vocês dois estarem na cama. E é melhor não ser pelo motivo de costume.

Virando, eu travo os olhos com Ezra. Damon cruza seus braços sob a cabeça e responde:

— Estávamos prestes a ter nossa última foda de despedida. Você quer se juntar a nós?

Os olhos de Ezra se estreitam em seu irmão, mas não consigo me importar. Estou muito ocupada estando completamente puta da vida ao ver que o rosto de Ezra está pior do que o de Damon.

— Quando eu disse que confiava em você para lidar com os problemas entre nós, não foi isso que eu quis dizer. Na verdade, estou seriamente puta por você ter brigado com o Damon.

Seu olhar se volta para mim, um sorriso esticando o canto de seus lábios arrogantes enquanto dá uma piscadinha.

Apontando para o peito, ele diz:

— Besta, lembra? Vou deixar sua alteza fazer as coisas do jeito dela, e vou fazer as coisas do meu jeito.

Eu reviro os olhos.

— Não sou uma rainha.

— Sim, você é, Ruiva. Sempre foi.

Meus olhos disparam para Damon.

— Por que vocês dois continuam dizendo isso?

— Porque nenhuma outra mulher jamais foi capaz de nos colocar em nosso lugar — Ezra responde, seu tom sério. — E você tem tendência a dar ordens e nos fazer obedecer sem nem tentar.

— Sério, é irritante pra caralho — Damon acrescenta.

Estou olhando entre eles, ainda sem acreditar.

— Bem, nesse caso, chega de brigas. Nenhum de vocês. A menos que queiram que eu coma o rabo de vocês.

Outro sorriso arrogante de Ezra.

— Isso é uma promessa?

— Não é uma comida de rabo no bom sentido — advirto.

Ele se aproxima e se deita do meu outro lado, nós três nos movendo de forma que estamos de costas.

Ezra enrola seu dedo mindinho no meu, enquanto Damon faz o mesmo do outro lado.

Fecho os olhos, porque ter os dois aqui é como respirar fundo pela primeira vez.

— Chega de brigas — Ezra fala. — Com o Damon, pelo menos.

Quero dar um tapa nele, mas me contenho. Pelo menos isso é um passo na direção certa.

Vários minutos se passaram silenciosamente enquanto nos deitamos juntos. Até que Damon estraga tudo.

— Então, sobre aquela foda de despedida.

— Seu filho da puta — Ezra rosna, rastejando por cima de mim para chegar até seu irmão.

— Garotos! Vocês dois, parem com isso!

Os gêmeos ficam parados, seus olhos fixos um no outro antes de olhar para mim.

— Rainha — Ezra sussurra.

Todos nós explodimos em gargalhadas.

capítulo quarenta

Ezra

— Vocês dois já resolveram seus problemas?

Inclinando-me para trás em meu assento, coloco os pés na mesa de centro de Tanner, meus lábios se curvando em desafio quando ele direciona um olhar para eles e de volta para o meu rosto.

— É uma mesa de quatro mil dólares, imbecil. Eu apreciaria se você tirasse suas botas gastas de cima dela.

— Pare de gastar tanto dinheiro em móveis — respondo, apenas para Gabe rir de sua posição habitual perto do bar na sala de estar de Tanner. — E sim, Damon e eu resolvemos isso.

Tanner arqueia uma sobrancelha.

— Percebi isso pela forma como seu rosto está fodido no momento.

— Você deveria ter visto alguns dias atrás — murmuro.

— Então, onde está o Damon?

Jase responde, de onde está recostado em uma cadeira, os olhos grudados em seu celular enquanto desliza a tela:

— Fora com o Shane.

— Porra — Tanner amaldiçoa baixinho, passando a mão pelo cabelo, obviamente frustrado. — Nós deveríamos encontrá-los antes que eles estejam na cadeia de novo.

Taylor levanta os olhos de seu laptop, lançando um olhar para Mason, em seguida, para nós.

— Tenho certeza de que ficarão bem.

— Embora nós possamos não estar — Gabe diz, depois de engolir o uísque em seu copo. — Atualmente, Luca, Ivy, Emily e Ava estão fora para uma noite das meninas. Alguém mais aqui está preocupado com o que elas estão planejando como vingança contra nós?

A gargalhada explode da boca de Jase.

— Parece que vocês quatro têm um problema. Quem diabos deixou essas mulheres fora de vista? Movimento idiota, especialmente com Ivy lá.

A sala fica em silêncio por vários segundos enquanto todos consideramos isso.

Emily não tem motivo para se vingar de mim por nada. Ela não pode ainda estar brava com a coisa da cabana. Mas, novamente, só se passaram alguns dias desde que decidimos resolver as coisas.

Merda.

— Talvez um de nós devesse ligar para elas e ver o que estão fazendo. — Lanço um olhar para Mason. — Ligue para a Ava.

Ele sorri, uma expressão relaxada em seu rosto.

— Ava não tem razão para ficar com raiva de mim por nada. Mas vocês três? Sim, vocês estão fodidos.

Tanner, Gabe e eu olhamos um para o outro, Tanner quebrando o silêncio constrangedor.

— Elas não iriam.

— Você conheceu a Ivy? — Gabe rebate.

— O que significa que elas iriam — eu gemo.

A irritação aparece na expressão de Tanner.

— Tanto faz, vamos lidar com isso mais tarde. Por enquanto, precisamos planejar nossos próximos passos no drama do servidor. Teria sido seriamente bom Shane estar aqui, já que nosso próximo passo é encontrar e encurralar Brinley. Alguma novidade nisso, Taylor?

Sem levantar os olhos da tela, Taylor responde:

— Estou indo com o Shane ao *Myth* no próximo fim de semana. Mason virá com a gente, eu acho.

— Eu vou.

Tanner olha para Jase.

— Eu pensei que você estava indo.

— Não estou afim disso — Jase responde, sem se preocupar em tirar os olhos do telefone.

Soltando seu peso ao meu lado, Sawyer enfia algumas batatas na boca.

— Provavelmente porque você ainda fica acordado à noite chorando pela Everly.

Isso chama a atenção de Jase.

— Cara, cale a porra da boca sobre isso antes que eu saia desta cadeira e vá até aí.

— Pode vir — Sawyer ri.

— Vocês dois, calem a boca — Tanner reclama. — Jase, por que você não está afim disso?

Corro a mão sobre a cabeça, não estou com humor para essa merda hoje à noite.

Nas últimas noites, quase não consegui dormir enquanto estava na casa de Emily. Embora isso seja mais minha culpa do que dela. Também não tenho estado muito em casa, porque estamos tentando ficar fora do caminho de Damon enquanto ele se acostuma com a ideia de estarmos juntos.

Eu estava ansioso para conseguir algumas horas de sono sólido enquanto Emily estava fora com as amigas, mas então Tanner ligou e me disse para passar por aqui.

A única razão pela qual vim para sua casa antes de ir para a minha foi porque Tanner disse que precisávamos resolver para onde ir com tudo. Mas se vai virar um show de merda onde todo mundo está reclamando de todo mundo, não estou interessado.

— Jase, me responda.

A julgar pela expressão de Tanner, Jase está a cerca de dois segundos de uma surra.

Talvez eu fique.

Afinal, isso poderia ser interessante.

Roubando algumas das batatas de Sawyer, alterno meus olhos entre Tanner e Jase, me perguntando qual deles vai se levantar primeiro.

Jase larga o telefone e olha para Tanner. Com os lábios em uma linha fina, ele rola a cabeça sobre os ombros.

— Você acabou de me dizer para calar a boca.

Tanner começa a se levantar de seu assento, mas Gabe dá um passo atrás dele para bater a mão em seu ombro e empurrá-lo de volta para baixo.

Idiota.

Ele acabou de estragar toda a minha diversão.

— Jase — Gabe admoesta —, pare de implicar com o Tanner e nos diga o que está acontecendo. Nós odiaríamos que você acabasse parecendo com o Ezra. Você tem um rosto tão bonito, seria uma pena estragá-lo.

— Na verdade, meu dinheiro está em Jase nesta luta — comento.

Sawyer me cutuca com o cotovelo.

— Eu aposto cem no Tanner.

— Combinado.

— Crianças — Gabe fala, nos calando —, é a vez de Jase. Quando você tiver o bastão de fala, então poderá falar. — Ele se vira para Jase. — O que está errado?

— Só estou irritado por não termos encontrado merda nenhuma sobre Everly ainda.

— Eu sabia que isso era sobre a Everly — Sawyer murmura.

Gabe e Tanner disparam um olhar para ele antes de voltar suas atenções para Jase.

— Estamos trabalhando nisso — Tanner fala.

— Vocês estão trabalhando nos malditos servidores. Ou em conseguir transar com todos os seus problemas com garotas, mas essa merda está ficando cansativa. Ela *precisa* ser encontrada.

— Você gostaria de nos contar o porquê? — Tanner pergunta, seu olhar escuro duro em Jase.

Independentemente dos anos que se passaram e das nossas perguntas constantes, Jase ainda não disse sequer uma palavra sobre o que Everly fez, ou que tem dele, que é tão importante.

Alguns dos caras pensam que é simplesmente porque ele tem uma ereção por ela que não vai embora. Mas acho que é outra coisa.

Jase está furioso com alguma coisa, e é melhor aquela garota continuar correndo se souber o que é bom para si.

— Não. — Pegando o telefone de volta, Jase termina a conversa com essa resposta simples.

O último nervo de Tanner deve estar acabado. Um músculo salta em sua mandíbula enquanto ele se vira para olhar para Taylor.

— Teve sorte com a criptografia?

— Ainda não, mas estou chegando lá.

Eu rio da maneira como Taylor responde a essa pergunta. Você pode dizer que seu último nervo também está acabado.

O pai de Luca deve ter sido um gênio para desenvolver um código que nem mesmo Taylor consegue desvendar.

Levantando-me para ir embora antes de acabar tão ansioso quanto o resto deles, vou em direção à porta.

— Estou saindo para dormir um pouco. Se eu for necessário para alguma coisa, me ligue.

Mason e Taylor olham para mim com um olhar estranho, mas eventualmente mexem o queixo e acenam. Não é até que eu esteja saindo para a varanda da frente que escuto Tanner chamar meu nome.

Virando, suspiro ao ver ele e Gabe seguindo atrás de mim. Meu humor, instantaneamente azeda, porque se os dois estão me perseguindo, eles estão planejando ter uma conversa franca sobre algo que prefiro não falar no momento.

— Realmente precisa de vocês dois?

Gabe ergue uma sobrancelha, mas é Tanner quem me olha com um olhar desconfiado. Ambos se aproximam de mim, suas alturas quase iguais à minha, mas seus corpos são mais magros com menos músculos.

Então, novamente, enquanto esses dois passaram seus anos de adolescência e faculdade lutando contra seus pais apenas em jogos mentais, Damon e eu fomos forçados a lutar por meios mais físicos.

Isso não significa que Tanner e Gabe sejam fracos, apenas que são mais perigosos em jogos que exigem estratégia e astúcia.

— Nós não temos tido muito tempo para conversar com você ultimamente — Tanner diz, bem direto ao ponto. — Entre a luta que aconteceu aqui há mais de uma semana e os hematomas em seu rosto agora, estamos um pouco preocupados que você não tenha as coisas resolvidas com Damon tão bem quanto afirma.

— Por *pouco*, ele quer dizer que achamos que você está cheio de merda — Gabriel acrescenta, aquele sorriso no lugar que só um idiota confiaria.

— Tanner sabe o que aconteceu na cabana.

Claro que ele sabe. Eu tinha esquecido do maldito boletim informativo que eles começaram a distribuir.

— Você está com a Emily agora.

É mais uma declaração do que uma pergunta, mas ainda aceno com a cabeça em concordância para o que Tanner disse.

— Então, como Damon está reagindo a isso? Obviamente, vocês dois lutaram por ela, e se ele é o que está indo embora sem a garota, então é com ele que devemos nos preocupar.

Não posso discutir com Tanner sobre isso. Damon e eu nunca fomos o que a maioria das pessoas define como estável, mas isso não significa que não somos capazes de cuidar de nós mesmos também.

— Ele vai precisar superar isso sozinho. Ele disse a Emily e a mim que vai lidar com isso, então ele vai. Na verdade, nós já passamos do ponto de lutar agora, então vocês não precisam se preocupar.

Pelas expressões deles, posso dizer que não estão convencidos.

Gabriel franze os lábios antes de perguntar:

— Como ele tem agido nos últimos dias?

Aborrecimento cintila através de mim.

— Eu não sei. Não estive em casa. Tenho certeza de que se saiu com Shane agora, ele está bem.

Os dois me olham como se eu fosse um idiota.

— Só quero dizer que ele não está sentado por aí chorando no travesseiro. O que Shane o convence a fazer é outra história, mas os dois são homens adultos. Eu não estou tomando conta deles como uma babá.

Eles estão ombro a ombro, uma parede de preocupação à minha frente.

Ao invés de pressionar o assunto, Tanner acena com a cabeça e olha para Gabe, seus pensamentos ainda girando em suas cabeças que eles, felizmente, não despejam em mim.

Estou preocupado com Damon? Sim. Ele tem problemas. Mas acho que ele vai detonar a qualquer segundo e fazer alguma coisa estúpida? Não.

Ainda assim, a preocupação é óbvia nesses dois.

— Escuta, ele já superou a Emily antes. Damon não vai perder a cabeça por causa de uma mulher. E se ele perder, eu cuido disso. Se algo mais estiver acontecendo que vocês dois precisem saber, eu vou contar a vocês.

Eu me viro para sair, mas a voz de Tanner me para no lugar, irritação rolando pela minha espinha para se estabelecer em meus ombros.

— Por que você estava no William?

Maldição...

— Eu só passei de carro por lá.

— Então, como você sabia que o rosto dele estava machucado?

Minha cabeça cai para trás com a lembrança de que vi Emily na casa de William. Esse problema tinha sido enterrado sob tudo o mais, a questão do que ela estava fazendo lá.

Contar a eles a verdade seria como jogá-la aos leões, ou colocar um alvo em suas costas que Tanner e Gabe iriam focar seus olhos com toda a intenção de derrubá-la.

É possível que ela realmente estivesse apenas tentando obter informações que eu não daria a ela, e se for esse o caso, não quero que Tanner e Gabe a vejam como um inimigo em potencial.

— Ele estava lá fora quando passei — minto, enquanto me viro para encará-los. — Não vou passar por lá de novo.

Os olhos verdes escuros de Tanner se prendem nos meus.

— Por que você passou por lá, para começar?
— Porque ele tentou ligar para o Damon. Você já sabe disso.

Tanner pisca, sua postura mudando enquanto olha para Gabe novamente em uma daquelas conversas silenciosas que eles sempre têm.

É irritante quando fazem isso, mas acho que o mesmo pode ser dito de Damon e eu.

Às vezes, você conhece uma pessoa tão bem que consegue se comunicar sem falar sequer uma palavra.

— William é um problema — Tanner fala, afirmando o óbvio —, mas ele ainda faz parte das nossas famílias e está envolvido com todos os nossos pais. Ele é parte do que estamos trabalhando para destruir.

— Eu sei disso. E vou deixá-lo em paz.

Simpatia pisca por trás de seus olhos, sua expressão suavizando.

— Nós vamos lidar com o William e com o resto deles, Ezra. Mas fazer qualquer coisa agora pode alertá-los de que não somos mais seus fantoches. Estamos chegando lá. Só precisamos ser pacientes.

Certo, porque sou conhecido pela minha paciência. Sobre isso, porém, ele não tem nada com que se preocupar, então eu ignoro.

— Eu sei. E não é um problema. Posso ir embora agora?

Mantendo um olhar duro em mim por mais alguns segundos, Tanner acena com a cabeça e dá um passo para trás.

— Certifique-se de nos avisar *imediatamente* se alguma coisa acontecer ou se o William entrar em contato com Damon novamente.

— Vou ter a certeza de colocar no boletim informativo.

— No quê?

Rindo da confusão escrita em seu rosto, balanço a cabeça para os lados.

— Nada. Vejo vocês dois mais tarde.

Eles não dizem uma palavra enquanto saio e subo na moto, um suspiro derramando dos meus lábios enquanto coloco o capacete e ligo o motor.

É uma curta viagem da casa de Tanner até a minha, as luzes externas brilham sobre a calçada enquanto estaciono ao lado da caminhonete de Damon.

Supondo que ele não saiu com Shane como Jase pensava, espero estar errado sobre Damon vagando pela casa e soluçando em seu travesseiro.

Ele estava do seu jeito de sempre quando saiu da casa de Emily alguns dias atrás, mas poderia ter sido uma encenação para fazê-la se sentir melhor. Não há como dizer com ele ultimamente.

Estou exausto enquanto caminho até a casa, meus pensamentos dispersos quando subo os poucos degraus até a porta da frente, meu corpo congelando no lugar ao perceber que a porta está parcialmente aberta, e o concreto na frente dela está manchado.

Empurrando-a com dois dedos, eu grito:

— Damon?

Ele não responde, a casa quieta como uma tumba e preocupação me inundando instantaneamente quando entro.

Meu pé escorrega no chão, a preocupação explodindo em medo ao ver sangue nos ladrilhos de pedra.

— Damon!

Não é muito, mas um caminho dele goteja para dentro da casa. Querendo saber se o idiota entrou em outra briga enquanto estava fora, continuo mais além na casa.

— Damon, é melhor você me responder agora!

Escuto barulho na cozinha e sigo naquela direção, rapidamente, e os passos batendo alto no chão.

Virando uma esquina, encontro Damon perto da pia, a água manchada de rosa enquanto lava as mãos.

De longe, posso ver claramente o sangue espirrado em sua pele e roupas. Seu cabelo está uma bagunça em sua cabeça e ele se recusa a olhar na minha direção.

Fecho a distância ao notar que os nós dos seus dedos estão destruídos, sua mandíbula e ombros tensos.

— O que aconteceu?

Ele balança a cabeça para os lados, seu rosto frenético.

— Pegue um pouco de água sanitária e me ajude a limpar o sangue por toda a casa.

— O que diabos aconteceu? — Eu rujo.

— Apenas pegue a água sanitária...

Em vez disso, agarro seu ombro e o viro para me encarar.

— Eu não vou fazer nada até que você me diga o que está acontecendo. Todo esse sangue é seu?

Os olhos de Damon se fecham com força, uma respiração pesada derramando sobre seus lábios antes que ele os abra novamente.

— Não.

Uma onda de raiva fria floresce dentro de mim, todos os músculos do meu corpo travados. É melhor esse filho da puta começar a falar.

— Então de quem é?

Ele hesita em responder, seu olhar fixo no meu por vários segundos tensos.

— William veio aqui em casa.

Ai, caralho...

Em vez de explodir, que é o que eu quero fazer neste momento, respiro fundo e me acalmo em um esforço para conter o caos das emoções de Damon.

Ele está lutando para disfarçar sua agitação, mas é óbvio pelo jeito que ele não consegue ficar parado, um músculo em sua mandíbula pulando e seus dentes rangendo.

— Preciso que você me diga o que aconteceu do início ao fim.

— Nada — ele solta, em resposta.

Pego sua mão e levo até seu rosto, os nós dos dedos ainda pingando sangue.

— Isso não parece nada.

Arrancando-se do meu aperto, Damon dá um passo para trás para colocar distância entre nós, seus olhos passando por mim antes de finalmente encontrar os meus novamente.

— Ele simplesmente apareceu. Decidi voltar para casa mais cedo e, cinco minutos depois de chegar aqui, a campainha tocou. Nós começamos uma discussão.

— Parece que sim — eu respondo, apontando o óbvio. — Na verdade, parece que você bateu na bunda dele.

— Porque eu bati — ele grita, pura raiva revestindo suas palavras. — O filho da puta saiu mancando quando terminei. Ele tem sorte de eu não o ter matado.

Enfio a mão no meu cabelo, meus dentes rangendo agora que sei disso.

— Você atendeu o telefone alguma das vezes em que ele ligou?

— Não.

Sua voz é muito suave nisso, e fico olhando para ele com suspeita encharcando minhas veias.

— Então o que diabos ele estava fazendo aqui?

— Eu não sei.

Isso não está ajudando.

— O que ele disse para você?

Damon enrola os lábios, os olhos voltados para o chão.

— Eu não dei a ele tempo para dizer nada.

Bem, merda.

Eu posso entender isso. Também não teria dado a ele tempo para dizer nada.

Tanner e Gabe vão perder a cabeça com isso.

— Ok, é isso e pronto. Nós vamos te enfaixar. Limpar a casa e então lidar com isso a partir daí.

Damon concorda com a cabeça e vai até a pia para lavar o sangue de suas mãos novamente.

Encarando-o por alguns segundos, eu tento realmente enxergá-lo, ver além das paredes que ele ergueu. O que vejo me deixa tão preocupado quanto Tanner e Gabe.

Meu irmão está escondendo alguma coisa de mim, mas agora não é o momento de lutar para tirar isso dele. Isso só levaria a outra briga.

Mais violência.

Amaldiçoando baixinho, viro-me para puxar um kit de primeiros socorros de um armário e passo os próximos dez minutos enfaixando suas mãos.

Pela próxima meia hora, nós estamos limpando o chão da casa, removendo todas as evidências da briga, e o tempo todo fico imaginando o que diabos vou dizer aos caras.

A maioria deles não se importará, mas Tanner e Gabriel vão enlouquecer por causa disso.

De vez em quando, olho para Damon, percebendo o quão rígido ele se move e sua recusa em olhar para mim.

De novo, sei que ele está escondendo alguma coisa.

O silêncio entre nós é interrompido quando meu telefone toca.

Eu o puxo do bolso e não me preocupo em verificar a tela antes de deslizar meu polegar sobre ele para responder.

— Ezra.

É Mark, o homem faz-tudo do meu pai ao longo da vida. Não tenho notícias desse cara desde Yale. Ele parou de ligar ao mesmo tempo em que William.

— Odeio contar isso por telefone, mas nós acabamos de receber a notícia. Não tenho certeza de como dizer isso...

— Só desembucha — eu rosno, sem vontade de dançar em torno do motivo de ele ter ligado. Não que eu tenha que adivinhar.

Uma respiração pesada é como uma rajada de vento contra o outro lado da linha.

— Lamento dizer isso, Ezra, mas seu pai está morto. Acabamos de receber a notícia de que seu corpo foi encontrado.

O pânico explode através de mim quando bato meu polegar na tela para encerrar a ligação, meu olhar deslizando para Damon, onde ele está me encarando em silêncio.

— Há mais alguma coisa que você queira me contar?

As sobrancelhas de Damon se juntam.

— Quem era?

— Era o Mark.

Com os olhos arregalados, Damon muda sua postura, mas não desvia o olhar.

— O que ele queria?

— William está morto.

Seu rosto empalidece, a garganta se movendo para engolir.

— Porra.

Sim, eu penso.

Porque isso é tudo o que pode ser dito sobre.

Minha voz é cuidadosa quando pergunto:

— Você gostaria de me explicar o quanto você o machucou?

Damon pisca em minha direção, seus lábios uma linha fina e seus olhos cheios de raiva.

Ele não responde, apenas volta a limpar.

Emily

O Inferno é um grupo impressionante de homens.

Não vou mentir e afirmar o contrário. Apenas a visão deles é suficiente para chamar a atenção, para deixar as pessoas nervosas, para provocar sussurros fracos por trás das mãos enquanto todo mundo ao redor deles se preocupa com o que farão... ou o que desejam.

Acho que depende de como você os encara. As mulheres coram e se exibem, na esperança de ganhar até mesmo o mínimo de atenção. Enquanto isso, os homens os veem como competidores, no entanto, se recusam a se aproximar de um conjunto de nove homens que poderiam facilmente esmagá-los como inseto.

Eles eram lindos no ensino médio. Encrenqueiros, mas inteligentes. Eram os meninos ricos que faziam o que queriam, quando queriam, e não se preocupavam muito com as consequências.

Agora eles são muito mais do que isso, e o impacto total não é realmente conhecido até que estejam juntos, ombro a ombro, suas expressões rígidas e severas, sua destreza e força combinadas inegáveis.

Eles são uma obra de arte, e não consigo parar de encarar de onde estou de pé em frente a eles sob os grandes ramos de árvores imponentes, as rajadas de luz do sol dançando sobre o caixão que está colocado entre nós enquanto um reverendo fala atenciosamente de um homem que não merece o luto de uma grande multidão.

William Cross está morto.

O funeral, é claro, se tornou um assunto da sociedade, todo mundo que é alguém importante presente no evento, todos vestidos com roupas de grife pretas, alguns fingindo se importar.

Não posso fingir, e se não fosse pela minha família me arrastando até aqui, e se eu não soubesse que os gêmeos precisariam do meu apoio, eu preferia cuspir no túmulo de William do que ter vindo.

Ivy e Ava estão paradas em cada um dos meus lados, os olhos delas fixos no Inferno, onde eles estão alinhados juntos. É difícil não olhar.

Simplesmente há algo sobre eles que exige atenção, cada um deles alto e bem constituído, seus rostos lindos, seus corpos esculpidos com perfeição.

Esse fato não é escondido pelo corte feito sob medida de seus ternos escuros. Pelo contrário, o que vestem só lhes dá mais poder, como se a aparência por si só pudesse ser uma arma.

E no caso deles, pode.

Atrás deles estão seus pais, apenas sete sobrando, agora que William se foi.

Você poderia cortar a tensão com uma faca, por todos eles estarem tão próximos, e eu estava preocupada antes de vir aqui com o que iria acontecer.

Felizmente, os garotos estão se comportando, apesar da raiva mal contida que rola de todos eles.

Nada disso importa tanto para mim quanto os gêmeos. Eu fico de olho principalmente neles.

Ezra, como sempre, tem sua máscara fria no lugar, seus pensamentos e sentimentos bem escondidos.

Damon é um pouco mais fácil de ler, mas apenas porque o conheço muito bem.

Nenhum deles está chateado por William estar morto, mas Damon muda seu peso entre os pés mais do que o irmão, sua expressão mais sombria enquanto luta para controlar o caos.

Pelo que eu sei, William morreu em um acidente de carro no caminho para casa, a maioria dos ferimentos atribuídos à gravidade do acidente. Funcionou a favor de Damon, já que ninguém questionou por que William estava machucado e cortado.

Mas há muito mais na história, tantos segredos que tenho que morder o interior da minha bochecha para não dizer nada.

Felizmente, Ezra não mencionou o fato de que me viu na casa de William na semana passada, e quando estamos juntos, ele apenas comenta sobre sua preocupação com Damon.

É melhor assim. Não tenho certeza se consigo mentir para ele novamente. A menos que você considere meu silêncio como uma mentira.

Várias vezes durante o funeral, Ezra olha para mim, nossos olhos se encontrando e dançando juntos, o impacto tão poderoso que minha pele se aperta e meu coração incha ao pensar que *esse homem é todo meu*.

É difícil não andar até ele, é difícil me conter enquanto nossas famílias estão assistindo.

Mas então Damon olha para mim, e meu coração murcha e cai aos meus pés, com tanta dor e remorso em sua expressão que isso me apunhala.

Sei que ele disse que está bem com o que Ezra e eu estamos fazendo, mas seu olhar âmbar não mente.

Ele ainda me ama, ainda deseja que pudesse ter sido aquele que eu escolhi, e não há nada que eu possa fazer para ajudá-lo.

Todo o funeral é uma dança entre as diferentes maneiras que me sinto pelos gêmeos, uma constante de idas e vindas que torna difícil respirar.

Uma vez que o caixão é abaixado no chão, eu finalmente sou capaz de respirar fundo, meus passos lentos e o corpo cansado enquanto fazemos nosso caminho para fora do cemitério para os carros que esperam.

É uma droga que eu tenha que estar em um com a minha família e a de Mason, todos conversando entre si, enquanto nós dois estamos visivelmente silenciosos.

É como todos aqueles malditos bailes quando éramos mais jovens, todos aqueles passeios desajeitados na parte de trás de uma limusine.

Só que desta vez, há uma audiência para a forma como nós cuidadosamente nos evitamos.

A única outra diferença é *por que* estamos sendo cuidadosos para evitar um ao outro.

Segredos.

Segredos.

E mais segredos.

Ultimamente, parece que estou me afogando neles.

— Nós devíamos começar a discutir os planos de casamento — minha mãe sugere, seu tom de voz respeitável. Não que o assunto seja. Acabamos de sair de um funeral e ela quer discutir vestidos, enfeites de mesa e locais. — Vocês dois já se encontraram com a planejadora do casamento?

Mason e eu travamos os olhos por apenas um breve segundo, seu olhar deslizando para onde minha mãe está sentada ao lado dele.

— Ainda não.

— Por que não? — seu pai pergunta. — Você vai se arrastar até o último segundo antes de fazer trinta?

É uma dica sutil do porquê Mason tem que se casar comigo, um aviso oculto.

Não que ele precise do dinheiro que viria com sua herança e fundo fiduciário, mas, como o resto do Inferno, ele continua a manter as aparências.

— Nós temos estado ocupados...

— Com os gêmeos Cross e Ava, sem dúvida —, meu pai comenta.

Há algo em sua voz que eu não gosto, um tom que é perigoso.

— Vocês dois agem como se nós não soubéssemos o que está acontecendo. Mas podem muito bem parar de perder tempo com outras pessoas e seguir em frente com seu casamento.

— Talvez devêssemos mudar um pouco as regras e trazer a data do casamento para mais perto.

Meu corpo fica tenso com a sugestão, o ruído de fundo enchendo minha cabeça enquanto Mason discute com nossos pais por todo o caminho até a minha casa, onde posso finalmente escapar do carro.

Felizmente, não estou sendo forçada a ir à recepção pós-funeral na mansão Cross.

Desaparecendo pela porta da ala infantil da minha casa, praticamente corro para dentro, desejando que este dia simplesmente acabasse e tudo voltasse a alguma aparência de normal.

Enquanto passo pelo quarto de Dylan, eu o noto sentado em sua cama, seu telefone na mão enquanto passa o polegar sobre a tela. Ele não recebeu nenhum amigo ultimamente, não tem estado como seu eu sempre. E não tive a chance de falar com ele desde a noite em que atacou Ezra em minha defesa.

Inclinando meu ombro contra o batente da porta, bato os nós dos dedos contra a madeira para chamar sua atenção. Ele olha para mim, seu rosto uma expressão vazia.

— Você está bem? — pergunto, mais preocupada com ele do que percebi.

Dylan ergue uma sobrancelha e acena com a cabeça em concordância, uma dispensa silenciosa da pergunta.

Não vou deixar isso pra lá.

— Quero te agradecer por tentar me ajudar com o Ezra quando nós tivemos aquela briga. Eu não tive a chance de dizer a você.

— Não foi nada — ele murmura, seus olhos de volta na tela do telefone.

— Por que você não recebeu seus amigos ultimamente? Está acontecendo alguma coisa?

Não, não posso esperar que Dylan e eu sejamos melhores amigos tão rapidamente, mas que tipo de irmã eu seria se não perguntasse sobre sua mudança repentina de comportamento?

Em vez de me responder, Dylan se levanta da cama e se aproxima. Tenho que esticar o pescoço para olhar para ele. Ele é tão alto quanto Ezra.

— Não há nada de errado — ele fala com um sorriso fraco... pouco antes de fechar a porta na minha cara.

Depois de ficar ali debatendo se deveria abri-la e exigir respostas, decido deixá-lo em paz por enquanto. Ele vai me contar quando estiver pronto. Isso, ou ele vai voltar a ser um idiota.

Passo as próximas horas meio adormecida na cama, o colchão afundando atrás de mim depois que Ezra se esgueira em meu quarto mais tarde para me abraçar por trás.

Ele puxa meu corpo contra o dele, lábios quentes pressionados na lateral do meu pescoço, seu braço uma faixa de aço em volta da minha cintura.

— Como foi a recepção? — pergunto, minha voz suave contra o quarto silencioso e sua energia selvagem.

— Foi o que você esperaria que fosse — ele sussurra em meu ouvido, uma mão deslizando para cima pela minha camisa para segurar meu seio.

Os quadris de Ezra giram atrás de mim, seus dentes beliscando suavemente a parte de trás do meu pescoço depois que afasta meu cabelo para longe.

Instantaneamente, meu corpo se derrete contra ele, minha mente entrando em curto-circuito com sua pura força masculina.

Quero perguntar sobre Damon, mas quando seus dedos beliscam meu mamilo e ele esfrega sua ereção contra a minha bunda, decido que é um assunto que pode esperar.

Ainda assim, uma coisa precisa ser dita antes que eu esqueça de contar a ele.

— Eles vão adiantar a data do casamento.

Seu corpo fica imóvel, um rosnado baixo vibrando em seu peito.

— Mason me contou.

— O que deveríamos fazer?

Ezra me rola de costas e se move de modo que fica entre as minhas pernas. Ele balança os quadris para frente e o calor explode pelo meu corpo.

Não importa o que está acontecendo. Estou sempre disposta e pronta para ele.

Pressionando seu polegar nos meus lábios, aquele olhar âmbar dele pega o meu, seus dentes mordendo o lábio inferior antes que ele balance os quadris novamente e estude minha reação.

Um sussurro baixo entre nós:

— Eu digo que não devemos nos preocupar com isso agora. Tenho outras coisas em mente.

Ele não se incomoda em nos tirar todas as nossas roupas, apenas coloca minha calcinha de lado e liberta seu pau de sua calça antes de empurrar dentro de mim, forte e rápido.

Meus olhos se fecham enquanto seu corpo se move no meu, enquanto me leva a um estado de impotência de pura submissão.

Este homem me possui de tantas maneiras, nossa conexão escrita nas estrelas que foram lambidas pelas chamas em uma noite que prometi ser dele.

Mas, mesmo antes disso, foram nossas confissões em um quarto escuro que nos uniram.

Um menino espancado.

Uma menina enjaulada.

Uma rainha e a besta que se ajoelha aos pés dela.

Não importa o que aconteça nas semanas e meses que estão por vir, não há nada que possa nos separar novamente.

Ele não diz outra palavra enquanto leva nossos corpos a um orgasmo apressado, sua boca capturando a minha em um beijo ardente enquanto estrelas explodem atrás dos meus olhos.

E uma vez que nós relaxamos novamente em um emaranhado de braços e pernas, Ezra corre a ponta de seu nariz ao longo de minha mandíbula, seus olhos brilhando com satisfação.

Nós ficamos deitados juntos em silêncio por mais de uma hora, ambos em uma névoa induzida pelo sexo.

Quando ele se move para se apoiar em um cotovelo e olhar para mim, eu gemo.

Ezra brinca preguiçosamente com uma mecha do meu cabelo.

— Nós deveríamos ir.

— Não podemos ficar deitados assim para sempre? — pergunto, minha mente completamente exausta de todos os problemas que ainda estamos enfrentando. — Apenas nos esconder?

Ele ri baixinho com isso.

— Se fosse assim tão fácil.

— Pode ser. Nós não nos movemos. Nos recusamos a atender a porta se alguém bater.

Sua boca é suave contra meu ouvido, seu hálito quente e sua voz profunda.

— Ninguém vai nos separar de novo, Assassina. Eu não me importo com o que aconteça.

Seus dedos beliscam minha bunda, e eu dou um gritinho, uma risada baixa sacudindo o peito dele.

— Mas por agora temos que nos levantar. Priest disse que pode consertar aquele amassado no seu carro neste fim de semana. Precisamos deixá-lo lá.

Ugh.

— Eu não me importo com o amassado.

Mas tem sido um ponto de discordância para Ezra, embora eu não consiga entender por quê.

— Deixe-me cuidar da minha rainha — ele sussurra. — E então eu vou trazer você de volta aqui e passar o resto da noite nos escondendo.

Um arrepio me atravessa com a promessa.

Relutantemente, saio da cama e me visto, o ar da noite frio enquanto caminhamos para o meu carro e subimos para levá-lo à loja do Priest.

Ezra está distraído durante todo o trajeto e não fala muito. Mas mantém minha mão na sua, recusando-se a soltar.

Parando na loja do Priest, eu olho para o relógio e percebo que está tarde. Não há luzes acesas, exceto algumas lâmpadas de segurança do perímetro, nenhuma atividade e as estradas calmas.

Quando começamos a descer, Ezra segura meu braço e me puxa de volta para o assento. Ele prende meu queixo com os dedos e me beija lenta e suavemente.

Olhos âmbar travando nos meus, sem dúvida rolando por trás de seu olhar.

— Eu nunca vou desistir de você, Em. Espero que saiba disso.

Incapaz de evitar o sorriso que estica meus lábios, pressiono a testa na dele.

— Eu sei.

A verdade é que ele nunca desistiu de mim. Nem mesmo durante os dez anos em que estivemos separados. Ezra sempre foi, e sempre será, o único homem que vejo neste mundo.

O único homem que me possui.

Concordando, ele me solta, mas, quando estou saindo do carro, me lembro das informações do seguro da garota que me atropelou.

Puxando-o do porta-luvas, corro até Ezra quando ele está entrando pela porta dos fundos para deixar minhas chaves.

— Priest vai precisar disso?

Ezra se vira para mim, estendendo a mão para pegar o papel.

— O que é?

— A informação da pessoa que me bateu. Nós não queríamos esperar por um relatório da polícia.

Ezra olha para baixo para examinar o papel, seus olhos se arregalando enquanto seus ombros ficam tensos.

— O quê? — pergunto, confusão me inundando com sua reação. — O que é?

Ele apenas balança a cabeça para os lados, seus olhos se erguendo para os meus por apenas um breve segundo antes de voltarem para o papel.

Sem me oferecer uma explicação, ele exala, duas palavras saindo de seus lábios que não são destinadas a mim.

— Puta merda.

epílogo

Shane

— Vinte e sete.

Filho da puta. Por três cervejas? *Myth* é um verdadeiro roubo.

Jogo o dinheiro e pego as garrafas, sorrindo para o barman quando ele me dá um sorriso maroto e pega a nota de cinquenta do balcão.

O cretino não merecia a gorjeta, mas tanto faz. Eu posso bancar isso.

Abrindo caminho por entre pequenas multidões e corpos dançantes, encontro o caminho de volta para a mesa alta onde Mason e Taylor estão esperando, entrego a cada um uma garrafa e viro meu olhar para a pista de dança, uma batida de baixo constante sacudindo as paredes.

Cerca de uma dúzia de holofotes circundam a sala principal, enquanto as luzes coloridas do teto lançam um brilho nebuloso e sonhador sobre os corpos abaixo.

Garotas em roupas curtas estão balançando seus quadris enquanto alguns caras se esforçam, tentando conseguir alguma coisa. É uma pena que nenhum deles possa se mover como eu, mas ainda não fui lá para mostrar a eles.

No andar de cima estão os quartos de fetiches do clube, mas não nos preocupamos com eles ainda, não quando meus olhos estão voltados para uma mulher em particular.

Taylor cutuca meu ombro. Inclinando-se, ele fala alto contra meu ouvido para ser ouvido por cima da música:

— Como você acha que Damon está lidando com Tanner e Gabe?

Estou um pouco preocupado com isso, para ser honesto. Damon tem agido de forma suspeita pra caralho desde que seu pai morreu.

— Ele vai manter a boca fechada — respondo, nossos olhos presos juntos enquanto levanta uma sobrancelha em questão.

— Você acha?

É melhor ele manter. Caso contrário, todos nós teremos Tanner e Gabe em cima de nós.

— Devíamos tê-lo trazido com a gente esta noite — Taylor fala, antes de inclinar a garrafa aos lábios.

Um sorriso estica os meus.

— Eu tentei. Tanner não permitiu. Ele age como se eu fosse uma má influência ou algo assim.

— Porque você é uma má influência.

Talvez.

Talvez não.

Gosto de pensar que estou cheio de boas ideias.

Eu chamo isso de genialidade.

Não é minha culpa que Tanner tem uma definição diferente.

Poucos minutos depois, Mason aparece do meu outro lado, seus olhos escaneando a pista de dança como os meus. Todos os três temos algo para comemorar esta noite, e não tem nada a ver com Brinley Thornton.

Infelizmente, nós já tínhamos planos de estar aqui, então esta é a festa após o funeral de William.

Não fiquei triste ao ver aquele homem ser abaixado no chão. Se você me perguntar, deveria ter acontecido há mais de quinze anos. Eu ainda sei apenas pequenas partes do que foi feito com Ezra e Damon, mas isso é o suficiente para eu não sentir nenhuma culpa pela morte do William.

Nem sequer um pouco.

Independente de quão horrível foi essa morte.

No entanto, as próximas semanas devem ser interessantes. Especialmente depois do que Emily foi capaz de encontrar e o que ela foi capaz de deixar para trás na casa de William.

Sei o quanto Mason e Emily odiavam trabalhar juntos quando se tratava do William, mas eu estava orgulhoso deles por terem aprendido a se dar bem. Pelo menos quando se tratava de ajudar os gêmeos.

Não que os esforços deles fossem apenas para derrubar William. Ambos tiraram algo disso também.

Agora é apenas uma questão de tempo até que esses esforços tenham efeito.

Meu telefone vibra no bolso e, quando o retiro, Mason e Taylor recebem a mesma mensagem, nós três nos olhando depois de ler a mensagem.

— Porra — Mason expira —, aposto que Jase está derrubando paredes neste momento.

— Devemos ir embora? — Taylor pergunta. — Eu posso verificar todas as informações que Ezra encontrou sobre Everly e ver o que aparece.

— Ele pode esperar — digo, incapaz de me importar com os problemas de Jase no momento. Não quando tem uma morena baixinha com todas as curvas certas e o talento para movê-las de uma forma que me chame a atenção.

Batendo no ombro de Mason, eu me inclino e grito para ser ouvido por cima do estrondo do baixo.

— Vou sair por aí um pouco. Fique de olho na porta.

Ele olha para mim e sorri.

— Vá buscá-la.

Esse é o plano.

Terminando o resto da minha cerveja, deixo a garrafa vazia sobre a mesa e caminho para a pista de dança, meu corpo se movendo com a música, meus olhos fixos em uma garota que não tem ideia de que tipo de predador está atraindo.

Ela me vê, no entanto, um sorriso sensual esticando os lábios carnudos, seus olhos claros semicerrados enquanto seus quadris rolam sobre suas pernas, sua bunda em formato de coração uma isca que está me puxando em sua direção quando ela se vira e olha para mim novamente por cima do ombro.

Quando uma garota dança desse jeito e dá *aquele* olhar a um homem, ela pode muito bem usar um letreiro em néon dizendo que quer foder.

Não, eu não sou um daqueles babacas que acreditam que o que uma garota veste ou como ela se move dá a um cara o direito de pisar nela e tocar o que quiser. Mas acredito que uma mulher pode comunicar interesse sem usar palavras, pode mirar em um homem no meio de uma multidão e arrastá-lo para sua órbita.

E os olhos dessa garota estão focados em mim, seu sorriso se alargando quando chego perto e começo a seguir seu exemplo, nossos corpos se movendo juntos quando ela faz o primeiro movimento para estender a mão e me puxar para mais perto.

Porra. Ela achata nossos corpos juntos, sua cabeça caindo para trás para expor a longa linha de seu pescoço, seus quadris girando em círculos sedutores enquanto o suor brilha sobre sua pele.

Esticando a mão, envolvo meus dedos em seus cabelos e abaixo minha cabeça para pressionar meus lábios contra sua orelha.

Ela estremece ao meu toque, seus olhos fechando enquanto estudo seu rosto e abro a boca para me apresentar.

É uma merda que, antes que eu possa dizer a primeira palavra, dedos batem no meu ombro, um gemido subindo pela minha garganta enquanto viro minha cabeça para ver Mason parado atrás de nós.

Ele inclina a cabeça em direção às portas de entrada e ergue uma sobrancelha.

Sério, porra?

Agora é quando Brinley decide ir embora?

Essa mulher já está me fazendo perder a paciência.

Durante toda a noite, ela ficou sentada em uma cabine com suas amigas, conversando enquanto eu esperava ela fazer alguma coisa — *qualquer coisa* — além de conversar, as mulheres em sua mesa rindo e falando enquanto bebiam drinks com canudinhos rosa.

Claro que, agora que estou realmente me divertindo é quando ela decide que é um bom momento para sair de fininho.

Eu me inclino para me despedir de uma beldade que não vai me conhecer melhor.

— Desculpe, linda, mas tenho que ir. Teria sido divertido, no entanto.

Ela estica o lábio inferior em um biquinho e sai dançando, meu olhar mantendo sua bunda em vista enquanto o arrependimento flui por mim.

Outro toque no meu ombro e eu me viro de novo para Mason.

— Vamos — digo, não que ele possa me escutar por cima da música.

Nós três saímos do clube sem nos preocupar em nos apressarmos.

Brinley veio ao *Myth* sozinha para se encontrar com suas amigas, e eu tenho uma leve suspeita de que ela não irá embora rapidamente.

Não me pergunte como eu sei, é só que estou malditamente certo disso.

Uma vez que estamos do lado de fora, Taylor e Mason vão embora juntos, me deixando vagando pelo estacionamento, meus passos sem pressa, minhas mãos casualmente enfiadas nos bolsos quando chego à área de trás e vejo uma mulher presa porque seu carro não liga.

Alta, com curvas decentes e longos cabelos castanhos que caem em ondas pelas costas, Brinley parece irritada enquanto dá a volta na frente de seu carro para levantar o capô e inspecionar o motor.

Eu recuo um pouco, observo enquanto ela estende a mão para mexer os fios ou verificar as conexões da bateria, mas eventualmente ela prugueja baixinho e bate o capô de volta.

É uma pena que ela não tenha um serviço para ajudá-la com seu problema. Você pensaria que o pai investigador dela teria insistido nisso. De acordo com Taylor, ele não insistiu.

Afastando-me de um caminhão que eu estava apoiado enquanto a observava, me aproximo com passos largos.

— Você está bem? — chamo. — Parece que precisa de ajuda.

Brinley se vira para me encarar e eu sorrio, feliz por servir como seu cavaleiro de armadura brilhante.

Esta é a parte em que um sorriso deveria aparecer em seu rosto bonito, onde aqueles olhos amendoados deveriam se arregalar de apreciação.

Em vez disso, o que recebo é uma carranca desagradável, seus olhos se estreitando no meu rosto com nojo.

— Você só pode estar brincando — ela estala, os ombros rolando para trás e o quadril projetando-se para fora.

Que porra?

Não é assim que as mulheres geralmente me cumprimentam. Especialmente aquelas que estão tendo problemas com o carro.

Talvez ela só esteja brava por não poder ir embora.

Dou alguns passos para chegar mais perto, um grande sorriso nos meus lábios com a esperança de que ela vá baixar a guarda.

Não há como negar isso. Essa mulher é linda quando você a vê de perto, mesmo com a fúria em sua expressão.

— Parece que você está tendo problemas com o carro.

Ela sorri.

— E você parece um idiota arrogante.

Vacilando com isso, estreito meus olhos para ela.

— Acho que você me confundiu com outra pessoa. Eu estava só passando e vi você...

Seu sorriso se alarga, mas não é um olhar amigável.

— Na verdade não. Eu me lembro exatamente de quem você é, mas obviamente você não se lembra de mim.

Eu congelo no lugar.

De jeito nenhum eu a conheci antes. Do que diabos ela está falando?

— Você me confundiu com alguém — digo novamente, mas ela apenas balança a cabeça para os lados e ri.

— Você tem uma boca grande, é um mulherengo pelo que tenho visto, e ou está alheio ou não se importa com as pessoas ao seu redor se não se lembra de mim.

Quero dizer, ela não está errada.

— Então, eu vou te dizer uma coisa: por que você não dá meia-volta até o clube e me deixa resolver isso sozinha? Eu realmente não tenho nenhum interesse em lidar com problemas com o carro *e* um idiota arrogante, tudo na mesma noite. O primeiro problema é um pé no saco, e o segundo problema, também conhecido como *você*, é um aborrecimento que eu não preciso. Obrigada por se oferecer para ajudar, mas, no que me diz respeito, você pode correr e dar em cima de alguma outra mulher desavisada. Não sou estúpida o suficiente para cair na sua merda.

Com isso, ela caminha na minha direção, mas dá um passo ao redor de onde estou para marchar de volta para o clube.

— Bom saber como você realmente se sente — eu grito para ela, o riso na minha voz.

Brinley não se preocupa em olhar para trás. Ela apenas levanta as duas mãos para me mostrar o dedo do meio enquanto continua andando.

Não posso evitar, eu gostei dela; minha boca se esticando em um sorriso.

— Tenha uma boa vida, idiota! Boa sorte pegando a próxima garota!

Minhas sobrancelhas se juntam enquanto a confusão me inunda.

Por que diabos ela pensa que me conhece?

E se é assim que ela realmente se sente, então esta missão vai ser muito mais complicada do que eu pensava.

Embora, tenho que admitir, com seu temperamento, este jogo acabou de se tornar muito mais interessante.

FIM

A The Gift Box é uma editora brasileira, com publicações de autores nacionais e estrangeiros, que surgiu no mercado em janeiro de 2018. Nossos livros estão sempre entre os mais vendidos da Amazon e já receberam diversos destaques em blogs literários e na própria Amazon.

Somos uma empresa jovem, cheia de energia e paixão pela literatura de romance e queremos incentivar cada vez mais a leitura e o crescimento de nossos autores e parceiros.

Acompanhe a The Gift Box nas redes sociais para ficar por dentro de todas as novidades.

 www.thegiftboxbr.com

 /thegiftboxbr.com

 @thegiftboxbr

 @GiftBoxEditora